09-25-07

Jonathan L Silla

La hora secreta

SeDA
un mundo de emociones

Luanne Rice

La hora secreta

VERGARA
GRUPO ZETA 𝗭

Barcelona • Bogotá • Buenos Aires • Caracas • Madrid • México D.F. • Montevideo • Quito • Santiago de Chile

Título original: *The Secret Hour*

Traducción: Haroldo Maglia

1.ª edición: abril 2004

© 2003 by Luanne Rice
© Ediciones B, S.A., 2004
   para el sello Javier Vergara Editor
   Bailén, 84 - 08009 Barcelona (España)
   www.edicionesb.com

Printed in Spain
ISBN: 84-666-1396-X
Depósito legal: B. 7.670-2004

Impreso por PURESA, S.A.
Girona, 206 - 08203 Sabadell

Para Irwyn Applebaum
y Bruce Springsteen

Agradecimientos

Esta novela fue gestándose en etapas, comenzando en mi infancia con la historia de una muchacha asesinada.

A pesar de no haberla conocido, he pasado mi vida cautivada por los pequeños detalles que me llegaron gradualmente acerca de ella. Nunca la he olvidado.

Quiero dar las gracias al Georgetown University Law Center al permitirme asistir a sus clases en 1980. Una escritora puede pasar perfectamente como una estudiante de abogacía, de modo que me fue posible ocupar un sitio, escuchar las clases y reflexionar sobre cómo se relacionan los caminos de la ley y la literatura de ficción. Disfruté especialmente de las clases acerca de pruebas, en las que la ley era casi tan ajena como la literatura, pero agradezco a todos los profesores la magnífica oportunidad que me ofrecieron de aprender.

Gracias a TGF por haber hecho posible esa experiencia.

Gracias, también, a mis primos (y a sus esposas e hijos), William J. Keenan Jr. y John T. Scully, ambos notables abogados, que me consagraron generosamente su tiempo discutiendo conmigo diversos temas, como soluciones legales, béisbol y muchas otras cosas.

Tengo asimismo una deuda de gratitud con Charles J. Irving, por todo su apoyo y por compartir sus conocimientos y su experiencia en los tribunales, así como por revisar los documentos.

Agradezco a Mia Onorato por su *manga*, de verdad sorprendente. Es una gran animadora y relatora.

Mi aprecio y reconocimiento a todos los integrantes de Jan Rotrosen Agency y Bantam House.

Mi épica gratitud a Karen Covert, Tim Donnelly, Jim Weikart, Jill Rick, Phyllis Mandel y Tropper Robert J. Derry Jr.

Por último, gracias a Dev Waldron y su banda por haber llegado una noche de verano y, con su concierto, poner fin a todos los conciertos, justo cuando yo más lo necesitaba. Gracias por las sonrisas, el cariño y los compases.

1

La cocina estaba en silencio. Los niños iban y venían tratando de ayudar. Sentado a la mesa del desayuno, con la espalda encorvada, John O'Rourke intentaba concentrarse en un expediente cuya redacción le había costado pasarse la noche en vela. Maggie untó con mantequilla una tostada y se la deslizó por encima de la mesa. Él se lo agradeció inclinando la cabeza. Por su parte, Teddy se hallaba concentrado en la sección de deportes, repasando los resultados con ceño, ya que sus equipos preferidos habían perdido. *Listo*, el perro, echado bajo la mesa, emitía gruñidos de felicidad mientras mordisqueaba una pelota de tenis.

—Papá —dijo Maggy.

—Dime, hija.

—¿Has terminado de leer de una vez?

—Todavía no, pequeña.

—¿Se trata de Merrill?

John no contestó a la primera. Sintió un nudo en el estómago. Pensó que su hija de sólo once años estaba enterada de la existencia de Greg Merrill, el cliente que más tiempo le consumía, el asesino del rompeolas, el protagonista de la serie de homicidios de Connecticut y el tema preferido de los corrillos de juristas. Le interesaba que la gente hablase del asunto, pero no que su hija estuviese al corriente.

—Sí, se trata de él, pequeña —respondió al fin.

—¿Lo matarán, papá?

—No lo sé, Maggie. Estoy tratando de que no lo hagan.

—Pero es que se lo merece por haber matado a todas esas chicas —intervino Teddy.

—Toda persona es inocente hasta que se demuestre lo contrario —dijo Maggie.

—Ha admitido su culpabilidad —continuó Teddy, alzando la mirada de la sección de deportes—. Ha confesado.

A los catorce años, su hijo era alto y fuerte. Tenía la mirada seria, y en su sonrisa persistía una sombra de la mueca que puso al enterarse de la muerte de su madre. Sentado al otro extremo de la gran mesa de roble, John pensó que Teddy podría ser un excelente fiscal.

—En efecto, lo hizo —aceptó John.

—Por haber matado a las chicas y haber arruinado a las familias, merece lo que se le avecina. Es la opinión general, papá.

Fuera soplaba el viento. Una lluvia de hojas otoñales caía de los árboles.

John volvió a fijar la mirada en el expediente. Pensaba en la confesión, en la sentencia —muerte por inyección letal— y en los meses que Greg Merrill había pasado en el pasillo de la muerte. Acudió a su mente la estrategia que usaría en este caso: presentar un recurso ante la Corte Suprema de Connecticut a fin de que se revisase la sentencia.

—¿Arruinar familias? —preguntó Maggie.

—Así es. —Teddy sonrió a su hermana—. Pero no te preocupes, Maggie. Ahora está en chirona. Ya no puede hacer daño a nadie. La gente quiere asegurarse de que se quede allí. Por eso nuestro teléfono no para de sonar por la noche, a pesar de que no figura en el listín. Ya sabes lo que dice el personal cuando pasas cerca. Papá, quieren impedir que sigas actuando.

—De acuerdo, Teddy —susurró John.

—Pero es su trabajo —continuó Maggie, los ojos muy abiertos—. ¿Por qué ha de ser su culpa, o la nuestra, si papá está cumpliendo con su trabajo?

—No es culpa tuya —repuso John, mirando a su hija—. En este país todos tienen derechos.

La niña se limitó a asentir con un gesto.

John se concedió un respiro. Estaba en su pueblo natal, pero el trato que le dispensaban amigos y vecinos hacía que se sintiese extranjero. Odiaba que sus hijos sufrieran por ese motivo.

Teddy miró fijamente a su padre. Maggie pestañeó. Sus ojos azules tenían el mismo tono que los de Theresa. Esa noche su padre le había cortado el flequillo de forma un tanto irregular. El dudoso corte de pelo de su hija le avergonzaba, pero no tanto como la mirada solemne de su hijo, que parecía expresar la peor y más severa de las amonestaciones. Desde la repentina muerte de su madre, Teddy se había convertido por decisión propia en el defensor de las mujeres, allí donde hiciese falta.

—¿De verdad es ése tu trabajo, papá? —preguntó Maggie, mirándolo de reojo—. ¿Proteger los derechos de la gente?

—Será mejor que vayas a la escuela —respondió John.

—Estoy lista —aseguró con tristeza.

John echó un último vistazo al uniforme de la niña. Largos calcetines verdes, falda azul y una vieja camiseta de fútbol de Teddy. John maldijo para sus adentros a la última niñera que los había dejado, pero también se maldijo a sí mismo por todo el trabajo que cargaba sobre sus espaldas. Había telefoneado a una agencia de colocaciones y le habían enviado a algunas candidatas para que las entrevistara, pero debido a su ritmo laboral y sus caóticos horarios la cosa se habría eternizado. Quizá la solución fuese trasladar a toda la familia a casa de su padre y dejar que Maeve se hiciera cargo de ellos.

—¿Crees que estoy guapa? —preguntó Maggie tras echar una mirada de desaprobación a su vestimenta.

—Estás fabulosa —se apresuró a contestar su hermano, percatándose de la mirada de advertencia de su padre—. Serás la más guapa de la clase.

—¿Tú crees? Papá nunca considera que estoy lo bastante arreglada para ir a la escuela.

—Estás preciosa —intervino John, apartando los papeles y sentando a su hija en el regazo.

Ella se acomodó entre sus brazos. John cerró los ojos; también él necesitaba consuelo. Percibió el olor a leche y sudor de la niña. Entonces sintió una súbita angustia por haberse olvidado de ordenarle que se bañase después de cortarle el pelo.

—No soy preciosa —le susurró su hija al oído—. Mamá sí que lo era. Yo soy una marimacho. Las marimachos no pueden ser guapas.

De pronto, la paz se rompió con el sonido de un cristal hecho añicos. Un objeto atravesó la ventana de la cocina, cayó sobre la mesa y chocó contra las tazas de leche y los boles de cereales. John cubrió el cuerpo de su hija con el suyo para protegerlo de aquella lluvia de cristales. La niña chillaba horrorizada. John se oyó a sí mismo llamando a gritos a Teddy, escondido debajo de la mesa.

Al cabo de unos segundos oyeron los ladridos de *Listo*, que corría hacia la ventana y después retrocedía. En la playa una gran ola rompió contra las rocas. El estrépito, amortiguado por el cristal de la ventana, les pasó inadvertido. Maggie empezó a sollozar, al principio sólo gimoteaba pero no tardó en ponerse histérica. Teddy surgió de debajo de la mesa, apartó los cristales del suelo y atravesó corriendo la cocina.

—Es un ladrillo, papá.

—No lo toques —le ordenó John sin soltar a Maggie.

—Ya, huellas dactilares, ¿no? —inquirió el muchacho.

John hizo un gesto de asentimiento, aunque dudaba que hubiera algún rastro. Las personas, incluso sin haber cometido ningún crimen, se habían hecho expertas en pruebas delictivas. Hasta los más exaltados —el peor de cuyos crímenes era enviar encendidas cartas al editor del periódico o manifestarse en silencio frente a la sede del tribunal— poseían abundante información acerca de huellas dactilares, cabellos y fibras, y las entregaban a la policía para demostrar que estaban alerta y que leían demasiadas novelas policíacas.

En la pared había gotas de sangre. John examinó con atención a su hija para asegurarse de que no estaba herida. Cuando la pequeña lo miró a la cara, abrió los ojos desorbitadamente y lanzó un alarido.

—¡Papá, te has cortado! —exclamó. John se tocó la mejilla y notó un líquido caliente. De inmediato cogió un delantal y se lo aplicó en la herida.

Teddy corrió hacia ellos, apartó a Maggie y observó la cabeza de su padre. Éste se levantó, cogió a sus hijos de la mano y se dirigió al cuarto de baño.

—No es nada —dijo tras observar su imagen en el espejo—. Sólo es una herida superficial.

—¡Oh, mamá! —gritó Maggie, rompiendo a llorar espontáneamente.

John la abrazó. Sufría muchísimo por ella. Era como si estuviera perdiendo a su madre todo el tiempo, pero algo tan traumático se hallaba indisolublemente ligado a ciertos pensamientos relacionados con el accidente. También él los padecía. Tratando de curar sus propias heridas, había elegido el caso más difícil de su carrera cuando aún no se habían cumplido dos años de la muerte de Theresa. No dejaba de ser una actitud egoísta, y sus hijos se lo recriminaban.

Como si le leyera el pensamiento, Teddy cogió a su hermana de la mano. Había dos gotas de sangre en su camiseta. Comenzó a limpiarla con un trapo.

—Ya sé que eres una marimacho, Maggie —le susurró su hermano—, pero la gente pensará que te has peleado en el campo de juego si te presentas así en la escuela.

—Yo no me he peleado —musitó ella.

—De acuerdo —continuó su hermano mientras seguía ocupándose de la camiseta—. No te has peleado, ¿vale?

—Vale. —Las lágrimas rodaban por sus mejillas.

John pensó que Dios lo había ayudado una vez más. Se tocó la herida. Quizá fuese más profunda de lo que había supuesto. No paraba de sangrar. Decidió que no acudiría a un servicio de urgencias para que le cosieran. Tenía muchas reuniones en la agenda del día, numerosos casos para estudiar y su expediente por acabar.

Sonó el timbre de la puerta.

Se preguntó si su hijo habría llamado a urgencias. Antes de llegar a la puerta, se detuvo en el vestíbulo. ¿Qué pasaría si se trataba de la persona que había arrojado el ladrillo, uno de los habitantes de la costa, colérico por haber aceptado el caso de Greg Merrill ante la Corte Suprema, con toda la carga emocional que ello suponía?

En el curso de los años John O'Rourke había recibido numerosas amenazas. Su trabajo enfurecía a las gentes. Consistía en representar a ciudadanos acusados de los peores actos de que era capaz un ser humano. Sus víctimas eran familiares y amigos, personas con vidas tranquilas y hermosos sueños. Lo miraban como un paladín de los monstruos. Él, por su parte, comprendía y respetaba esa ira.

Sabía que alguien podía ir tras él en busca de algo más que una conversación, pero aun así no se había comprado una pistola. Lo hacía por principios, pero también por una cuestión de salud mental. Como abogado criminalista veía a diario todo el mal que pueden causar las armas. Recordó el terror de Maggie hacía sólo unos minutos y confió en no haberse equivocado. Conmocionado aún por el ataque de que había sido objeto en la cocina, apoyó la mano en el pomo de la puerta, respiró hondo y abrió de un tirón.

Una mujer se hallaba de pie en el último escalón. Vestía un abrigo de color gris ceniza, muy apropiado para aquel día gélido. Los largos cabellos castaños le cubrían los hombros y tenía los ojos marrones. La nariz estaba salpicada de pecas. Su sonrisa era gentil pero un tanto forzada, como si mientras esperaba hubiera decidido resultar amigable. Sin embargo, dio un paso atrás con una mirada de estupor al ver la sangre que corría por la mejilla de John.

—¡Oh! —exclamó, e hizo un gesto como si quisiera tocarle la mejilla—. ¿Se encuentra bien?

—¿Ha visto pasar algún vehículo? —preguntó él, mirando la calle de arriba abajo. Ella había aparcado allí mismo su coche de color azul oscuro.

—No —contestó mirándolo fijamente, sin duda preocupada por el aspecto de John—. No he visto a nadie. ¿Quiere sentarse?

John no respondió. Se apoyó contra el marco de la puerta. Rara vez algún desconocido llamaba a la puerta de su casa. Era más frecuente que lo hicieran por la noche, mientras sus hijos dormían. Solía recibir largas cartas, directas y exaltadas, llenas de odio. Difícilmente las divulgaba, y cuando lo hacía trataba de restarles importancia.

—¿En qué puedo ayudarla? —preguntó.

La mujer esbozó una agradable sonrisa que provocó un temblor en las rodillas de John. Éste endureció la mirada. Tras la muerte de Theresa, odiaba aquella sensación. Había decidido reprimirla.

—Bueno, diría que soy yo la que puede hacer algo por usted... —replicó ella sonriendo y tocándole el codo.

Su voz era delicada, con un vago acento sureño, quizá de Virginia o de Carolina.

—¡Ah, ya! —exclamó John, y se sentó en el escalón. Por el tono de voz, el abrigo y los zapatos de fina piel negra, dedujo que se trataba de la nueva niñera que la agencia le enviaba tras el fracaso de la última—. ¿Ha venido usted por el anuncio? —preguntó.

—Déjeme ayudarle —susurró con voz dulce mientras se arrodillaba a su lado. Se oyó la sirena de un coche de policía que avanzaba por la calle. Uno de sus maravillosos hijos había hecho la llamada. John se sintió aliviado y aceptó la ayuda.

Thaddeus George O'Rourke había llamado a la policía, pero no advirtió su llegada. Maggie estaba hecha un lío. Tuvo que ayudarla a prepararse para ir a la escuela, luego cogió sus cosas y ambos se dispusieron a dirigirse a la parada del autobús. En otras circunstancias su padre los habría llevado, aunque para ello hubiera tenido que desviarse de su camino.

—Maggie, es mejor que te quites la camiseta y nos pongamos en marcha —dijo el muchacho, aceptando que las manchas no desaparecerían.

—No —insistió ella—. Dijiste que podría lavarla.

—Lo sé, pero con esas manchas pareces una obra de arte. La llevaremos a lavar y mañana podrás ponértela.

—Eso significa hasta la semana que viene. Nadie lava ropa en esta casa —le recordó Maggie. Captó la mirada ceñuda de Teddy y, tirando de sus mangas, agregó—: Lo siento. No es culpa tuya. Ni de papá. Puedo aprender...

—Tienes once años —respondió Teddy, harto de intentar quitar las manchas—. Se supone que debes jugar, no hacer la colada.

—Todos debemos echar una mano —prosiguió la niña mientras miraba con preocupación hacia el vestíbulo, donde se oían unas voces graves que interrogaban a su padre—. ¿Crees que esta vez harán algo?

—Claro que sí —contestó Teddy.

—Pero no quieren coger al que lo hizo, ¿verdad?

—Deben hacerlo.

Listo había salido a toda velocidad para dar la bienvenida a los agentes, pero pronto volvió a reunirse con Teddy y su hermana. Era un gran perdiguero de pelaje dorado. Formaba parte de la familia desde que Teddy cumplió nueve años. Era el perro más inteligente y cariñoso del mundo y el propio Teddy lo había bautizado. De joven tenía el pelaje suave como la seda, pero ahora estaba enredado y sucio, lleno de ramitas y algas marinas secas. Empujó a Maggie con el hocico y luego se acercó a Teddy para que lo acariciara.

—Todo va bien, muchacho —le dijo su amo, agachándose a su lado—. Eres un gran perro.

El animal le lamió la cara. Cerrando los ojos, Teddy lo acarició. *Listo* había sido siempre inseguro. Era muy amistoso con los desconocidos, pero indefectiblemente volvía con su familia en busca de la confirmación de que se había comportado como un buen perro. Algo similar pasaba con el propio Teddy, y él era consciente. Así había sido con su madre mientras vivió. En el campo de fútbol era infatigable y brusco, poseído por la sensación permanente de que estaba arruinando el juego. Pero en cuanto subía al coche, ella le aseguraba que había sido el mejor jugador del partido.

—Podrían haberle hecho daño —dijo Maggie con tristeza mientras rascaba al perro detrás de las orejas—. ¿No piensa en esas cosas la gente que arroja ladrillos?

—No, no lo hace.

—Pero ¿por qué? No lo comprendo. Odian a Greg Merrill por hacer daño a esas chicas, pero arrojan ladrillos por las ventanas sin preocuparles que pueden herir a *Listo*.

Teddy pensó que también ellos habían corrido peligro. Sintió un escalofrío y se alegró de tener las manos hundidas en el espeso pelaje, de modo que su hermana no advirtiera que le temblaban. Dos policías entraron en la habitación y se encaminaron a la ventana rota. Teddy oyó que uno de ellos se preguntaba qué esperaba su padre de aquellos hijos. El muchacho experimentó el mismo temblor en el estómago que sentía cuando alguien se detenía a mirarlos por la calle.

A su padre lo llamaban «abogado» con tono sarcástico. Lo peor había sido aquel día en que padre e hijo estaban haciendo cola en el Paraíso del Helado y una viejecita menuda se les acercó sonriendo y les preguntó: «¿No creen que a Anne-Marie Hicks le apetecería también un helado ahora mismo?» Anne-Marie Hicks había sido una de las víctimas de Greg Merrill. Los agentes de policía se detuvieron a mirar a los chicos. Teddy no quería darles la satisfacción de alzar la vista.

—Teddy —musitó Maggie para que los hombres no la oyeran.

—Dime.

—¿Por qué papá los representa? —preguntó frunciendo el entrecejo.

La vieja pregunta. También Teddy se la había hecho cuando tenía la edad de su hermana, sólo que el abogado defensor había sido otro.

—Bueno, tú lo has dicho antes: es su trabajo.

—¿Por qué, en cambio, no representa a los inocentes?

Teddy sonrió mientras arrojaba el trapo al fregadero. Había desistido de su propósito de quitar las manchas, pero no pondría objeciones a que Maggie usara la camiseta, si ése era su deseo. Volvieron a oír la voz de su padre. La crisis había pasado, no había heridos y la policía se ocupaba del caso.

—¿De qué te ríes? —preguntó Maggie.

—Estaba pensando que podrías preguntárselo a papá.

—¿Por qué? Tú también lo has pensado, ¿verdad? ¿Por qué no repre-
-senta a los inocentes?

Teddy volvió a estremecerse, la anciana de la heladería había vuelto a su memoria. Después de aquel episodio, Teddy había entrado en Internet y había visto el rostro de las víctimas. Anne-Marie Hicks tenía diecisiete años. Aparecía su fotografía del instituto. El flequillo de cabello rubio le caía inclinado sobre los ojos, lucía siete pendientes en la oreja izquierda y cuatro en la derecha. Su amplia sonrisa dejaba entrever un aparato de ortodoncia y un diente ligeramente desportillado.

—¿De veras crees que debería preguntárselo?

La mente de Teddy volvió al pasado. Recordó cómo su madre permanecía sentada durante horas al lado de su padre, masajeándole los hombros mientras él estudiaba los documentos legales, listo para iniciar los procesos por asesinato, mientras ella soportaba todo cuanto se derivara de los casos que su esposo llevaba.

—¡Contéstame, Teddy!

Sonrió ante la mirada inocente y preocupada que afloraba a los ojos azules de su hermana. Sintió ganas de llorar, pero volvió a sonreír.

—Mags, creo que deberías preguntarle a papá por qué representa a los culpables, ya que me gustaría escuchar su sermón.

—¿Qué sermón?

—Todo eso acerca del milagro de Filadelfia del que surgió la Constitución, la Sexta Enmienda y el derecho a juicio de todos los acusados. Buen rollo. También te hablará de Oliver Wendell Holmes y de que la ley es un «espejo mágico» en el que se reflejan nuestras propias vidas. No tienes más que preguntarle. No dejará de hablar hasta la cena.

—Ojalá —susurró Maggie, hundiendo el rostro en el enmarañado pelo de *Listo*—. Ojalá no pare hasta la cena. Que nunca nos deje...

Teddy dejó de sonreír. Se dijo que los sentimientos de Maggie podían equipararse con los suyos; de hecho, desde la muerte de su madre, siempre estaba pendiente de su padre. Volvió a oír las voces del vestíbulo. John intentaba mostrarse conciliador con los agentes —los mismos a los que interrogaba sin compasión cuando comparecían en el estrado de los testigos—, que a su vez trataban de tranquilizarlo. También Maggie lo oía. Cuando alzó la cabeza, se echó a llorar.

—Todo va bien, Maggie —susurró Teddy abrazándola. El cuerpo de su hermana tembló entre sus brazos. Sus cabellos tenían un aspecto deplorable, como si el padre los hubiera cortado con sus propias uñas. Estaban sucios (sólo unas pocas horas después de haber sido abrillantados) y despedían un olor particular: una mezcla de polvo y zapatillas debajo de la cama. Olía como *Listo*, sucio y con el pelo enredado, ahora que la madre de los chicos no estaba allí para cepillarlo todos los días con esmero.

Teddy deseaba que su hermana despidiese las nostálgicas fragancias del limón y la lavanda, como cuando su madre estaba viva. Deseaba verle los cabellos limpios y el flequillo bien recortado. La pequeña lloraba, huérfana como él, y Teddy la apretó contra su cuerpo cuando los agentes volvieron a pasar.

—No llores —le susurró al oído—. Tú eres mi chica, Mags. La mejor del mundo.

A Maggie no le gustaba el ruido. Primero la sirena, luego los aparatos de radio de la policía, chillando como si hubiese ratones en su interior: unos pobres animalillos sorprendidos en una trampa parlante, deseando salir de allí y correr para volver con sus madres.

No le preocupaban los agentes de policía. Muchos incluso le resultaban simpáticos. Por su parte, ellos se agacharon para saludarla, le preguntaron cómo iba la escuela y si pensaba ser tan buena como Mia Hamm, la estrella del fútbol femenino. Lo hacían debido a la camiseta, claro. Se limitó a actuar educadamente, sin explicarles que el jersey era de su hermano Teddy y que lo llevaba puesto porque así tendría la sensación de que éste la acompañaba cuando estuviera en la escuela.

El motivo de su actitud circunspecta, y la causa de que todos los agentes de policía la sobresaltaran, era que quería evitar a toda costa que su padre les cayera mal. Pensaba que quizá mostrándose bien educada, gentil y serena los agentes deducirían que el padre era un buen hombre. ¿Acaso sabían lo que significaba para su padre sacar adelante él solo a sus hijos? Pero los policías no se preocupaban por eso. No. Como tantos otros, sólo veían en John O'Rourke al abogado de Greg Merrill.

Maggie era muy consciente de ello por más que Teddy intentase ocultárselo. Había madurado con rapidez desde la muerte de su madre. Tenía once años, pero se sentía mayor, como si tuviera veinte. Cansada y envejecida por dentro, mostraba a todo el mundo el aspecto alegre de una niña. Corrió al porche para advertirle a Teddy que debían partir a sus respectivas escuelas, librándolo así de la constante vigilancia que ejercía sobre ella.

Su padre se sentó en una silla para que lo examinase un enfermero. Maggie se acercó a ellos. Quería asegurarse de que el corte no había sido demasiado profundo, o quizá mortal. La madre había muerto en un accidente de tráfico y al principio los de la ambulancia dijeron que estaba bien. El coche se había estrellado contra un árbol tras intentar esquivar a un ciervo. Fue trasladada a la zona de servicios y la ayuda llegó de inmediato. A ella le dijeron que se había puesto de pie y había echado a andar, ya que quería ver si el animal seguía con vida. Entonces se vio obligada a sentarse a causa de un fuerte mareo.

Maggie podía ver todo aquello en su mente, a pesar de no haber estado presente. Veía a su madre con un vestido azul y sandalias blancas.

Ocurrió en una noche de luna llena. Corría el mes de julio. Su piel bronceada relucía incluso en plena noche. El viento le agitaba el cabello dorado, pues la ventanilla del coche estaba abierta. Llevaba los labios pintados, había dicho su padre a los abuelos.

Maggie, a menudo, no distinguía entre lo que sabía y lo que le habían contado. Conocía muchos aspectos acerca de sus padres de un modo interiorizado y profundo, al igual que sabía respirar, conocía los caminos que solían tomar o sabía montar en bicicleta. Pero gran parte de la historia se la había contado su padre, en un esfuerzo desesperado por encontrar un sentido al hecho de que su madre no estuviera allí.

Que no estuviera en ninguna parte.

El informe de las asistencias indicó que la madre se hallaba en buen estado. La habían examinado. No presentaba heridas de ninguna clase, le tomaron la presión arterial y la auscultaron. Todo estaba bien, pero le advirtieron que no se moviera. Pronto la llevarían al hospital, donde la examinarían a fondo.

Su madre había sonreído. ¿Era ésa la verdadera historia o algo que Maggie sólo había oído? En la mente de Maggie faltaba la imagen de los alegres ojos azules de la madre, mientras de su garganta brotaba la ondulación de una leve risa.

«Estoy bien —había asegurado, pero pronto la preocupación reemplazó el buen humor—. Pero ¿qué se hizo del ciervo? ¿Habéis llamado a un veterinario para curarlo?»

Entonces intentó levantarse, para comprobar que el animal, un magnífico ejemplar hembra de cola blanca, no corría peligro.

Volvió a sentarse. Fue sólo eso: una mirada y, tras apoyarse en un árbol, se desplomó, repentinamente exhausta. De pronto sintió que las circunstancias la habían superado: viajar tarde por la noche, llegar tarde a casa para darle a Maggie el beso de buenas noches y llevarla a la cama, conducir a la luz de la luna, el choque con el ciervo, el sonido de las olas rompiendo en las rocas como en sus oídos el latir de la sangre.

Con la mente aún puesta en el accidente de su madre, Maggie pidió a los enfermeros que examinaran mejor la herida de su padre. Los agentes de policía hablaban sin cesar.

21

—Ojo por ojo y diente por diente —decía uno de ellos—. Siete chicas en la tumba contra una ventana rota de un ladrillazo. Echa cuentas.

—Tengo dos hijos —dijo su padre, echándose hacia atrás—. Vigilad lo que decís.

—Siete chicas —insistió el policía alzando el ladrillo como si fuese un objeto sin importancia, mientras que para Maggie constituía una prueba.

—Tiene una herida —dijo entonces una voz de mujer—. Atendedlo y cambiad de actitud.

Era una voz tajante y con un acento que no era de allí, por lo que Maggie se volvió hacia ella. Por algún motivo, la niña no la había visto hasta ese momento. Había permanecido de pie en el umbral, vestida con un abrigo gris oscuro y luciendo una larga cabellera que le caía sobre los hombros. Ahora avanzaba hacia su padre, como si intentara protegerlo. ¿Se trataba de una detective? ¿De una abogada, quizá? Era bonita y sencilla a la vez.

—¿Quién es usted? —le preguntó uno de los policías.

—Viene de la agencia de colocaciones —optó por responder el padre de Maggie mientras se apretaba la herida con la punta de dos dedos, confiando en que no sangraría durante mucho tiempo—. Llegó inmediatamente después del accidente, pero no vio nada.

—Así es —convino la mujer con firmeza, como si le disgustara el trato que los agentes dispensaban al padre de Maggie—. No he visto ni un alma.

—Es una pena —dijo el policía, pero Maggie ya no se preocupaba del sarcasmo que mostraban hacia su padre. Toda su atención se centraba en la desconocida. Ésta observó a su padre con una expresión de desaprobación y enojo. La mirada de Maggie fue tan intensa que la mujer reparó en ella y también la miró. Luego le obsequió con una sonrisa maravillosa.

Era su nueva niñera.

Maggie sintió que el corazón le latía con fuerza. ¡Había tenido tantas! Roberta, Virginia, Dorothy, Beth y Cathy. La tarea era excesiva. Su padre trabajaba tanto tiempo que, para que todo marchara bien, se requería una mujer destacadísima, buena y amable, alguien que cuidara de él y cargara con toda la responsabilidad, alguien que siempre estuviera dispuesta a sonreír para asegurarle que todo iba de maravilla.

«Déjala ser mi niñera», pensó Maggie. Le gustaban los ojos de esa mujer, de un profundo azul grisáceo, como los sonidos de la noche. Sin embargo, al darles de lleno la luz, sorprendentemente cobraron el color verde de los ríos. Eran ojos despiertos y soñadores, guardianes del encanto que haría de su dueña una buena contadora de historias. Maggie se olvidó de la colada e incluso del color de aquellos ojos. Sólo pensaba en las historias.

La señorita Wilcox, la vecina de al lado, abrió la puerta de su casa y echó a caminar por la acera. Un agente la detuvo y le formuló una serie de preguntas sobre lo que había visto u oído.

—Necesitará unos puntos, abogado —dijo el sanitario mientras anotaba algo en su bloc.

—No, no es nada —respondió el padre de Maggie.

—Allá usted. Si quiere que esa pandilla de desgraciados que visita en la prisión lo vea lucir una cicatriz, es asunto suyo. En cuanto a mí, debe firmarme esta declaración de que se niega a que le presten los servicios que necesita, según mi primera impresión.

Al ver que su padre buscaba su estilográfica y trataba de incorporarse, Maggie dio un respingo y susurró:

—No.

Fue como si hubiera gritado porque todos se volvieron hacia ella. La señorita Wilcox quedó atónita. *Listo* salió corriendo para situarse a su lado.

—Estoy bien, Maggie —dijo su padre con tono tranquilizador. En la mejilla y sobre la camisa blanca había pequeños regueros de sangre seca.

—¡Sí que lo está! —agregó el sanitario con aplomo—. Es una herida superficial. No te preocupes.

John se apoyó en la mano derecha y se dispuso a levantarse. Maggie sintió que el llanto se abría paso en su interior y amenazaba con estallar.

—¡No te levantes! —exclamó—. ¡Yo me ocuparé de ti! ¡No camines!

—Maggie, te repito que estoy bien —insistió acariciándola—. No tiene nada que ver con lo de mamá. Sólo es un corte. Nada serio, de veras.

—Siéntate, papá. —Maggie lo empujó hacia el sofá—. ¡Por favor, deja que me ocupe de ti! ¡Por favor, te lo suplico!

—Quizá la niña tenga razón —dijo la dulce voz de la niñera—. Siéntese un momento. Después lo llevaremos a que le pongan los puntos. Ella se sentirá mejor.

Maggie sollozaba entre los brazos de su padre, al tiempo que escuchaba la serena voz femenina que, por algún motivo, le había expresado el amor que sentía hacia ella. Aquella desconocida había llegado de ninguna parte un martes terrible y sangriento para hacerse cargo de su familia. Había salvado la vida de su padre.

—¿Cómo se llama, señorita?

Maggie oyó que la voz de su padre sonaba cortante y poco amistosa, como la que utilizaba como abogado y que a nadie gustaba, la voz destinada a llevarse a todos consigo, lejos de la familia O'Rourke, dejándola sola con su tragedia y su ropa sucia.

—Kate —respondió—. Kate Harris.

—Muy bien, señorita Kate Harris —dijo su padre con frialdad—. Iré a que me curen la herida, pero usted llevará a los niños a la escuela. Maggy y Teddy. ¿Puede ayudarnos, señorita Wilcox?

—Claro que sí, John —respondió la mujer.

—Más tarde hablaremos de los detalles —aclaró John.

—Listos, pues —dijo Kate Harris.

Maggie sintió al instante una mano que se posaba sobre su cabeza. Los dedos eran finos y suaves. Luego éstos le cogieron la mano con gesto amable y tranquilizador. Maggie no opuso resistencia.

Su padre no dejaba de mirarla. Ella adivinó que quería volverse atrás: nada de puntos, sino acompañarla a coger el autobús y después correr directamente al trabajo. Sintió un nudo en el estómago. Kate Harris se agachó junto a ella y la miró a los ojos. El nudo se deshizo.

—Todo saldrá bien —dijo la niñera—. Será valiente y se dejará aplicar los puntos. Cuando todo haya terminado le darán una piruleta.

—¿De verdad? —exclamó Maggie, tratando de sonreír.

—No quiero una piruleta —objetó su padre con el mismo tono malhumorado que usaba su hijo Teddy cuando le tocaba lavar los platos.

—Puede que no la quiera —añadió Kate con una sonrisa tan sincera y amable que Maggie no pudo evitar apretarse a su cuerpo—, pero la necesita. Un poco de dulzura no hace mal a nadie. ¿No es verdad, Maggie?

—Sí. —Maggie respiró aliviada. Tenía los ojos llenos de lágrimas, pero por primera vez desde hacía mucho tiempo eran de alegría. Kate Harris, su nueva niñera. Había aterrizado en el umbral, igual que Mary Poppins o un recién nacido, igual que una canastilla colmada de las más bellas flores primaverales.

—De acuerdo —dijo su padre con tono austero, pero a ella ya no le importaba. Kate Harris lo había mantenido a raya, y ahora lo llevaría a que le atendieran, vigilado por los médicos, de modo que no intentara levantarse para volver a sentarse y morir, como había sucedido con su madre.

Kate Harris le había salvado la vida a su padre. Por eso Maggie la quería.

2

Kate observó al abogado mientras éste subía a la ambulancia y luego lo vio despedirse de sus hijos con tristeza agitando una mano mientras se alejaba. Los puntos de sutura no ocasionarían ningún problema. También le harían una radiografía y quizás una tomografía para descartar posibles lesiones. Las arterias y las venas del cerebro no mostrarían alteración alguna.

—¿Podemos acercarnos hasta urgencias para verlo? —preguntó Maggie.

—Es mejor que no lo hagamos —respondió Kate—. Además, ¿no dijo algo relativo a la escuela?

—Sí que lo dijo —intervino la vecina. Maggie seguía mirando la calle en silencio. Hacía rato que la ambulancia había desaparecido por la esquina, pero la niña continuaba expectante, como si viera flotar fantasmas en el frío aire de octubre.

—No podré concentrarme en la escuela —dijo al cabo—. Querré saber cómo está.

—Vamos, Mags —dijo su hermano, tres años mayor que ella, llevando consigo unos recortes de periódico. La acompañó hasta la puerta. Kate los vio alejarse. Deseaba seguirlos, o entrar en la casa y encerrarse, pero la vecina permanecía inmóvil ante ella. El perro seguía en el interior, con su pelaje enredado y sucio. Kate pensó en su perra *Bonnie* jugueteando entre las conchas de la orilla y sintió una punzada en el corazón.

—Bueno... —dijo la vecina, mirando a Kate con cautela.

—Bueno... —repitió Kate.

—No tiene idea de lo que ha pasado ese hombre —comenzó la mujer—. Todos ellos, en realidad. Solemos pensar que los niños se adaptan y no tardan en recuperarse, pero es muy difícil hacerlo cuando pierdes a tu madre siendo tan joven. Además, cuando pienso que hay quienes los atacan de esta manera...

—¿Sospecha quién ha sido?

—Pudo ser cualquiera. Cada día los periódicos cuentan muchas historias... Esto es un pueblecito y todos saben dónde vive John. Lo ven pasar a diario. Hay quienes le gritan cosas horribles.

—Eso es intromisión en la vida privada —murmuró Kate, y sintió que se ruborizaba.

—Lo es. ¡Oh, es terrible! Al margen de lo que piense acerca de ese Merrill. ¡Ya quisiera yo darle personalmente la inyección, si me dejaran! Lo que hizo... Bueno, no pensemos más en eso. John es un muchacho del pueblo. Lo conozco desde que nació. Siguió los pasos de su padre y, como él, se convirtió en un excelente abogado. Hace lo que le parece correcto. No quisiera que estas cosas le inclinen a abandonar este trabajo. Por cierto, mi nombre es Ethel Wilcox.

—Yo soy Kate Harris —se presentó la niñera, sorprendida por la firmeza con que la mujer le aferró la mano. De unos setenta años de edad, vestía como alguien que hubiera estado cinco décadas relegada a los suburbios: pantalones de color azul marino y jersey del mismo color, un pequeño reloj de oro y zapatillas de deporte Reebok. Sus cortos cabellos eran de color gris.

—Parece usted una persona seria —dijo tras mirar a Kate—. Espero que lo sea, porque no quiero ver a esa gente hundirse de nuevo.

—¿Hundirse?

—Sí, por culpa de alguien que sea demasiado inquieto.

Kate respiró hondo. Se hallaba en territorio difícil. Ser interrogada por una vecina entrometida, aunque preocupada, no formaba parte de sus planes para esa mañana. Pero Ethel Wilcox seguía allí, mirándola como si fuera capaz de leerle la mente, como si estuviera recapitulando y acabara por considerar que todo iría mal en la familia O'Rourke. No obstante, Kate se mantuvo firme, mirándola a los ojos.

—Tengo intención de establecerme —aseguró, ocultando la verdad.

—Muy bien —repuso la señorita Wilcox, esbozando una amplia sonrisa. Kate sintió cierto malestar en el estómago, pero reconoció en la vecina a una especie de cómplice.

—Bueno, será mejor que lleve a los niños a la escuela —dijo Kate.

—¿Necesita ayuda? Estoy segura de que John no espera de usted que el primer día los lleve sola, y como él no está...

—Podré arreglármelas —contestó Kate, sonriendo para disimular su nerviosismo.

De pie frente a la puerta, la señorita Wilcox observó cómo los niños hurgaban en sus mochilas.

—Bueno —dijo—, si no tuviese que ir a Newport, me quedaría para ayudarla en lo que necesite. Pero si está segura de que...

Los agentes habían terminado su trabajo en el interior de la casa y se dirigían al porche. Tenían algunas preguntas que hacerle a la señorita Wilcox. Ésta miró su reloj de oro y aseguró que sólo disponía de quince minutos antes de que su amigo viniese a buscarla.

Kate asintió y dio un paso atrás. Puso una mano en el pomo de la puerta. Se detuvo en el umbral, no sólo de la casa, sino de algo más. Las voces de los niños le llegaban a través de la tela metálica, discutían en voz cada vez más alta. El pasillo hacia el vestíbulo estaba en penumbra, lleno de misterio, pero también de vagas promesas. Volvió la cabeza. Vio el cielo azul, las altas nubes, su coche, la calle. Sólo tenía que volver a salir, arrancar el coche y alejarse de allí sin más.

—Kate —dijo una voz de niña.

Sobresaltada, Kate se volvió. Maggie estaba allí, con la bolsa de los libros, mirándola. El perro meneaba la cola. Su corazón era como un pequeño pájaro enjaulado en el pecho que intentaba liberarse. Lo sintió latir contra sus costillas, sus clavículas, su garganta.

—Kate —insistió Maggie—. ¿Vienes o no?

Kate miró sus pies. La punta de sus mocasines negros tocaba el umbral. Sólo tenía que bajar. El perro esperaba fuera, con la lengua colgando en una gran mueca. Entonces, mirando a Maggie a los ojos, sonrió y giró el pomo.

—Voy —respondió dirigiéndose hacia la casa.

—¿Debemos llamarte Kate o señorita Harris? —preguntó la niña.

La mujer sonrió. Era muy bella, y cuando meneaba la cabeza, sus cabellos castaños se agitaban de un lado a otro de su cara. Al mirarla, Teddy O'Rourke parecía hipnotizado.

—No, nada de «señorita». Llamadme Kate, ¿de acuerdo?

—Claro que sí —aceptó Maggie—. A las anteriores niñeras las llamábamos siempre por sus nombres, ¿Lo recuerdas, Teddy?

—Sí.

—Bien —dijo Kate—, ¿y ahora qué hacemos?

—A la escuela, ¿no? —prenguntó Teddy, vacilante.

—Eso ya lo sé. Sólo quiero saber qué he de hacer para llevaros allí.

—El autobús —dijo Teddy, preguntándose si estaba tomándole el pelo.

—¿Ambos cogéis el mismo autobús? —Reparó en la diferencia de edad entre Teddy y Maggie—. Supongo que no. Cuando yo iba a la escuela con mi hermana, teníamos un solo autobús...

—Vamos en autobuses diferentes —aclaró Teddy.

—Lo suponía. ¿Y qué ha pasado con...? —preguntó dirigiendo la mirada a la niña.

—No me he cambiado —dijo Maggie, intentando disimular las arrugas de su camiseta.

—No, no debes hacerlo —dijo Kate—. Tienes una bonita camiseta.

Maggie esbozó una radiante sonrisa. Teddy se había mostrado cauteloso desde que aquel ladrillo había roto la ventana de su casa. Con la repentina aparición de la nueva niñera —que le recordaba más a algún socio de su padre que a una niñera y que ni siquiera sabía la dirección de la escuela—, el muchacho no había abandonado su actitud. Sin embargo, la sonrisa de su hermana hizo que Kate ganara muchos puntos para él.

—Tienes cinco minutos hasta tu autobús, Maggie —dijo Teddy, revisando una vez más su mochila y cogiendo las chaquetas del perchero.

—Mmm —susurró Maggie acariciando el hocico de *Listo*

—¿Debo llevaros hasta la parada? —preguntó Kate.

—Éste es... Éste es... —se oyó la voz de Maggie proveniente de las profundidades del grueso pelaje de su mascota. Kate no la entendía, por lo que Teddy ofició de intérprete.

—Dice «Éste es *Listo*» —aclaró mientras tiraba del brazo de su hermana—. ¿Acaso *Listo* también quiere venir a la escuela? —preguntó acariciando al perro, y vio los dedos de Maggie cubiertos por el enmarañado pelaje. Intentó atraerla hacia sí con delicadeza, y de pronto cruzó por su mente el claro recuerdo de que su madre había hecho lo mismo en esas ocasiones.

—Noooooooessssssno —musitó su hermana, hundiendo la cara en el lomo del animal.

—Sí, irás —dijo Teddy—. ¿Es que quieres quedarte otra vez?

—¿Qué ha dicho? —inquirió Kate.

Esta vez Teddy no había traducido. Maggie alzó la cabeza y miró fijamente a Kate.

—No iré a la escuela —aclaró. En ese momento se oyó el autobús. Reducía la velocidad al llegar a la casa, se detenía un momento y después aceleraba y se alejaba.

Teddy experimentó una verdadera sensación de pánico. Maggie faltaba mucho a la escuela. Siempre se quejaba de dolor de garganta o de vientre con la intención de quedarse en casa. Esta vez no fingía del todo. Su padre siempre se encontraba mal cuando volvía del trabajo. Teddy suponía que habría salido de urgencias como un poseso hacia la oficina. Lo peor era que no podía estar cerca de él para solucionar el problema; su propio autobús estaría allí al cabo de cuatro minutos y era necesario partir.

—Maggie, te llevaré en el coche —se ofreció Kate.

—Vamos, Maggie, démonos prisa —ordenó Teddy, cargando a su hermana con la mochila mientras le entregaba la chaqueta con la otra mano—. Debes ir a la escuela.

Maggie se sentó en el suelo, los brazos rodeando el cuello de *Listo*. Tenía la cara roja y una expresión desolada, que le recordó a Teddy los tiempos en que era más pequeña. Maggie era muy llorona. Siempre había sido muy sensible al calor y al frío, al hambre, a la necesidad de dormir. En este momento era sensible a la ausencia de su padre, ingresado en un hospital y con una herida en la cabeza. Teddy nunca la había visto llorar así.

—No... iré... a la... escuela —sollozó—. ¡No... hasta que no sepa... si... papá... está bien...!

—Papá está bien —dijo Teddy, sintiéndose de nuevo presa del pánico. Debía tranquilizar a su hermana, pero para ello necesitaba creer en sus propias palabras—. Sólo fue un pequeño corte.

—Mamá nunca sangró —musitó la niña—. Dijo que se sentía bien. No había ni una gota de sangre. Sin embargo, se sentó y murió.

—Fue diferente —replicó Teddy al tiempo que sentía un nudo en el estómago—. Aquello fue un accidente de tráfico. Mamá tenía lesiones internas.

Maggie se limitaba a apretar los párpados, incapaz de contener las lágrimas.

—Vamos, Teddy, ahí viene tu autobús —dijo Kate con amabilidad. Teddy sintió su mano en el hombro, fina y cálida, pero al mismo tiempo firme. Deseó que se mantuviera allí para siempre; cerrar los ojos y fundirse en esa sensación, pero Maggie lo necesitaba. Permaneció inmóvil sin dejar de mirar a su hermana.

—Maggie —dijo—. No debes faltar a clase.

—No me importa la escuela —se lamentó.

—Teddy —insistió Kate—. Ella estará bien. Ahí llega tu autobús.

Teddy se acuclilló y sintió deseos de llorar. Iba bien encaminado para acabar el curso con calificaciones magníficas, sus informes contaban con numerosos sobresalientes. Su asistencia a clase era ejemplar por primera vez desde que había muerto su madre. Además, ese día era el de las elecciones para el comité de baile de octavo curso.

Pero ¿cómo dejar a su hermana en manos de una extraña? Ella había dicho que era su niñera, pero no parecía demasiado firme respecto al tema de la escuela. Por su parte, él no albergaba dudas sobre algunas cuestiones relativas a la realidad: su padre era un gran abogado, de modo que su hijo sabía que en el mundo había asesinos, violadores, ladrones y víctimas.

Kate no parecía nada de eso, pero también era cierto que la gente aseguraba que Greg Merrill parecía un sencillo hijo de vecino. Tenía un rostro franco y una sonrisa amistosa, había asistido a la Universidad de Connecticut y trabajado en la escuela. Había ahorrado un poco de dinero trabajando desde casa y sacando a pasear a los perros del vecindario. Las personas habían confiado en él.

El autobús se detuvo en la señal de stop. Si salía, lo alcanzaría. La mano de Kate permanecía sobre su hombro. Lo sacudió ligeramente para ponerlo en marcha.

Le sorprendió comprobar que eran casi de la misma altura. A pesar de que ella era una persona adulta y él sólo tenía catorce años, la miró fijamente a los ojos. Teddy tragó saliva.

—Ya lo sé, Teddy —susurró ella.

Teddy permaneció inmóvil, como hipnotizado en aquel momento por Kate Harris, cuyos ojos relucían.

—¿Qué es lo que sabe? —preguntó a su vez en voz baja.

—Lo mucho que quieres a tu hermana, todo lo que estás dispuesto a hacer por ella.

—Haría lo que fuera —contestó Teddy mirando a la niña, que aún acariciaba al pobre y paciente *Listo*. Teddy sintió que el desánimo se apoderaba de él, pero intentó no manifestarlo.

—Yo también quiero ayudaros —dijo Kate—. No te preocupes, Teddy, sé perfectamente lo que sientes.

—No puedo ir al instituto si ella no lo hace —replicó Teddy; tenía la garganta tan seca que le costaba hablar.

—¡Oh, Teddy! —exclamó Kate sin dejar de sonreír—. Ahí es donde te equivocas. Mira, tú eres su hermano mayor, ella debe seguir tu ejemplo. Tienes que enseñarle lo que se debe hacer.

Teddy oyó que el autobús se acercaba cada vez más a la casa.

—Por un día no importa —dijo Teddy vacilante, mirando a su hermana.

—Puedes confiar en mí —insistió Kate—. Cuidaré de ella. ¿Es eso lo que te preocupa? ¿No quieres dejarla conmigo?

—No lo sé —repuso Teddy, desviando la mirada. Los frenos del autobús rechinaron.

—Eres un buen hermano —le aseguró Kate—. Quieres a tu hermana y yo también.

Él asintió con la cabeza.

—Pues ve al colegio. Hazte fuerte por el bien de ella. No importa si te resulta duro. Debes sobreponerte. Te prometo que cuidaré de ella. No te preocupes.

El autobús esperaba fuera. Los dedos de Teddy asieron su mochila. Maggie permanecía acurrucada al lado de *Listo*, con la cara aún hundida en el sucio pelaje.

—Quita la cara de ahí —dijo Teddy, sacudiendo el hombro de su hermana—. ¿Quieres que te ensucie la cara? ¿O prefieres que te pique una de esas condenadas garrapatas?

—¡No me importa que *Listo* esté sucio! —dijo Maggie entre sollozos—. ¡También yo lo estoy! ¡Somos la misma cosa!

—Este perro necesita un baño —dijo Teddy, rechinando los dientes—. Juro que no pasará de esta noche. Le sacaré todas las malditas garrapatas.

—No lo hagas, Teddy —dijo Kate con voz queda—. Debes ocuparte de ti mismo. Yo me ocuparé de Maggie y de *Listo*.

—¿Quizá porque también se encargó de su hermana? —preguntó Teddy.

—Y de su perro —respondió Kate.

Le miró a los ojos y Teddy lo comprendió: eran iguales. Aunque no la conocía y era mayor que él, supo que ambos pasaban por la misma situación.

Se convenció de que Kate decía la verdad: ella quería a su hermana y deseaba hacerse cargo de ella mientras él estuviera en la escuela y su padre en el despacho. El chófer hizo sonar el claxon.

—Está bien —dijo Teddy, justo cuando el chófer se disponía a partir.

—¡Espere! —exclamó Katty.

Teddy se puso la chaqueta y cogió la mochila. Maggie no quiso mirar. El muchacho apenas era capaz de hablar. Rozó con los dedos los cabellos de su hermana, tan revueltos como los de *Listo*, y se volvió hacia el vehículo.

—Eres mi chica, Mag —musitó.

Maggie no contestó, ni siquiera levantó la cabeza. Kate mantuvo la puerta abierta y Teddy bajó los escalones. Volvió la mirada al patio al ver la expresión perpleja del conductor, que observaba la ventana rota de la cocina. Teddy miró hacia la casa. Las hojas amarillentas de los árboles caían al suelo.

Kate permanecía de pie en la puerta.

La luz del frío sol de octubre le iluminaba la cara, tiñendo de reflejos la cabellera castaña. Sus ojos brillaron cuando acarició a *Listo*. Teddy la observó mientras se dirigía a su asiento, recordando que su madre permanecía también en el umbral, agitando la mano y sonriendo mientras el autobús se marchaba. *Listo* tenía entonces un pelaje sedoso y dorado. En ese momento Maggie miró a Kate y agitó la mano para despedirse de él.

Kate no hizo lo mismo. Ni Teddy. Se miraban mutuamente, pero él tuvo la impresión de que estaban pensando en otras personas. Personas que habían perdido para siempre.

El autobús aceleró, giró en la esquina y se internó en el fangoso camino que conducía al faro. La casa blanca desapareció de la vista de Teddy.

El servicio de urgencias parecía una colmena en plena actividad. Si John O'Rourke hubiese sido otra clase de abogado, habría aprovechado la ocasión para aumentar su lista de clientes. En la consulta número uno, una anciana que había resbalado y caído en el paso de peatones esperaba a que le hicieran una radiografía de la cadera; en la número dos había un niño cuyo inhalador había fallado y se hallaba con mascarilla de oxígeno y monitorización cardíaca; en la número cuatro un drogadicto se retorcía y gemía, víctima del síndrome de abstinencia, en espera de que lo trasladasen a un centro de desintoxicación. El dolor se parecía un poco a los procesos judiciales.

John, en la número tres, lo oía todo. Mientras esperaba su turno, intentaba leer el expediente que había traído desde casa. La cabeza le daba vueltas y le dolía el estómago. Apartando la vista del documento, prácticamente vio perfilarse su agenda del día y pensó que no tendría tiempo para cumplirla.

Al fin y al cabo, ¿por qué no había llevado a sus hijos a la escuela? En aquel lugar, rodeado por las miserias de la vida, se calmó al pensar que era un buen padre, aunque fuera un desastre recortando flequillos.

Sin embargo, cumplía con sus obligaciones fundamentales: alimentos, ropa... Cuidaba de sus hijos, si bien tenía la esperanza de que Kate Harris se revelase como la superestrella de las niñeras.

—Hola, buenos días —dijo un enfermero que llevaba una cesta de metal llena de tubos—. El doctor me envía para que le extraiga sangre. Arremánguese, por favor.

Sin apartar la mirada de la aguja, John hizo lo que le decían. Sentía el estómago revuelto. Odiaba las agujas. Cuando a sus hijos tenían que ponerles una inyección, él les animaba a comportarse con valentía, pero no por eso dejaba de compartir su aversión.

—¿Tenéis alguna idea de cuándo podré largarme? —preguntó John, intentando ganar tiempo.

—¿Tiene algo de que ocuparse más importante que su salud? —le espetó el enfermero, chasqueando la lengua. Luego le echó un vistazo a la herida. Un médico que olía a café y mantequilla de cacahuete se la había suturado con manos delicadas. Los efectos de la anestesia local estaban desapareciendo y los puntos de sutura tiraban de su piel.

El enfermero se tomaba su tiempo. ¿Era probable que lo hubiera reconocido? ¿Acaso iba a ensañarse con él por ser el abogado de Greg Merrill? John apretó los dientes, como si esperara la punzada.

La aguja penetró bajo su piel. John observó la sangre que comenzaba a llenar la jeringuilla. Sintió que iba a desmayarse. Sus hijos se burlaban de él porque no toleraba la visión de la sangre. Dirigió la mirada al techo y se sintió mejor. Entonces le asaltó el recuerdo de Theresa.

La habían traído allí después del accidente.

John estaba en casa con sus hijos. En cuanto le informaron por teléfono, dejó a Teddy al cuidado de su hermana y salió a toda prisa hacia el hospital. Abrió varias puertas hasta llegar a la habitación luminosa, a la camilla...

John lo supo antes de que se lo dijeran: su mujer había muerto.

Era una de esas cosas monstruosas de la vida. A pesar de que había echado a andar después del accidente y de no tener ninguna herida visible, se había golpeado el tórax contra el volante. El impacto había seccionado por completo una gruesa arteria y había sangrado hasta morir, a pesar de los esfuerzos del equipo de reanimación.

¡Su hermosa mujer! Su Theresa de cabellos dorados y ojos azules. Siempre había pensado que aquel nombre resultaba anticuado para una muchacha de piel de porcelana.

La noche de su muerte llevaba los labios pintados de color rosa. Un carmín suave, delicado, fresco... El recuerdo le provocó una punzada de dolor.

—¿El señor O´Rourke? —dijo el médico tras apartar la cortina, con el historial de John en las manos.

—Sí —contestó John, aturdido por la súbita visión de los labios de Theresa.

—Las radiografías están perfectas. No hay signo de lesión. Sólo le recomendaría que se mantuviera tranquilo en lo que resta del día y que acuda si siente algún malestar. Eso sí, le quedará una señal. No hemos podido evitarlo. De todos modos, ya he solicitado consulta con el cirujano plástico.

—¿Con quién? —exclamó John.

—El cirujano plástico. El corte fue muy profundo y puede quedarle una cicatriz. Será mejor que lo solucionemos ahora para no tener que lamentarlo más tarde.

—No se preocupe, sobreviviré— aseguró John, meneando la cabeza mientras buscaba su agenda. Recordó lo que los agentes le habían dicho acerca del aspecto que tendría con una buena cicatriz entre los personajes que visitaba.

Una vez que hubo firmado los formularios, inclinado sobre la camilla, sintió que alguien del equipo sanitario lo observaba. Cuando dejó los papeles en la camilla y agradeció los servicios prestados, oyó que una secretaria le decía a otra: «Me pregunto si sabe que ella falleció aquí.» «Pues claro —respondió la otra con voz queda—. Después de que el asesino la diera por muerta.»

Le dolía la cabeza. «Esto es un hospital —se dijo—. Muchos han muerto aquí. Theresa...» Se encaminó hacia la salida. El sol otoñal brillaba con fuerza y hacía un frío estimulante. El aire fresco agudizó sus sentidos.

Buscó las llaves del coche en sus bolsillos, hasta que recordó que había llegado allí en una ambulancia. Sin dudarlo, cogió un taxi que acababa de desocuparse. Dio la dirección de su despacho, pero de inmediato cambió de intención y decidió volver a casa para cambiarse la camisa ensangrentada.

Repantingado en el asiento trasero, de pronto recordó los nombres.

«Antoinette Moore», pensó. Había sido la única en morir en el Hospital de la Costa. John conocía muy bien el caso, como si lo llevase dentro de él, minuto a minuto. Antoinette, a quien todos llamaban Toni... Diecinueve años. Una estudiante de segundo año del Bushnell College, corredora de fondo que se estaba entrenando para su primera maratón. Menuda y enjuta, de cabellos oscuros. Sus padres vivían en Akron, Ohio. Tenía un hermano mayor y dos hermanas.

Una familia unida. No sabían que la enviaban a Connecticut para morir.

Tardó en hacerlo. El procedimiento de Merrill era esperar que las olas chapotearan alrededor de la boca de sus víctimas y entonces las hacía sangrar hasta la muerte o las ahogaba. Pero ese día había calculado mal la marea y Toni se convirtió en la única de las víctimas de Greg que sobrevivió lo suficiente para ser rescatada.

La había abandonado, como a las otras, en el rompeolas —un malecón de madera y piedras perteneciente a una propiedad privada—, que se introducía en la bahía de Stonington. Le había cortado la garganta y la había arrastrado hasta el extremo del malecón, esperando que subiera la marea para deshacerse de ella.

No contó con la sorprendente resistencia de la muchacha, con su determinación de corredora de fondo. Toni había conseguido regresar a tierra firme. La encontró un pescador de langostas que estaba revisando sus nasas. Le llamó la atención el color carmesí que teñía el cuerpo. Por un momento pensó que una de sus boyas rojas se había deslizado hasta el malecón.

Ella había muerto en el Hospital de la Costa, cuarenta y cinco minutos después, sin recobrar la conciencia.

John cerró los ojos. Se imaginó el retrato de la muchacha en su propio expediente. Las compuertas se habían abierto. Otros nombres y otros rostros comenzaron a fluir.

Anne-Marie Hicks: diecisiete años, un metro sesenta, cabellos rizados, aparato de ortodoncia, desaparecida en una tarde de abril. Su cadáver fue encontrado enredado entre las líneas de pesca.

Terry O'Neal: veintidós años, modelo, encantadora, ojos oscuros e inteligentes, no apta para trabajar en la agencia de seguros de su padre. Dos muchachos hallaron su cadáver a la deriva cerca del muelle de Hawthorne Town.

Gaile Litsky: dieciocho años, largos cabellos rubios, a punto de ir a ver a sus padres, había hecho sus pinitos en el cine. El cadáver fue hallado encastrado en las rocas del rompeolas de Black Hall.

Jacqueline Rey: catorce años, hija única y vivo retrato de su madre soltera, de mirada resplandeciente. Desapareció una noche y encontraron su cadáver en la arboleda del malecón del Easterly Yacht Club.

Beth Nastos: veinte años, contable de la empresa Nastos Seafood, alta, esbelta y de sonrisa candorosa. Su cadáver estaba escondido —de forma quizá más cruel que los anteriores— en el rompeolas de piedra y leños de la centenaria pescadería de su propia familia, en Mount Hope.

Patricia McDiarmid: veintitrés años, recién casada y madre de una niña. Asesinada con sus ropas de trabajo. Su cadáver apareció escondido en un túnel de hormigón debajo del muelle de Exeter.

No pasaba un día sin que John pensara en las víctimas. Al principio lo visitaban en sueños, una a una, y les rogaba que lo perdonaran. Les pedía perdón por defender a quien las había matado. Aquél era su pueblo y lo amaba.

Todos creen que los abogados son tipos duros de pelar, que sólo buscan la victoria de sus clientes y el éxito de su carrera, sin preocuparse de las víctimas y sus familias. John era hijo de un juez. Creció entre los bancos de la sala de tribunales, observando a los acusados en el estrado. Tras las puertas cerradas de las mejores familias de Connecticut se ocultaban numerosos secretos y penalidades. Su padre le había enseñado a comprender e incluso a amar a sus paisanos a causa de sus vidas complicadas y no siempre cristalinas. Le decía que la justicia y la vida eran mucho más complicadas de lo que la gente solía creer.

—Es aquí —indicó John al taxista al llegar a la casa. Miró por la ventanilla el edificio de color blanco, con las paredes de piedra y los árboles, altos y viejos, rodeándolo. Durante la fría noche, el arce, el favorito de Theresa, se había vuelto de un color rojizo cada vez más intenso a medida que se acercaba al ápice. En el promontorio, a poco más de doscientos metros de allí, brillaba la resplandeciente luz del faro iluminado por el frío atardecer. Un coche de policía patrullaba lentamente el lugar.

«Lo teníamos todo bajo control, los cuatro mosqueteros», pensó. Al recordar a sus compañeros de instituto, que habían permanecido en el pueblo, se sintió embargado por la emoción.

John, el hijo de un juez, ahora era abogado. Billy Manning, hijo de un agente de policía, acabó siendo policía. Barkley Jenkins, cuyo padre había sido el último farero, regentaba una posada y tenía un contrato que lo autorizaba a encargarse del faro.

Theresa había sido la «cuarta mosquetera». Desde el día que la vio en segundo curso, John había deseado no alejarse de ella. Mientras Billy y Barkley abandonaban algunas noches a sus parejas, John sentía verdadero miedo de perderla de vista. Los muchachos le tomaban el pelo, pero estaba demasiado enamorado como para hacerles caso. ¿Había comprendido él lo hermoso que sería pasar la vida juntos?

John buscó su cartera y pagó al taxista.

Los rayos de sol penetraban por la ventana rota. A grandes trazos, el cristal hecho añicos dibujaba una estrella. Tendría que llamar para que viniesen a repararlo antes de que los niños volviesen de la escuela.

Al subir por los escalones, vio la mochila de Maggie en el suelo del vestíbulo. ¿Se había olvidado de llevarla consigo? Dio un respingo al pensar que la nueva niñera no se había armado de valor. Con la mano en el pomo de la puerta, miró instintivamente hacia atrás para comprobar si el coche azul seguía allí.

No estaba.

La puerta no tenía echado el cerrojo.

John sintió que se le aceleraba el pulso. Entró en el vestíbulo. Había pasado por allí con Theresa cuando trajeron a sus recién nacidos de la clínica. ¿Por qué se acordó de eso? Se sobresaltó al ver el almuerzo de Maggie sobre una silla, en la misma bolsa de color marrón en que él lo había metido la noche anterior. Se había quedado en casa. Eso era lo que había pasado.

Quizás un dolor de vientre. Maggie, al igual que su madre, era propensa a esa clase de malestar. O puede que se hubiera obstinado en no ir a la escuela hasta tener la certeza de que su padre estaba bien.

—¡Maggie! —llamó, dejando la cartera en el suelo.

No hubo respuesta. Se oía el suave tictac del reloj.

—¡Estoy en casa, pequeña mía! ¡Me encuentro muy bien!

Pronto la vería correr hacia él, pensó. Su buena y cariñosa hija, que quería saber si su padre estaba sano y salvo.

Pero nadie acudió corriendo. No hubo respuesta.

Con las palmas sudorosas, John se dirigió a la primera planta. Parsimoniosamente, todavía capaz de controlarse, echó un vistazo a la sala de estar, al comedor y a la cocina y, cada vez más nervioso, a su estudio, al solarium. «¿Dónde está *Listo*? —pensó—. ¿También él se ha marchado?»

—¡Mags!

Sus tripas temblaron y gimieron. ¿Cómo se llamaba aquella niñera, la mujer que había visto en el umbral de su casa? ¿Y qué clase de idiota era él, que tan bien conocía lo que era capaz de hacer un ser humano, para haber dejado solos con ella a sus propios hijos? ¿Dónde estaba la señorita Wilcox? ¿Acaso no se había ofrecido a ayudarlos? John masculló una maldición mientras subía los escalones de dos en dos.

—¿Kate? —Sí, ése era su nombre: Kate Harris.

Corrió hacia los dormitorios mientras realizaba una descripción mental de aquella mujer. Un metro setenta, esbelta, abundante cabellera castaña, ojos grisáceos, abrigo gris oscuro, zapatos blancos. Ya estaba pensando en pasar los datos a la policía. Se le heló la sangre cuando comprendió lo que había hecho. En ese momento comprendió que se había convertido en el padre de una niña desaparecida...

3

John sintió el peso de la fría verdad. A medida que continuaba la exploración por su casa, esa sensación se hacía cada vez más y más intensa. ¿Se había convertido en uno de ellos? ¿En uno de esos seres queridos que llegan a su casa en el curso de un día esplendoroso y les aguardaba el comienzo de una pesadilla? ¿Uno de tantos padres como los que él sometía a interrogatorios y careos porque habían perdido a sus hijos? ¿Era éste el «final» de una lista de «antes y después»: el «antes de que Maggie desapareciera» y el «después de que Maggie desapareciera»?

—¡MAGGIE! —vociferó.

La casa permaneció en silencio.

John pensó en los Moore, los Nastos, los McDiarmid, los Litsyk... Todos habían pasado por esto; él mismo había escuchado cómo lo testimoniaban: «Volvía del trabajo y ella ya no estaba allí...» O «La llamamos por teléfono el viernes a la noche, pero nadie nos respondió...», o «Buscamos y buscamos, pero no pudimos encontrarla». De algún modo, esas familias habían abierto así la puerta a los monstruos....

—¡Maggy! ¡Katty! —exclamó.

¡Kate Harris! Un nombre llano y una mujer agradable y de aspecto normal. John sintió como una puñalada. Era la descripción habitual de un asesino en serie. «Parecía tan *agradable*, tan *normal*...» «Era como el hijo de los vecinos...» Pensó que las mujeres también matan.

Las mujeres no estaban exentas de las fuerzas interiores que llevan a las personas a hacerle daño al prójimo.

¿Dónde se había llevado Kate Harris a su querida hija? ¿Dónde estaba su pequeña niña, su pimpollo con la camiseta sucia, la querida mocosa que olvidaba bañarse: su Maggie, Margaret Rose O'Rourke, Maggie Rose, Mags, Magpie, Maguire, Magsamillion, Magster?

—¡Maggie!

Corrió hacia el ático. Olía a polvo y veneno para las polillas, y un vaho ligeramente pútrido emanaba de las paredes. Habían vuelto los murciélagos. Se habían instalado allí tres años atrás, y Theresa había llamado a una empresa especializada en exterminarlos. A John le costaba respirar.

Otro «antes y después», pensó. El «antes del accidente» y el «después del accidente». ¿Cómo definir el momento en que su vida pasó a ser otra? Demasiado frenético para ponerse a pensar, John corrió hacia el ático mohoso. Miró en el viejo guardarropa, en el interior del cofre de cedro, dentro del baúl forrado de cuero que había pertenecido a la madre de Theresa.

Se le escapó un sonido tan inhumano —una mezcla del alivio de que no estuviera allí y la terrible angustia de no encontrarla por ninguna parte— que puso en desbandada a los murciélagos. Éstos comenzaron a aletear alrededor de su cabeza. Lo rodeaban como presos de una oscura y atávica violencia, rozándole las orejas con algo espantosamente afilado. ¿Garras, dientes...?

John nunca lo supo. Bajó corriendo por las escaleras tras cerrar el ático de un portazo. Un par de murciélagos lograron escapar y se dispersaron en la brillante amplitud de la segunda planta de la casa colonial.

Aún le quedaba buscar en el sótano: el taller, el cuarto de la lavadora, el garaje, el cobertizo del jardín, el cobertizo para los botes. Pero no tenía tiempo. Sabía que los minutos eran preciosos.

«Ha llegado el momento —pensó mientras se dirigía al teléfono de su habitación—. Ha llegado el momento. Paga por tu carrera, paga por defender a la clase de gente que defiendes. Pensándolo bien, no está mal. Eres un demonio haciendo la tarea del diablo, eres responsable de una parte de los crímenes al dejar libres a los culpables. ¿Es eso lo que haces? Mi hija desaparecida, como la de tantas otras familias. Ahora sé qué se siente.»

Pensó la última frase mientras descolgaba el auricular. Le resbalaba entre las manos. Con dedos temblorosos, se dispuso a pulsar las teclas. Llegó a marcar las dos primeras cifras del 911 cuando sintió que se abría la puerta de entrada del vestíbulo. Oyó ladrar a *Listo*. ¡Los gritos de Maggie!

—¡Es su cartera! ¡Ha vuelto a casa! ¡Papá!

—¡Maggie! —exclamó John.

Bajó a toda prisa. La pequeña se lanzó sobre él como si ejecutara un triple salto mortal. Habitualmente él tenía que insistir un poco antes de que se arrojara en sus brazos, pero esta vez no fue necesario. *Listo* intentaba llamar su atención saltando entre ellos.

—No le esperábamos en casa tan temprano —dijo Kate Harris, sonriendo.

John alzó la vista y la miró por encima de la cabeza de Maggie. Kate sonreía, o al menos lo intentaba. Su boca se torció formando unos hoyuelos en sus pecosas mejillas. Pero sus ojos parecían tristes y apagados, como si hiciera mucho tiempo que no sonreía. John no estaba de humor para semejantes análisis, de modo que desechó esos pensamientos y apartó amablemente a su hija.

—¿Por qué no está Maggie en la escuela? —preguntó.

—No quiso ir —se limitó a responder Kate Harris.

—Su obligación es ir de cualquier manera —subrayó John—. Se supone que usted debe saberlo.

—¿Se supone?

—Es usted una persona adulta.

—Hummm... —masculló con aire pensativo—. Pues sí, tiene razón —dijo al fin.

—¿Dónde estaban?

—Quería que Maggie no se preocupara por la suerte de su padre —respondió con marcado acento sureño.

—Estaba preocupada —añadió Maggie.

—¿Puedes dejarnos un momento a solas, Mag? Ve al solárium. Estaré allí dentro de unos minutos. ¿De acuerdo?

—Papá, no hagas locuras —le pidió su hija con tono afligido. Durante los últimos años había vivido tantas veces esta situación que invariablemente su cerebro desencadenaba un mecanismo instintivo. Le prometía a su hija hacer algo para que se sintiera mejor.

—Jugaremos a las damas —dijo John, olvidándose del trabajo que le esperaba en el despacho—. Vamos, sube y ve preparando el tablero.

—Lo haré —respondió la niña—, pero no seas malo con Kate.

—No te preocupes —la tranquilizó—. Sube y prepara las cosas para la partida.

Miró a Maggie de reojo hasta que se alejó del vestíbulo. La camiseta manchada no estaba del todo limpia, pero los cabellos habían sido cepillados con esmero.

—Ya la ha oído —dijo Kate, perfectamente vestida y acicalada, sólo con los bajos del pantalón un poco húmedos—. No sea malo conmigo.

—Es una niña —respondió John—. No tiene idea de lo que hace. ¿Dónde demonios estaban? ¿Sabe que estuve a punto de volverme loco? Cuando llegaron, me disponía a llamar a la policía. Creí que la había raptado.

La expresión de Kate pasó de la calma, incluso de la animación, a una profunda impresión.

—Dios mío, lo siento.

—¡Debería haberlo pensado!

—Francamente, creí que llegaríamos a la casa antes que usted. Sólo bajamos a la calle a lavar el coche.

—¿Lavaba su maldito coche? —preguntó, intuyendo que Kate se consagraría como la Peor Niñera del Año.

—Lo lavábamos entre las dos...

—Bueno, no tengo tiempo para seguir con esta conversación —la interrumpió John meneando la cabeza y apretando las mandíbulas. Los puños le pesaban como si sostuviera sendos melones—. Tengo que jugar a las damas con Maggie, por lo tanto llévela a mi despacho, si es que tiene una idea del trabajo que me espera.

—Lo sé. He sido muy feliz al quedarme con ella.

—No, gracias —repuso John.

—¿Quiere escucharme un momento, por favor? Se lo ruego. Me gustaría explicarle...

—No hay ninguna necesidad, señorita Harris.

—Creo que sí la hay. ¡Para mí es una cuestión muy importante! He estado esperando...

—No sé qué explicación puede resultarle convincente para llevarse a mi hija sin mi autorización y sin dejar siquiera una nota. Es un verdadero insulto. Y también un hecho criminal, si quiere que sea sincero. Hay jurisprudencia acerca del secuestro.

—¿Entonces cree que secuestré a Maggie? ¡Por favor, escúcheme!

Negando con la cabeza, John hurgó en sus bolsillos hasta que extrajo de su interior unos cuantos billetes de veinte dólares.

—Tenga —dijo—. Para cubrir los gastos. Telefonearé a la agencia para que no se molesten.

Kate retrocedió y dio un respingo, negándose a tocar siquiera aquel dinero. Cuando John la miró a los ojos, vio en ellos un resplandor de diversión. ¿Se burlaba de él? ¿Creía que aquella situación era graciosa?

—Cójalo —insistió—. A menos que prefiera que pague a la agencia. En ese caso les enviaré un cheque.

—Será mucho mejor —respondió ella con voz melosa pero sin perder el brillo de su mirada.

—Como quiera. —John se encogió de hombros. Pensó en desearle buena suerte, pero le pareció que hubiera sonado a broma, ya que si bien no la consideraba una criminal, sí entendía que no servía para cuidar niños. Ansioso por ver a Maggie, acompañó a Kate Harris hasta la puerta por la sola razón de asegurarse de que se dirigiera hacia ella, pusiera su coche en marcha y desapareciera de su vista. *Listo* permanecía a su lado, meneando la cola.

—Tengo la impresión de que hoy no vale la pena que hablemos —dijo ella—. Trataré...

—¿Hablar? —preguntó John, confuso.

Ella hizo ademán de despedirse con la mano. Se miraron a los ojos. El momento se prolongó más de lo que John hubiese querido. Cuando le tendió la mano, comprobó con sorpresa que la mirada de Kate lo había puesto nervioso. Sus palmas estaban frías.

—Adiós —dijo ella—. ¿Será tan amable de despedirse de Maggie de mi parte? Ah, y también de Teddy cuando vuelva del colegio.

—Sí —respondió John, observando su forma de andar mientras bajaba por la escalera, sujetándose el abrigo. Caminaba erguida, la frente alta. La luz del sol provocaba destellos dorados en su cabellera. Llevaba pantalones ajustados que le resaltaban unos muslos musculosos. John los recorrió con la mirada hasta llegar al dobladillo mojado, sobre los mocasines.

—Dígale a Teddy que las garrapatas han desaparecido.

—¿Las qué?

Pero Kate Harris ya se había subido al coche y estaba encendiendo el motor. John esperó a que arrancara. *Listo* se adelantó e instintivamente John lo acarició, notando que estaba húmedo. Cuando John lo observó, advirtió que el pelaje, tras haber sido limpiado de lodo y algas, era ahora mucho más claro.

Lo habían bañado.

De camino hacia la puerta, mirando la calzada, vio alejarse el coche de Kate Harris girando hacia el rompeolas y desapareciendo de su vista.

43

«Dígale a Teddy que las garrapatas han desaparecido...» John meneó la cabeza. ¡Qué día! El ladrillo, el hospital, la sospecha de que Maggie había desaparecido. Vio que Kate había dejado una nota en la mesa del vestíbulo. Era una pequeña tarjeta de presentación impresa en Washington D.C., con una dirección y un número de teléfono escrito a mano. Fue el punto final de una historia que ya podía resumir. Probablemente la mujer había decidido quemar las naves allá en el profundo Sur, adonde volvía para empezar de nuevo.

—Mags —la llamó mientras deslizaba la tarjeta en el bolsillo—. ¿Estás lista para jugar?

—Sube y lo verás. Prepárate para perder —le desafió su hija desde el solárium.

John respiró hondo. El ático tenía murciélagos, una ventana de su casa estaba hecha añicos y no disponía de niñera. Bueno, al menos su niña estaba a salvo, en casa. *Listo*, resplandeciente a la luz del sol que entraba a raudales por la ventana rota, corrió junto a su dueño en busca de Mags.

—Se ha marchado —susurró Maggie en cuanto Teddy franqueó la puerta a las cuatro y media de la tarde.

El chico se detuvo en el vestíbulo. Estaba sucio y sudoroso a causa del partido de fútbol, aterido de frío porque la chaqueta que llevaba no era lo bastante abrigada. Anochecía más temprano a medida que se acercaba Halloween, y la casa tenía un aspecto tenebroso vista desde la calle, pues no se veían luces encendidas. Su madre, en cambio, solía recibir a los demás con la casa resplandeciente.

—¿Qué quieres decir? —preguntó.

—Se ha marchado —repitió Maggie en un suspiro mientras señalaba la puerta cerrada del estudio de su padre—. Papá no la quiso.

—¿Se trata de Kate? —inquirió Teddy, sintiendo que le faltaba el aire. Maggie asintió con la cabeza.

—Porque me llevó consigo en el coche sin pedirle permiso. Cuando llegamos, él ya estaba aquí. Estaba a punto de estallar.

—¿Y adónde fuisteis?

—Estaba furioso, Teddy —respondió Maggie haciendo caso omiso de la pregunta—. Me ordenó que subiese a preparar el tablero de damas, y cuando apareció, listo para jugar, me dijo que ella se había marchado. La echó por eso, y estaba realmente furioso.

44

—De acuerdo —dijo Teddy, mirando fijamente la puerta del estudio de su padre. Quería hacer que entrase en razón, quería convencerlo de que Kate era una buena niñera. Estaba seguro, le habían bastado diez minutos para saberlo. Odiaba pensar en las demás niñeras que había tenido, algunas gentiles y otras mezquinas, pero siempre incapaces de comprenderlo. En cambio, Kate había sabido comportarse con Maggie e incluso con *Listo*—. ¿Adónde crees que ha ido?

—Quizá con otra familia —respondió Maggie abatida—. Intenté decirle a papá que se quedara con ella, pero no quiso escucharme. Dijo que había demostrado falta de juicio y que eso, para él, significaba la ruptura definitiva.

—Pero ¿qué hizo Kate? —preguntó Teddy, y de pronto reparó en que el cutis de la niña estaba limpio y rosado. Sus cabellos brillaban a la luz de la lámpara.

Fuera, *Listo* comenzó a ladrar. Seguramente había terminado su ronda de vigilancia por la playa y las marismas. Cuando Teddy le abrió la puerta, no podía creer que aquél fuese realmente su perro. A pesar de que *Listo* tenía algunas zarzas en el pelaje, estaba brillante, reluciente.

Al inclinarse para acariciarlo, Teddy comprobó que lo habían cepillado.

—¿Cómo hizo esto? —preguntó con la sensación de que el mundo se le venía abajo, mientras se volvía hacia Maggie.

—Lo llevó a un tren de lavado para coches —explicó la niña—. Ella se puso un impermeable y roció a *Listo* con agua. Después lo secó con al menos cien toallas. Fue muy divertido.

—¿Quién lo cepilló?

—Ella. Él se dejó.

Teddy cerró los ojos, notando el suave pelaje de su perro contra la mejilla. Su quipo había perdido el partido. Distraído por alguien que desde las gradas le había llamado «forofo de Merrill», se dejó robar la pelota y eso supuso un gol del equipo contrario. No había vuelto a pensar en ello hasta ahora, pero de pronto el abrumador sentimiento de pérdida lo envolvió por completo.

—No puedo creerlo —susurró al oído de su hermano—. ¡*Listo* nunca se había dejado cepillar si no era por...!

—Mamá —añadió Teddy.

—Eso.

—¿Y qué ha pasado contigo? —preguntó Teddy, contemplando los cabellos de su hermana—. Parece que también has tenido tu ración de champú, ¿no es así?

—Yo misma me he bañado —respondió Maggie, orgullosa—. He disfrutado mucho.

—Pues has hecho un buen trabajo.

—Además, nos ha comprado una calabaza.

—¿Dónde está?

—En la escalera. ¿No la has visto cuando has entrado?

—No —respondió Teddy mientras se le encogía el corazón—. No hay luces en el porche.

Eso era lo peor. Ver su casa, antaño luminosa y feliz, convertida en algo oscuro y con aire de ultratumba, lo llenaba de desasosiego. Además, acababa de ver a sus compañeros de equipo al ser recibidos por sus madres en mitad de la luz. Para él, su casa era la más lúgubre del barrio. No obstante, lo peor era no recibir ningún signo de bienvenida: su madre encendía el farolillo del porche cuando llegaba alguien de la familia.

Fue a encenderlo. Echó un vistazo a la ventana que había junto a la puerta principal y vio la calabaza. Era gruesa y de color naranja pálido, y estaba provista de un rabillo retorcido y fantasmal.

—Es perfecta para vaciarla —dijo.

—Sí —convino Maggie—. Ésas fueron sus mismas palabras.

—Quizá... si le hablo a papá —dijo Teddy sin apartar la mirada de la puerta del estudio.

—¡Oh, hazlo, Teddy! —suplicó Maggie muy animada, apretándole las muñecas—. ¡Haz que vuelva!

Teddy asintió con la cabeza y se incorporó. Los hermanos chocaron las palmas, como lo hacían los compañeros de equipo. Teddy echó a andar hacia la puerta.

El trastero se convertía en el despacho de John en días como aquél. Había quitado de en medio la caja con los retratos y los pájaros esculpidos por Theresa que guardaba su abuelo, reemplazado las obras completas de Hawthorne y Melville por un montón de expedientes e instalado un nuevo par de líneas telefónicas.

Pero a pesar de que el ordenador, el fax y la impresora de alta velocidad no podían cambiar de habitación debido a la temperatura —la alfombra cubriendo el lustroso suelo de madera, las sillas tapizadas en piel, un sillón de escritorio estilo Windsor con el emblema de Georgetown (donde John había estudiado abogacía) coronando el respaldo, el hogar de mármol, un amanecer pintado por Hugh Renwick, una acuarela marina de Dana Underhill y algunos paisajes pintados por los impresionistas de Connecticut—, debía admitir que Theresa había sabido colocar una instalación anexa.

John se hallaba encorvado sobre su escritorio leyendo informes médicos. Gregory Merrill sufría de un trastorno mental parafílico caracterizado, según el doctor Philip Beckwith, el psiquiatra que John había elegido para el caso, por una compulsión «a perpetrar actividades sexuales violentas de manera repetida».

El propio experto de oficio designado por el Estado lo había caracterizado como un sádico sexual. Había asegurado que la mente de Greg se hallaba continuamente ocupada en pensamientos repetitivos, poseída por impulsos y fantasías de degradación y asesinato de mujeres. Cuanto más luchaba por reprimir estos pensamientos, más fuerte era la necesidad de llevarlos a cabo. Una vez surgida la idea, la acción era absolutamente irresistible.

La apuesta de John era, con el auxilio de Beckwith, convencer al tribunal de que esa enfermedad mental era una circunstancia atenuante que permitía cambiar la sentencia de muerte.

Al oír que llamaban a la puerta, John recogió presurosamente los papeles para esconderlos.

—Adelante —dijo.

—¿Papá?

Era Teddy. John le indicó que entrara. Al observar a su hijo, vestido con aquella camiseta mugrienta, exhaló un suspiro. Se había perdido otra vez el partido de Teddy.

—¡Vaya, papá, todavía tienes la cara herida!

—Lo sé —contestó John sonriendo—. Parece peor de lo que es. De todos modos, podré ir a los tribunales para ver si los magistrados me dan más trabajo. ¿Cómo van las cosas?

—Bueno, venía a preguntarte por la niñera, por Kate —contestó Teddy.

—¡Ah, Kate! —exclamó su padre, reclinándose en el asiento y colocando las manos detrás de la cabeza.

Teddy guardó silencio. Sus ojos expectantes aguardaban a que su padre se decidiera a responder.

—Parecía una persona educada y competente —dijo John—. Por desgracia, sólo en aspectos muy alejados del cuidado de mis hijos. Llevó a tu hermana a hacer un recado sin mi permiso y ni siquiera dejó una nota...

—Fue culpa mía —aclaró Teddy.

—¿Culpa tuya?

—Sí. Porque llevó a bañar a *Listo*. Verás, le dije que tenía garrapatas. Ella dijo que su hermana tenía un perro y que... Bueno, no recuerdo qué más. Pero créeme, papá, es una buena persona. Sin duda la mejor de las que han venido. Maggie y yo la apreciamos mucho.

—La verdad, me sorprende el poco tiempo que has necesitado para juzgarla. ¿Unos quince minutos?

Teddy no se amilanó. Era alto y delgado, sus ojos tenían una expresión profunda y oscura. Hacía bastante tiempo que había abandonado las chiquilladas, John lo recordaba. En ese momento, lo tenía frente a él, como a un adversario en el estrado.

—Queremos que vuelva, papá.

—No, Teddy, no volverá. Ha demostrado...

—Ya lo sé, ya lo sé, vas a decirme que ha demostrado tener poco juicio. Pero en realidad ha sido extraordinariamente juiciosa. Piensa en ello: Maggie estaba confusa y preocupada por ti. *Listo* estaba completamente infestado de zarzas y garrapatas. ¿Qué habrías hecho si una de ellas hubiera picado a Maggie transmitiéndole la enfermedad de Lyme? Por eso llevó a bañar a *Listo*. No deberías haberte enfadado, papá.

—La acción judicial prosigue —contestó John, sonriendo.

—Haz que vuelva, por favor —insistió Teddy—. Hazlo antes de que la agencia envíe a una de esas señoras aburridas que lo hacen todo tan bien que resultan hasta ridículas. No se ríen de los juegos de Maggie, no se les ocurre bañar a *Listo*, ni menos aún comprarnos una calabaza.

—¿Os ha comprado una calabaza?

—¿No la has visto en la escalera de la entrada?

—Oh, sí —mintió John—. Creí que la había dejado la señorita Wilcox.

—No, fue Kate. Papá, recuerda que las otras niñeras no duraron.

—Lo sé —afirmó John sintiendo que se le retorcían las entrañas. Sabía que no duraban porque él las sometía a un duro trabajo—. ¿Qué te hace pensar que Kate sí duraría?

—No puedo explicarlo —contestó Teddy—, pero estoy seguro.

John se recostó en el asiento con aire pensativo. Quizás había reaccionado de forma desproporcionada. La señorita Harris no había hecho ningún daño, sólo se había limitado a bañar a *Listo* y sugerir a Maggie que tomara un baño de espuma. En realidad, había resuelto dos problemas en un solo día.

Miró su reloj. Faltaban dos minutos para las cinco, la hora en que debía telefonear a la agencia de colocaciones. Supuso que no había perjudicado a Kate en cuanto a sus referencias. Por otra parte, debía hacer algunos arreglos antes de enviar el cheque...

—Déjame hablar con la agencia y preguntar por ella —dijo Teddy ansioso—. Vamos, déjame.

—Adelante —accedió John alcanzándole el teléfono por encima del escritorio, orgulloso del sentido de la responsabilidad de su hijo.

Mientras le decía el número de teléfono, que sabía de memoria, John observaba a aquel muchacho que llamaba a la Agencia de Colocaciones Playa y Costa.

—Hola —dijo Teddy—. Soy Thaddeus O'Rourke. Tenemos un contrato con ustedes. Vivimos en... ¿Ya nos conoce? Estupendo. Mire, le llamaba a causa de la señorita que enviaron esta mañana. Kate... Sí, puede que Katherine o Kathleen...

John buscó la tarjeta en el bolsillo de su camisa y leyó en voz alta:

—Katherine.

—Katherine Harris —dijo Teddy, dando las gracias a su padre con un gesto casi solemne—. Llegó a casa hoy por la mañana...

Al oír a su hijo haciéndose cargo del asunto, John se sintió orgulloso. Teddy mostraba seguridad al hablar con los demás. Era directo y eficiente, respetuoso y amable. Algún día, si él lo quería así, llegaría a ser un gran abogado.

—Sí, sí que ha venido —dijo Teddy—. Lo ha hecho por primera vez esta mañana. Alta, de cabellos castaños, conducía un coche azul...

John aguzó el oído. Se inclinó sobre sus documentos, pero en realidad estaba contemplando la expresión de desaliento que se formaba en el rostro de su hijo. Teddy esperó un momento, cada segundo más pálido. Sus ojos se llenaron de lágrimas. Cuando colgó el auricular, había recuperado el aspecto del niño pequeño que hace mucho tiempo había sido. John supo de antemano lo que iba a decir y se le adelantó.

—No trabaja para nosotros —dijo.

—¿Cómo lo sabes? —preguntó Teddy.

—Porque —comenzó John con voz serena, aunque ansioso por abrazar a su hijo como siempre lo hacía, como lo había hecho Theresa. Al mismo tiempo, se estremeció al pensar en lo que había sucedido. Quienquiera que fuese, aquella mujer se había quedado sola con Maggie durante varias horas—. Bueno, porque simplemente lo sé.

—Parecía tan... —musitó Teddy, desvalido.

—Tan buena —concluyó John, como si hubiera evitado que alguien fuese alcanzado por una bala—. Todas lo parecen.

4

Por la tarde, Kate Harris dejaba que el agua de la ducha corriera por su cuerpo. Estaba todo lo caliente que su piel podía soportar. Grandes nubes de vapor ondulaban alrededor y empañaban el espejo. Su hermana creía firmemente en el poder terapéutico de las duchas, del agua en general. Desde niña, siempre deseaba ir a nadar o ducharse apenas despertaba.

—El agua quita las preocupaciones —solía decir Willa envuelta en una toalla, aún fría por el agua del mar. Sus ojos brillaban como iluminados por una luz interior, como si su hermoso espíritu se desbordase—. ¿Lo sientes, Kate? No importa lo triste o herida que te sientas, el agua lo aclara todo...

—Eres demasiado joven para mostrarte tan sabia —le había contestado ella, intentando adoptar una expresión seria. De hecho, se sentía muy orgullosa de su hermana menor. Willa era una artista, una joven espiritual, con una personalidad reservada y opuesta a la suya. Nacida y crecida en la tierra de los mares y los ponis de Chincoteague, en el estado de Virginia, su vida transitaba por un sendero totalmente distinto al de su hermana.

—Inténtalo. No seas tan estricta. Deja que las cosas fluyan hacia afuera con dulzura, respira hondo y expulsa la materia mala de tu cuerpo. ¡Sé como los ponis! Incluso cuando nadan... ¿no te gusta la fijeza con que miran el mar, respirando al viento?

Kate seguía intentándolo. Inclinada en la ducha de la posada en la que se alojaba, pensaba en las palabras de Willa y deseaba que todo en ella se limpiase. Intentó cantar, recordando que su hermana siempre cantaba bajo la ducha desde que era una niña y que su voz llenaba la casa por encima de las aguas encrespadas del canal que separaba la isla de tierra firme. No pudo hacerlo.

Cuando *Bonnie* se puso a ladrar en la habitación contigua, cerró rápidamente los grifos y oyó que alguien golpeaba la puerta con los nudillos. Cualquier efecto relajante que la ducha hubiera producido desapareció con más rapidez que el agua. Su corazón comenzó a latir con fuerza. No esperaba a nadie.

—Un momento —dijo mientras se cubría con el albornoz que colgaba de la parte interior de la puerta del cuarto de baño.

Bonnie, el scottie de Willa, custodiaba la puerta, ladrando con fuerza. La posada era pequeña, contaba sólo con seis habitaciones confortables. Kate la había elegido debido a su ubicación junto al mar, en la proximidad del acantilado y porque aceptaban animales. Llevaba allí seis meses y había enviado una postal en la que escribía lo bueno que aquel sitio era para *Bonnie*. La perra iba de la cama a la silla, de la ventana a la puerta, y luego se acercaba a Kate, como un jugador de béisbol que cubriese todas las bases.

—Muy bien, *Bon* —dijo Kate—. Ahora cálmate un poco.

Volvieron a llamar.

Kate se detuvo ante la puerta. El problema de las viejas posadas era que carecían de ciertas comodidades modernas, en este caso una mirilla. Los propietarios, Barkley y Felicity Jenkins, habían bautizado cada una de las habitaciones inspirándose en cuadros del pintor local Hugh Renwick: «Marea alta», «Lilas diurnas», «El cobertizo rojo», «Feria campestre», «El faro» y «Los veleros blancos», que era la que ocupaba Kate.

—¿Quién es? —preguntó.

—John O'Rourke.

Kate se apoyó contra la puerta. La sensación de alivio la embargó. ¿Desde cuándo una llamada a la puerta la dejaba en ese estado?

—Señorita Harris, ¿está usted ahí? —preguntó John.

—Sí —contestó Kate—. Deje que me vista y enseguida estaré con usted. Puede esperarme en el salón de la planta baja. Llegaré dentro de un par de minutos. ¿De acuerdo?

—De acuerdo.

Mientras escuchaba el eco de sus pasos que se dirigían al vestíbulo, respiró hondo. «Este encuentro era lo que yo estaba esperando», pensó. Quizás era la respuesta a sus plegarias. Con una mano se secaba el pelo y con la otra se ajustaba los vaqueros. El perro confundió su acción con la excitación que precedía al paseo, por lo que se apresuró a llevar a su dueña la correa roja en la boca, tal como se lo había enseñado Willa.

La posada del Viento del Este se hallaba al final de una larga carretera, en un alto acantilado que miraba hacia el sur, a mitad de camino entre la casa de los O'Rourke y el faro de Silver Bay. Tenía amplios porches y techo a dos aguas, así como postigos recortados con forma de media luna. Construida unos ciento cincuenta años atrás, había sido levantada para hacer las funciones de faro. De hecho, antes de la automatización, Barkley Jenkins se había desempeñado como farero.

Cuando la tecnología hizo inútil su cargo, el gobierno alquiló a Barkley la vieja casa y le permitió alejarla del acantilado. Barkley la había llamado Viento del Este debido al constante viento que soplaba desde el mar. Se ganó la vida tras convertirla en posada cuidando del viejo faro y haciendo un poco de todo para los habitantes del pueblo. Theresa lo había contratado en cierta ocasión para fijar el techo y así fue como comenzó su historia.

John permanecía sentado en el salón, mientras bebía una taza de Earl Grey. Se la había servido Felicity Jenkins, apenas capaz de disimular su curiosidad por el recién llegado. ¿Sabía ella toda la verdad acerca de su marido y la mujer de John, o Barkley se las había arreglado para mantener su secreto a salvo?

—Sírvete, John —dijo Felicity, ofreciéndole una bandeja de galletas decoradas con pequeñas calabazas de Halloween—. Sírvete una y llévate algunas para los niños. A Caleb le gustan mucho. Suelo prepararla para Halloween.

—Gracias —respondió John, aceptando aunque sólo fuera para guardar las formas. Se conocían desde hacía mucho tiempo, de hecho desde que eran compañeros de Barkley y Theresa en el colegio, de modo que John sentía una especie de afecto por aquella mujer que quizás ésta no fuera capaz de comprender. Sus respectivos cónyuges habían tenido una aventura, un secreto que se había conservado a lo largo de toda la costa. El orgullo de John le obligaba a mantenerse sentado, aunque le quemase por dentro la idea de estar en el interior de la casa de Berkley Jenkins.

—Vamos —insistió ella tabaleando con los dedos sobre la bandeja de metal—. Coge alguna para Teddy y Maggie. Hoy la vi con su bicicleta. Está adorable.

John echó una mirada furtiva a su reloj. A pesar de las protestas de Teddy, le había pedido a la señorita Wilcox que cuidara de sus hijos durante una hora. Teddy pensó que era lo bastante mayor para cuidar de su hermana sin necesidad de otra persona, pero desde esa mañana John no estaba dispuesto a correr ningún riesgo. Había cerrado con llave todas las puertas (*Listo* se escapó detrás del coche) y fue a visitar a Kate Harris.

Felicity permanecía allí, viéndole comer. John sentía cómo lo observaba, a la espera de que dijera algo más. Quizás ella lo sabía. Tenía el cuerpo fuerte de quien ha hecho mucho trabajo físico, cabellos rubios recogidos en un moño irregular y una mirada directa y tajante.

—¿Qué hace Caleb? —preguntó John con la intención de que la mujer se fuera.

—Es formidable —comenzó Felicity, y las palabras empezaron a brotar a borbotones—. No podría estar mejor. Trabaja con la cuadrilla de su padre, se encarga de darle una mano de yeso al faro. Las lluvias lo han dañado, y como el invierno se acerca...

—Muy bien —la interrumpió John, al oír la referencia a su marido—. Me alegro de oírlo.

—Por lo demás, nunca ha habido ningún problema. Al menos desde...

—Es terrible.

—No tanto como pensamos que podría haber sido. —Felicity sonrió—. Los niños son niños, y sólo porque algunos no toleran una travesura... Estoy contenta de que ese magnífico psiquiatra convenciera al jurado de sus transtornos por déficit de atención...

En ese momento oyeron que una puerta se cerraba en el piso superior. Felicity dio una palmada a John en el hombro con una sonrisa en los labios.

—Es muy misteriosa —dijo—. Nunca había estado por aquí antes, pero parece que lo conoce todo acerca del lugar. Al parecer, su hermana se alojó en una ocasión con nosotros. ¿Es cliente tuya?

John meneó la cabeza. Luego se sacudió las migas con los dedos y se levantó del asiento.

—Bueno, te dejo con tus asuntos privados —dijo Felicity, exhalando un suspiro teatral y encaminando sus pasos hacia la puerta.

Kate Harris bajaba por la escalera. Esbelta, vestía un jersey de cuello alto de color negro y unos vaqueros lavados a la piedra, que en su caso le quedaban sumamente elegantes. Llevaba su pequeña scottie negra atada de la correa. Cuando la perra llegó a su lado, saltó a las rodillas de John con la lengua fuera y gesto amistoso, como si hiciera mucho tiempo que lo conociese.

—*Bonnie* es una gran cazadora —dijo Kate con tono irónico.

—Por cierto, ladró con todas sus fuerzas cuando llamé a su puerta.

—¿Qué quería de mí?

—Bueno, me dejó su tarjeta. Llamé a ambos números de teléfono, y cuando Felicity atendió la segunda llamada, me dijo que estaba usted aquí.

—¡Una verdadera maniobra de alta seguridad!

—Hola, Kate —la saludó Felicity Jenkins, que traía otra taza de porcelana—. He pensado que quizá queráis beber una taza de té en el salón. Ya sé que os conocéis. Sin embargo, creo haberte oído decir que no tenías ningún amigo en el pueblo...

John percibió la molestia en los ojos de Kate. Se veía acosada por la dueña del lugar, quizá temiera que Barkley le hubiera dado noticias de ella.

—Tomaremos el té en otra ocasión —dijo John, dejando la taza y el platillo sobre el tapete que cubría la mesilla de caoba. Luego se inclinó y le hizo unas carantoñas a la perra—. Creo que este animal quiere dar un paseo.

—Creo que sí —se apresuró a responder Kate—. ¿Quiere acompañarnos?

—Por supuesto —contestó John—. *Listo* ha venido conmigo, le encanta el coche. ¿Cree que a su perra le molestará un poco de compañía?

—De ningún modo —respondió Kate. Cogió una gruesa chaqueta de lana azul marino del perchero y abrió la puerta. Un remolino de aire gélido les llegó desde el acantilado y penetró en la casa. John corrió hacia el coche, abrió la portezuela y dejó salir a *Listo*. Agradecido, el gran perdiguero dorado comenzó a corretear hasta detenerse para saludar a Kate y a la scottie.

—*Listo*, te presento a *Bonnie*; *Bonnie*, éste es *Listo* —bromeó Kate.

—*Listo* está resplandeciente y limpio gracias a usted —dijo John, mirándola.

—Diga mejor que gracias a Teddy. Su hijo tiene un fuerte sentido de la responsabilidad. Es encantador.

—Lo sé.

El viento gélido seguía alzándose desde el acantilado, obligando a John a estrechar su chaqueta contra el cuerpo. Octubre había comenzado esplendoroso, con aquel cielo claro que se reflejaba en los ojos de Kate. John se detuvo, tranquilo, y la miró.

—¿Quién es usted?

—Ya se lo he dicho: Kate Harris. Formo parte del equipo de científicos de la Academia Nacional de Ciencias, en Washington. Me dedico a la biología marina.

—Yo estudié derecho en Washington. Eso cae bastante lejos de aquí, ¿no es verdad?

John se detuvo a escuchar el susurro de los pinos sobre sus cabezas. Allá abajo las olas estallaban contra las rocas, arrastrando piedras hacia la morrena, ya fuera del mar. La línea de rompiente aún brillaba en la media oscuridad que comenzaba, y se veía interrumpida aquí y allá por el rompeolas que se adentraba desde la orilla y por los rayos del faro. Sin duda en aquel lugar había muchas cosas interesantes para una bióloga marina.

—¿Por qué mintió?

—Yo no mentí —repuso la muchacha, alzando la barbilla.

—Usted no trabaja para esa agencia de colocaciones.

—Nunca dije que lo hiciera.

—Pero me dijo que enviase allí el cheque...

—No —continuó ella con firmeza—. Fue usted quien dijo que quería hacerlo, y me pareció oportuno no contradecirlo. Se ha pasado con sus suposiciones, por cierto todas ellas erróneas. Hasta que me conceda una oportunidad para explicarme, supongo que es inútil tratar de razonar.

—¡Pero usted dijo que había venido por el empleo!

—No dije eso —repuso Kate, meneando la cabeza con vehemencia—. Sólo dije que me quedaría con sus hijos. Cuando acudí a su casa, me encontré a la policía. A usted le sangraba la cabeza, y sus hijos estaban alborotados. Necesitaba ayuda.

—¿Me está diciendo que no es una niñera?

—Creo que no —respondió—. Su casa parecía un manicomio y sólo quise ayudarle. Como sé que se puede confiar en mí, creí que ya habría tiempo de explicárselo.

La posada del Viento del Este y el terreno colindante del faro tenían un par de hectáreas, de modo que Kate desató la correa de *Bonnie*. Los dos perros echaron a correr juntos, revolcándose entre las hojas caídas. John recordó algunos otoños con Theresa y su corazón se le encogió en el pecho.

—De acuerdo, pero sigue sin explicarme qué hacía en mi casa a las ocho de la mañana.

—Lo sé —musitó Kate.

—¿Y bien?

Kate se agachó para llamar a los perros y les dio unas galletas que llevaba en el bolsillo del abrigo. John contempló su rostro en sombras. Los pómulos eran firmes, la mirada brillaba.

—Tampoco usted me ha explicado cómo llegó a mi puerta —replicó.

—El año pasado tuve que representar legalmente al hijo de los Jenkins —dijo parsimoniosamente—. Había «alquilado» la barca de un vecino y éste lo denunció. Felicity me está muy agradecida. Cuando leí su número en la tarjeta y pregunté si usted vivía aquí, me contestó que sí, en «Los veleros blancos». Por eso subí hacia allí.

—Debe de considerarlo un muy buen abogado —dijo Kate.

—Oh, le pregunté si decía a cualquiera en qué habitación se alojaban sus huéspedes —prosiguió John, ignorando adrede la pregunta sobre su calidad profesional. Pensó cuántas mujeres (cuántas personas, en realidad) vulnerables hay en el mundo. Se inclinó hacia Kate, sintiéndose inesperadamente protector y atraído.

—¿Y lo es? —insistió Kate—. ¿Es un buen abogado?

Al borde del acantilado, azotado por el viento frío, John sintió que se le revolvía el estómago. De pronto le dio un vuelco el corazón. ¿Qué estaba pasando? ¿Acaso Kate necesitaba un buen abogado? Observó sus hermosas facciones, los ojos grandes y la nariz sembrada de pecas. Luego sintió que nadie puede ser declarado culpable de nada.

—Lo soy —contestó al fin—. Soy un buen abogado.

—¿Estudió leyes en Washington?

—En Georgetown.

Ella asintió con la cabeza, como si ya lo hubiera advertido.

—¿Quiere que la represente? ¿Vino a casa con ese fin? ¿Para proponérmelo?

Kate tardó en responder. John la miraba con cautela. A veces las personas que necesitaban la representación de un jurista no se mostraban totalmente abiertas. Decían haber sido acusadas por error o no sabían que habían cometido un crimen. O lo sabían pero jamás hubieran pensado que las cogerían.

Pocas personas se consideraban a sí mismas criminales, aun cuando fueran sorprendidas con las manos ensangrentadas. Esa etiqueta no gustaba a nadie. No había problemas con el crimen: el fin justifica los medios, o bien alguien los había traicionado, engañado, estafado o quizá calumniado. Siempre había una excusa. Así pues, John prefirió esperar, sin apartar la mirada de la de Kate, aguardando que ella empezase a hablar y le contase su historia.

—No quería verle por eso —reveló por fin Kate en un susurro—. No necesito un abogado.

—Entonces ¿qué diablos le importa si soy un buen abogado o no? ¿Por qué se presentó esta mañana en mi casa?

Había anochecido. Las estrellas brillaban en el cielo. El aire olía a salitre. Seguramente, a Kate le escocieron los ojos, y por eso asomó una lágrima en ellos. Después la siguieron otras. John permanecía en silencio, pero su corazón se había desbocado.

—He venido a verle porque usted es el abogado de Greg Merrill.

—¿Merrill? ¿Qué tiene que ver Merrill con todo esto?

Kate tragó saliva. Los perros habían vuelto del bosquecillo que bordeaba el acantilado. Querían más recompensas. Kate no lo advirtió. *Bonnie* saltaba y le frotaba el hocico por las manos, mientras *Listo* esperaba paciente el ofrecimiento. Las lágrimas rodaban ahora por las mejillas de la muchacha. Su rostro se había torcido en una dolorosa mueca, como si aquello por lo que había venido estuviera definitivamente perdido. No obstante, se aclaró la garganta y murmuró:

—Creo que ha asesinado a mi hermana.

5

Cegada por sus propias lágrimas, Kate dejó que John O'Rourke la con- dujera hasta el coche, una ranchera. Apenas se abrió la portezuela, los dos perros se precipitaron al asiento trasero. Permanecieron juntos, con la len- gua fuera, a la espera de un nuevo paseo.

John arrancó el motor. Hasta que comenzó a funcionar el aire acondi- cionado, Kate no se percató de lo aterida que estaba. Pensando en Willa, imaginando lo que podía haberle pasado, Kate se había enfriado sin adver- tirlo. Sus pensamientos eran confusos, pero consideraba que si su hermana no podía sentirse caliente, ella tampoco debía hacerlo. El radiador, no de- masiado frío debido al reciente viaje, comenzó a hacer sentir sus efectos. A pesar de sí misma, Kate tuvo que admitir que sentía el calor.

John conectó también el equipo de música. Sonó una canción de Su- zanne Vega, dulce y triste a la vez. Kate recordó que su hermana amaba esa música. Solía escucharla en su dormitorio, con las cortinas meciéndose a causa de la brisa impregnada de salitre. «Habla de cosas perdidas —había dicho Willa a su hermana mayor, sentada en el borde de su cama gemela—. Sabe lo que es bello, al igual que nosotros... Es una de nosotros. Gracias a Dios que te tengo a ti, Katy.»

«Gracias a Dios que estás a mi lado», había pensado Kate a sus espal- das.

Ahora, sentada en el coche de John O'Rourke, se arrellanó en el asien-

59

to e intentó pensar en todas las cosas que no la hacían llorar. Su amor por el mar la había llevado a estudiar biología marina, pero había dejado su trabajo en Washington. ¿Cómo podía dedicarse al frágil equilibrio de los ecosistemas y de las zonas de marea si no tenía noticias de Willa?

—No puedo hablar con usted —dijo John con voz serena, mirando al frente.

Kate dejó de confiar en sus palabras. Hubiera deseado que la música se acabase para que desaparecieran las emociones que le suscitaba. La triste melodía había abierto heridas de los últimos meses. Sintió que el dolor de su corazón le recorría el cuerpo.

—Greg Merrill es mi cliente —prosiguió John—. No es ético que discuta su caso con usted, ni con ninguna otra persona.

Kate respiró hondo. Ejecutadas las últimas notas, acabados los postreros acordes de la guitarra, cerró los ojos e intentó mantener la calma.

—No quiero sonsacarle ninguna confidencia —comenzó, dudando de haber elegido bien las palabras—. Usted no está obligado a decirme nada. Sólo le pido que escuche mis preguntas y me ayude a aclarar ciertas cosas acerca de él.

—Las conversaciones con mi cliente son confidenciales —contestó John—. Acuda a la policía o a las oficinas del fiscal. Si sospecha algo, ellos la ayudarán.

—Ya he hablado con ellos.

—¿Y no pueden ayudarla?

Ella negó con la cabeza. Un rayo de luz cruzó el cielo. Kate sabía que provenía del faro de Silver Bay. La torre se erguía sobre un largo rompeolas construido con piedras grises de las canteras del lugar, con un sendero anguloso en medio. El rompeolas protegía las aguas de Silver Bay.

—¿Nunca estuvo por aquí? —preguntó Kate, mirando el luminoso rayo que cruzaba el cielo.

—¿Quién? ¿De qué me está hablando?

—De Merrill. Nunca hundió un cuerpo en Silver Bay, y bien que podría haberlo hecho. Debe de resultar perfecto: tan lejos, tan difícil de apreciar desde la orilla, con tantos recovecos entre las rocas, tan accesible con la marea baja.

—No quiero continuar con esta conversación —dijo John O'Rourke abriendo la portezuela del coche. Los perros, presintiendo que el paseo se había malogrado, comenzaron a ladrar.

—Por favor —insistió Kate, tragando saliva y cogiendo a John de la muñeca. Él se volvió lentamente y la miró. Kate advirtió su mirada dura y cautelosa. No había dado buenos resultados sacar a colación a Merrill y el rompeolas. «Olvídate de él y háblale sólo de Willa», pensó

John había empezado a salir del vehículo. La luz del faro cruzó una vez más el cielo. Ella observó que él la seguía con la mirada, hasta que desapareció en la fachada de la posada del Viento del Este. Había alguien en la ventana. La cortina se movió rápidamente y una sombra se dibujó tras ella.

—Por favor —insistió la mujer—, sólo le pido que me conceda unos minutos de su tiempo.

John no contestó, pero volvió a sentarse y cerró la portezuela. Sin dejar de mirar la ventana de la posada, dio marcha atrás, giró y enfiló la carretera. Entusiasmados y felices, los perros corrieron atrás y pegaron los hocicos en las ventanillas.

—Deja usted huellas de todos sus movimientos —dijo Kate—. Gracias por conducir. Aprecio la privacidad.

—Acaba de decir algo exacto —afirmó John—. Pero si vuelve a mencionar a mi cliente, la obligaré a bajar del coche.

—No se preocupe —repuso Kate—. No quiero que viole su código ético. No quise preguntarle nada acerca de Merrill. —Se mordió el labio inferior al advertir que lo había mencionado nuevamente—. No volveré a hacerlo, sólo hablaré de mi hermana.

—Teddy me contó que le habló de ella —dijo John.

Al pensar en Teddy O'Rourke, Kate sonrió.

—Teddy y yo nos parecemos mucho. Él también quiere a su hermana pequeña.

—Así es.

—Yo la quería..., es decir, quiero a Willa. Le llevo doce años. Cuando nació, creí que mis padres la habían comprado sólo para mí. Era como tener una muñeca viva... Nunca quise someterla. Yo solía llorar cuando ella se resistía a ir a la escuela y quería quedarse todo el día en casa.

—Teddy también solía hacerlo.

Kate vio que John asentía con la cabeza.

—Mi madre solía decir que tenía dos familias —añadió más animada—. Mi hermano mayor y yo... y luego Willa. Fue un tesoro imprevisto. Mi madre la tuvo a los cincuenta y cinco años, cuando ya pensaba que le sería imposible quedar embarazada. Pero Willa salió adelante.

—Entiendo que me está diciendo que la quiere —dijo John con voz tajante. ¿Acaso estaba dándole prisas para que acabara su relato?

—Sí. Cuando mis padres murieron en un accidente de tráfico, la llevé conmigo. Willa suele decir que soy como una madre para ella. Me trasladé de Chincoteague a Washington, pero Willa permaneció conmigo... Empleé el dinero del seguro para enviarla a un colegio privado de Georgetown. Los fines de semana volvíamos a Chincoteague.

—¿Y qué hay acerca de su hermano mayor?

—Ah, sí, Matt. No le gustaba la idea de hacerse cargo de una niña de diez años. Era comprensible... Nunca se lo reprochamos. Es solitario como una ostra y exige total libertad para obrar a su antojo. Lo más lejos que va desde Chincoteague es a Pocomoke. De todos modos, siempre está dispuesto cuando lo necesitamos.

—¿Qué ocurrió? —inquirió John.

Su tono seguía siendo casi hiriente. Estaba claro que la urgía. Le había dicho que no podía ayudarla, por eso endureció su mirada, dispuesta a que él se ocupase de su caso, fueran cuales fuesen los principios éticos. No ignoraba hasta qué punto historias como la de Willa eran importantes para la gente, incluso para un abogado obstinado como John O'Rourke.

—Hace seis meses partió hacia Nueva Inglaterra...

—¿Y bien?

—Desapareció.

John mantenía la mirada fija en la carretera. Cuando Kate calló, meneó la cabeza.

—Nadie «desaparece». Eso es imposible.

—Willa lo hizo —apostilló Kate. Se habían internado en el pueblo. El campanario blanco de la iglesia estaba iluminado por focos. El rayo de luz procedente del faro parecía perseguirlos a medida que avanzaban por la calle principal. Las estrellas titilaban en el cielo. Todo estaba iluminado. Kate pensó que era una buena señal.

—Quizá no quería que la encontrasen —sugirió John—. Algo raro debió de sucederle. Pero no puede haber desaparecido sin dejar rastro. Siempre los hay: llamadas telefónicas, mensajes de voz, ADN, operaciones con la tarjeta de crédito, correo electrónico...

—No se equivoca. Los hubo.

—¿Y a dónde nos llevan?

—Justamente aquí —respondió Kate en voz baja y con la garganta dolorida.

—¿Aquí? ¿Quiere decir a Silver Bay?

—Sí. Hace seis meses. Justo antes de que... —Se interrumpió porque había estado a punto de pronunciar el nombre de Merrill. No quería darle una excusa a John para que cortase la conversación.

—De que mi cliente fuera arrestado.

—Así es.

John conducía en silencio. Había dejado atrás el centro del pueblo y conducía ahora por la carretera de la costa. Pasaron junto a cuevas y pantanos, cruzaron pequeños puentes y un angosto contrafuerte. La temperatura en el interior del coche era agradable, pero Kate notó que sudaba. Bajó un poco la ventanilla. Desde el mar le llegó el olor a descomposición procedente de los animales marinos que habían sido arrastrados por la marea.

Miró a John con cautela. ¿Repasaba mentalmente sus archivos intentando recordar si el nombre de Willa había salido a la luz en algún momento de la investigación? ¿Intentaba rememorar el rostro de una muchacha que se pareciera a Kate, sólo que diez años más joven?

—No recuerdo haber visto el nombre en la documentación del caso, si es que su hermana estaba todavía aquí —dijo John, midiendo sus palabras—. ¿Por qué no se pone en contacto con la policía local?

—Porque no sé si estuvo aquí... en aquel momento.

—No le entiendo.

—Le seguimos la pista hasta Newport, en Rhode Island. Estaba intentando superar un desengaño sentimental. —Kate hablaba con voz entrecortada. Sentía la garganta áspera como el papel de lija y apenas podía humedecerla con la saliva—. Se dirigió hacia Washington. Hallamos su registro en un albergue. Algo parecido a la posada del Viento del Este.

—¿Una antigua mansión?

—Sí, en Ocean Drive. Justo antes de la curva que lleva a Breton Point.

—¿Le dijo a usted que iría allí?

Kate negó con la cabeza.

—No, no se lo dijo a nadie. Pero al cabo de una semana, ya no tenía noticias de ella...

—Una semana no es demasiado para curar un desengaño amoroso.

—No, pero llevábamos seis días sin hablarnos —agregó Kate—. Nunca habíamos dejado de hablar durante una semana. Al segundo día comencé a preocuparme. —Suspiró al recordar aquellas terribles circunstancias—. A partir del cuarto me volví loca. Llamé a Matt y él me convenció de que esperase, de que le diese tiempo. Habíamos tenido una disputa. No era raro entre nosotras.

Las lágrimas humedecieron los ojos de Kate. Las enjugó antes de que John se diera cuenta.

—¿Qué encontró en Newport?

—Lo que usted ha dicho. Usó la tarjeta de crédito. Llamé a la policía del distrito. Los agentes descubrieron algunas llamadas telefónicas. Willa había llamado al hombre en cuestión, le contó los motivos de su huida, pero admitió que no podía vivir sin él. Lo llamaba a diario...

—Pero no a usted —acotó John. De pronto su tono era suave y volvió la cabeza para observar a Kate. Ella pensó que se hacía cargo de su dolor. El rayo del faro atravesó el interior del coche, iluminando sus ojos.

—No, a mí no. Ni una sola vez.

John hizo un gesto de asentimiento. Kate creyó oír que suspiraba. Sus nudillos blancos traducían la fuerza con que aferraba el volante. ¿Sabía algo que ella ignoraba? El pulso de Kate se aceleró.

—¿Qué pasó después de haber rastreado en Newport?

—La policía dijo que Willa se había registrado en la posada de las Siete Chimeneas. Eso fue el martes 5 de abril. Hizo una llamada telefónica a Andrew, así se llamaba su... novio, esa misma noche y una vez más por la mañana. Y luego nada. No hubo otras llamadas, ni operaciones bancarias. El jueves puso gasolina en Fairhaven, Massachusetts. El viernes su tarjeta registró un gasto en la tienda de un cámping de Providence.

—Pero nada en la costa de Connecticut —insistió John.

—No, nada.

—Ninguna operación bancaria, ninguna llamada telefónica en esta área.

—Nada.

—Entonces, ¿en qué se basan sus suposiciones? ¿Por qué cree que mi cliente mató a Willa? —inquirió John mirándole a los ojos.

—Porque ella estuvo aquí —susurró Kate. Las palabras referentes a la muerte quedaron suspendidas en el aire. No quería usarlas y pronunciar el nombre de su hermana en la misma frase.

Tras hurgar en los bolsillos, extrajo una postal.

—Me la envió ella —dijo depositándola en las manos de John. El coche avanzaba por la carretera de la costa. John miró la postal y comprobó que reproducía el escenario por el que transcurrían, con las rocas y el faro de Silver Bay. Ayudado por las luces del exterior, leyó las palabras que había escrito Willa. Cerrando los ojos, Kate recordó las frases que había leído cientos de veces.

Hola, Kate:

Estoy muy bien. ¿Cómo estás tú? Todo parece haber sucedido hace mucho tiempo. Lamento lo que ha pasado y especialmente el haberte hecho esperar tanto antes de enviarte unas líneas. Detesto lo que te hice... Pronto estaré recuperada... A *Bonnie* le gusta esto: una gran playa por cuya orilla puede correr... Me recuerda a nuestra a casa de Chincoteague. Me gustaría que estuvieras aquí. Quizás algún día, cuando las cosas vayan mejor...

Te quiero mucho.

WILLA

—Fue enviada el 6 de abril —comentó John tras observar el matasellos—. Hace seis meses de eso.

—Lo sé.

—Entonces ¿cómo es posible que no haya oído hablar de ella? Fue precisamente en el momento álgido...

—De la actividad de Merrill —concluyó Kate—. Lo sé. Pero no recibí la postal hasta hace un mes.

—¿Por qué tardó tanto?

—La envió a mi antigua dirección. Como se trataba de una postal, no fue reenviada. Estaba allí, con un montón de circulares y viejos catálogos.

—¿La mostró a la policía?

—Sí —respondió Kate, pensando en las numerosas visitas a las comisarías locales que había realizado en los últimos días—. Pero todos señalan que las últimas operaciones bancarias fueron hechas en Massachusetts y Rhode Island, después de que la postal fue enviada. Eso significa que siguió adelante.

—La policía sigue el rastro de todas las mujeres desaparecidas —dijo John con tranquilidad, consciente de que no estaba violando ningún código ético.

—Ya lo sé, pero como no la hemos buscado en Connecticut, creo que su nombre no puede figurar en el expediente de Merrill.

—¿Y que pasó con *Bonnie*? —preguntó John mientras echaba un vistazo a la pequeña perrita negra, cansada de sus retozos por el bosque del acantilado, tendida junto a *Listo*, el hocico apoyado en su pelaje dorado.

—Felicity la reconoció —respondió Kate— en cuanto me registré en su posada, pero asegura no recordar nada de Willa. No obstante, he visto su firma en el registro. —Su estómago se encogió al recordar el momento en que vio la letra manuscrita de su hermana, su nombre y su dirección escritos con claridad.

—Pero, insisto, ¿qué pasó con *Bonnie*? Si ella no se ha perdido con su hermana, ¿dónde la encontró? ¿Cuándo?

—Hace unos cinco meses, justo después de que informase de la desaparición de Willa. Mediante el registro de las operaciones bancarias pudimos comprobar que había hecho una operación en un departamento de control de animales de esta área. *Bonnie* estaba en una perrera, en un pequeño pueblo al sur de Providence. Se había perdido su collar y su tarjeta de identificación. La encontraron en un área de descanso de la I-95. Estaba hambrienta... —Se le quebró la voz —. ¡Se puso tan contenta al verme!

—De modo que *Bonnie* no fue abandonada en esta área —puntualizó John.

—Lo sé. Eso le lleva a pensar que Willa nunca estuvo por aquí, ¿verdad? John se encogió de hombros, sin apartar la mirada del camino.

—Bueno, creo que se equivoca. Está la postal —dijo Kate, señalando el salpicadero—, que me hace pensar...

—¿Quién la tenía todo ese tiempo en medio de esa pila de catálogos?

—Mi ex marido —dijo Kate.

—¿Su qué? —En la cara de John se dibujó una expresión de sorpresa.

—Andrew —contestó Kate.

—Pero ¿no era ése el nombre de...?

—Del hombre con quien mi hermana tenía una aventura —reveló Kate con inusitada tranquilidad, mirando por la ventanilla los animales que había arrastrado la marea hacia la arena, en medio de la negrura de la noche—. Mi marido, Andrew Wells.

—¿Su marido estaba liado con su hermana?

—Sí.

—Lo lamento —dijo John—. Debe de haber sido terrible para usted. Kate no respondió.

El silencio se apoderó del interior del coche. Kate percibía los lánguidos latidos de su corazón. Su madre había sido una persona reservada que había enseñado a sus hijos a mantener ocultos los secretos de familia. Desde el mes de abril, Kate quería hablar del asunto con alguien, cualquier cosa con tal que Willa volviese. Le pareció raro que un extraño como John se centrase en ese aspecto más que en la desaparición de su hermana.

Volvieron por el mismo camino. El viaje resultó más breve que el de ida. La respiración de Kate era entrecortada y sentía una opresión en el pecho. Durante mucho tiempo se había sentido muy apenada. A veces se preguntaba si lo que deseaba ante todo era que su mente descansase, que hubiera una tregua para sus terribles pensamientos.

Cuando habían recorrido cerca de un kilómetro, pasaron frente a una pintoresca e iluminada iglesia y John volvió la cabeza. Sus miradas se encontraron. Kate estaba impresionada por la intensidad de sus sentimientos, el dolor se había convertido en un temblor que amenazaba con apoderarse de su cuerpo. De pronto lo comprendió, como si él le hubiera cogido la mano y se lo hubiera contado todo. Su sorpresa nacía del hecho de que a él le había ocurrido lo mismo.

—Fue terrible para mí —musitó Kate.

—Sí... —dijo John, buscando con dificultad las palabras—. Como cuando uno se siente traicionado, cualesquiera sean las circunstancias. De todos modos, debió de ser mucho peor tratándose de su hermana y su marido.

—Sí, creo que sí. No fue culpa de ella...

—¿Qué quiere decir?

—Sólo tenía veintidós años. Después supe que mi marido fue a su encuentro, del mismo modo que él mismo admitió que lo había hecho con tantas otras. Vivimos en Washington. Allí hay tantas chicas necesitadas de compañía... ¿No lo recuerda de cuando estudiaba leyes? Supongo que resulta muy fácil seducirlas.

—¿Se dedica a la política?

—Trabaja para un político. Es un hombre con poder. —Kate cerró los ojos ante la viva imagen de la sonrisa fácil y los ojos deslumbrantes de Andrew, sus cabellos ondulados y su habilidad para conquistar la intimidad de las mujeres.

—¿Todavía está casada? —preguntó John.

—¿Qué tiene que ver eso con Willa?

John guardó silencio, sorprendido. Miró hacia fuera. Sus ojos escrutaron la oscuridad como acosados por demonios y vacilaciones íntimas.

—Me refería a si el matrimonio sobrevivió al adulterio o si le pusieron fin de mutuo acuerdo —dijo por fin.

—¿De mutuo acuerdo? —Kate sonrió con nerviosismo—. ¿Qué otra forma hay de romper un matrimonio aparte de...? —La respuesta era obvia, y por eso John había preguntado. La muerte era esa otra forma. La muerte de su mujer...

El abogado volvió a guardar silencio. Seguía contemplando el camino, iluminado ahora por el faro, como si éste fuera capaz de llenar de luz su propia vida, como si pudiera responder a la pregunta que carecía de respuesta.

—Mi divorcio es definitivo. Cuando volvía para llevarme mis cosas, encontré la postal —añadió Kate.

Sus ojos se habían nublado con una mezcla de dolor y compasión, pero súbitamente la mención de la postal la precipitó en el presente. Kate quería seguir, quería mantener viva a toda costa la conversación. Lo sentía con total crudeza.

—¿Qué quiere de mí? —volvió a preguntar John.

—No estoy segura.

—Algo debe de esconder. Ha hecho un viaje muy largo...

—Es verdad —convino Kate, y las imágenes del hogar volvieron a su mente; no de los edificios y monumentos de alabastro de la capital, sino del heno y los bancos de ostras, las dunas y los ponis de Chincoteague. Nunca creyó que Willa se mantuviera tan lejos de allí por su propia voluntad.

—¿Por qué ha venido a verme? —insistió John.

—Para pedirle... Para que le pida... —dijo Kate, la voz en suspenso.

—¿A quién?

—Ya sé que no puede decirme nada, pero, por favor, John, pregúntele a su cliente. Willa respondía a estas características: menuda, cabellos castaños, veintidós años.

Miró a John de reojo. El hombre apretaba los dientes. Pisó el acelerador. Dejaron la carretera y se internaron en un camino lleno de baches, entre las hileras de árboles bien cuidados, dirigiéndose hacia el lugar donde la posada del Viento del Este se asomaba al acantilado. Kate sabía que no la despediría sin más. Ella no había intentado que violase el código ético y sabía, a raíz de sus preguntas, que John había atravesado parecidas circunstancias a las suyas. Él también había sido herido por la infidelidad.

Hurgó en un bolsillo y sacó la foto de Willa. Había pensado en dársela por la mañana, cuando llegó a la casa. Realmente no recordaba si se la había mostrado. Bastó con ver de refilón la sonrisa y los ojos verdes de su hermana para que su corazón se sobresaltase. Kate le dio la foto.

—Por favor, quédesela —dijo—. Enséñesela a su cliente.

—No —dijo John, sin soltar el volante. Había detenido el coche en la iluminada entrada principal de la posada. No había luz en el salón, pero Kate creyó ver la omnipresente sombra de Felicity detrás de la cortina.

—Gracias por haberme escuchado —dijo Kate, volviéndose hacia John. No hizo ningún ademán de recoger la fotografía de Willa, pero tampoco John se la devolvió.

—La policía es su mejor aliada en este momento —se limitó a comentar John sin apartar la mirada del camino.

—No, usted lo es.

—Si está en lo cierto, se encuentra usted en un grave aprieto.

—¿De verdad?

La rutilante luz iluminó la cara de John. A pesar de haber recibido la cura adecuada, la herida en la sien resultaba visible. Tenía la mejilla manchada con un rastro de sangre seca. Kate pensó en el lío que había presenciado en su casa por la mañana. A pesar de sentirse decepcionada, sentía gran admiración por la fidelidad que él profesaba a su cliente.

—¿Siempre prefiere despreciar las reglas y las pruebas y confiar en su propio criterio? —preguntó ella, pensando en su despacho atestado de tratados científicos, informes de salinidad, registros sísmicos, información acerca de los cupos pesqueros.

—¿Qué dice?

La mujer cerró los ojos, recordando la ira de su hermano y de los vecinos de la isla cuando recibió aquel correo con malas noticias procedente de la Academia de Ciencias, en el que se exponían las directivas y los cupos de ostras y cangrejos para el año. De haber sido capaz de ignorar los hechos —la creciente escasez, la reducción de las existencias de almacén—, hubiera hecho más feliz a todo el mundo.

Una sonrisa se dibujó lentamente en el rostro de John.

—Sí, unas diez veces al día —respondió—, pero me cuesta muchísimo trabajo.

John tensó los hombros y meneó la cabeza como si un insecto le hubiera picado.

Para no darle la ocasión de que él dijera nada o la obligara a llevarse la fotografía, Kate bajó del coche. Abrió la puerta trasera, cogió la correa de *Bonnie*, se despidió de *Listo* con una caricia y subió rápidamente los escalones que conducían a la entrada de la posada.

Su corazón latía con fuerza. Sentada al lado de John O'Rourke, supo que él la había entendido. Había estado en sus mismas circunstancias. También él había sido herido en lo más hondo por una persona en la que había confiado ciegamente.

Bonnie soltó otro ladrido. Kate se volvió para despedirse con la mano, pero supo que John no la veía. Las luces traseras brillaban en los recodos del camino acotado por aquellos árboles tan pulcros. Parecía conducir a toda prisa.

6

El juez Patrick O'Rourke se había retirado diez años atrás, pero todavía usaba a diario camisa y corbata. Había salido de su casa a tirar la basura y, aun así, vestía una camisa almidonada y una corbata anudada al estilo Windsor. En el pueblo, salvo contadas excepciones, lo llamaban «señor juez» o «su excelencia», y si no lo hacían todos quizá se debía a la mano de hierro con que había presidido su tribunal, pero también debido a la escultura, obra de su difunta esposa Leila, que decoraba el jardín desde los primeros días de su carrera y que reproducía a la mismísima diosa de la Justicia.

Era la hora de salida del colegio. El autobús se detuvo junto a la acera para que bajara Maggie. La niña echó a correr, la mochila llena de libros dando tumbos en la espalda, como una verdadera tormenta tropical en zapatillas. Al verla, el juez recordó a su propio hijo cuando tenía esa edad, lleno de propósitos y esperanzas. Tras arrojar la bolsa de basura en el contenedor, abrió ampliamente los brazos para estrechar a su nieta.

—¿Cómo está mi niña adorada?

—Muy bien, abuelo. ¿Qué estás haciendo?

—Pues he salido a tirar la basura.

—¿Por qué no lo hace Maeve?

—Bueno —comenzó el juez mientras intentaba urdir una mentira convincente—. Te ha preparado una merienda buenísima y está ocupada lavando los platos. No puede hacerlo todo, ¿verdad?

Maggie asintió con la cabeza, pero algo le preocupaba.

—Tendremos muchos deberes de vacaciones.

—¿Tú y Teddy? —inquirió el juez, resoplando. Les echaría una mano. También ayudaba a su hijo cuidando de los niños después de la escuela. Toda la familia se movía al unísono, como lo había hecho antes, y el juez estaba más contento que una almeja con la marea alta—. ¡Oh, no será para tanto!

—¿Lo dices en serio? —preguntó la niña, aún preocupada.

—Hay una cosa con la que siempre debes contar, Margaret Rose —sentenció él—. Yo siempre digo la verdad acerca de las cosas. Ahora, dime qué llevas en esa mochila. ¿Piedras?

—No, abuelo. Son libros.

—Bueno, supongo que en esta época los fabrican blindados —bromeó mientras cogía la pesada bolsa.

—No, pero tengo muchos deberes. Ayer no fui a la escuela por lo que pasó: el ladrillo que rompió la ventana e hirió a papá... —Su voz se quebró. Se ruborizó, como si ella hubiese sido la culpable del ataque.

—¡Malditos gamberros! —exclamó el juez—. Siempre causando problemas por todas partes. Espera a que los coja la policía.

—No lo harán —respondió la nieta—. No dejan pistas.

El juez se había enfrentado con varias dificultades a lo largo del día, pero esto era excesivo. Por suerte la familia estaba fuera de peligro. Había comenzado a multiplicar los esfuerzos para calmar a Maggie, asegurándole que todo iría bien y que no debía preocuparse por su padre, cuando de pronto ella corrió hacia la cocina.

Maeve acababa de poner en la repisa de la ventana una bandeja llena de galletas de nueces y chocolate. Maggie se sirvió un vaso de leche y después cogió una galleta. El juez O'Rourke rogó al cielo para que la niña no viera la vajilla sucia que esperaba en el fregadero y descubriese que había mentido sobre Maeve.

—¿Sabes que casi se queda con nosotros una buena, abuelo?

—¿Una buena qué?

—Una buena niñera. Una que nos gusta.

—¿De verdad? Cuéntamelo —dijo el juez, sentándose en su lugar habitual en la mesa y dispuesto a sonsacar a su nieta toda la información necesaria. La vida era circular. Años atrás, había tenido dificultades para hablar con su hijo. Ahora, en cambio, el pequeño Johnny estaba demasiado ocupado para informar a su padre acerca de lo que estaba sucediendo.

—Mira, abuelo. A papá no le gusta. O puede que sí, pero se enfadó porque me llevó en su coche sin pedirle autorización. ¿Qué se supone que debería haber hecho mientras a él le curaban en el hospital? Ella sólo quería ayudar.

—Ayudar... ¿cómo?

—Llevando a *Listo* al tren de lavado. —Maggie cerró los ojos, masticando una galleta y soñando con lo que para ella era un mundo perfecto—. Fue algo mágico —añadió luego.

—Sí, sí, mágico —dijo el juez con tono burlón—. ¿Ese cazador sarnoso en un tren de lavado?

—Claro que sí. Kate, así se llama la niñera, dice que las duchas les sientan bien a todos los animales. Me contó que en su tierra los ponis toman baños de mar y que los perros van a nadar a las calas. No hay nada como una ducha. El agua nos hace sentir mejor. ¿Sabes por qué, abuelo?

—¿Por qué? —preguntó el juez, inclinándose para quitar las migajas de galleta de la barbilla de su nieta.

—Hace mejores a las personas. Conmigo ha funcionado. Yo misma tomé un baño de espuma la otra noche, antes de que ella se fuese, y me sentí realmente otra.

El juez entrecerró los ojos. ¿Su hijo John se había vuelto loco? La nueva niñera había lavado al perro y logrado que Maggie acudiera a bañarse por propia iniciativa, pero a él sólo se le ocurría quejarse de detalles técnicos. A pesar de que el anciano jurista sabía que la gente, especialmente los padres, no solían ser muy cuidadosos, también entendía las dificultades de la vida de John. Necesitaba encontrar ayuda. Por desgracia, los dos O'Rourke lo necesitaban.

Pensó en Maeve.

Esa misma mañana, la mujer se había dirigido al jardín para mantener una conversación confidencial con su hermana Brigid, muerta quince años atrás. Maeve solía hablar a sus hijos, si bien nunca había estado casada ni tenía hijos, al menos que el juez supiera. Incluso les había dado nombres: Matthew, Mark, Luke y John.

Esto alarmó al juez. Lo que ocurría era que no sólo su ama de llaves estaba a punto de perder los papeles, sino que ocasionalmente, no con la frecuencia de Maeve pero sí con cierta frecuencia, lo mismo le estaba pasando a él.

En dos ocasiones se había encontrado sentado ante su escritorio impartiendo instrucciones al jurado. La semana anterior, abrió los ojos en la mitad de la noche y se hallaba de pie en medio del dormitorio (en lugar del pijama, llevaba la toga que durante tantos años había usado en los tribunales). De esa manera su subconsciente intentaba restaurar un poco la dignidad y el aprecio de los que el juez siempre había gozado.

Lo mismo le ocurría a Maeve. Durante veinte años había sido para él una excelente cocinera. Todavía acudía a menudo a la cocina, vertiendo sabrosa agua corriente en una caldera y una bandeja de horno. Las personas, incluso en su vejez, insistían en las mismas prácticas en las que habían descollado mientras disfrutaban de toda su lucidez.

—¿Dónde está papá? —preguntó Maggie mientras se servía otro vaso de leche—. ¿En su despacho?

—No lo sé. Creo que tenía una especie de reunión fuera del pueblo.

—¿Fuera del pueblo? —Maggie estaba perpleja.

El juez hizo una mueca imperceptible con los labios, deseando ser capaz de mentir y decirle que se había equivocado. Algunas mentiras resultaban útiles, formaban parte de las recíprocas revelaciones que a diario hacían padres y abuelos. Esas mentiras inocentes servían para fortalecer los lazos. En la actualidad, casi todos los padres apostaban por ser «abiertos». Era un error. Lo importante era que el niño pudiera centrarse en su rendimiento escolar y dejar las preocupaciones para los mayores.

—Abuelo —insistía Maggie, apretando un trozo de galleta hasta deshacerla—. ¿Está fuera del pueblo?

El abuelo respiró hondo. ¿Por qué la niña sentía pánico? ¿Temía que su padre muriera en la carretera, como su madre? ¿O es que estaba preocupada, al igual que John a su edad, porque su padre, en calidad de abogado, pudiera quedarse encerrado tras los reforzados e inflexibles barrotes de la prisión en que visitaba a sus clientes?

—¿Qué hay en esta mochila, señorita? —optó por preguntar el abuelo con tono pretendidamente severo—. Ya es hora de que te pongas a hacer todos esos deberes si quieres ir a Yale algún día. Sabes que allí no aceptan a cualquiera. Debes aprovechar el tiempo si quieres llevar su uniforme. Y eso por no mencionar la escuela de leyes de Gorgetown. Tienes una gran herencia sobre tus hombros.

—¡Por favor, abuelo, dímelo! —exclamó Maggie, y en sus ojos había una mezcla de desesperación y dolor. No era la primera vez que el juez veía esa reacción. Al cabo de unos cinco segundos, su nieta estallaría en un mar de lágrimas. Lo mismo le había sucedido a John cuando era pequeño. Paradójicamente, su padre lo había resuelto decidiéndose a poner las cartas sobre la mesa.

—Fue a la prisión —dijo el juez—. Fue a visitar a Merrill.

Maggie asintió con la cabeza. Para sorpresa de su abuelo, la crispación desapareció.

—¿Te encuentras mejor?

Maggie se encogió de hombros.

—No lo sé —dijo la niña—. No me gusta que conduzca, y además sé que Merrill es un hombre malo, pero quería saber dónde estaba papá. Ahora estoy mejor.

—Hum —musitó el juez con aire reflexivo—. Cuando tu padre era joven, antes de que yo fuera juez fui abogado como él. No le cuentes que te lo he dicho, pero se desesperaba cuando yo debía visitar a algún cliente en la prisión. Creo que tenía miedo de que las enormes puertas de la cárcel se cerraran tras de mí y quedase atrapado en medio de todos aquellos asesinos.

—Papá me lo explicó —dijo Maggie, que había cogido otra galleta—. Por eso no tengo que pensar en cosas malas. Nunca podrá quedarse dentro, los guardias lo custodian todo el tiempo. Merrill, además, no lleva ningún arma encima, por lo que no puede hacerle daño a papá.

—Vaya, tienes un padre muy razonable. Debe de haber aprendido de mis errores.

—¿Cómo pasaste de ser abogado a juez, abuelo?

—Debido a mi actuación brillante en los tribunales y a mi mentalidad de jurista.

—Cuando llegaste a juez no podías visitar criminales en la cárcel, ¿verdad?

—Claro que no, me hubieran echado a puntapiés.

—Ya. —Maggie parecía muy concentrada en sus pensamientos.

El juez se sentó y la contempló. Su nieta tenía un rostro pensativo e inteligente. Algún día sería una buena jurista. También Teddy, aunque en su opinión éste se dedicaría al derecho mercantil y a la planificación estatal.

El juez también pensó en Greg Merrill, el asesino en serie con cara de niño, modesto, de voz melodiosa y bien educado. Lo que hizo a sus desdichadas víctimas lo convertían en un monstruo, no había otra posible definición.

En ese momento, John estaba con él. El juez miró su reloj de oro. Sí, en ese preciso momento. Se preguntó por qué después de tantos años como juez de lo criminal se sentía preocupado por el asunto.

Miró fijamente el rostro inocente de su nieta. El juez intentó sonreír.

Con el correr de los años, ¿a cuántos hombres violentos él y su hijo habían puesto en libertad, habían devuelto a la sociedad? ¿Cientos? ¿Quizá miles?

Suspiró. A pesar de aquella radiante criatura, de aquella diosa en miniatura con los labios manchados de chocolate, la verdad era que todas las personas tenían derecho a un juicio en toda regla.

El problema era que el juez había terminado perdiendo toda capacidad de entusiasmo. En su juventud había sido un apasionado liberal, mientras que ahora —en la jerga de su nieto Teddy— se había «reciclado» en un hombre de leyes conservador. No soportaba al juez Miles Adams, el magistrado encargado de presidir el largo y emocionante juicio que llevó a Gregory Bernard Merrill hasta el corredor de la muerte.

—Es por culpa tuya —dijo en voz alta, y miró a Maggie, cuyos ojos tanto le recordaban a su encantadora madre. Comprendió que los niños eran el motivo de su conversión a una forma más conservadora de pensamiento. Al fin y al cabo, ¿qué era un conservador sino un liberal con nietos?

—¿Qué has dicho, abuelo?

—¿Eh? —preguntó el juez sin dejar de mirarla.

—Has dicho que era culpa mía. ¿Por qué?

El juez sintió que se ruborizaba. Había sido sorprendido en uno de esos momentos en que se comportaba como Maeve, incapaz de guardarse sus pensamientos para sí. Y esta vez se había puesto en un aprieto.

—Oh, nada, nada. Come galletas.

—Me dijiste que Maeve se había ocupado de los platos —prosiguió Maggie, mirando fijamente la vajilla sucia en el fregadero—. Creo que se cansó bastante antes de terminar.

—Sí, la verdad es que tienes razón.

—Voy a echarle una mano —dijo Maggie, retirando el vaso y el plato de la mesa y abriendo después el grifo—. La limpieza es algo bueno... El agua caliente fluye y aleja de aquí la suciedad por el desagüe. Kate me lo dijo.

—¿Kate?

—La que casi fue nuestra niñera —respondió Maggie, pensativa.

—Al parecer, Kate tiene una rara combinación de sabiduría y sentido práctico.

—Sí.

—Bueno, seguro que Maeve apreciará tu ayuda —concluyó el juez con voz serena mientras observaba a Maggie arremangarse y verter detergente en el fregadero.

Con los años, el magistrado había acabado por creer que su cometido en la vida era cuidar de Maeve. No quería que se la llevasen a una residencia de ancianos. No tenía hijos y su hermana había muerto.

Había cuidado de él desde la muerte de Leila. Ahora era su turno, debía hacerse cargo de ella. Maeve sólo contaba con él, y viceversa. Para su sorpresa, se enfrentaba a uno de los maravillosos misterios de la vida. Se sentía capaz de volver a amar.

De ahora en adelante, la misión del juez Patrick O'Rourke sería cuidar de que Maeve Connelly se sintiera segura en su casa. Todo el mundo necesitaba a alguien a quien querer. Todos, sin excepción. Pensó en John, en lo mucho que había sufrido por Theresa, y su corazón se sintió afligido. John había quedado desolado por la infidelidad de ella. Desde entonces, jamás había considerado siquiera la posibilidad de salir con otra mujer, y el juez dudaba de que algún día lo hiciera. Como todos, necesitaba amor, pero no deseaba ser él el afortunado.

Algunas cosas dejaban heridas que no se cerraban.

John O'Rourke se dirigía a Winterham, la prisión de máxima seguridad del estado, donde se hallaba el corredor de la muerte. Saludado por algunos guardias e ignorado por otros, echó a andar por el estrecho pasillo que corría entre los altos muros coronados por alambres de espinos. Luego pasó por una serie de puertas provistas de detectores de metales.

—He venido a ver a Greg Merrill —dijo a Rick Carmody, un guardia fornido y con aspecto de consumir esteroides al que veía con frecuencia. No obstante, el hombretón fingió que no lo veía.

—Tendrá que esperar —dijo por fin, sin levantar la mirada de la revista que estaba leyendo.

John no respondió, pero su presión arterial subió en exceso. Al abogado defensor de un asesino se le trataba con mucho menos respeto que al de un ladrón, pero la experiencia le había enseñado que no convenía remover esas aguas y que era más útil recurrir a la paciencia.

Sentándose en una silla de vinilo de color marrón, abrió su cartera y sacó el expediente. Recordó lo que Kate Harris le había contado acerca de su hermana y su marido. Aquello le había hecho pasar la noche en vela, entre escalofríos, como si hubiese sido presa de una fuerte fiebre. ¿Cómo había logrado superar la traición de dos personas tan próximas? John pensó en Theresa y Barkley. Sintió un nuevo escalofrío. Cuando volvió a mirar al guardia, éste sonreía con afectación.

—Oiga, abogado —dijo Carmody, señalando con un gesto la cabeza de John—. ¿Ha participado en una trifulca de borrachos?

—¡Si hubiera visto al otro tipo! —replicó John, suspirando y tratando de alejar los recuerdos de Theresa.

—¡Ya me lo imagino, ya! —El guardia rió entre dientes y chasqueó los nudillos uno por uno. Sin perder la paciencia, John permitió que el guardia le pasase el detector de metales por el cuerpo. En el fondo anhelaba asestar un buen porrazo en aquella cabezota, no sólo por la ignominia que suponía tanta falta de respeto, sino por el descaro con que Carmody seguía mirando la herida de su cabeza.

—Hay que reconocer que tuvieron puntería —dijo.

—¿«Tuvieron»? ¿Sabe algo acerca del asunto?

—Oh, señor abogado, claro que no —contestó el policía moviendo las manos como para señalar su inocencia.

—De acuerdo —dijo John respirando aceleradamente—. Mis hijos estaban presentes, ¿sabe? Ellos podrían haber resultado heridos por el ladrillo o por los cristales. ¡Asistieron a un acto de violencia en su propia casa!

—¡Eh, un momento, amigo! Cierre el pico, ¿quiere? Está formulando acusaciones que pueden volverse en su contra. Le echaré a usted apenas...

—Mi cliente tiene derecho a ser defendido.

—Y yo puedo obrar a discreción con cualquiera que pase por aquí. Así que olvídese de esa cuestión del ladrillo y la ventana. ¿De acuerdo?

—Quienquiera que lo haya hecho pagará por ello —aseguró John, tratando de no exacerbar la reacción de aquel energúmeno. Aunque hubiera estado cara a cara ante el autor de aquella infamia, no habría podido dar rienda suelta a toda su cólera. No dejaría que le destrozaran la casa otra vez—. ¡Podían haber herido a mis hijos! ¿Lo entiende? ¡A mis niños! Así que sin duda comprenderá por qué no estoy de buen humor en estos momentos.

—Ningún problema. ¿Los niños están bien?

—Sí.

—Eso es lo importante.

—Así es. ¿Puedo ver a mi cliente?

Carmody abrió el cerrojo y John accedió al corredor de la muerte. El corazón le latía con fuerza. Ello se debía a las palabras de Kate Harris, que habían reavivado viejas heridas, pero también porque no sabía a ciencia cierta si Carmody había tenido algo que ver con el maldito ladrillo, y porque, en definitiva, era la respuesta natural de quien entraba en el corredor de la muerte.

Los prisioneros habitaban unas celdas de dos metros por tres, provistas de un camastro, una mesa y una combinación de lavabo y excusado. Allí pasaban, solos, veintidós horas al día. De seis a ocho de la tarde se les permitía mezclarse con otros prisioneros, pero siempre con aquellos que esperaban la misma suerte, nunca con otros internos.

Merrill se hallaba en la «celda de la muerte». Adyacente a la cámara de ejecución, tenía delante de sí a un guardia sentado ante una mesa que lo sometía a vigilancia constante. Todo cuanto hacía era registrado, incluso sus necesidades biológicas. A pesar de que John había alegado el carácter inhumano de semejante tratamiento, Merrill no había sido trasladado. Y allí permanecería hasta que le sucediera lo peor.

—Hola, John —dijo Merrill con voz apagada cuando vio a su abogado dirigirse hacia la sala de entrevistas.

—Hola, Greg.

Sin ninguna clase de restricciones, Merrill se hallaba sentado ante la mesa de madera que separaba a los protagonistas de la entrevista, vestido con su mono de color naranja. Entre sus manos aferraba un ejemplar de la Biblia, nunca iba sin él. Un circuito cerrado de televisión monitorizaba la habitación, de modo que los guardias podían observarlo todo.

—¿Qué te ha pasado en la cabeza?

—Sólo un chichón —dijo John mientras abría la cartera y removía los papeles que había en el interior. ¿Debía ocultarle que él estaba relacionado con aquella herida? ¿Sentía quizás un miedo atávico a revelar al asesino los secretos de su vida doméstica?

—Dios te bendiga —dijo Greg muy tranquilo, cabizbajo y con los dedos ligeramente en alto—. Rezo mucho por ti. Mis plegarias te protegerán de cualquier agresión.

—Gracias, Greg. —John intentó acabar con el asunto. Pensaba que las prácticas religiosas eran comunes en la prisión; a lo largo de los años, John había aprendido a no insistir demasiado en ellas—. Bueno, esto es lo que tenemos por el momento...

Con el propósito de presentarlo al tribunal, John había preparado las líneas generales de un escrito para que se le concediese a Greg una celda en que se respetase más su privacidad.

—Es terrible —dijo Greg con voz queda—. Los guardias se mofan cuando voy al excusado. Se burlan de mí.

—Lo sé. Lo siento mucho, pero sólo puedo decirte que me estoy ocupando del asunto.

—Ya lo sabes, John. No me inquieta la muerte. El Señor está conmigo. Estoy seguro de que el Dios a quien tanto quiero no permitirá que arda en el infierno. Lo sé, John, simplemente lo sé. ¿Verdad que te parece una locura lo que te estoy diciendo?

—Sé que eres creyente, Greg —afirmó John, y contempló un momento aquellos ojos de turbia mirada. Era un hombre que sentía una tendencia natural al mal. Formaba parte de su persona, como la mirada borrascosa o el pelo rizado. Se había confesado autor de la muerte de siete mujeres y de intentos de perseguir, maltratar y amedrentar a muchas más.

—Éste es mi infierno —susurró Greg—. Esta presión es lo peor de lo peor. Admito lo que he hecho. Estos hombres me tratan con un odio que no conoce límites, John. Quiero que llegue la muerte. Es la vida misma lo que me resulta insoportable.

John asintió con la cabeza. Greg solía repetir estas palabras, pero en su interior luchaba con todas sus armas a favor de su derecho a la vida. John, como abogado, había jurado ayudarlo.

—Escúchame —le dijo mientras sacaba de la cartera otro montón de documentos—, he estado revisando los informes del doctor Beckwith.

—¿De verdad? —preguntó Greg, y al punto le brillaron los ojos.

John asintió.

Había recurrido a los conocimientos de Beckwith en otras ocasiones, a veces para testimoniar, a veces sólo para examinar al cliente en cuestión. Desde casos sencillos en los que el acusado había sido víctima de una irregularidad médica que le atenuaba su culpa («A mi cliente se le había prescrito una medicación insuficiente, por lo que se sintió emocionalmente desbordado y cometió el hurto...»), hasta el caso de aquel abogado de oficio cuyos trastornos mentales lo habían llevado a asesinar a su esposa infiel.

—¿Hay posibilidades, John?

—Quizá. Le gustaría volver a verte —contestó John sin levantar la mirada de su carpeta. Beckwith se había entrevistado con Merrill durante el transcurso de una sola semana, al comienzo del proceso.

—Lo aprecio mucho, John. Él me comprende... Dice que mi trastorno es como un cáncer en la mente. ¿Puede alguien ayudarse a sí mismo si padece un cáncer en el cerebro, en la mama...? El doctor Bekwith sabe que ésa es mi situación.

John asintió mirando a su cliente por el rabillo del ojo. Merrill nunca se mostraba emotivo, incluso cuando su voz iba del grito al susurro, no apareció en su rostro ninguna señal de afectividad. John no quería comprometerse demasiado al respecto, ni mostrar excesiva curiosidad. Le pagaban por su trabajo, que consistía en encontrar soluciones legales para problemas legales. El cliente tenía en ese terreno tantos derechos como cualquier otro.

—Tengo una mente rota —añadió Greg—. No es culpa mía si no puedo parar de pensar en tener relaciones sexuales con esas chicas, no puedo obligarme a dejar de imaginar. El doctor Beckwith lo sabe. No puedo elegir lo que tengo en la mente, ése es el problema.

—Lo sé —convino John. Su mirada tropezó con la delgada carpeta que contenía las confesiones de Merrill y revelaba la localización de los cadáveres.

—Él entiende que la clomipramina me ayuda a evitar esos pensamientos... No soy estúpido, tengo una enfermedad mental. El doctor Beckwith también dice que soy un genio, que Darla y yo somos, por derecho propio, miembros de Mensa, la organización para superdotados, poseedores de un código propio.

—Así es —subrayó John sin dejar de mirar la carpeta. Se refería a Darla Beal, la novia de Greg, una de las muchas mujeres que se había entrevistado con él en la prisión. Este fenómeno asombró a John.

Buscando en la carpeta, recordaba los lugares donde se habían encontrado los cuerpos de las víctimas. Exeter, Hawthorne, Stonington... También había una lista de lugares que Greg había mencionado y en los que había llevado a cabo agresiones menores contra algunas mujeres.

La noche anterior, Kate Harris había conseguido que John se desvelara. No cabía duda. No sólo por la historia del matrimonio —John entendió muy bien su dolor—, sino por las sospechas acerca de la desaparición de su hermana. Incapaz de seguir el hilo de sus pensamientos, volvió a guardar el expediente.

Hacia las tres de la madrugada se sintió satisfecho de no haber hallado ninguna mención de Willa Harris, ninguna de las descripciones encajaba con las localidades que Kate había mencionado: Newport, Providence, la costa de Connecticut.

Pero al pasar la última página, John encontró lo inesperado: «Fairhaven.»

Ése era el lugar donde la hermana de Kate había utilizado su tarjeta de crédito en una gasolinera. Fairhaven, en Massachusetts. Se trataba de un pueblecito cercano a New Bedford, que contaba con pequeños astilleros y primorosas casas con jardines cercados.

¡Fairhaven! Greg Merrill había confiado, aunque sólo a su abogado, que en una casa de aquel lugar había observado, de pie sobre una barca vuelta al revés, a una chica que se disponía a desnudarse en su dormitorio, una mano en los vaqueros y la otra en la cortina.

—El doctor Beckwith opina que debería crearse una nueva categoría para mí. ¿No es así, John? —dijo de pronto Greg, lleno de vida, apoyándose sobre la mesa y golpeando su Biblia con los nudillos.

—No estoy seguro —se limitó a responder John—. Por eso quiero que vuelva a examinarte.

—¡Un hombre importante como él! —continuó Greg con la mirada centelleante—. Con todas sus credenciales... Director del Centro de Trastornos Sexuales de la Universidad de Maystone, miembro del Comité de Definiciones de Criterios Diagnósticos Traumáticos. Es así, ¿verdad?

—¿Qué dices, Greg?

—Quiere usarme para una nueva definición. Soy un graduado *cum laude* de la Universidad de Connecticut. ¿Sabes qué dijo? Que yo tenía una estructura extremadamente primitiva de la personalidad. —Los ojos de Greg brillaban de emoción—. Soy un creador de zombis... Dejo a mis víctimas con vida, justo en el límite de la muerte, a merced de la marea, de modo que tengan tiempo de saber lo que va a sucederles. Y también está esa chica que sobrevivió unos días... El doctor cree que lo hice adrede...

John levantó la mirada, alarmado. Esto era algo nuevo. Beckwith nunca se había metido en semejantes disquisiciones diagnósticas respecto a Greg, que además parecía muy complacido con ellas.

—Al mismo tiempo —continuó Greg—, estoy investido de poderes. Les doy una última oportunidad. Les doy esperanza, ya que hasta que la marea llegue hasta sus bocas y sus narices, no están seguras de que van a morir. Esa muchacha que logró escapar viva... tenía esperanzas hasta que se ahogó. Función cerebral cero, pero estaba viva, como una zombi. ¡Eso es esperanza! La esperanza es una dádiva, John. Lo sé porque yo estuve presente. Ahora estoy en la celda de la muerte, pero antes de que me maten, hay esperanza. La gente vive de la esperanza, John, es la naturaleza humana.

—¿Dónde...? —apenas pudo preguntar John, el corazón latiéndole con fuerza.

—El doctor Beckwith dice que tengo complejo de Dios —agregó Greg meneando la cabeza con aire pensativo—. Les doy y luego les quito. O al revés, según mi voluntad. A esas muchachas, John, les concedí sus últimos minutos. Y créeme, era una dádiva. Hice cosas con ellas que les gustaban. Así, mataba su mente, pero permitía que el cuerpo se mantuviera vivo.

—Controlabas las mareas —musitó John—, sólo que un día hiciste mal los cálculos.

John sabía que Greg siempre se quedaba dormido al lado de sus víctimas, hasta que la marea anunciaba el adiós definitivo y las ahogaba en el rompeolas.

No quería mojarse los pies.

—En esas chicas maté lo que más odio de mí mismo... Lo dijo el doctor Beckwith. ¿Acaso no te informó de eso?

—No creo que el doctor Beckwith haya llegado a esa conclusión, Greg —sugirió John—. ¿Acaso te ha dicho lo contrario?

En el rostro de Greg se dibujó una sonrisa triste.

—Hubiera sido contraproducente —dijo, meneando la cabeza—. Sé muy bien a qué vino el doctor Beckwith. Cree que finjo mis ideas y mis síntomas. Lo sé perfectamente.

—¿Cómo lo sabes?

—Oh, no es ningún misterio. Soy un superdotado, no lo olvides. Mi intuición es mucho más fina que la de las personas corrientes. Probablemente he leído más que cualquier psiquiatra acerca de casos como el mío. Acabo de explicarte lo que yo diría sobre mí si fuera médico. No leas entre líneas —añadió, inclinándose y cogiendo una vez más la Biblia—. El Señor es mi timonel, yo sólo remo. Díselo a cualquiera que lo pregunte. Te estoy gratamente agradecido por tu mediación, John. A pesar de ello, creo que no deberías hablar de lo que ignoras. ¿Sabes acaso que he perdido la huella del tiempo y no me gusta nada lo que dices?

—Por supuesto, Greg.

Merrill asintió con la cabeza, satisfecho.

—De todos modos, te doy las gracias por haberme puesto en contacto con el doctor Beckwith. Bueno, ¿debemos hablar de algo más?

—Sí.

John cogió la carpeta con los testimonios de Greg y la depositó sobre la mesa que los separaba. Hurgó en el bolsillo y tocó la fotografía de Willa Harris. Recordó el rostro de Kate, las lágrimas rodando por sus mejillas pecosas. Cerró los ojos. Estaba atrapado por un conflicto interior: ponerse al servicio de su cliente o... ¿O qué? ¿Llevarle alguna respuesta a la hermana? ¿Satisfacer su propia curiosidad? Parpadeó varias veces y acabó clavando la mirada en los ojos de Greg.

—Quisiera saber algo, Greg.

—Adelante, John.

—Fairhaven, Massachusetts —dijo John, observando atentamente la reacción de Greg.

Greg esbozó una débil sonrisa y dos hoyuelos se formaron en sus mejillas, pero su mirada permaneció fría, hierática.

—¡Ah sí, la Bella Durmiente! —exclamó.

—Háblame de ella —lo instó John.

—Pero si todo lo tienes ahí, en el expediente. Te lo he contado todo.

—Quiero oírlo de nuevo —John bajó la voz al ver que la sonrisa había desaparecido de los labios de Greg—. Te lo pido por favor.

—Bueno, soy sensible, John. No quiero perjudicarte. No me gusta cuando te enfadas conmigo.

—Lo sé, perdona. Pero, por favor, háblame una vez más de Fairhaven.

—De acuerdo. —Greg volvió a sonreír y, sin soltar la Biblia, comenzó—. Bueno, pasaba por allí...

«Habla como si se tratara de un vendedor comercial que se hubiera detenido en un pueblo para tomar un bocado», pensó John.

—Tuve ganas de ir al lavabo. Me dirigí a un terreno que servía de aparcamiento, detrás de una lavandería, creo. En uno de esos estrechos senderos bordeados de vallas, junto a una tienda de artículos de ocasión y otra de postales. La chica de la casa se dirigía hacia ella a través del aparcamiento. Sólo tuve que volver la cabeza para verla... Vi que se encendía la luz del dormitorio...

Greg tenía la mirada turbia. Solía sufrir estados de fuga. En muchas ocasiones John lo había observado oscilar entre la irrealidad y lo normal. Al contar un evento, uno de sus asesinatos o sus acechos, sus ojos brillaban y se le secaba la boca. Hablaba con un anhelo desmedido, como si estuviera describiendo el gran amor de su vida.

—¿Por qué allí? ¿Por qué en aquel momento? —prosiguió—. Creo que estaba sentado en el coche. Había salido a aliviar mis necesidades junto a un muro de ladrillos... No apagó la luz del dormitorio, se limitó a correr la cortina. Pero la cortina no se cerró del todo. Entonces decidí acercarme para mirar.

John escuchaba. Lo había hecho en otras ocasiones, pero su corazón volvía a sobresaltarse: el tiempo del relato resultaba siempre caprichoso. Un minuto por un derrotero y, de pronto, Greg tomaba el atajo y se dirigía a otro.

—Era encantadora. Tendría unos trece o catorce años. Ya te lo he dicho. No sabía lo que ya era. No podía comprender el poder que tenía... Crucé el aparcamiento. Salté la cerca y me rasgué los vaqueros al hacerlo. Mientras avanzaba en línea recta hacia ella, tropecé con un bote de remos. Lo aparté. Observé por el espacio que había dejado la cortina. Ella todavía no se había acostado.

—¿Nadie te vio? ¿Nadie te echó de allí? —preguntó John sin que la mano que tenía en el bolsillo soltase la fotografía de Willa Harris.

—No. Yo era como el viento de la noche: sereno, seguro, invisible. La deseaba. Mi mente se iba... Ya imaginaba el rompeolas. Las grandes rocas de New Bedford. ¿Conoces el lugar? Cerca de donde zarpa el bote para Vineyard...

—Sí, he estado allí.

—Pero no pasó nada —dijo Greg, meneando la cabeza. Había perdido el brillo de la mirada, como si se hubiera puesto en acción el tercer párpado de un gato que sale de un apuro—. Su ventana estaba cerrada y en la casa también estaba el padre. Pude oír su voz...

—¿Fue ésa la única razón?

—¿Qué otra pudo haber?

John tocaba la foto con los dedos mientras se imaginaba a sí mismo yendo hacia la tienda para comprar cuando Willa Harris interrumpió a Greg y se convirtió en víctima de éste.

—No lo sé, Greg. Dímelo tú.

Merrill volvió a menear la cabeza.

—Eso es todo —concluyó—. No estaba dispuesto a dejarme pillar, ni mucho menos sufrir la agresión de un sucio pescador. Yo no estaba allí para eso...

—Lo sé. Ya sé que no «estabas allí» —dijo John. Luego, mirando fijamente a los ojos grises de Greg, preguntó—: ¿Qué época era? ¿Te acuerdas?

Greg cerró los ojos e hizo el gesto de quien aspira un perfume en el aire.

—Era primavera —respondió—. Aún puedo oler las flores de aquel jardín. Fue la última primavera.

—¿En abril?

—Probablemente —dijo Greg—, porque debía de hacer frío para dormir con la ventana cerrada. No era una familia de las que gastan en calefacción y aire acondicionado. Era gente sencilla, gente que vive de su trabajo. Tendrías que haber visto el bote de remos. Realmente una antigualla.

—De acuerdo. —John asintió sin dejar de pensar en el repostaje de gasolina que Willa había hecho el 6 de abril. Guardó los papeles dentro de las carpetas y éstas en el interior de la cartera. Las luces sobre sus cabezas titilaron. El olor a comida invadió el recinto cerrado. Greg empujó la silla hacia atrás. Comía en su celda, allí le servían, tres veces al día, los alimentos en una caja de plástico.

—Por favor, Greg —dijo John con el corazón en vilo, cuando advirtió que su mano aún aferraba la fotografía de Willa—. Una última cosa.

—Es la hora del almuerzo —dijo Greg, disculpándose y encaminándose hacia la celda.

—Ya lo sé, pero se trata de un simple detalle. —John puso la fotografía ante los ojos de su cliente—. ¿La conoces?

Greg dudó. John no dejó de mirarle ni un momento. El convicto se movió hacia la foto para observarla mejor, pero John, sin saber por qué, no quiso que la tocara. Quizás el recuerdo de Kate se lo impidió. Sin soltar la foto, retrocedió e insistió:

—¿La conoces?

Greg ladeó la cabeza. Sus ojos no reflejaban emoción alguna. Incluso cuando representaba su papel —el tono de voz afectado de los grandes dramas, los hombros encogidos, leves vaivenes de la cabeza—, sus ojos continuaban como inertes, como si se tratase de los de un tiburón. Pero en ese momento, mientras miraba la fotografía de la sonriente Willa Harris, vaciló. John estuvo seguro de haberlo visto.

Fue sólo un fogonazo, una ligerísima ondulación. Luego nada. El mar volvió a mostrarse sereno y John se preguntó si realmente había sucedido algo.

—No, John —dijo Greg—. Lo siento.

John esperó. Seguía espiando los movimientos del otro.

Nada.

—En mi vida la he visto —acabó Greg con tono amable.

Llamado por el aroma de su próxima comida, Greg Merrill se volvió. Cogió reverentemente su Biblia y salió de la pequeña habitación, dejando al abogado con la fotografía en la mano. Pronto siguió en silencio los pasos del guardia que lo custodiaría hasta el exterior.

Se resistía a marcharse. Los puntos de la herida volvían a dolerle. Contempló profundamente el rostro alegre de Willa Harris. Creyó advertir un ridículo signo de traición. Le hubiera preguntado cómo había sido capaz de hacerlo. «¿Por qué heriste de esa forma a tu propia hermana?», habría querido preguntarle.

7

Habían pasado dos días y medio. El jueves, Kate había conducido cinco veces hasta la casa de los O'Rourke. No obtuvo nada. John O'Rourke era el único nexo que la conectaba a una remota esperanza de saber algo acerca de Willa. Comprendía que no era fácil. El abogado le había dejado claro que el código ético de su profesión le prohibía muchas cosas. Admitió que ella misma no se comportaba de la mejor manera, como si también lo acechara al dirigirse con tanta frecuencia a la casa. Cada vez que iba, buscaba a los niños con la mirada.

¿Dónde estaban? ¿Había por fin encontrado John la niñera adecuada? ¿Seguiría *Listo* enredándose entre las zarzas y estropeándose el pelaje? ¿Eran imaginaciones suyas, o *Bonnie* se había enamorado?

Cada vez que pasaba de largo, *Bonnie* pegaba el hocico contra la ventanilla y recorría el asiento trasero, para tratar de contemplar la caseta de *Listo* durante el mayor tiempo posible.

—¡Calma, *Bonnie*! —le decía Kate por encima del hombro—. Al parecer, nunca están en casa.

No había nadie. El coche de John no estaba aparcado frente a la casa. Ella había espiado a los niños. Ambas noches había visto luces durante pocos momentos. Incluso llegó a preguntarse si alguno habría convencido a John de que dejara el pueblo y se llevara a su familia consigo.

La calabaza también había desaparecido de la escalera.

Finalmente, en su quinto viaje, decidió aparcar y quedarse observando la casa. Deseaba que alguien despejara sus dudas sobre la desaparición de Willa.

Recostada la espalda en el asiento, Kate vio la pelota de fútbol de Teddy abandonada en el césped del frente y las botas de lluvia de Maggie en el porche. Sintió una especie de punzada al pensar en la madre muerta. Había muerto en un accidente de circulación, y así había desaparecido de la vida de sus hijos, al igual que Willa de la suya.

¿John y ella habían sido felices? Él había reaccionado de forma tan evidente ante la historia de su adulterio, que Kate tenía la certeza de haberlo conmovido al pensar en sí mismo. Estaba rígida, su corazón latía con fuerza mientras contemplaba la casa de color blanco. Se preguntaba si John había visto llegar el final, si había descubierto las huellas y había preferido ignorar lo que significaban.

La tarde de finales de octubre era muy fría. El invierno se acercaba a pasos agigantados. Kate cerró los ojos, intentando reprimir la curiosidad. ¿Qué podía importarle a ella la verdad sobre el matrimonio O'Rourke? La infidelidad destruía el amor. A ella la había sumido en una completa soledad, poniendo en tela de juicio el sentido de su vida.

No, la paz y la salud verdaderas habían quedado atrás en el tiempo... En la infancia, en los años en que ella, con Matt y Willa, eran una auténtica familia. Allá lejos, en Chincoteague... Kate volvió a recordar la infancia de su hermana.

Willa...

Habían cabalgado en tiovivos, nadado junto a los ponis salvajes en el canal de Ponny Penning Day de Chincoteague. Había ido a pescar ostras con su hermano en un bote de madera; había plantado petunias, la flor favorita de su madre, en la tumba de sus progenitores; ella misma había talado los árboles de Navidad y los había adornado de guirnaldas, farolillos y conchas de mar; Kate había llevado a Willa a un espectáculo de ballet en el Kennedy Center; la había ayudado a encontrar un lugar en la Biblioteca del Congreso, la había llevado consigo al Senado para escuchar las conferencias acerca de la contaminación del agua y la industria pesquera; le había comprado su primera caja de acuarelas.

La vida con Willa...

Cuando era pequeña y cursaba el tercer año escolar en un colegio elitista de Washington, tuvo que hacer la recensión de un libro. Kate la había llevado a la biblioteca, donde habían encontrado numerosas biografías: *Florence Nightingale, una mujer para la medicina; Amelia Earhart, la muchacha piloto; George Wahington Carver, el niño científico.*

—¿Quiénes eran, Kate? —había preguntado Willa mientras intentaba decidirse.

—Lee las biografías y lo sabrás.

—¿Cuál me gustará más?

—No puedes saberlo hasta que las leas.

—Vaya, ya me conoces, Kate —había dicho Willa sonriendo a su hermana, que le respondió con otra sonrisa—. ¿Cuál crees que me gustará más?

—Bueno, quizá la de Amelia Earhart.

—Porque te gusta a ti, ¿verdad?

—Sí, no puedo negarlo.

—¿Quién era?

Tras abrir el libro de color naranja y comenzar a hojearlo, leyó una frase en voz alta:

—«El coraje es el precio que la vida exige para garantizar la paz.»

—¡Oh, cuéntame algo más, Katy!

—Fue una de las primeras mujeres que pilotó un avión. Tenía un espíritu fuerte y decidido y probó que una mujer puede desempeñarse en cualquier campo.

—¿En cuál, por ejemplo?

—Por ejemplo, en leer los libros y enterarse de lo que dicen —había contestado para provocarla.

Willa parecía atrapada por el pequeño volumen de color naranja. Fascinada por el pequeño avión rojo que cautivó por primera vez a Amelia, también se había visto afectada por la desaparición de ésta.

—Era valiente, ¿verdad? —le preguntaría a su hermana por la noche—. ¿Te gusta cómo convenció a toda esa gente llena de prejuicios de que las mujeres podían pilotar aviones?

Willa meneaba la cabeza, acurrucada bajo las mantas. Kate se había sentado en el borde de la cama. Tenía otro motivo de interés. Tras terminar un máster en biología molecular en Georgetown, había conseguido un empleo en las Industrias Pesqueras Nacionales. Su trabajo consistía en controlar los bancos pesqueros desde Chesapeake a Penobscot Bay. Había pensado en solicitar una licencia de piloto a fin de trasladarse con más facilidad a su casa de Chincoteague.

—¿Adónde fue Amelia? —había preguntado Willa—. ¿Por qué nunca pudieron encontrarla?

—Desapareció —replicó Kate—. Fue un misterio.

—¿Se estrelló el avión?

—Todo el mundo lo cree, pero nadie está seguro de ello.

—Alguien tiene que haberla visto... Alguien debe de saber adónde se dirigió.

—El océano Pacífico es enorme —había respondido Kate, acariciando los sedosos cabellos de su hermana.

—¿Y se la tragó? —Willa estaba cautivada y a la vez asustada.

—No lo sé, Willa. Quizás aterrizara en una isla. Una hermosa isla desierta con palmeras y lagunas de agua fresca, con ostras para comer y perlas para adornarse.

—Y playas de arenas de color rosa...

—Y extraños pájaros posados en las ramas de los árboles.

—¡Un lugar mágico! —había musitado Willa, emocionada.

—Como Narnia u Oz —prosiguió Kate con el mismo tono. Había leído los libros de su hermana escritos por C. S. Lewis y L. Frank Baum, y creyó conveniente recurrir a los mundos imaginarios que sus autores concibieron, tratando de calmar a Willa.

—Así lo espero —había dicho Willa, dejando de sollozar—. Katy, parece que estoy viendo a Amelia en su isla encantada, a la orilla de una laguna.

—Si aún vive, debe de ser muy vieja.

—Da igual... Quiero que sea vieja —había asegurado Willa—. Todos pueden llegar a viejos...

¿Estaba pensando en sus propios padres, arrebatados por la muerte en plena juventud? Kate nunca lo sabría, pero había tranquilizado a su hermana y decidió que era mejor no hablarle de cursos de vuelo. Aunque quisiera llevarla consigo —aprovechando su licencia de piloto y una expedición junto a un grupo de colegas científicos—, aquella noche decidió dejarla dormir, compartiendo con ella el duelo por la pérdida de sus padres.

La muerte había sido algo familiar para ellas; al fin y al cabo, eran huérfanas. Pero la desaparición les parecía imposible, demasiado horrible para ser contemplada. Pensando en Amelia Earhart cayendo desde el cielo y siendo tragada poco después por el mar, les pareció un hecho tan terrible que tuvieron que inventar maravillosas islas llenas de pájaros exóticos para justificar la pérdida.

Poco después, Willa había comenzado a bosquejar y a pintar paneles alusivos a la emocionante historia de Amelia Eahart. Mezclaba mito y realidad y, así, creaba una historia y un mundo acerca de lo que pudo haber pasado. En el proceso, estaba aprendiendo a ser una artista.

Kate pensaba en su hermana aferrando con fuerza el volante cuando llegó a la casa de los O'Rourke.

Si por lo menos Willa se hallara en una ilsa desierta, en un lugar mágico; si por lo menos hubiera alguna explicación para justificar los seis meses desde que se había ido; si sólo pudiera caminar hasta la puerta del guardarropa y golpear tres veces con los talones en el suelo para volver a casa; si sólo tuviera unas zapatillas de rubís; si sólo fuese capaz de apearse en algún sitio; si no hubiese desaparecido...

Kate pronunció el nombre de su hermana, pero esta vez sonó como un quejido.

Sintió el eco en el interior del coche, su voz reverberando en sus propios oídos.

Todas las plegarias, los deseos, las maldiciones de Kate, aliadas con las fuerzas del universo para intentar negociar con el mismo destino, deberían haberle devuelto a su hermana. Había pasado muchas noches sentada, inmóvil, contemplando las estrellas, imaginando que ella era en parte culpable porque Willa temía su odio si regresaba a casa.

El mismo odio que había sentido hacia Andrew, despreciándolo por haber herido a Willa, por haberla seducido, por haberse aprovechado de ella y haber permitido que se enamorara de él... Sí, aunque había tratado de refutarlo durante los seis meses de búsqueda, el mismo odio que sentía hacia Willa.

Había visto crecer a su hermana. Willa siempre había sido tímida y hermosa, siempre se había sentido más cómoda pintando a solas en las dunas que haciendo vida social, sobre todo con los hombres. Pero al cumplir los veintiuno algo cambió. Su encanto interior comenzó a abrirse paso hacia afuera. No parecía tan reservada y comenzó a salir más a menudo. Andrew se lo había dicho bromeando a Kate.

—Creo que tenemos a una rompecorazones entre nosotros.

—A menos que sea su corazón el que se rompa —había contestado Kate con el mismo tono burlón.

Había pasado muchas noches en vela, esperándola. ¿Cuándo había empezado aquella relación? ¿Quién había tomado la iniciativa? ¿Es que a Andrew le gustaba más Willa que ella misma? Kate (no podía evitar pensarlo) había pretendido atacar a su hermana. Era su corazón, no el de Willa, el que había sufrido.

Seis meses. Kate los recordaba sin soltar las manos del volante. Seis largos meses de oscuridad y desesperación.

Su espíritu estaba abrasado y seco, los huesos le dolían. Tenía la garganta reseca de tantas palabras sin pronunciar: «Estoy furiosa contigo. ¿Por qué lo has hecho? Te quiero más que a nadie. Te quiero como si fueras mi hija. Me has roto el corazón...»

Los gélidos vientos del octubre de Nueva Inglaterra soplaban a través del coche. Kate cerró los ojos y su mente retrocedió a Washington, la ciudad de alabastro, con sus grandes edificios blancos, iluminados, no demasiado altos, salvo la resplandeciente cúpula del Capitolio, similar al palacio de Oz. También imaginó los verdes parques y las calles, la alameda, los puentes sobre el Potomac.

Eso aparecía en la vida con la vuelta a casa. Washington era una ciudad primorosa, menos ajetreada y dura que Nueva York o Boston. Y los campos de hierba, las marismas y las dunas de Chincoteague y Assateague eran más suaves que la costa de Nueva Inglaterra... sin rocas ni acantilados, sólo el bonito criadero de ponis, ostras y niñas huérfanas.

Pero Willa había escapado de allí.

Kate volvió a cerrar los ojos mientras la calefacción del coche no impedía que el frío que entraba por las rendijas le pinchara dolorosamente los dedos. Hacía seis meses que pensaba en todo aquello, intentando entenderlo. Willa había escapado de sí misma y también a causa de su relación con Andrew. Desafiando la ira de Kate, no sólo por haber perdido a su marido sino sobre todo por la traición de su hermana, Willa se había fugado.

¿Qué la había impulsado a hacerlo?

Con todo el mundo a sus pies, ¿por qué había decidido acabar con todo y poner rumbo a Nueva Inglaterra?

De pronto, mientras se agitaba en su coche en dirección a casa de John O'Rourke, Kate lo comprendió. No era extraño que acabase haciéndolo: nadie conocía mejor a Willa.

El refugio debía de estar cerca del mar, cargado del aroma del salitre y el sonido de las mareas al subir y bajar. También debía de haber museos, centros culturales, artísticos y consagrados a la naturaleza. El lugar debía estar lo bastante alejado de Washington y Chincoteague para que en efecto pareciese una «fuga», aunque lo suficientemente cerca de Kate para acudir en cuanto ésta la llamase.

En realidad, la llamada se había producido: era la postal.

Kate la sacó del bolsillo y la sostuvo en la mano. Se veía la costa de la posada del Viento del Este: la orilla rocosa, las luces de la casa a lo lejos, el rompeolas de piedras penetrando en el mar; en el reverso, la escritura de Willa. Su aventura amorosa había terminado, pero Willa había querido arreglar las cosas con su hermana para seguir adelante con sus vidas.

Durante años, Kate supo que su matrimonio era un fracaso. Se había casado con un hombre importante, el principal ayudante de un senador. Conocía las carreteras de Washington mejor que nadie. Su trabajo le obligaba a pasar mucho tiempo fuera de casa, a veces muy lejos. Kate, absorbida por su propia carrera y por el deber de educar a Willa, hacía en muchos aspectos la vista gorda.

A veces se preguntaba por qué se había casado tan rápido...

Él era atractivo y la hacía sentirse una persona especial. Era una de sus grandes virtudes, lo que explicaba su habilidad para convencer a la gente; era capaz de venderle a una persona su propio coche. Había visto a Kate en el transcurso de un cóctel para celebrar las disposiciones del senador dirigidas a proteger la industria pesquera. Kate se sintió impresionada por la magnífica labor de Andrew, por aquel aire seguro, lleno de aplomo, que lo hacía dueño y señor de la situación.

—¿Qué le hizo preocuparse de los bancos pesqueros en Chesapeake? —le había preguntado Kate, un tanto intimidada por el traje a medida y las maneras elegantes de Andrew.

—Soy un chico de pueblo —le había contestado él, acercándosele—. Nací y crecí en Maine, y sé con qué rapidez un poco de codicia puede acabar con una población entera de langostas.

Ella sonrió mientras bebía un sorbo de chardonnay.

—Lo mío son los cangrejos azules y los bancos de ostras.

—¿Trabaja a título personal? —había preguntado Andrew, tratando de hacerse oír por encima de las voces y de la música.

—No puede decir eso. Soy de Chincoteague.

—¡Vaya casualidad! Mis hermanas crecieron enamoradas del potro *Misty*. Usted, obviamente, ama la naturaleza. ¿Qué le trajo a esta grande y fea ciudad?

—Me mandaron desde mi trabajo. Trabajo para la Academia Nacional de Ciencias. ¿Y usted de qué se ocupa?

—De hacer las cosas lo mejor que puedo —dijo poniendo los ojos en blanco y fingiendo que su cabeza iba a chocar con la pared—. Tan estúpido como suena.

—No creo que suene estúpido —había replicado Kate sintiendo que su mirada se encendía a medida que se hundía en la de Andrew.

—Sí, hemos de mejorar el planeta para nuestros hijos.

—Y para nuestras hermanas.

Ante la sonrisa amigable y curiosa de Andrew, ella le había contado todo lo referente a Willa: la pérdida de los padres, la vida de Matt en el mar, el hecho de haberse encargado de una quinceañera. Kate había sido su joven «carabina» cuando Willa comenzó a asistir a los bailes del colegio, le había enseñado a conducir en los autos de choque que había junto al aparcamiento.

—¡Ay, estos hombres! —había exclamado Andrew, colocando las palmas en la base del cuello de Kate sin dejar de mirarla.

—¿Qué pasa con ellos? —había preguntado dando un respingo al sentir el contacto del hombre.

—Soportan el peso del mundo. Debes de haber sido muy joven cuando pasó todo eso, demasiado joven para tener tanta responsabilidad.

Dos senadores se detuvieron en la barra del bar. También había un ayudante de la presidencia, un abogado del Departamento de Justicia, tres miembros de la Cámara de Representantes, algunos auditores y muchas otras personas relacionadas con el poder. Kate apenas se había dado cuenta, sólo tenía ojos para el atractivo y comprensivo muchacho de los campos de Maine que en ese preciso momento le quitaba la copa de la mano, la depositaba en un estante y la invitaba a salir afuera.

La noche de Washington era bochornosa y olía a lilas. Cuando el criado trajo el coche —un viejo Porsche–, ambos abandonaron la fiesta. Fueron a otro local para tomar una copa, y, al entrar, llevaban ya las manos entrelazadas. Antes de que llegaran a su apartamento de Watergate, el destino de Kate estaba sellado. Ignoraba que si bien era su tipo, no sería un amor duradero.

Él había llevado el mundo sobre sus espaldas por una noche. En las semanas siguientes le prometió amor y seguridad. La huérfana necesitaba aferrarse a ambas cosas. Por aquel entonces Willa tenía quince años. Kate estaba emocionalmente tan desbordada por el crecimiento de su hermana, que aceptó con gratitud el aparente deseo de Andrew de hacerse cargo de las dos.

El matrimonio duró siete años. ¿Andrew le había sido fiel? Kate tenía muchas dudas al respecto. Creía que no. Había muchas mujeres necesitadas de amor y los hombres no abundaban. Había empleadas que querían más dinero, otras que requerían nuevas excitaciones o más tiempo y atención, cosas que esperaban encontrar en su jefe. En su generosidad, Andrew estaba dispuesto a ayudarlas a todas.

Podía decirse que era un depredador de mujeres en busca de ayuda.

En la época en que Willa empezó a trabajar para él, tratando de reunir algún dinero mientras seguía adelante con su arte, Kate había desistido de su matrimonio. Sin embargo, quizá tenía todavía una última esperanza, ya que el hecho de que Willa trabajara con Andrew le permitía mantenerse en contacto con él. Nunca imaginó que Willa sería su próxima conquista. Y sintió una enfermiza mezcla de culpa y cólera por haber instado a su hermana a aceptar el empleo.

¿Qué habría pasado si Kate hubiese recibido a tiempo la postal? Ahora, sentada en el coche, leyó las palabras. «Me gustaría que estuvieras aquí...» ¿Por qué se había ido?

Bonnie sollozó. El coche volvía a moverse. Pero Kate sólo prestaba atención a la postal. ¿Qué hubiera pasado si no se hubiese marchado del apartamento de Watergate que ella y Andrew habían alquilado, si la postal de Willa no hubiera estado retenida durante seis meses entre un montón de papeles?

De haber recibido la postal de Willa, ¿habría estado a tiempo de salvarla? La respuesta dependía de otra pregunta. ¿Habría sido ella capaz de superar su orgullo y dirigirse hacia el norte, para encontrar a Willa y hablar con sinceridad?

No.

Sólo ahora lo admitía. Sólo después de una larga noche de su espíritu. Hasta el momento no había estado preparada para hacerlo; demasiada cólera. Había deseado que Willa desapareciera, que se fuera todo lo lejos posible: «Golpea los tobillos uno con otro tres veces y te irás para siempre.» Había odiado a su hermana menor, a la persona a quien más había querido en el mundo.

Bonnie lloriqueó otra vez.

Kate parpadeó. Comenzaba a levantarse un viento proveniente del mar. El faro atravesó el cielo con sus haces de luz.

El tiempo estaba cambiando.

Seis meses habían bastado para atenuar los ecos de su odio, preparándolo para que la marea se lo llevase consigo. Lo único que quedaría atrás era un amor profundo.

El amor de Kate por su hermana brillaba como una estrella. Ardía en el interior de su pecho e irradiaba un dulce calor desde el corazón. El amor se expandía por su sangre y fluía por todas las cosas buenas: las ostras y los farolillos colgados del árbol de Navidad, las dos muchachas observando a los ponis en las dunas marinas.

Mientras miraba la casa de John O'Rourke en medio del crepúsculo, Kate observó que se encendía una luz en el interior. Eran las seis de la tarde y pensó que debía de tratarse de John. ¿Había tenido una noche difícil? ¿En otro tiempo su esposa hubiera estado esperándolo, preparando la comida para la familia? ¿O quizás habría salido...? Las seis en punto siempre había sido la hora más dura para Kate, pues en ella había descubierto que Andrew había salido hacía tiempo del despacho y no había vuelto a casa...

Kate volvió a parpadear, intentando volver al presente. ¿Adónde habría llevado John a Maggie y Teddy? Quería saberlo no sólo porque no quisiera abandonarlos, ni porque planeara cazar al abogado antes de que pidiera la revocación de la condena o de que lograse preguntar algo a Greg acerca de Willa, sino sobre todo porque deseaba ardientemente ver a los niños. Se habían alojado en su corazón desde aquella intensa mañana en que ella había ido por primera vez a la casa.

Maggie y Teddy O'Rourke. En otra vida le hubiera gustado ser su niñera. Eran muchachos dulces, fieles a su padre, que no dudaban en prestarse ayuda mutuamente. Se parecían a ella y Willa cuando eran más jóvenes: estaba segura de que Teddy había ayudado a Maggie más de una vez en las recensiones de libros.

Los O'Rourke eran hermanos sin madre, y Kate era una mujer sin su hermana. Decidiera John ayudarla o no, Kate necesitaba saber que estaban bien. Las desapariciones, incluso las que pueden explicarse, no deben admitirse sin más.

Dirigiéndose esta vez hacia la posada, Kate supo que, a pesar de ser su quinto viaje a la casa de los O'Rourke, no sería el último.

El viernes por la mañana, Teddy se levantó temprano. Tenía un duro día por delante: un partido de fútbol contra el equipo de Riverdale High. A sus máximos rivales, los Riverdale Cannons, se les apodaba los «caníbales» porque mataban a sus oponentes y devoraban sus cadáveres. Shorleine Junior Varsity había perdido en el tiempo de descuento su último encuentro, y los de Riverdale habían prometido patearles la cabeza una vez más.

La familia se hallaba en la casa del abuelo, con la idea de que éste y Maeve echaran una mano con Maggie hasta que hubiese una nueva niñera. Si bien Maggie añoraba su hogar, a Teddy le gustaba estar en casa del abuelo. Por una vez, las prendas estaban limpias. Todo estaba blanqueado y almidonado. Maeve provenía de Irlanda, donde había aprendido a ser lavandera. Las camisas del juez estaban tan blancas que parecían azules.

El uniforme del equipo de fútbol de Teddy nunca había estado tan limpio. Las letras de color blanco y el dorsal aparecían deslumbrantes, como si destacaran en tres dimensiones. Los bordes de la camiseta venían endurecidos de fábrica con almidón, de modo que a Teddy le costó mucho meterla en la bolsa de deportes. *Listo* meneaba la cola mientras seguía a Teddy a través del vestíbulo.

Un potaje de avena típicamente irlandés hervía en el fuego. Maeve vigilaba la larga cocción del plato, de pie ante la cocina de color verde aguacate, con los grandes accesorios propios de las cocinas antiguas, mientras removía el contenido con un largo cucharón de madera. En ese momento llegó Teddy.

—Buenos días, Maeve —saludó.

—Hola, mi querido Luke —respondió ella con su característico acento irlandés, sonriendo y dándole un beso. Era menuda y rolliza. Entre sus brazos, Teddy gozaba de una suave sensación de seguridad.

El muchacho no se molestaba en corregirla respecto a su nombre. Ella lo reconocía, al igual que a Maggie, pero pronto olvidaba quiénes eran. Tenía los cabellos blancos, ralos en la coronilla, donde asomaba una calva rosada muy similar a la del abuelo. Parecían una pareja, un matrimonio que hubiera compartido la vida durante muchísimos años. Como Teddy nunca había conocido a su abuela Leila, quería a Maeve y se preguntaba qué sería de ella cuando tuviera que jubilarse.

John estaba en un extremo de la mesa leyendo el periódico. El abuelo se hallaba al otro lado resolviendo un crucigrama. Mientras comía su potaje de avena, Teddy observaba a los dos hombres beber café. Ambos aferraban las asas de sus respectivos tazones blancos, como si estuvieran a punto de terminar el desayuno y se dispusieran a opinar acerca de casos y a arreglar el mundo.

—Hola, papá —dijo Teddy.

Su padre no levantó la vista del periódico. Era temprano y le costaba despejarse: primero tenía que leer los resultados de fútbol y tomar dos tazas de café. No obstante, masculló algo parecido a un saludo.

—Hoy tengo partido. Contra los Riverdale.

—Tus grandes rivales —intervino el abuelo.

—Sí —confirmó Teddy, haciendo una mueca de desaprobación.

—Tenéis que destrozarlos —agregó el abuelo—. Los grandes rivales exigen grandes esfuerzos.

—Es sólo Junior Vasity...

—¡Nada de Junior Vasity! ¡No me vengas con excusas! Todas las grandes rivalidades se parecen: el ejército y la marina, Yale y Harvard...

—Riverdale y Shoreline —añadió con una sonrisa su nieto.

—¡Arriba Shoreline, abajo Riverdale! —canturreó el abuelo mientras golpeaba la mesa con la cuchara.

—¿Quieres más, querido? —preguntó Maeve con su pintoresco acento, pensando que el juez le estaba pidiendo más potaje.

—No, gracias, Maeve —repuso el abuelo con una mirada sombría.

¿Se sentía avergonzado porque Maeve lo había llamado «querido»? ¡Por supuesto! Teddy observó cómo se ruborizaba. Él mismo puso una mueca de disgusto. Al final, para combatir aquella reacción, el anciano se acercó al periódico de su hijo.

—¿Cómo irá eso, Johnny? ¡Hoy hay un gran partido!

La mueca de Teddy se suavizó. Intentó comer un poco más de potaje, pero no pudo. Esperaba, esperaba... «¡Ven conmigo, papá!»

—Me gustaría estar allí —dijo el abuelo—, pero tengo hora con el podólogo.

Teddy no respondió. Sabía que su abuelo mentía: era una consulta para Maeve, no para él. Teddy lo sabía porque había visto a Maeve cojear desde hacía dos días. Había espiado a su abuelo sentado a su lado en el sofá el día anterior, ayudándole a quitarse los pesados botines y luego examinándole el pie desnudo con tanta ternura que el muchacho no pudo evitar pensar en su madre. Y ahora el abuelo hablaba de visitar al podólogo...

—¿Tienes un partido esta tarde? —preguntó John a su hijo, alzando al fin la mirada.

—Sí —contestó Teddy.

—Venga, dime a qué hora, a ver si puedo ir —dijo con entusiasmo el abuelo.

—A las cuatro. En nuestro campo.

Por la expresión desolada que observó en el rostro de su padre, Teddy comprendió que no podría ser. Su padre abrió la boca —quizá para explicar algo acerca de una moción de audiencia, de una conferencia o una reunión consultiva en las cámaras—, pero él no quería oír nada de eso.

—De acuerdo, papá —dijo el muchacho, sonriendo para evitar que su padre descubriera su decepción. Luego salió de la cocina, con *Listo* pisándole los talones. Maggie también le seguía. Tenía los ojos húmedos y se quejaba de que no le gustaba el potaje de avena y que necesitaba un vestido para la fiesta de Halloween.

—¿Qué puedo ponerme, Teddy? —preguntó

—Lo que quieras, Maggie —le contestó su hermano.

—¡Oh, lo que pasa es que no quieres ayudarme!

—Perdóname —dijo Teddy al ver lo apenada que estaba. Ella no tenía la culpa de que su padre tuviera una agenda tan apretada, y Teddy lamentó haber herido sus sentimientos. Claro que él también se sentía herido. Su padre nunca había asistido a uno de sus partidos mensuales. Teddy había sudado la camiseta como nadie en el primer partido y marcado dos goles en el segundo, pero nadie de su familia había ido a verlo.

—¿Puedo disfrazarme de jugador de fútbol? —susurró Maggie—. Con tu viejo equipo.

—Maggie, lo usas para ir a la escuela —le recordó Teddy mientras sentía dolorida la garganta—. Los niños ya te han visto con él. Pero si es lo que quieres, no tengo ningún inconveniente. Claro que puedes...

Cogió la chaqueta y la bolsa de deportes. La mochila con los libros estaba en la mesa del vestíbulo. Cuando se disponía a cogerla tropezó con *Listo*, que a su vez chocó con la mesa y un montón de objetos cayeron al suelo.

Su padre solía vaciarse los bolsillos en cualquier parte. Vio sus llaves, la cartera, cartas de negocios, trozos de papeles arrugados que había ido atesorando durante el día. La madre de Teddy aseguraba que, si se examinaban cuidadosamente esos objetos, era posible averiguar todo cuanto su esposo había hecho durante el día. Era una especie de labor «arqueológica», como ella lo llamaba.

Mientras devolvía los papeles a la mesa, Teddy encontró la fotografía de una mujer. Sonreía con la cabeza graciosamente inclinada. Le recordó a alguien. Esos ojos grandes, la abundante cabellera castaña... «Ojos del color del fondo de los ríos», pensó Teddy. De pronto obtuvo la respuesta: Kate.

Kate, su amiga, la mujer que se había ocupado de Maggie y *Listo*. Parecía ella, pero mucho tiempo atrás. Estaba más joven. ¿O quizá se trataba de otra persona que se le parecía mucho, su hija, por ejemplo?

De repente lo entendió. Se trataba de la hermana de quien ella le había hablado. De la «Maggie» de Kate, la persona que Kate Harris quería más en el mundo. Entre los papeles de su padre encontró una nota en que se leía «Posada del Viento del Este». ¿Por qué diantres llevaba su padre esa dirección escrita? Kate debía de estar allí. Pensó en su voz melosa y su acento sureño, en que ella podía ayudarle.

A pesar de que la posada no le quedaba de paso, no estaba lejos. Miró el reloj. Era temprano, las siete y cuarto. No podría esperarla, pero tuvo una idea. Podía dejarle una nota...

Aunque su padre y su abuelo no podían ir al partido, quizás alguien sí pudiera hacerlo.

8

La multitud estaba enloquecida. Los padres rodeaban el campo de juego emitiendo gritos de ánimo. Los compañeros de clase saltaban enfervorecidos. Las chicas apenas podían ver. Los entrenadores aullaban. Las animadoras iban disfrazadas con cabezas de calabaza y sombreros de bruja. En el cielo unos nubarrones grises anunciaban lluvia o nieve. El equipo de Teddy estaba nervioso. Empataban a uno.

Kate arrugaba su gruesa chaqueta de lana al ver a Teddy correr por el campo. Avanzaba con la pelota en los pies, eludiendo y regateando a los contrarios. A pesar de no tener mucha idea del juego, veía que Teddy era el jugador que más destacaba.

—¡Vamos, Teddy! —gritaba mientras mantenía a *Bonnie* sujeta de la correa.

La multitud se sumaba a ella.

—¡Puedes hacerlo, O'Rourke! ¡Tú puedes! ¡Vamos, vamos!

Teddy marcó un tanto, adelantando a su equipo. Kate agitó los puños en el aire, saltando de entusiasmo.

Esa mañana, al volver de su paseo por el acantilado acompañada de *Bonnie*, había encontrado, sujeta en el limpiaparabrisas, una nota firmada por Teddy: «Si no tiene nada mejor que hacer, me gustaría que viniese a ver el partido.» Ella se había propuesto seguir con su búsqueda por la costa de Rhode Island hasta dar con algún rastro de Willa. Sin embargo, la petición de Teddy le había llegado al corazón, por lo que había decidido aplazar su misión.

—¿Algo mejor que hacer? —le dijo a Tedddy momentos antes de saltar al campo—. ¡Es la mejor propuesta que me han hecho desde que estoy en Connecticut!

Mientras aún celebraba el tanto, sintió que alguien le tocaba el brazo. *Bonnie* emitió un breve y amigable gruñido. Una mujer delgada y rubia se hallaba de pie a su lado. Tenía los labios carnosos, acentuados por el brillo del carmín, mientras que sus ojos estaban enmarcados por sombras de color beige y pizarra. Vestía un equipo de esquí. Lo único que oscurecía su cara era la pequeña nariz enrojecida por el frío.

—¡Aquí! —dijo la mujer, llamando enérgicamente al perro.

—Hola —saludó Kate—. *Bonnie* es muy cariñosa.

—¿Quizá nos conocemos? —inquirió la mujer, ajena a la reacción de *Bonnie*, que no dejaba de menear la cola.

—No lo creo —repuso Kate, pero de pronto se preguntó si aquella desconocida se habría cruzado con Willa y ahora la confundía con ella.

—No estoy segura —dijo la mujer sonriendo—. Las personas siempre me recuerdan a otras personas. La he oído aclamar a Teddy O'Rourke.

—Claro, es el líder de su equipo.

—¿De qué conoce a Teddy?

Un tanto sorprendida por la pregunta, Kate dijo:

—Bueno, conozco un poco a su padre.

—¡Oh, Johnny! Somos amigos desde hace mucho tiempo. ¿Es usted una amiga personal o una cliente?

—Ni una cosa ni la otra —contestó Kate, sintiéndose atrapada. En el rostro de la mujer apareció una mueca voraz, como si quisiera saltar sobre Kate y preguntarle cuál era realmente su relación con John O'Rourke. A pesar de que llevaba muchos anillos, ninguno de ellos parecía una alianza. ¿Sospechaba que Kate estaba invadiendo el terreno de los solteros locales?

—Bien, de todos modos, yo soy Sally Carroll. Me gusta que esté aquí por Teddy. Theresa, su madre, era mi mejor amiga. Nunca se perdió un partido. Mi hijo Bert es aquél, el número veintidós. Bert y Teddy son amigos, como lo fueron sus madres. Conocí a Theresa en el instituto. Pertenecíamos al mismo grupo de amigas.

—Siento mucho que la haya perdido —dijo Kate.

—Sí —dijo Sally, asintiendo con la cabeza—. Fue algo muy inesperado. Bueno, me alegro de hablar con usted. Es extraño, pero insisto en que me recuerda a alguien.

—Mi hermana estuvo por el pueblo. —Kate sintió que su pulso se aceleraba—. Quizá le recuerde a ella. Pasó unos días en la posada del Viento del Este.

—Ya le he dicho que a veces me confundo...

Kate quería seguir hablando, pero Sally se apartó y se dirigió a un grupo de madres. Comenzó a hablarles en voz baja, por lo que Kate no pudo oírla. No obstante, a juzgar por el modo en que las mujeres se volvían para mirarla, dedujo que Sally estaba propalando la noticia de que una extraña se encontraba allí animando a Teddy O'Rourke.

Volvió la vista al campo, por el que corría Teddy pasando el balón. En ese momento su mirada se cruzó con la de un hombre que llevaba una cazadora de Shoreline High. Era alto y delgado, de unos treinta años, ojos oscuros y cabello revuelto. No miraba el partido, sino a Kate, de un modo similar a como lo había hecho Sally.

Cuando llegó la media parte y los equipos se dirigieron a los banquillos para beber agua y preparar la estrategia, Teddy corrió hacia Kate.

—Gracias por venir —dijo sin aliento, y se inclinó para acariciar a *Bonnie*—. No sabía que tenía un perro.

—Se llama *Bonnie*. Es la perra de mi hermana.

—Hola, *Bonnie*...

—Has hecho un gran primer tiempo, Teddy —dijo—. Estoy muy contenta por haber venido a verte.

—Yo también.

Kate quiso preguntarle dónde estaba su padre, pero advirtió cierta tristeza en los ojos de Teddy y le recordó a la que a veces había visto en los de Willa. Cuando su hermana era pequeña, sin importarle lo duro que hubiera sido el día en la escuela o el trabajo, Kate debía acompañarla a la pista de hockey, a la coral o a las clases de plástica.

—Estaría aquí, de haber podido —dijo Kate casi sin darse cuenta.

—Ya lo sé —convino Teddy.

—Es un abogado muy ocupado —continuó ella—. Muchos padres que ejercen tareas menos importantes se ven obligados a trabajar todo el día.

—Mi madre solía venir —musitó Teddy.

—Lo sé. Sally Carroll acaba de decírmelo.

Teddy entornó los ojos. Pareció estremecerse al dirigir la mirada al grupo de madres que, a su vez, los observaba atentamente.

103

—Se están preguntando quién es usted —dijo.

—Es natural, estamos en un pueblo pequeño.

—Claro.

En ese momento, todas las madres volvieron la cabeza al unísono. El entrenador de Teddy se acercaba a él.

—Tú, O'Rourke, será mejor que te hidrates bien si quieres hacer un gran segundo tiempo.

—De acuerdo, señor Jenkins —obedeció Teddy.

¿Jenkins? ¿No era ése el apellido de los dueños de la posada, Felicity y Barkley? Kate se disponía a preguntárselo cuando el entrenador se cruzó de brazos y esbozó una sonrisa maliciosa.

—Veo que tienes una nueva admiradora —dijo.

—¿Qué?

—Aquí vienen muchas madres. ¿Es usted una... tía?

—No. —Kate sonrió—. Sólo soy una amiga.

—Yo soy Hunt Jenkins y usted es... A ver... Ayúdeme un poco.

—Me llamo Kate Harris.

—Encantado de conocerla, Kate. Los amigos de Teddy son mis amigos.

—¡Teddy es la estrella del equipo! —exclamó Kate, sonriendo abiertamente.

—Así es. El mejor delantero desde que mi primo Caleb dejó de jugar.

—¿Caleb Jenkins? —preguntó Kate recordando que John había mencionado el nombre al hablar de aquel cliente que había «alquilado» una lancha—. Así que usted debe de ser pariente de Felicity.

—Es mi cuñada. ¿De qué la conoce?

—Me alojo en su posada —respondió Kate, consciente de que llevaba el día contestando preguntas, y de cómo se preocupaban los vecinos unos de otros. Lo mismo sucedía en Chincoteague. Echaba de menos el anonimato de la gran ciudad, en el mundo de Andrew, en Washington. Volvería pronto. Sólo unos trámites más en Nueva Inglaterra y luego de vuelta a la capital.

—Vaya, el mundo es un pañuelo.

De pronto, el hombre de pelo rizado y cazadora de Shoreline se acercó a ellos sonriendo afablemente.

—Hola, Hunt —dijo—. ¿Me presentas a tu amiga?

—Soy Kate Harris —dijo ella.

—Y yo Peter Davis. Encantado de conocerla.

—Lo mismo digo —respondió Kate.

—No es una madre ni una tía —comenzó a explicar Hunt—. Sólo una aficionada al fútbol y amiga de Teddy O'Rourke.

—Muy bien. Oye, Hunt, ven un momento. Tengo un cambio estratégico que proponerte para el segundo tiempo, algo que practicaba en mis tiempos de Hotchkiss...

—Con mucho gusto —respondió Hunt con una sonrisa irónica—. ¡Mi trabajo es ganar!

—Encantado de conocerla, Kate. ¿Quizá le gustaría terminar la fiesta en la Pócima de la Bruja? Todos los viernes y sábados toca una orquesta de baile.

—Claro —intervino Hunt—. Resérveme una pieza, Kate.

—No creo que... —dijo Kate, ruborizándose ante las miradas que recorrieron su cuerpo.

El árbitro llamó a los equipos al campo de juego. Hunt y Peter corrieron al banquillo para establecer los últimos detalles de su táctica.

Después los banquillos comenzaron a vaciarse y alguien entre la multitud hizo sonar una corneta. Las animadoras, el rostro oculto tras las máscaras de Halloween y cubiertas por los sombreros puntiagudos, comenzaron a bailar en la banda.

Teddy hizo una mueca y alzó el puño. Willa solía hacer lo mismo, por lo que Kate apretó el puño hasta que los nudillos le dolieron mientras veía a su amigo ingresar en el campo de juego. Hunt Jenkins sonreía, caminando hacia atrás, pero ella optó por ignorarlo, hasta que él desistió.

Detrás de Kate, una mujer le preguntaba a una amiga quién era el hijo del abogado.

—Aquel chico alto de ahí.

—Ya sé que no tiene la culpa, pero me pregunto si su padre es consciente de lo triste que está su hijo por disfrutar de la vida mientras esas muchachas están muertas y enterradas.

—Sí. Me resulta asqueroso pensar que Greg Merrill sigue vivo mientras Toni Moore está muerta. Solía correr en esta pista, allí mismo. Era una gran atleta.

—¡Ya lo creo! Fue un orgullo para nuestro pueblo. O'Rourke debería avergonzarse de sí mismo. ¡Trabajar en nombre de un asesino! Desde luego, dice mucho de sus prioridades... No me extraña que Theresa hiciera lo que hizo. ¡No me imagino lo que debe de sentirse viviendo encerrada con alguien que piensa así!

Las mujeres seguían cuchicheando. Kate sintió que se estremecía.

—¿Ha oído hablar del ladrillo que arrojaron contra la ventana? Mire ahora al hijo, jugando al fútbol como si tal cosa. Es realmente horrible. Cuando pienso en aquellas muchachas... ¡Qué injusticia!

—¡Lo que es injusto y horrible es pagarlo con esos críos! ¡Ellos no han hecho nada! Son tan inocentes como las víctimas —les espetó Kate volviéndose bruscamente, pensando en Teddy y en Willa. Su ira había estallado contra aquellas pueblerinas.

—¿Quién es usted? —preguntó iracunda una de las mujeres.

—Una buena amiga de ellos —respondió Kate, dándoles la espalda para mirar a Teddy, que en ese momento recibía la pelota. Su corazón latía como si fuera ella quien disputara el partido. Había visto el cristal hecho añicos, la sangre manando de la herida de John, el terror reflejado en las caras de Teddy y Maggie. El pueblo entero hablaba de la familia O'Rourke, y los niños lo sabían.

Al fin y al cabo, Teddy ya era un adolescente y muy probablemente había oído hablar acerca de sus padres. La mujer seguía criticando, por lo que Kate cambió de sitio.

John había oído infinidad de veces la expresión «mover cielo y tierra», pero hasta ese día no había entendido realmente lo que significaba. Había urgido a sus asociados ordenándoles informes acerca de sus respectivos proyectos de investigación: uno se encargaría del testimonio médico, otro del más que posible cambio de jurisdicción en caso de producirse un recurso al tribunal de apelación. Había hablado con dos psiquiatras, concertado entrevistas para la semana próxima y aplazado una visita a la cárcel.

Fue a la casa de su padre, recogió a Maggie y a *Listo* y llegaron al campo cuando estaba a punto de comenzar la segunda parte. Aparcó y echó a correr hacia el banquillo de los Shoreline, seguido de Maggie y el perro. En ese momento Teddy tenía la pelota, regateaba con habilidad a un adversario y se preparaba para chutar a portería.

—¡Vamos, Teddy, tú puedes! —exclamó John.

—¡Teddyyy! —vociferó Maggie.

La multitud se levantaba de los asientos. John seguía con orgullo y excitación los regates de su hijo. Él también había jugado en el equipo de los Shoreline y, más tarde, en Yale, había comprobado lo que siente un jugador cuando el público corea su nombre. Esperaba que Teddy pudiese distinguir su voz entre las demás. Al mismo tiempo, sintió una punzada de dolor al recordar que casi nunca asistía a los partidos de su hijo.

Teddy pasó el balón. Su compañero lo retuvo hasta que Teddy se desmarcó por el centro. Entonces recibió el pase. Todo el campo fue un clamor cuando Teddy marcó el tercer gol.

—¡Hola, John! —canturreó una voz femenina.

John sintió un par de brazos alrededor del cuello y unos labios sobre la mejilla. No podía ser otra que Sally Carroll.

—¡Hola, Sally!

—De tal palo, tal astilla. Todavía me parece recordar a un joven que se movía así cuando el equipo de Shoreline más lo necesitaba.

—De eso hace ya tiempo —dijo John, mirando por encima del hombro hacia Peter Davis, un amigo del entrenador de Teddy. John sabía que Peter había comprado una casa en Point Heron e incluso había oído rumores de que había empezado a salir con Sally tras la separación de ésta. La sola idea de salir con una nueva compañera, de intimar con alguien, de confiarse a una nueva persona, le provocaba escalofríos en la espalda.

—Bueno, bueno, no vayamos tan lejos... viejo amigo —bromeó Sally.

—Acentúa lo de «viejo» —dijo John.

—No quiero oír esas cosas —respondió Sally, rozándole el brazo con los dedos—. Pareces cansado después de tanto trabajo. ¿Cómo te van las cosas? —preguntó con una mirada lánguida.

John miró hacia otro lado. Su respiración se aceleró como reacción natural ante la belleza de Sally, ante su intensidad sexual... Pero había sido la mejor amiga de Theresa, su divorcio aún no había concluido, Peter Davis los estaba observando y, además, él nunca se había sentido atraído por ella. John volvió a mirarla, deseoso de bajar la guardia y decirle cómo eran realmente las cosas.

—Pues... muy bien —respondió vacilante.

—Hummm —murmuró ella—. ¿Y qué me dices de esas ojeras? ¿Por qué Jillie Wilcox me dijo que su madre vio la furgoneta del cristalero yendo hacia tu casa?

—Un ladrillo destrozó la ventana —contestó John—. Riesgos laborales.

—La gente ya no está en sus cabales —sentenció Sally—. ¿Sientes cómo te controlan?

—Mientras pueda mantener lejos a mis hijos, seré capaz de soportarlo.

—Pero ¿quién te cuida a ti, John? —inquirió Sally, apoyando otra vez una mano en su brazo—. ¿Hasta cuándo vas a hacerte cargo de los niños, de la casa y de esos horribles clientes?

La barbilla de John tembló. Cuando alguien reducía su vida a cuatro palabras, aquélla adoptaba un aspecto realmente lúgubre. El viento proveniente del mar le provocó un escalofrío. Tenía la mirada fija en su hijo, que jugaba al fútbol. Teddy participaba tanto en defensa como en ataque, siempre dispuesto a precipitarse a los pies de su adversario para quitarle la pelota.

—¿Quién es la mujer misteriosa? —La voz de Sally rompió la concentración mental del abogado.

—No sé de quién hablas, Sally.

—De esa fulanita de ahí, animando a tu hijo como si fuera su madre. Al parecer, tu perro la conoce bastante bien.

John miró hacia donde Sally señalaba y vio a Kate Harris. Estaba de pie, al borde del campo, las manos cruzadas en actitud de plegaria, aunque quizá sólo era para protegerse del frío. Estaba absorta, cautivada por el juego. Vestía la chaqueta verde que había llevado durante el paseo de la noche anterior, y mientras *Listo* jugueteaba con *Bonnie*, ella se agachaba de vez en cuando para besarle el hocico.

John sonrió instintivamente. Luego se sintió súbitamente atravesado por un tren que corría por el interior de un túnel. ¿Qué diablos hacía Kate Harris en el partido de su hijo Teddy?

—Discúlpame, Sally. Ahora vuelvo.

—Por supuesto, estás disculpado —oyó John que le decían en el momento en que cruzaba la línea de banda. *Listo* estaba enzarzado en una pelea con *Bonnie*, pero ambos animales se separaban en cuanto Kate se acercaba y se ponían a trazar círculos a su alrededor. El cielo todavía era gris, los árboles estaban cubiertos de un amarillo brillante y de hojas anaranjadas. Cuando Kate se volvió para mirarlo, sus ojos estaban llenos de calidez y esperanza.

—*Listo* se acuerda de mí —dijo.

—Eso parece —respondió John con la mandíbula dolorida de tanta rigidez.

—O quizá sea *Bonnie* —siguió ella—. Creo que se han hecho muy amigos. En realidad, diría que están hechos el uno para el otro. ¿Ha notado cómo...?

—¿Qué hace usted aquí?

Ella bajó la mirada y murmuró algo inaudible.

Un tren pareció atravesar el pecho de John. Después se estrelló contra sus venas. Sentía los dolores del infierno en cada fibra del cuerpo y cada hueso. Aquella mujer, aquella hermosa y encantadora mujer (que desde luego no era ninguna «fulanita», sino una mujer como Sally o Theresa, de las que jamás pierden su serena belleza) estaba presenciando el partido que jugaba Teddy.

—Eso no es una respuesta —le espetó John—. Volveré a preguntárselo: ¿qué demonios hace aquí?

—He venido a ver jugar a Teddy —respondió Kate.

—No me mienta. Usted sabía que yo iba a venir y estaba dispuesta a sacar provecho de ello. ¿Cree que he olvidado nuestro último encuentro?

—No sabía que vendría —repuso Kate con voz queda.

—¡No siga por ese camino! Dígame qué motivo...

—No creo que ni siquiera Teddy pensara que usted vendría —le interrumpió. Luego alzó la mirada y sonrió al ver que Teddy los estaba observando. Los ojos de John siguieron la misma trayectoria. Entonces vio a su hijo, que también sonreía tan ocupado en que John no desviara la mirada que acabó por perder un pase.

—¡Vamos, Teddy, vamos! —vociferó John al extremo del equipo de Riverdale, que acababa de interceptar un balón y enfilaba sinuosamente hacia la portería.

—¡Vamos, Teddy! —le apoyó Kate, blandiendo un puño en el aire.

—Lo ha perdido —dijo John al ver que el pase del extremo no llegaba al central. Un chaval fuerte del otro equipo se hizo con la pelota y marcó, haciendo enloquecer a la grada contraria.

—Todavía vamos tres a dos —dijo Kate esperanzada.

—¿Insinúa que mi hijo ha fallado por mi culpa? ¿Tan distraído le parece que estaba de tanto mirarme? ¿Es eso lo que insinúa?

—En realidad —dijo Kate sin alterarse—, es usted quien dice todo eso. Al fin y al cabo, conoce a su hijo mejor que yo.

—De acuerdo. —John se sentía furioso y lleno de frustración—. De acuerdo. ¿Cree que Teddy falló porque yo llegué? ¿No es eso lo que pretende echarme en cara?

—En primer lugar, Teddy no falló —respondió Kate—. El jugador de Riverdale le robó la pelota en clara posición de fuera de juego, o como se llame...

—No estaba en fuera de juego —replicó John—. El chico estaba allí cuando la pelota se escurrió entre las piernas de Teddy. Creo que no sabe usted nada de fútbol.

—En eso le doy la razón —dijo Kate Harris—, pero nunca me resisto a conocer algo nuevo. Me encanta este juego.

De pronto se puso a saltar al ver que Teddy se disponía a recibir un pase. Esperaba que controlara magistralmente el balón, cruzase el campo y marcase un gol.

—¡Vamos, Teddy! ¡Chuta, dispara! —exclamó John. No era un padre dando instrucciones, sino volcándose por completo en favor de su hijo.

—¡Tú puedes, Teddy! ¡Vamos! —Kate no cesaba de dar ánimos.

—¡Vamos, O'Rourke! —vociferaban las gradas. Si John hubiese cerrado los ojos, habría imaginado que era a él a quien apoyaban, pero no quería distraerse ni un instante. Contemplaba a su hijo, las manos en alto, en tensión, viendo la jugada, pasando la pelota y... ¡Goool!

La multitud estalló.

John brincó en el aire. Vociferó hasta que los pulmones le dolieron. Kate también saltaba a su lado, casi bailaba. John percibió la excitación de la mujer, sintió el latido de su corazón. Sus brazos intentaron sujetarla y alzarla, loco de alegría por el triunfo de Teddy y por haber estado presente en un momento como ése.

—Tiene un hijo maravilloso —dijo Kate.

—Lo sé.

—Además, usted estaba presente. ¡Es magnífico!

—Sí, lo es —convino John mientras recordaba la expresión de Teddy cinco minutos atrás... Aquella mirada de ansiedad y arrobamiento al ver a su padre, un padre que por una vez no estaba en su despacho, sino en el campo de fútbol.

—Tiene muchas cosas de las que estar orgulloso.

John sabía que era así. Su corazón se henchía de orgullo. Por un instante pensó en Theresa. Imaginó lo feliz que hubiera sido, lo orgullosa que se habría sentido gracias a su Teddy... Pero la imagen de su mujer acabó con su alegría y su fugaz confianza en el futuro, devolviéndolo a la cruda realidad. Se aclaró la garganta y miró a Kate a los ojos.

—Ya basta —dijo, sintiendo renacer el viejo dolor y la traición—. Ahora quiero la verdad. ¿Qué hace usted aquí?

—Ya se lo he dicho...

—No es una aficionada al fútbol, no tiene a ningún hijo en el equipo, así que dígame, Kate, qué es lo que quiere.

La vio buscar algo en el bolsillo de la chaqueta. Al cabo, extrajo un pequeño trozo de papel y se mostró dubitativa, como si estuviera pensando si era el momento adecuado para mostrarlo. John volvió a sentir que su pulso se aceleraba. «¿Era posible que ella bromease? ¿De qué se trata esta vez? ¿Otra foto de su hermana? ¿Quizás otra postal? ¿Una nota dejada por ella en alguna parte? Pues bien, si es así, diríjase a la policía, no a mí. ¿De acuerdo? ¡No puedo ayudarla!»

Sin embargo, John cogió el papel que le tendían.

Era la letra de Teddy. Mientras leía, la mano de John comenzó a temblar.

Hola, Kate:

Hoy juego un partido de fútbol. Si no tienes nada mejor que hacer, quizá puedas venir. Es en el campo de Shoreline a las cuatro de la tarde. Espero que vengas.

THADDEUS G. O'ROURKE (TEDDY)

—¿Cómo consiguió hacerle llegar la nota?

—La dejó en mi coche, en el limpiaparabrisas.

—¿Cómo sabía dónde encontrarla? —Incapaz de ayudarse a sí mismo, John pensaba en viejos escenarios, en las notas dejadas por Barkley a Theresa, en las conversaciones telefónicas que Theresa cortaba abruptamente cuando él aparecía, en los susurros nocturnos, en secretos y sorpresas.

—No estoy segura.

—¿Le telefoneó? ¿Se puso en contacto con él o con Maggie?

—Claro que no.

—Entonces ¿cómo la encontró Teddy? —insistió John.

—No he podido preguntárselo. Ha estado jugando todo el tiempo.

—¿Ha jugado todo el partido? —preguntó John, orgulloso de su hijo.

Kate asintió.

John se sintió confuso, descentrado. En los últimos años la humanidad no le había demostrado que fuera demasiado delicada, ni solidaria, ni veraz. La temperatura iba en descenso. John observó la chaqueta de la mujer. Para esa noche se esperaba una tormenta y fuertes vientos provenientes del Atlántico.

Listo y *Bonnie* correteaban alrededor del campo. Luego se dirigieron hacia ellos. ¿Eran imaginaciones suyas o todo el mundo lo estaba mirando? Se mantuvo erguido y con expresión pensativa. Maggie también se acercó con un refresco en la mano.

—Papá, el entrenador de Teddy me ha dado un Gatorade. Teddy decidió la victoria, ¿lo has visto? —De pronto reparó en *Listo* y su compañe-

111

ra y se preguntó quién era esa perra y a quién pertenecía. Cuando vio a Kate, se quedó atónita y corrió hacia ella para abrazarla.

—¡Hola, Maggie!

—¿Es tuya la perra?

—Sí. Se llama *Bonnie*.

—¡Qué guapa es!

—Es una scottie —dijo Kate.

En ese momento se oyó el silbato que indicaba el final del partido. Los equipos se pusieron en fila y levantaron los brazos para agradecer el aliento del público. John vio que Teddy felicitaba a sus rivales, hablaba con el entrenador y luego se dirigía a la multitud de padres y jugadores.

—¿Me has visto, papá?

—Claro que sí. ¡Has estado formidable!

—Creí volar en ese tiro.

—Sí, fue magnífico. Lo importante es que te concentraste, no permitiste que se te escapara la pelota y la pasaste a Kevin con precisión para que marcara.

—Sí, así ganamos.

—Felicidades —dijo John mientras Teddy chocaba las palmas con su hermana.

—Y marcó dos goles —aclaró Kate.

Teddy asintió con el rostro resplandeciente.

John volvió a sentir que se le ensanchaba el pecho. ¿Cómo era posible que se hubiera perdido uno de los goles de Teddy?

—¿Marcaste dos veces? —le preguntó.

Teddy asintió, al tiempo que Kate afirmaba que era la estrella del equipo.

—Eres el mejor del equipo —murmuró su hermana, mirándolo con admiración.

—Gracias, Mags.

La moral de John bajó un poco. Se había sentido orgulloso de sí mismo por haber estado presente cuando su hijo dio aquel gran pase, pero no podía dejar de reprocharse el haberse perdido un gol. Debía ofrecer algo a los chicos. Tenía una reunión concertada con Billy Manning, su viejo amigo detective de la Brigada Criminal de Connecticut. No se trataba de una reunión formal. Los viernes por la noche Billy se dejaba caer en la Pócima de la Bruja, y John había pensado pasar por allí para tomar una cerveza y hacerle algunas preguntas acerca de Willa Harris. Pero Manning tendría que esperar.

—Tenemos que celebrarlo —dijo John—. ¡Es la victoria de Shoreline! ¡Tenemos que festejar los goles de Teddy y su gran pase! ¿Dónde quieres que vayamos a cenar, Teddy?

—¡A la pizzería Vesubio! —exclamó el muchacho.

—¡Hecho!

—¿Podemos invitar al abuelo y a Maeve? —preguntó Maggie—. Están solos en su casa —le explicó a Kate— y el abuelo también se sentirá orgulloso.

—Sí, fuimos a buscarlos, pero el abuelo tenía una consulta con el médico —agregó Teddy.

—¡Tenemos que celebrarlo por todo lo alto! —exclamó Maggie con entusiasmo—. En realidad, necesitamos a alguien más, por lo que invitaremos a... —Su mirada se posó directamente en Kate, para que no hubiera dudas acerca de sus intenciones.

—A Kate. A Kate y a *Bonnie* —terminó Teddy.

—Eso —dijo Maggie—. Tenéis que venir. En Vesubio se come la mejor pizza del mundo. ¿No es verdad que le gustará, papá?

John no contestó, consciente de la expectación despertada en sus hijos, que esperaban que hiciera lo correcto.

—Bueno, lo cierto es que tengo otros planes para hoy —dijo Kate.

—¡No! —estalló Maggie—. Tienes que venir, por favor. No sólo por la pizza, sino porque tenemos que hablar contigo sobre los disfraces de Halloween. Tú eres una chica. Es decir una mujer, y quizá sepas más del asunto que papá y Teddy.

—¡Oh, Maggie! —dijo Kate.

—Vamos, Kate, ven con nosotros —rogó Teddy.

Kate sonrió, apretando los labios, con aire pensativo. John advirtió que ella no quería que la moral de los niños se resintiera. Por un instante confió en que la mujer cambiara de idea y aceptara, pero entonces habló en voz alta, acabando con las expectativas.

—Ha dicho que no, Mags. Tenemos que respetarla.

—Vuestro padre tiene razón —dijo Kate con tono suave y una dulce expresión en el rostro.

—¡Bobadas! —exclamó Maggie.

—No sabes lo que te pierdes —bromeó Teddy—. La pizza es formidable, y probablemente tomemos un helado en el camino a casa. Nada más cerca del Paraíso.

En ese momento John vio de reojo que Sally y Bert Carroll venían hacia ellos.

—No —decidió Kate, sujetando la correa de *Bonnie*—. Quizás otro día.

—¡Hola a todos! —saludó Sally—. ¿Dónde es la fiesta? Peter estará ocupado hasta muy tarde, de manera que Bert y yo hemos decidido invitarnos.

—Vamos a la pizzería Vesubio —informó Teddy.

—¡Magnífico! —exclamó Bert.

—Adiós, Kate —dijo Maggie con tristeza.

—Adiós, Maggie.

Kate echó a andar y oyó que Sally le preguntaba a John si había dicho algo inconveniente. Él negó con la cabeza en el instante en que Kate se volvía hacia Maggie.

—¡Amelia Earhart! —exclamó.

—¿Qué? —preguntó Maggie.

—Ése debe ser tu disfraz —aclaró Kate—. De Amelia Earhart.

—¿Para Halloween?

—Claro que sí. Lo único que necesitas es un chal, un chal largo y blanco. Puede que también unas gafas de aviadora y, por supuesto...

—Por supuesto ¿qué? —inquirió Maggie, las manos cruzadas sobre el pecho, oyendo a Kate como si ésta le estuviera ofreciendo el Santo Grial—. ¿Qué más necesito?

—Valor —respondió Kate, sonriendo y guiñándole un ojo antes de alejarse con *Bonnie*—. Mi hermana decía que Amelia fue la mujer más valiente del mundo.

—¡Oh, claro! —dijo Maggie, asintiendo con la cabeza y volviendo la mirada hacia el cielo de octubre, como si la tierra se hubiera derrumbado y los demás hubieran desaparecido de su vista. Como si desplegara alas y partiese volando hacia el futuro en busca de su propio destino.

9

La Pócima de la Bruja bullía de animación, atestada de gente. La multitud de los viernes por la noche se hacinaba hombro con hombro, formando tres filas antes de llegar a la barra. Había un espeso humo de tabaco y la música sonaba con estrépito desde altavoces colocados en todos los rincones. El recinto estaba oscuro, la gente permanecía de pie y sin duda no era el lugar idóneo para hablar con Billy Manning. Cuando se percató de su torpeza, John se maldijo a sí mismo.

Abriéndose paso entre el gentío, John reconoció al menos a una veintena de personas. Pero en la barra no encontró a la que buscaba, lo cual le sorprendió. Sentía una fuerte tensión, algo que hacía que se estremeciera.

Billy estaba junto a la puerta trasera, un tanto apartado, lo que sin duda lo tranquilizaba. Los agentes de policía que acudían al establecimiento de Harry después del trabajo solían hacerlo los viernes. Situada a unos cien metros de los tribunales, la Pócima de la Bruja también era conocida como el Martillo, en alusión al instrumento con que el juez subrayaba sus órdenes. Sus principales clientes eran hombres de leyes y policías. Para mejorar el negocio, los propietarios habían hecho reformas y los fines de semana contrataban los servicios de una banda que amenizara el ambiente. Policías y abogados habían permanecido leales.

—¡Hola, Johnny! —llamó Billy Manning, saludándolo desde lejos.

—¿Qué tal, Billy? Hola, T. J., Dave.

—Hola, John —saludó el policía. Todos se estrecharon la mano con cordialidad. A lo largo de los años John los había llevado a declarar varias veces ante un tribunal, interrogándolos con mucha dureza. De hecho, había llegado al límite de lo legalmente permitido al llamarlos «mentirosos», mientras parecía intentar sacarles las vísceras por mero deporte.

—¿Cómo ha ido? —preguntó Dave Trout.

—Muy bien —contestó John al delgado detective de cabellos blancos—. ¿Y tú?

—Cojonudo. ¡Anoche al fin pude dormir!

—¡Bravo! ¡Lo necesitabas! —lo animó John, esbozando una amplia sonrisa—. Se nota que eres más viejo que yo.

—Dejando eso de lado, puedes considerarme joven. Os advierto que si voy por una acera es conveniente que vuestras hijas crucen a la de enfrente.

—Gracias por la advertencia, John. Déjame que te ofrezca una cerveza en nombre de ellas.

—Gracias, creo que no me la estrellarás en la cabeza. —Y volviéndose hacia los policías más próximos, preguntó—: ¿Cuál es su línea de trabajo?

—Proteger los derechos constitucionales de nuestros hijos —sentenció riendo por lo bajo T. J.—. Sus derechos a gozar de representación legal, etcétera.

—¡Aumenta sus derechos y aumentará la necesidad de representación jurídica! —aseguró Dave.

—Decididlo vosotros mismos —dijo John, haciendo señas a la camarera—. Un buen número de padres de este pueblo necesita esos derechos para sus hijos.

—Sí, como los Jenkins —dijo Billy en voz baja y gesticulando hacia la barra—. Bark y Felicity. Lo necesitaban para su hijo Caleb. Es uno de los tuyos, ¿no, John?

—Tú sabrás —repuso John mientras observaba a Caleb Jenkins inmerso en el gentío junto a su tío Hunter, el entrenador del equipo de fútbol de Teddy—. Fuiste tú quien lo arrestó.

—Exacto. Fue por aquella travesura con una lancha deportiva que sólo valía cincuenta mil dólares. Aún me pregunto qué se proponía poniendo rumbo hacia North Rock. Eso está a kilómetro y medio del límite de las aguas territoriales, por lo que podemos conjeturar tráfico de estupefacientes, contrabando o actos violentos.

—Te has olvidado del tráfico de esclavos —le susurró al oído T. J.

—Sed más amables, chicos —dijo John

—Hemos entrado en el sagrado terreno de la inmunidad —comentó Billy, sonriendo—. Es mejor que volvamos atrás. En definitiva, ¿qué te ha traído a la Pócima de la Bruja? Hace mucho que no bajabas a echar un trago. ¿Cómo te trata la vida?

—Alguien arrojó un ladrillo por nuestra ventana, la nueva niñera también nos ha dejado (en su opinión, mis horarios hacían de su trabajo «un raro y cruel padecimiento»), tenemos murciélagos en el ático y, por último, estamos viviendo en casa de mi padre. Acabamos de celebrar la victoria de Teddy con una pizza y luego he decidido venir aquí a tomarme una cerveza.

La camarera sirvió una nueva ronda. John pagó. Todos continuaron bebiendo.

—Algo he oído acerca del ladrillo —dijo Billy—. Me informaron los agentes del pueblo.

—¿Hostilidad por el asunto Merrill? —preguntó Dave.

—Creo que sí —contestó John.

—Tuvieron que dejar la casa sola —comentó T. J.—. ¿Los niños están bien?

John asintió mientras bebía un trago de cerveza.

—Bonito, muy bonito. En principio no lo apruebo, aunque sin duda Merrill debería morir por lo que ha hecho, pero...

No era aquélla la conversación que John quería o necesitaba tener. Se volvió lentamente, de modo que T. J. se volvió hacia Dave transmitiéndole el mensaje. Luego reanudó la conversación en el punto en que John la había interrumpido. Entonces Billy también se volvió hacia John y sus miradas se encontraron. Habían sido buenos compañeros en el instituto y, más adelante, mantuvieron esa buena relación a pesar de las distintas carreras que habían elegido.

—¿Qué te está pasando? —preguntó Billy, preocupado por John.

—Ven, demos un paseo.

Billy asintió. Ambos dejaron las jarras de cerveza en la mesa de madera y comenzaron a avanzar entre la multitud. La Pócima de la Bruja estaba en su momento álgido, la víspera de Halloween. La gente venía a celebrarlo disfrazada. Un caldero negro bullía en el exterior, empañado por el hielo seco. La banda de música se llamaba Goth; tocaba una música discordante, que incitaba a bailar con movimientos violentos a las gentes de mediana edad.

Sally Carroll lo espiaba desde la barra; dijo algo a Peter Davis y luego comenzó a alejarse de él. John saludó con la mano. Cuando estaba en la pizzería ya había anunciado que debía pasar por la Pócima de la Bruja para hablar con Billy. ¿Frecuentaba ella ese lugar, o sólo había ido para verlo? John reparó en su disfraz de bruja, un exiguo vestido negro que resaltaba los magníficos pechos bajo el borde púrpura del sostén.

—Allí está Sal —señaló Billy al pasar.

—Ya lo veo.

—No entiendo por qué diablos no salís juntos. Desde que ha puesto a Todd de patitas en la calle, se pasa el tiempo con Peter Davis. ¡Por lo menos consuela a uno de ellos, hombre! Siempre estuvo colada por ti. Yo diría que está en condiciones de prestarte ayuda y calor. ¿Me entiendes?

—Sí, te entiendo perfectamente. ¿Qué te parece si dejamos el tema?

John frunció el entrecejo, abriéndose paso entre el gentío a codazos. El olor a tabaco y perfume era enfermizamente dulzón y toparse con el aire frío del exterior sería todo un placer. Fuera sólo había dos tipos disfrazados.

—No he sido capaz de decirte nada hasta que... —comenzó Billy con voz queda.

John lo interrumpió con la mirada, lo justo como para asegurarse de que no continuaría. Sabía que Billy quería hablar sobre Theresa. En efecto, una noche después del funeral, Billy había ido a su casa y habían compartido unas cervezas. Cuando anocheció y la bebida se les había subido un poco a la cabeza, le contó a Billy todo lo relativo a Theresa. Habló del adulterio, de cómo él había sospechado durante mucho tiempo, le habló de las llamadas telefónicas interrumpidas y de los numerosos recados que ella hacía.

Billy se había inclinado hacia delante y miró a John a los ojos.

—Todo lo que tienes que hacer es preguntarme —había dicho.

—¿Qué insinúas? ¿Lo dices acaso porque eres un policía? ¿Le has seguido el rastro? ¿Quieres enseñarme a hacerlo? ¿Me enseñarás a vigilar a mi propia esposa?

—Claro que no. Es que lo sé, John. Todo el mundo lo sabe.

—¿Todo el mundo?

—Sí, lo de Theresa y Barkley.

—¡Dios mío, Billy!

—No fueron demasiado discretos. Pude verlos en el Drawbridge Bar. También tuve ocasión de verlos encaminarse al aparcamiento de la playa. Y vi cómo...

John lo hizo callar. Había llevado los envases a la cocina. Cuando Billy se decidió a seguirlo, John no le ofreció otra cerveza. Se hallaba de pie ante el fregadero, lavando las botellas vacías, la vista fija en un punto indeterminado. Anhelaba que las palabras de Billy se esfumasen. Hubiese querido que Billy no supiera nada del engaño de Theresa, o por lo menos que no se lo hubiera dicho. «¡Todo el mundo lo sabe!» Ésas habían sido sus palabras. Ahora agregaba un «lo siento». Al cabo de un minuto, lo había dejado solo.

En ese momento, caminando alrededor de la Pócima de la Bruja, John tuvo la impresión de que Billy quería hablar de aquella noche. Jamás habían hablado de ello; habían actuado como si la conversación nunca se hubiera entablado. Los coches pasaban por la carretera. Algunos giraban hacia el aparcamiento. A John el corazón le latía cada vez más deprisa.

Volvió al pasado una vez más. Todos habían estado tan unidos... John y Theresa, Billy y Jennifer, Barkley y Felicity, Sally y Todd. John y Theresa se habían casado durante el verano anterior a su tercer año de facultad.

John recordaba el día de su graduación en la Universidad de Georgetown. Él y Theresa compraron un viejo Volvo 122 y se dirigieron a Washington. ¡Se sentía tan idealista, tan convencido de poder cambiar el mundo! Ansiaba ponerse a trabajar, participar en su primer proceso. Sin embargo antes su padre organizó una fiesta de graduación a la que todos, también recién casados, habían asistido.

Fue una hermosa noche de verano y la luna llena brillaba sobre Silver Bay. Las mujeres llevaban vestidos sin mangas y los hombres chaquetas de color azul marino. Theresa había preparado los canapés y Sally había llevado una cazuela. Después de los muchos paseos, bailes y hogueras de la juventud, aquélla era su primera fiesta de adultos.

El juez había contratado a una banda y todos bailaban. John miraba alrededor, pensando que esa fiesta era en su honor y que quería mucho a todos los allí presentes. Desde ese instante era un abogado, o lo sería cuando pasara el examen de julio.

Comenzaba la auténtica vida. Notó que Billy le tocaba el brazo mientras abrazaba a Theresa.

El grupo salió afuera bordeando los setos que rodeaban el garaje.

—Tenemos que traer a Jen y Felicity —había propuesto Theresa—. Las otras señoras...

—Estarán aquí dentro de un minuto —había asegurado Billy, enarbolando una botella de champán—. Esto es para nosotros, los cuatro mosqueteros.

—Tres —había puntualizado Theresa, sonriendo e intentando retirarse—. Yo no pertenezco al grupo.

—Está decidido —había dicho Billy—. Johnny puede confirmarlo.

—Theresa, eres el cuarto mosquetero —proclamó Barkley—. También Jen y Felicity lo saben.

—Es un honor —había bromeado Theresa sonriendo.

John se sentía orgulloso por haberse casado con ella. Estaba radiante con su vestido de verano, delgada y bronceada. Los ojos le brillaban, como si hubiera descubierto el secreto de la vida, una salvaje aventura que tenía a sus compañeros como cómplices.

—¡Eso es! —había exclamado Billy mientras se aprestaba a descorchar la botella—. ¡En honor de John O'Rourke, el abogado más reciente de Silver Bay!

—Y de Billy Manning —había añadido John—. El policía más reciente de Silver Bay.

—Hace ya tres años que trabajo en la policía —había dicho Billy—. Menuda combinación: yo los arrestaré y tú los pondrás en libertad.

—Yo los representaré —había puntualizado John.

—Llámalo como quieras, John. —Billy alzó la botella—. Por primera vez en nuestras vidas estamos en lados opuestos. No creas que me faltan ganas de darte una patada en el culo.

—Le rompería la espalda, oficial Manning —apostilló John.

—Que cada uno lea sus derechos —añadió Barkley—. Está visto que John no puede librarse de su jerga.

—Mientras permanezcamos juntos, no me importa lo que pase. ¿De acuerdo? ¡Brindemos por ti!

—¡Y por ti! —clamó John.

—No dejemos fuera a Barkley Jenkins, el vigía del faro —dijo Theresa, divertida.

—¡Y por Theresa O'Rourke, el amor de mi vida! —había añadido John, abrazándola.

—¡Salud! —habían exclamado Billy en el momento en que el corcho salía disparado y chocaba contra la pared exterior del garaje. Los cuatro se echaron a reír, pasándose la botella de Mumms Cordon Rouge. De vez en cuando, John y Billy se miraban como si pactaran una amistad inquebrantable.

John bebió champán de los labios de Theresa y lo saboreó con tranquilidad. Él y su amigo Billy habían sobrevivido a los cambios de la vida; él y su mujer...

De pie en el aparcamiento de la Pócima de la Bruja, seguía oyendo la música a través de las paredes del local. Los oídos le zumbaban y la ropa apestaba a tabaco.

—Suéltalo —le instó Billy, acercándosele.

—No es tan sencillo.

—Nada lo es. ¿Crees que te expulsarán del colegio de abogados por hablar conmigo? Pues a la mierda. Tú y yo sabemos que eso no pasará. —Billy sonrió, como tratando de recordarle que por encima de todo eran grandes amigos. Billy, alto y de tez oscura, tenía la cara angulosa y la nariz estaba desviada a raíz de un botellazo que había recibido en el colegio. Por eso, cuando decidió optar al cargo de policía, todos sus amigos bromearon diciéndole que más parecía un delincuente que un agente del orden.

—Confidencialmente... —comenzó John.

—¿Qué diablos quieres decirme?

—Verás, se trata de un asunto delicado.

—¿Delicado para quién?

—Para mí y mi cliente.

—¡Ah! —exclamó Billy, con una amplia sonrisa—. ¡Se alza la horrenda cabeza de Greg Merrill!

—No he dicho eso.

—Ni falta que hacía. Te estás volviendo demasiado tenaz en ese caso, en tu agenda no habrá más sitio para otra escoria. Bueno, pero ¿cuál es el problema?

John vaciló. El volumen de coches que aparcaba iba en aumento. A pesar de que se hallaban lejos del alcance de las luces, John pensó fugazmente que algún periodista podría meterle en un callejón sin salida si lo sorprendía manteniendo una conversación con el hombre que había arrestado a Merrill.

—No te preocupes, John. Pregúntame lo que quieras. No volveré a patearte el culo.

—No pretendo renunciar a nada...

—Bueno, ya me has llevado al huerto. Probablemente mañana no recordaré esta conversación. Soy un excelente olvidador de conversaciones, ya lo sabes. ¡Tocado!

—Se trata de Willa Harris —dijo John, ignorando el golpe bajo. El corazón le latía con fuerza. Miró a Billy a los ojos: ni siquiera parpadeaba.

—¿Quién es Willa Harris? ¿Un tío o una tía?

—Es una muchacha. Desaparecida.

—Oh, tampoco es para alarmarse —bromeó Billy—. ¿Cuándo, aproximadamente?

—Hace seis meses.

—Vaya, en el punto culminante de la carrera de Greg. ¿Dónde has oído hablar de ella?

—Kate Harris, su hermana mayor. Vino a verme hace unos días.

—¿Sigue desaparecida?

—Sí.

—¿Por qué la hermana la busca por aquí?

—Encontró una postal dirigida a ella desde la posada del Viento del Este —explicó John—. Fue enviada desde Silver Bay en abril, pero ella la recibió recientemente. Kate está divorciada. Al parecer, Willa tuvo una aventura con el marido de Kate, y Willa se vio en la necesidad de alejarse de su casa para pensárselo.

—Puede que Kate se pusiera celosa y...

—No quiero ir por ese lado —repuso John con acritud.

—Quizás el marido estaba preocupado. Willa amenazó con hablar y Kate quiso matar al marido —conjeturó Billy, meneando la cabeza—. El relleno de un sándwich entre dos hermanas. ¡Te juro que no querría ocupar ese lugar!

John asintió.

—Kate asegura que denunció la desaparición antes de que llegara la postal.

—¿FBI?

—No, no hay sospechas de secuestro.

—Ya. Bueno, ya sabes cómo va eso. Puede que me hubiera llegado la noticia, pero sin la seguridad de que la chica habría estado en nuestra área, la hubiera archivado. Quizá fuese otra posada del Viento del Este.

John negó con la cabeza.

—No, vi la postal.

—¿Y ahí desaparece todo rastro? —preguntó Billy, frunciendo el entrecejo.

—No. Hay indicios en Fairhaven, Massachusetts, Newport, Providence...

—¿Y quién irá allí? —inquirió el policía encogiéndose de hombros—. Pero ¿por qué demonios la hermanita te da a ti la lata?

—Se trata de Merrill.

—Me lo temía. Es el más famoso asesino en serie de Nueva Inglaterra, pero no pienses que el único. ¿Le has dicho que sólo es uno más entre los que ejercen su oficio y que quizá su hermana...?

—No —lo interrumpió John. Por algún motivo no quería que Billy pensase que quizás otros depredadores podían haber cambiado el destino de Willa.

—Verás, John, si la gente supiese lo que nosotros sabemos... Nadie piensa en ello, ¿no es así?

—Pero yo puedo ayudarla.

—Bah, es como ese asunto de los tiburones. Lo sabes como pescador que eres, ¿no?

—¿Qué es lo que sé?

—Que la gente se siente aterrorizada al pensar que está nadando alrededor de ellos cada vez que se meten en el agua. Se conocen muchos casos en que los tiburones atacan a tres metros de la costa o en aguas cuya profundidad no alcanza el metro. Y mucha gente cree que es porque los nadadores... nadan.

John permanecía en silencio, contemplando el rayo de luz del faro de Silver Bay que se reflejaba en las oscuras nubes bajas. No se veía una sola estrella.

—Bueno, quiero decir que, de hecho, los tiburones están en todas partes —aclaró Billy.

—Lo sé.

—Lo mismo pasa con esos asesinos. Todo el mundo se alegra cuando le echamos el guante a uno de ellos. Eso les permite una explicación que después aplican a todo cuanto les rodea. Entregas al Asesino del Rompeolas y todos sueltan un suspiro de alivio. Votan a favor de la pena de muerte y creen que así se ponen a salvo de cualquier otro monstruo.

—Cuidado, ahí está el liberal que llevas dentro.

—¡Tonterías! Ellos no pueden juzgar el asunto más allá de lo que yo decida. Ya habrá otro tiburón preparado en la gruta. Muchos de los que rondan por ahí aún no han sido clasificados.

—Lo sé. ¿Así que no sabes nada de Willa Harris?

Billy meneó la cabeza.

—Oye —dijo—, ¿por qué te preocupa tanto este asunto, por Merrill o por la hermana mayor?

—No lo tengo claro —respondió John con sinceridad. Dio un apretón de manos a Billy, ignorando la preocupación que empezaba a reflejarse en los ojos de su amigo. Empezaron a caer las primeras gotas de una lluvia helada. La piel las recibía como afiladas cuchillas de afeitar. John se dirigió a su coche. Se volvió bruscamente y preguntó—: ¿Has estado alguna vez en Fairhaven?

—Claro que sí —respondió Billy—. Muchas veces. Voy allí a comprar mis aparejos de pesca, en una pequeña tienda que hay junto a los embarcaderos.

—¿Sabes dónde está la estación de Texaco? —Por algún motivo, cuando formuló la pregunta se le aceleró el pulso. Tragó saliva dolorosamente. Esperaba que Billy no respondiese que en una tienda de artículos de oferta, junto a una lavandería...

—No lo sé —respondió Billy—. ¿Acaso me estás pidiendo que llame a la policía de Fairhaven?

—No, gracias. Siempre puedo llamar a información.

John se despidió con un gesto de la mano, de espaldas a la Pócima de la Bruja. Cada vez que se abría la puerta se oían voces y música. John echó un vistazo a los parroquianos de la barra. La gente se divertía, intentaba relacionarse entre sí. Pensó en Sally y después en Theresa. Las escapadas nocturnas de ambas mujeres solían incluir la Pócima de la Bruja.

De pronto se acordó de Kate Harris. Se preguntó qué estaría haciendo esa noche. ¿Quizás ella también estaba ahí dentro?

Algo le hizo pensar que no. La imaginó en la posada del Viento del Este, encaramada en el alto acantilado, sobre el mar. Allí debía de oírse el bramido del viento que traía el aguanieve desde el Atlántico mientras las luces del faro iluminaban las nubes tormentosas y el edificio. Con la mano en el bolsillo, aún tocaba la fotografía de Willa.

John sintió que se le helaba el corazón. Pensaba en Kate Harris, una desconocida que sin embargo le había contado su historia —como si necesitase alguien en quien confiar y con quien hablar y él fuese esa persona— la segunda vez que estuvieron juntos. Cuando Billy se le había acercado para hablarle de Theresa, John lo había rechazado.

Quizá sólo era posible hablar del asunto con alguien que hubiera pasado lo mismo. El adulterio era algo demasiado íntimo, uno de los aspectos más privados del matrimonio. Hacer el amor, planificar la boda, concebir a un hijo, cocinar la primera comida de aniversario, ir juntos a las primeras reuniones, todas esas cosas unían más a los cónyuges, eran cosas para compartir, memorias para llevarse a la tumba.

El adulterio podía formar parte de esa lista. Podía ser la sombra en medio de esos tiempos tan brillantes, la cara oscura del matrimonio. Por la herida que le había causado la infidelidad de Theresa, había podido poner las cosas en su sitio: confianza, esperanza, longevidad, familia y amor. Si todo ello no hubiera estado presente, ¿qué diferencia habría supuesto el engaño de su mujer?

John la había amado mucho. Volvió a recordar sus tiempos de estudiante; él y ella habían vivido en una casa victoriana grande y antigua del Bulevar Macarthur, y John usaba su bicicleta para asistir a las clases del centro de abogacía de Capitol Hill. Ella solía abrazarle mientras estudiaba; los fines de semana, él le llevaba el desayuno a la cama. Estaban tan unidos que en ocasiones ella lo acompañaba a clase, escuchando las cintas de Irving Younger, sentados durante horas mientras se hablaba de contratos y actos delictivos.

John jamás hubiera creído que pudieran crecer de forma independiente. Todo pasó muy lentamente, sin que él lo advirtiera. Los aniversarios y los cumpleaños, aunque en realidad seguían existiendo, se olvidaban. Se daban por sentado. No paraba de trabajar. A veces se sentía una cartera con piernas en lugar de un hombre. Ella compraba, él pagaba. Ella adoraba a los niños y sabía educarlos. Gracias a Theresa, él había podido trabajar hasta altas horas, asistir a cursos, descuidarla como no hubiera querido hacerlo.

John no olvidaba la vida sexual. Consideraba que era satisfactoria, o por lo menos mejor que la de la mayoría de quienes en el pueblo llevaban varios años casados. Ellos, sonrientes, no daban crédito a sus oídos cuando escuchaban a sus amigos hablar de las cosas que necesitaban para excitarse: lencería, películas pornográficas, masajes con aceite, fines de semana en hoteles de lujo. ¿También ellos deseaban todo aquello? Quizá no lo hicieran con demasiada frecuencia (a menudo el sueño los vencía), pero aun así las cosas iban bien.

Al menos para John. Siempre se había sentido atraído por Theresa. Cuando era joven y delgada y también después de tener a los niños y engordar un poco. No le importaba. Adoraba su piel suave, el hermoso rostro, los fuertes brazos de tenista, su aroma familiar. Cuando por la noche se arrojaba en la cama y la tomaba entre sus brazos, sentía que el corazón estaba a punto de estallarle. La sangre le hervía en las venas cuando la besaba en los labios.

Si su vida se construía con palabras, agendas, expedientes, argumentaciones, reconocimientos, llamadas telefónicas y entrevistas, a Theresa le hablaba con el cuerpo. Había tratado de demostrarle con las manos, con la boca, del mejor modo que había podido, cuánto la quería.

Recordaba una sentencia latina. *Cor ad cor loquitor.* El corazón habla al corazón. Así había sido para John y así pensaba él que había sido para Theresa. Pero estaba equivocado. No había llegado a saber lo que ella sentía; a veces pensaba que ni siquiera la conocía.

Aún de pie en el aparcamiento de la Pócima de la Bruja, mientras observaba los disfraces de la gente, John se sintió asombrado de que hubiera maridos y esposas en esa noche de fiesta que habían permanecido en casa, esperando una llamada, intentando no mirar el reloj.

Sabía que durante las semanas en que Theresa lo había engañado, se sintió atraído por ella como nunca hasta entonces. La sospecha de su infidelidad la hacía aún más deseable que si la noche hubiera transcurrido como él habría querido. A veces intentaba retenerla, tirar de sus hombros, pero era como intentar retener un puñado de arena. Se escurría entre los dedos, volvía a la playa. La noche de su muerte, Theresa había resultado igualmente lejana.

John había encontrado notas en su agenda, entre ellas una que decía que debía llamar a Melody Starr, una especialista en divorcios de Hawthorne. ¿Lo había hecho? Él no lo sabía y quiso preguntarlo. Cuando vio a Melody en los tribunales, la saludó e intentó adivinar si la mujer lo miraba con extrañeza, con simpatía o aversión. ¿Theresa le había contado sus secretos más ocultos?

John no lo supo e incluso pensó que no tenía importancia. Los especialistas en divorcios eran siempre como los terceros en discordia: no venían al caso. El matrimonio, dichoso o infortunado, siempre era una cuestión entre dos personas. No podía romperse si al menos una de ellas no lo intentaba, no comenzaba a distanciarse. Y Theresa lo había hecho antes de que su adulterio se consolidara.

John se preguntó cómo habían sido las cosas para Kate. Se preguntó si su marido había comenzado a distanciarse antes de que se consumase la traición con su hermana. Volvió a mirar la fotografía de Willa Harris. ¡Qué bonita sonrisa, qué amable e inocente! Era difícil que una mujer así tuviese una aventura con el marido de su propia hermana. Pero aunque John había aprendido la dureza de la vida, era un tercero en litigio: no venía al caso.

Quería ayudar a Kate Harris a encontrar a su hermana. No estaba seguro de por qué había decidido acudir esa fría noche de viernes a la Pócima de la Bruja en lugar de quedarse en casa con sus hijos, pero lo había hecho, y por un motivo importante. Quería hacer preguntas, encontrar la paz. Había ido a cumplir con su deber. Era extraño que ambos compartieran una conexión con Washington y, ahora, con Silver Bay.

Respiró hondo y subió al coche, fuera del alcance de la lluvia helada. Condujo despacio por los oscuros caminos que llevaban a la casa de su padre. Si para John O'Rourke había esa noche una especie de paz, sin duda estaba allí, con Maggie y Teddy.

10

El sábado por la mañana, antes de abandonar la posada del Viento del Este, Kate sacó fotografías desde las ventanas de su dormitorio. Quería recordar la vista que Willa había tenido desde allí. Así pues, fotografió la costa rocosa, el rompeolas y el faro, todo ello inmerso en una neblina fantasmal. Su estancia había resultado agridulce. A pesar de no encontrar ningún indicio de Willa, había conocido a la familia O'Rourke.

Ante los cristales, esperando ver aunque fuera un instante a Maggie o Teddy, intentaba distinguir su casa. Allí estaba. Parecía tranquila. *Listo* no corría por el césped. Deseaba que hubieran disfrutado en la pizzería mientras celebraban la victoria de Teddy. De pronto le asaltó el recuerdo de Willa jugando a hockey en los magníficos campos próximos a Rock Creek Park, detrás de las agujas góticas de St. Chrysogonus's School.

Vio a Willa vestida con su equipo de color verde oscuro, agitando el palo por encima de su cabeza al celebrar una victoria, anhelando que Kate y Andrew se sintieran orgullosos. Actuando como padres, la habían invitado a ella y a sus compañeras de equipo a la pizzería Chicago. Todos se sentaron alrededor de una gran mesa, frente al plato hondo en que servían la pizza, acompañándola de refrescos muy fríos.

Willa tenía entonces dieciséis años.

Una vez en la cama, Andrew abrazó con fuerza a su esposa y le hizo el amor con ternura inusual, susurrándole al oído que cuando tuvieran un hijo ya estarían preparados gracias a su práctica con Willa. Le dijo que quería a Willa como si fuera su propia hija y que para él resultaba una bendición haberse casado con una familia a su medida. Kate se enardecía al pensar en el hecho de haber encontrado a alguien tan especial.

Había aparecido alguien que la amaba tal como era, la quería en sus peculiares condiciones: con una tímida, hermosa y desprotegida hermana menor. Willa había sido hasta entonces como un poni salvaje, precavida, vacilante, confiada, más apta para las dunas de Chincoteague que para los edificios de ladrillo de Georgetown, más feliz con un pincel que con un palo de hockey.

Andrew le había aclarado las cosas. Había trabajado con ella en el campo de deportes, animándola a ser tan buena atleta como cualquier otra. También la había impulsado a pintar, pidiéndole con insistencia que le cediese una de sus acuarelas para colgarla en las paredes de su estudio. Willa había hecho un pequeño retrato de Kate, sentada en las dunas un día gélido, aferrándose las rodillas con los brazos.

Los años habían pasado. Willa creció y se hizo adulta.

Andrew y Kate la llevaron a la Galería Nacional del Viento del Este al cumplir veintiún años. Juntos recorrieron la pequeña colección de pintores franceses y vieron algunos precursores de los *Nenúfares* de Monet. Admiraron luego las obras de Hassam, Metcalf y Renwick. Más tarde, mientras almorzaban en el restaurante de la planta superior, Andrew le encargó una pintura a Willa.

—Quiero que nos pintes a Kate y a mí juntos —le había dicho extendiéndole un cheque.

—¡Andrew, esto es demasiado! —había exclamado Willa al leer la cantidad.

—Es lo que el tema merece. Yo y la mujer más guapa del mundo. Además, lo colgaré donde todo el mundo lo vea.

Willa había sonreído, pero Kate fue incapaz de hacerlo. Su corazón estaba demasiado abrumado ese día. Las últimas noches, Andrew había llegado tarde y no respondía a las llamadas en su teléfono móvil. Aunque él le había advertido que estaba preparando un nuevo trabajo para el senador que le haría perder inevitablemente mucho tiempo hasta el mes de noviembre, Kate no le había creído. Las palabras de Andrew decían una cosa, pero su instinto expresaba otra.

—¡Kate, es tan romántico! —había exclamado Willa, levantándose de la mesa para besar a su cuñado.

—Lo sé —se había limitado a responder Kate.

—Los hombres sois tan afortunados. ¡Espero que cuando me enamore sea de uno que me quiera aunque sólo sea la mitad de lo que él te quiere!

—¿Lo has oído, Kate? —había preguntado Andrew, intentando atraerla hacia sí. Kate permaneció inmóvil, como si se aferrara con todas sus fuerzas a la silla.

—¿También es lo que deseas para ella? —se había interesado Kate con voz fría.

—Kate... —había dicho Andrew mientras le asía una mano y entrelazaban los dedos.

—¡Claro que sí! —había exclamado Willa sin apartar la vista del cheque—. ¿Por qué no habría de desearlo? ¡Andrew es el entrenador de mi autoestima! No hubiera salido de St. Chrys sin él. ¡Todos aquellos enloquecidos partidos de hockey y aquellas niñas de mamá...! En cambio, ahora recibo mi primera comisión.

Kate sintió que su marido le cogía la mano por debajo de la mesa. Era como si él le susurrara al oído: «Vamos, Kate, déjate llevar. Te quiero a ti, sólo a ti... Me he casado contigo, no con cualquier otra.» Y como deseaba que fuese cierto, siempre acababa por creerlo.

—Ya tengo un retrato de Kate —había dicho Andrew—, el del avión. Pero sólo se la ve a ella. El que pintarás nos mostrará juntos y será objeto de mi absoluta adoración.

Miraba a Kate con ojos apasionados, lo que hizo que Willa riera y en los labios de Kate se dibujase una sonrisa. Había comenzado a ablandarse: siempre acababa haciéndolo. Quizás él tuviera razón y sus sospechas fueran infundadas.

—¡Estáis locos! —había exclamado Willa, meneando la cabeza.

—Mucho más que eso —había respondido Andrew, rodeando con una de sus manos una rodilla de Kate y dibujando con la yema de los dedos lentos círculos sobre su piel—. Estoy locamente enamorado de tu hermana.

—Yo os quiero a los dos —había añadido Willa, sonriendo de felicidad, como un niño cuando ve unidos a sus padres, ya que se siente seguro—. Hubiera pintado el retrato gratis.

—Escucha a tu hermana —había respondido Andrew—. Sabe de lo que está hablando. ¡Yo siempre consigo lo que quiero!

Ahora, observando desde lejos la casa de la familia O'Rourke, Kate recordó haberse sentido feliz por lo menos una vez durante aquel lejano día, y se debió al hecho de que Andrew cuidase de Willa. El arte era un terreno difícil (mucho más misterioso e inaccesible que la biología marina) y aquello serviría para sostener la confianza de Willa.

Andrew siempre había sido tan bueno para eso...

Se volvió sollozando y se encaminó a hacer las maletas. Los recuerdos le habían dejado las manos temblorosas. Su amor por Willa pugnaba con el sentimiento de sentirse traicionada. ¿Cómo es que su hermana no había visto lo que en realidad era Andrew? ¿Cómo podía haber sucumbido a cualquier cosa que él le hubiese ofrecido?

Nunca pintó el retrato. Willa no había podido permanecer junto a ellos el tiempo necesario para comenzar siquiera. Había aceptado un empleo en el despacho de Andrew. Se ocupaba de los archivos, atendía el teléfono, hacía paquetes... Demasiado lejos del camino que conduce al arte.

Kate murmuró el nombre de su hermana. Aún sentía el dolor al recordar el momento en que los había descubierto...

Una vez que Kate bajó el equipaje, se dispuso a pagar la factura.

—Oh, quería ayudarla a bajar sus maletas —dijo sonriente Barkley Jenkins—. Espero que por lo menos me deje llevarlas hasta el coche.

—Gracias, no pesan mucho.

—Nos sorprende que nos deje tan pronto —dijo Felicity—. Había reservado la habitación por una semana más.

—Lo sé, pero quiero conocer un poco mejor Nueva Inglaterra antes de volver a casa.

—Lo comprendo —dijo Felicity. Kate se sorprendió. Esperaba una protesta ante su súbita decisión, por ejemplo aduciendo la cuestión del depósito. En cambio, Felicity sacó el libro de registros y luego le devolvió los setenta y cinco dólares del depósito. Kate observó que Felicity se veía ojerosa, con la piel cetrina y los ojos hinchados, como si hubiera pasado una mala noche.

—Espero que no se marche por nosotros —intervino Barkley.

—No, ha sido todo muy agradable. Incluso *Bonnie* se lo ha pasado muy bien.

—Es una buena perrita —dijo haciéndole carantoñas y dejando que el animal le lamiera la punta de los dedos—. Juraría que me recuerda a otra.

Kate sintió un nudo en el estómago y creyó oír el carraspeo nervioso de Felicity.

—Barkley —dijo ésta como advirtiéndole.

—No pasa nada —dijo Kate.

A su llegada, Kate había confiado a Felicity los motivos de su viaje y había contestado a todas sus preguntas. La posadera había dicho que se acordaba de *Bonnie* (o de una scottie como ella), pero no de su dueña. Le había explicado que algunos clientes sólo acudían a pasar una noche y que difícilmente volvían a verlos.

—¿También usted reconoce a *Bonnie*? —preguntó Kate a Barkley.

Barkley era un hombre esbelto y de buena estatura. Sus cabellos rubios y su bigote comenzaban a encanecer. Siempre tenía una mirada alegre y enrojecida por los tragos de la noche anterior.

—No —respondió el hombre, meneando la cabeza—. Ojalá pudiera decir lo contrario. Felicity me explicó que usted estaba aquí en busca de su hermana, la dueña de *Bonnie*. Espero que la encuentre...

—Yo también —dijo Kate.

Los propietarios del local sonrieron. Felicity le devolvió el recibo, sujeto con un clip a su tarjeta de crédito. A pesar de las protestas, Barkley llevó el equipaje de Kate hasta el coche. Por su parte, Kate aferraba un paquete del que parecía no querer desprenderse si no era por la fuerza. De pie junto al coche, mientras dejaba que Barkley metiera el equipaje en el maletero, oyó martillazos. La niebla parecía amplificar su sonido.

Miró en la dirección de donde precedían los golpes y distinguió un lejano cobertizo, al norte del sendero que conducía a la playa. Un hombre joven estaba subido a una escalera de mano, martilleando debajo del alero. Su esbelta silueta resultaba oscura en medio de la tupida niebla. De repente, dejó de golpear y se volvió para mirar a Kate desde la distancia. La saludó amigablemente agitando una mano. Kate respondió al saludo.

—Parece a punto de caer —dijo.

—No, no le pasará eso a Caleb —respondió Barkley, meneando la cabeza.

—¿Es su hijo?

—Sí. Trabaja conmigo y mis operarios. Está metido en la construcción toda la semana y goza de una especie de don del cielo para colgarse de los techos. Es capaz de transportar fardos de cien kilos de tablas por las escaleras, uno en cada hombro. Trepa a los muros del faro para reparar el mortero de las paredes...

—Es bueno en su trabajo —afirmó Kate, preguntándose por qué no se había encontrado con él durante el tiempo que había permanecido allí.

—Es el mejor. No para de trabajar, incluso los sábados, para reparar ese cobertizo. Vamos creciendo poco a poco. Yo le ayudo con el faro. Provenimos de una larga estirpe de fareros.

—¿Qué hacen allí? —preguntó Kate.

—Ya que lo pregunta —dijo Barkley, encogiéndose de hombros—, se trata de una torre de ladrillos y hierro. Hay que hacer frecuentes reparaciones como consecuencia de los efectos del salitre. Mi padre solía trabajar en el faro las veinticuatro horas del día, todos los días de la semana. Se encargaba de la limpieza, controlaba las señales de niebla y las luces. Desde hace veinte años, el sistema es automático y, por lo tanto, todo resulta muchísimo más fácil. Actualmente trabajamos con sensores sensibles a la luz.

—¿Las máquinas lo hacen todo? —preguntó Kate pensando con tristeza en lo que eso suponía. ¡Qué romántica era la idea de un farero vigilando la costa y las embarcaciones de paso, un farero proveniente de una familia de gentes cuya función era mantener a salvo a los navegantes e impedir que los barcos se estrellasen contra las rocas de la costa!

—Bueno, hacen que la lámpara funcione, pero nosotros debemos controlar el desgaste de los materiales. Una lámpara halógena de mil vatios en una lente de cuarta clase... Si la primera falla, la lámpara de apoyo se inutiliza. También la señal de la niebla tiene un sensor, para medir la humedad del ambiente. Cuando yo era un niño, teníamos una trompetilla roja. Vigilando sin cesar, yo tenía que estar allí... mientras John estaba en Yale o en Georgetown. Yo dándole al cuerno dos veces seguidas cada treinta segundos. Caleb no sabe lo fácil que lo tiene.

—¡Una gran tradición familiar, por lo que veo! —alabó Kate.

—Eso creemos. Bueno, pero ahora —añadió arrojando la última bolsa en el maletero— sólo me queda desearle buen viaje. Un consejo: si se encuentra en una barca, busque su propio faro. La torre de Silver Bay arroja un rayo de luz cada seis segundos, con un sector rojo que cubre más o menos dos bancos de arena.

—Gracias, evitaré esos bancos —dijo Kate mientras dejaba que *Bonnie* se arrojase sobre el asiento trasero. Se despidió con una sonrisa. Dejó el paquete del que no se separaba en el asiento del copiloto y subió al coche.

Tenía que hacer una última parada antes de dejar Silver Bay. Aunque no sabía qué rumbo tomar, conocía la dirección. La había obtenido en el listín telefónico, sorprendida de que un juez retirado figurara allí. Durante su trayecto por el pueblo puso la calefacción para contrarrestar el frío que le calaba los huesos.

Sorprendentemente, encontró la casa del juez con facilidad. Situada en una zona tranquila y próspera, desde ella se dominaba el césped, el ayuntamiento y las dos iglesias. De color gris azulado, tenía postigos blancos y una buhardilla con techo de pizarra. Una verja de hierro forjado rodeaba el pulcro porche. En los arriates, entre una lacia maleza, crecían crisantemos dorados. También vio la calabaza que le había regalado a Maggie.

Cuando aparcó, se oyeron los ladridos de *Listo*. El perro permaneció junto a la ventana, lloriqueando, deseoso de escaparse para correr hacia Kate y *Bonnie*. Kate confió en que los ladridos del animal llamaran la atención de las personas, para así poder entregar el paquete en las propias manos de Maggie.

Nadie respondió. Eran las diez de la mañana y no había coches en la calle. Quizá John estaba trabajando, o tal vez había llevado a los niños a desayunar fuera o a otro partido de fútbol.

Sintió un nudo en la garganta al pensar en la familia. Los niños ya eran grandes. Se alegraba de que el cariño entre ellos fuera recíproco. En otras circunstancias le hubiese gustado estar más ligada a ellos, pero recordaba la mirada de John la noche anterior, cuando los niños la invitaron a comer pizza, y comprendía que nunca sucedería. No era difícil reconocer el acero blindado. Se dijo que él no podía permanecer demasiado cerca de alguien que buscaba información acerca de su cliente. Sin embargo, Kate sabía que ése no era el auténtico motivo.

John no quería acercarse a nadie.

Trató de olvidarse de John O'Rourke y subió los escalones de piedra. Luego se agachó para dejar el paquete en el suelo. En aquel momento la puerta se abrió.

Una anciana estaba de pie en el umbral. Era de baja estatura y estaba encorvada. Llevaba los cabellos blancos recogidos por detrás en un moño. Su rostro, pálido y delicado, contrastaba con los ojos de un azul brillante. Lucía un vestido azul y un delantal blanco, y sonreía demostrando a la vez curiosidad y calidez espiritual.

—¿Quién ha venido a vernos? —preguntó con su fuerte acento irlandés sin dejar de sonreír.

—Soy Kate Harris —se presentó Kate—. No he venido a verles, sino a dejar este paquete para Maggie.

—¿Para la señorita Margaret?

—Eso es, para la señorita Margaret.

—¡Ah, claro, usted es su madre! —exclamó la vieja señora meneando la cabeza mientras cogía el paquete.

—No —dijo Kate, confusa—. La madre de Maggie...

—Está con los ángeles —la interrumpió la anciana, estrechando el paquete contra su pecho—. Lo sé, pero yo no hablo de esa madre...

Kate estaba atónita.

—¿Conoce usted a los ángeles? —preguntó la anciana, ladeando la cabeza.

Kate asintió, aturdida.

—¡Claro que los conoce! —prosiguió la anciana—. Conoce a todas las buenas chicas que se marcharon, que nos fueron robadas. Nuestras hermanas, señorita. ¿No son ahora ángeles?

—¿Se refiere a mi hermana Willa?

—¡Ah! —exclamó la anciana, dirigiendo la mirada hacia el cielo nublado, persignándose y volviendo a mirar a Kate—. Es usted la Virgen María, ¿no es cierto? ¡Oh, Santa Madre!

—¿María? No, me llamo... —Kate se interrumpió al comprenderlo. Aquella pobre mujer padecía Alzheimer u otra demencia similar. Creía que ella era la Virgen María. De pronto apareció *Listo* enredándose entre las piernas de ambas mujeres. Kate sintió que le quitaban un gran peso de encima.

—¿Los cuidará usted mucho, Madre? ¿Cuidará bien a mis hijos, a nuestras hermanas? ¿Cuidará a las niñas perdidas, consolará a las niñas maltratadas? Y luego todos esos malos muchachos... —Los ojos de la anciana brillaban con amor, y se dirigió hacia Kate para aferrarle la muñeca con una mano, mientras con la otra estrechaba el paquete contra su pecho.

Kate no sabía qué decir ni qué hacer. Ella era una científica y las visiones religiosas no formaban parte de su campo. Sin embargo, Willa le había dicho en una ocasión que sentía compasión por cuanto pisaba. Armada de valor gracias a la opinión de su hermana, Kate vio las cosas claras. Sonrió a los ojos de la mujer, se inclinó hacia ella y la besó en la frente. El aroma a agua de rosas se expandió por el aire.

—Lo haré —susurró. Le dolía la garganta al hablar, pensando en las niñas maltratadas del mundo.

Acariciando a *Listo* por última vez, comenzó a bajar por la escalera. El aroma de rosas seguía presente en sus manos. Aquello le aligeraba la mente. Nunca acudía a la iglesia, nunca rezaba, pero la idea de personalizar a la Virgen María no ablandaría sus firmes convicciones. Sin embargo, tenía la extraña sensación de haber sido bendecida.

Saludando con la mano, se dirigió a la calle. Esperaba que la anciana entregaría el paquete a Maggie. Mientras *Bonnie*, desde el asiento trasero ladraba su adiós a *Listo*, Kate Harris condujo hacia la autopista y partió hacia el este. Se dirigía a Newport, Rhode Island, en busca de su niña perdida.

Aquel día era un verdadero desastre.

Maggie le había rogado a su padre que pasaran el día juntos. La niña esperaba dar un paseo y después ver una película, o quizás ir de excursión al parque estatal de Foxtail. ¡Lo que no esperaba era pasar la mañana en la oficina de su padre! ¡Eso sí que no!

A veces era divertido. Maggie quería a las secretarias y a los ayudantes de su padre. A menudo la dejaban sentarse en sus escritorios para que tecleara el ordenador o dibujara en los folios con el membrete de la empresa.

Pero era Halloween y las pocas secretarias que había estaban desbordadas de trabajo, preocupadas por acabar lo que sus jefes les habían encomendado. Damaris, la secretaria de su padre, era quizá la persona más amable del mundo, pero ese día incluso ella apenas le prestaba atención.

—¿Podemos ir al cuarto de las fotocopias? —le propuso Maggie, pensando en fotocopiar sus propias manos, lo cual le divertía mucho.

—Ahora no, cariño. Tu padre cuenta conmigo para que termine de mecanografiar este documento y así poder ir a casa a pasar una feliz noche contigo y tu hermano.

—Mi hermano está en casa de unos amigos —dijo Maggie—. Volverá para cenar, pero antes irá al baile de Halloween.

—Así que te has quedado sola. —Damaris no movía más que los dedos, tecleando como una posesa.

—Voy a disfrazarme de Amelia Earhart para la fiesta de esta noche.

—Has elegido muy bien —juzgó Damaris, concentrada en el teclado. Maggie tuvo la impresión de que habría dicho lo mismo si ella se hubiera disfrazado de Teleñeco o de Miss América.

Así pues, se encogió de hombros y echó a andar por los despachos de la empresa. Los sábados solían ser más tranquilos que los días laborables, aunque siempre había alguien trabajando. Los abogados se inclinaban sobre sus mesas, la camisa arremangada por encima del codo. Leían, leían sin parar.

La biblioteca era un lugar muy concurrido. Había numerosos lectores alrededor de las amplias mesas, delante de sus terminales de ordenador. Muchas de estas personas eran socios, la mayoría jóvenes abogados, que se ocupaban del trabajo pesado de los hombres como su padre.

Mientras vagaba sin un objetivo concreto, a Maggie se le ocurrió inventarse que estaba recorriendo la empresa en busca de cosas que añadir a su disfraz. No obstante, el traje debería esperar, pues su padre le había prometido que irían a comprarlo cuando acabase con su trabajo. Pero Maggie era una chica de recursos y quería aprovechar el tiempo buscando algunos accesorios.

Ya sabía quién era Amelia Earhart, pero la noche anterior había visto en Internet una fotografía suya: una hermosa muchacha vestida con chaqueta de piel, bufanda blanca y tocada con una pequeña gorra. Kate le había dicho que Amelia era una mujer valiente, pero fotos como aquélla revelaban que también había sido feliz, curiosa y apasionada, aspectos que Maggie quería para sí.

Cada una de esas características exigía un emblema.

Para la felicidad, Maggie había elegido el broche con forma de colibrí que había pertenecido a su madre. Su padre se lo había regalado tras cinco años de matrimonio, para conmemorar la eficiencia y el amor a la velocidad y las flores rojas de su madre. El pájaro tenía ojos de esmeralda y se convirtió, al recibirlo de manos de su padre como recuerdo de su madre muerta, en el tesoro más preciado de la niña.

En cuanto a la curiosidad, Maggie había planeado pedir prestado un carné de libre acceso a la biblioteca de la empresa. Simbolizaría la lectura, la investigación, la búsqueda de respuestas. ¿No habían sido acaso inquietudes de Amelia durante su vuelo a través del Pacífico?

Para el apasionamiento, Maggie cogería una foto de sí misma acompañada de Teddy. Su padre la había sacado en lo alto de la montaña rusa de Wild Expedition, justo antes de que la vagoneta descendiera. Su estómago aún temblaba cuando recordaba aquella excitante atracción.

Pero respecto al coraje...

El emblema indicado requería un poco más de esfuerzo.

Maggie no era conocida precisamente por su arrojo. De hecho, se consideraba la persona más cobarde del mundo. No soportaba la visión de la sangre. Detestaba cuando su padre, que era un excelente conductor, circulaba al máximo de la velocidad permitida. Muchos niños querían a Bambi, pero desde el accidente de su madre todo en esa historia resultaba terrible para Maggie. Saltaba en el asiento ante el más mínimo frenazo. Y de haber podido detener la vagoneta de la montaña rusa antes de iniciar el descenso, lo hubiera hecho, aun a costa de tener que bajar a pie.

Mientras deambulaba por las dependencias de la empresa, Maggie no hacía más que buscar algo que le permitiera representar el coraje.

Había muchas cosas fuera de su alcance. Entendía las reglas y las respetaba. Su padre le había explicado que las vidas y los derechos de la gente estaban en juego, y para él eran la misma cosa. Le había dicho que confiaba en ella y en Teddy, pero les hizo prometer que nada de lo que vieran u oyeran quedaría «en familia».

Ambos lo habían prometido.

La empresa jurídica hacía que se sintiese segura. Se hallaba en un viejo edificio majestuoso diseñado por Stanford White, uno de los mejores arquitectos del siglo XIX, según le había contado su padre. Las altas ventanas daban a un patio cuyas paredes eran de granito. Era un lugar tranquilo, pero Maggie sentía que allí se desarrollaban labores importantes. Su padre y los socios de éste creían en lo que hacían, lo que aumentaba la sensación de poder y rectitud.

Siguió andando entre los muebles de nogal y las estanterías abarrotadas de libros, para pasar luego por delante de los cuadros que representaban la costa de Connecticut —muchos de ellos los faros locales, pintados por los más célebres paisajistas de las dos últimas décadas—, dispuestos como si se tratara de un museo. Rozó con los dedos las suaves sillas tapizadas de cuero y las pulcras mesas de reuniones, sin dejar de soñar en su disfraz, en busca de un objeto que simbolizara el coraje.

Entonces lo encontró.

Su padre estaba en el despacho, trabajando con el expediente de Merrill. En torno a él había un sinfín de documentos: entrevistas y testimonios con psiquiatras y oficiales de justicia. Atada con lazos azules, la transcripción de los testimonios se amontonaba sobre la mesa de cerezo. El suelo estaba formado por baldosas rojas. Una carpeta de papel manila, tan inocente a simple vista, descansaba sobre una pila de libros. En cuanto la vio, Maggie sintió que se le aceleraba el pulso.

Su padre, que llevaba gafas con montura de pasta, copiaba un libro de forma casi furiosa. Maggie respiró hondo y se acercó a él.

—Papá.

—Hola, Mags —le respondió John sin mirarla.

—¿Qué estás haciendo? —preguntó su hija, observando la carpeta.

—Bueno, ya sabes...

—¿Tienes para mucho?

—No demasiado.

—¿Te acuerdas de que hemos quedado en dar un paseo?

—Sí, pero tengo trabajo por lo menos hasta el mediodía.

—¿Dónde iremos a comer?

—Adonde tú quieras.

—Tengo hambre.

—Espera un momento. No tardaré mucho.

—¡Es que tengo muuucha hambre!

Su padre soltó un profundo suspiro que sonó casi como un susurro. Deslizó las gafas hacia abajo hasta ajustarlas sobre el puente de la nariz. Al mirar hacia arriba, sonreía. Maggie hizo lo propio.

—Comprenderás que estoy en medio de un asunto delicado —dijo John.

—¡Sólo comer algo, papá!

—De acuerdo —dijo, y empezó a desentumecerse. Vestía pantalones vaqueros y una camisa de ante azul, que en parte se le había salido por encima del cinturón. Maggie rió al ver el aspecto descuidado de su padre—. ¿La cafetería de abajo?

Maggie asintió con la cabeza.

—Tráeme una rosquilla de canela y un vaso de leche —dijo.

—¿No quieres acompañarme? —preguntó John, sorprendido.

Maggie se encogió de hombros. Tenía las mejillas calientes y la punta de la nariz fría. Era la primera vez que mentía en su vida. El hecho de que fuera una mentira inocente aligeraba las cosas, pero no demasiado.

—Oh, perderíamos mucho tiempo —dijo—. Será mejor comer aquí, en tu despacho.

—Entiendo —respondió John sonriendo—. Así podremos ir a pasear antes.

—Eres un genio, papá —bromeó la niña.

Cuando los pasos de su padre se alejaron en el vestíbulo, se sentó de inmediato en la silla giratoria. Aguzó el oído. Percibió el teclear de Damaris en el despacho contiguo al de su padre.

Al mirar el envoltorio de papel manila, el sudor comenzó a bañarle la piel. Sabía qué contenía, Teddy lo había mirado y se lo había dicho. Su pa-

139

dre lo traía a veces a casa, pero jamás lo descuidaba en cualquier parte. Lo ocultaba con cuidado, como si contuviera veneno, explosivos u otra cosa que pudiera hacer daño a sus niños si lo vaciaban.

Aquel día Teddy había aprovechado un momento en que John había ido al lavabo. Entonces entró en su estudio y abrió el sobre para ver... Lo que había visto era tan horrible que se negó a revelar a Maggie ni siquiera un detalle. Por más que ella suplicó y coqueteó, el hermano se mostró inflexible.

—Vamos, Teddy. Dime qué hay ahí dentro...

—Por favor, Maggie, no preguntes.

—¡Si no me lo dices, lo miraré!

—Por favor, Maggie, no lo hagas. Te conozco. Sé que si lo hicieras, nunca más volverías a dormir.

—¿Es algo tan malo?

—Mucho peor.

—¿Terrible? ¿Es una cosa terrible?

—Sí, Mags. Terrible.

—Dime sólo una cosa, sólo una cosita. Si no, miro. ¡No saber nada es mucho peor que saber algo, de lo contrario mi imaginación me torturará!

Teddy acabó por rendirse ante la insistencia de su hermana. Al fin había pronunciado las palabras que obsesionarían a Maggie desde entonces.

—Están hechas trizas.

—¿Trizas? —había insistido la niña, preguntándose a qué se refería—. ¿Qué quieres decir?

—Maggie —había dicho su hermano, lívido y quizá sintiéndose avergonzado por desobedecer a su padre, que le había prohibido mirar las fotografías forenses de las víctimas de Merrill—. No quiero. No quiero que tengas estas fotos en la cabeza. Por lo tanto, no preguntes y no se te ocurra mirar.

—No lo haré —había suspirado ella, molesta por la extrema cautela de su hermano.

Ahora, a punto de romper su promesa, se bajó de la silla de su padre, Se le aceleró el pulso. Ella era una buena chica, muy cuidadosa, y jamás había obrado contra las reglas que le había inculcado su padre. Pero hoy era

Halloween, tiempo de travesuras, y además necesitaba algo de coraje si quería ser realmente como Amelia Earhart...

Tocó con los dedos la carpeta y notó que era suave y firme. ¿Qué podía haber de malo en algo así? Era un objeto, con una etiqueta adherida a la solapa: GM23-49. Números... Maggie, inmersa desde pequeña en el ambiente jurídico, supo que en el interior debía de haber veintitrés fotografías.

Respiró hondo y comenzó a levantar la solapa del sobre.

—¡Maggie! —resonó la voz de su padre en sus oídos, como un aullido. Él la empujo y vio que John cogía la carpeta. Nunca le habría hecho daño, pero Maggie perdió el equilibrio y cayó al suelo.

—¡Oh, oh! —se oyó decir a sí misma.

Intentando sujetarla, su padre dejó caer las fotos. Sin saber qué hacer, si sujetar a Maggie o recoger las fotos, trató de hacer ambas cosas a la vez.

—¡No mires, cariño! —exclamó—. ¡Cierra los ojos, por favor!

Maggie obedeció, pero no sin antes ver fugazmente una de las fotografías: el rostro de una mujer blanca como el papel y con los ojos muy abiertos, como los de una muñeca. Supo que se trataba de una persona muerta y se sintió horrorizada. Cerró los ojos con fuerza, consciente de que jamás querría ver el resto del contenido.

—Teddy tenía razón —dijo rompiendo a llorar—. ¡Nunca debería haber mirado! Lo siento, papá, te he desobedecido.

—Tranquila, cariño.

—¡Oh, Teddy! —exclamó entre sollozos.

John condujo lentamente, estrechando la mano de su hija. Damaris había llevado a Maggie al sofá, le había puesto un paño frío en la frente y le había dado una taza de sopa para tranquilizarla. John comprendió, sin embargo, que debía ser él quien se encargase de su propia hija.

Maggie temblaba en el asiento. Tragaba saliva sin cesar y sollozaba. Cada sonido que de ella provenía era como una uña que rasgase el cerebro de John, haciéndolo sentir culpable. Maggie necesitaba un padre y una madre, pero no tenía una cosa ni la otra.

—¿Estás bien, Maggie?

Sólo le respondieron sonidos inarticulados.

—¿Seguro que sí?

No hubo respuesta.

Le asió con más fuerza la mano a medida que avanzaba por la carretera. La niña había visto una de las fotografías y, por un par de segundos, había pronunciado el nombre de su hermano. Desde entonces no hacía más que sollozar de forma desgarradora. Cuando Damaris apareció con las rosquillas de canela, el café y la leche, encontró a John sentado en el suelo, meciendo a su hija en sus brazos.

—Déjeme llevarla a casa —susurró la secretaria, madre de cinco hijos.

—Yo lo haré —dijo John. Esta vez no había mirado la agenda y sí estrechado a Maggie contra su corazón. Sintió aquel cuerpecito, quebrado por los sollozos, cuya respiración era entrecortada. Había escondido entre sus ropas las malditas fotos. Pensó que eran de chicas no mucho mayores que su hija: Anne-Marie, Patricia, Terry, Gayle, Jackie, Beth...

John le había advertido a Teddy que las fotos forenses podían herir la sensibilidad de la gente que no estaba acostumbrada a verlas y que, en definitiva, podían ser tan nefastas como los venenos o los explosivos. La expresión era de su propio padre, que treinta años atrás había descubierto a su hijo mirando una fotografía similar en su estudio.

Resultaba irónico, pero aquel cuerpo había sido encontrado en el pozo del viejo molino de sidra, a unos tres kilómetros del rompeolas que había utilizado Merrill. John juró no volver jamás a los alrededores de aquel molino, desde que supo que Teddy había comenzado a evitar cualquier contacto con el rompeolas (adonde solía ir a pescar y navegar cuando era más joven), desde que vio las terribles fotografías.

Las fotos eran muy vívidas. Reflejaban el fenómeno de la muerte. Últimamente, inmerso en el caso de Merrill, John había comenzado a sentirse contrariado con su trabajo. A veces pensaba que no era del todo consciente de que «los depredadores están en todas partes», como le había dicho Billy. John se consideraba un hombre de sólidos principios morales, pero debía enfrentarse a la verdad: trabajaba para asesinos. Tenía en casa fotografías de sus actos. Se sintió enfermo.

Ahora, aferrando la mano de su hija, sintió que ésta empezaba a recuperarse.

—Oye, Maggie —dijo—, nos estamos olvidando de algo.

—¿De qué?

—Del paseo.

Ella asintío con la cabeza, pero cuando el abogado la observó más de cerca, vio que volvía a palidecer.

—Mejor será que lo dejemos para otro día, papá —dijo—. Quiero volver a casa y esperar a Teddy.

—¿A Teddy?

Maggie asintió mientras se echaba a llorar. Con voz quebrada, insistió en que quería ver a su hermano.

—De acuerdo, de acuerdo —susurró John. Era como si le clavasen un cuchillo en el vientre.

Había tomado la carretera de la costa, pero después recordó que toda la familia estaba viviendo en casa de su padre. Maldiciéndose por el hecho de que su trabajo le impedía incluso entrevistar a alguna nueva candidata a niñera, furioso por el ladrillo que había destrozado la ventana de la cocina, giró hacia la casa de su padre.

Tras aparcar en la calzada, se volvió hacia Maggie, pero la niña ya había salido del coche y echado a correr por el camino de piedra, subiendo por la escalera como si la persiguiera un monstruo.

Al entrar tras ella, vio que Maeve dormía en el sofá del salón, cubierta por una manta y profiriendo ruidosos ronquidos. Su padre había salido para acudir a una de las «sesiones judiciales», reunión a la que acudía la mitad de los jueces retirados de la Corte Suprema para jugar al póquer y contarse las batallitas de otros tiempos.

Teddy aún no había llegado.

De pronto oyó gritar a Maggie.

—¡Es para mí!

—¿Qué es? —preguntó John.

—¡Un paquete!

Maeve lo había guardado dentro. John se apresuró a examinarlo. Envuelto en papel marrón y atado con un lazo azul, el paquete llevaba escrito el nombre de Maggie. John había visto recientemente esa escritura, que se había convertido en algo familiar para él desde aquellas anotaciones en el reverso de la fotografía de Willa.

Dejó que Maggie abriese el envoltorio. La pequeña desató el lazo, abrió el paquete y extrajo una bufanda blanca de seda y un par de gafas de aviador. Junto a ella había un sobre en el suelo. John lo recogió para entregárselo y, al hacerlo, advirtió que llevaba el membrete de la posada del Viento del Este. Maggie leyó en voz alta:

Querida Maggie:

Quiero que te quedes con mi bufanda de volar y mis gafas de aviadora. Las usé algunas veces, pero no muy a menudo. A ti te sentarán mucho mejor, así podrás convertirte en Amelia.

143

Amelia Earhart solía inspirarnos a mi hermana y a mí, y espero que te inspire a ti. Creo que eres una chica espontánea, sagaz y valiente. Lo supe desde el primer momento en que te vi. Aquel día tuviste mucha sangre fría...

Me voy. La posada del Viento del Este ha sido un lugar muy agradable para mí, pero ahora siento que debo volar hacia otro destino. Como Amelia, debo emprender un viaje. ¡Todos tenemos que hacerlo! Mientras hagas el tuyo, espero que no pierdas la confianza en ti misma. ¡Yo creo en ti!

Tu amiga,

KATE HARRIS

P.D.: Despídeme de Teddy, de tu padre y de *Listo*.

—Nos deja —dijo Maggie, sintiendo que una garra le oprimía el corazón.

—No llegamos a conocerla bien, Maggie —susurró John.

—¡Pero yo le gustaba... y ella a mí! ¡Me dejó su bufanda y sus gafas!

—Yo te las hubiera comprado durante el paseo.

—Mejor —musitó Maggie—. Dice que soy valiente. ¿Cómo puede saberlo?

—Porque lo supo desde el primer momento en que te vio.

—De haberlo sabido no hubiera estado todo el día buscando un emblema para el coraje. —Su barbilla comenzó a temblar otra vez—. No hubiera visto esas fotos...

—¿Eso era lo que tanto te preocupaba? —preguntó John, llevándola a la mecedora en la que él solía sentarse antaño y poniendo a su hija sobre su regazo.

—Sí —dijo echándose a llorar de nuevo y ocultando el rostro con la bufanda de Kate—. Quisiera no haber visto a esa mujer...

—Yo también, Mags.

John la besó en la frente. Sin quererlo, se encontró pensando en Willa Harris, deseando que no fuera una de ellas, una de las que quedaban por encontrar. Deseó que Kate nunca tuviera que ver fotografías como las que Maggie había visto.

—Tenemos que decirle a Teddy que se ha ido —dijo entre sollozos—. Se pondrá muy triste.

John no contestó. De algún modo, él también lo sabía. Había buenas personas en el mundo, su trabajo no le permitía ponerse en contacto con ellas, pero las había. Notó que sus manos, más allá de su voluntad, acariciaban la bufanda blanca.

¿Qué significaba que la mujer también se hubiera despedido de él, después de Teddy aunque antes de *Listo*? Se sorprendió, absurdamente halagado porque ella lo había mencionado. Se preguntó cuál sería la próxima estación de su viaje.

Desde ese momento, no cesaría de repetírselo.

11

La posada de las Siete Chimeneas era una vasta mansión situada al este de Breton Point, en la escarpada costa de Rhode Island.

Antiguamente había pertenecido a Rufus Macomber, el magnate de los ferrocarriles. Había hecho construir un hogar en cada uno de los dormitorios de sus siete hijas, lo que explicaba el nombre con que había bautizado la casa.

Kate se registró y casi de inmediato se dirigió a la comisaría de policía de Newport. Aparcó en la calle, subió la cuesta que conducía al antiguo edificio de ladrillos que se encontraba al lado del Palacio de Justicia y preguntó por el detective Joseph Viera.

—Hola —dijo cuando el detective Viera, un hombre musculoso, salió de una oficina, bajándose las mangas de la camisa y estirándose la corbata—. Soy Kate Harris. Antes hemos hablado por teléfono.

—Ah, sí, claro. Pase, por favor.

—Me alegro de conocerlo después de tanto tiempo —añadió Kate, precediéndolo al entrar en el pequeño despacho—. No es fácil encontrar la cara adecuada cuando sólo se conoce la voz. Gracias por todo lo que ha hecho en el asunto de la desaparición de mi hermana.

—Bienvenida. ¿Sigue sin saber nada acerca de ella? —preguntó Viera mientras con un gesto le indicaba que se sentase en una silla, al otro lado del abarrotado escritorio.

Kate meneó la cabeza. Por un instante le pareció que el suelo se deslizaba ligeramente a sus pies.

Una vez más, cobró conciencia de que su hermana se había ido de casa seis meses atrás y que nadie tenía idea de dónde podía estar.

—Créame, tengo muy poco que contarle —dijo Viera—. He hablado con el detective Abraham O'Neill, de Washington D.C.

—Sí, él supervisa el caso. De hecho, yo acudí en primer lugar a la policía de Washington. Fue cuando Willa no volvía a casa.

—Hizo usted lo correcto. Washington era su hogar. Creo recordar que las investigaciones se centraron en Newport porque allí fue vista por última vez...

Ella trató de ayudarlo con una sonrisa y meneando la cabeza como para restar importancia a la incomodidad del detective.

—Sí —dijo al fin—. Fue la última vez que la vieron con vida.

—Así es —dijo Viera—. ¿Qué la trae ahora por aquí, señorita Harris?

Siempre la misma pregunta. Era la frase que inevitablemente hacía que se le llenaran los ojos de lágrimas. Apretó los labios, se mantuvo muy erguida un momento, mirando el viejo reloj de pared. Contó hasta veinte antes de sentirse capaz de contestar.

—Quiero saber...

Viera esperó. Sabía que ella no había alcanzado ningún resultado y, probablemente, el hombre también conocía qué sensaciones invadían en aquel momento a Kate Harris. Sin duda no era la primera vez que hablaba con la hermana de una persona desaparecida. Quizá la predecible reacción de Kate se consideraba un síndrome, una condición detestable: «síndrome de la hermana desaparecida». Debía de existir una definición parecida. Algo tan devastador como lo que ella sentía debía de tener un nombre.

—Disculpe —dijo Kate, horrorizada.

—Tómese su tiempo.

—Es que ha pasado tanto. Nunca he dejado de esperar que suene el teléfono para que una voz me diga que por fin la han encontrado...

El detective asintió con un gesto, pero su mirada era de agotamiento, como si le estuviese demostrando que aquello ya no era posible.

—Sé que la policía de Washington ha hecho un buen trabajo. Coordinó toda clase de informes policiales de los diversos estados y del distrito. No obstante, creo que, como hermana suya que soy, la responsabilidad de ir al norte es mía. Debo estar allí, caminar por donde ella caminó.

—Lo comprendo.

Kate hizo una pausa. Sabía que él no la entendía, por lo menos no del todo. El detective no conocía los detalles, los terribles y dolorosos detalles que habían motivado la huida de Willa. Viera estaba enterado del caso, toda la policía lo estaba. Habían interrogado a Andrew, a la propia Kate. No obstante, ignoraban que Kate había tenido la culpa al propiciar que Willa trabajase para Andrew y al decirle, con voz viva y penetrante, que nunca la olvidaría.

—He pensado mucho en Greg Merrill —dijo Kate, escrutando al policía con la mirada.

—¿El Asesino del Rompeolas?

Kate asintió.

—Al parecer, mató a varias chicas en Connecticut.

—A todas de las que tienen noticia —puntualizó Kate.

—Bueno, su perfil resulta bastante típico, según tengo entendido —dijo Viera con la mirada perdida entre la multitud de papeles—, pero he estado buscando el expediente de su hermana y han surgido muchas cosas. Señorita Harris, es muy posible, y el detective O'Neill opina lo mismo, que su hermana no quiera...

—Ser encontrada —añadió Kate.

—Es como si se escondiese alguna historia de amor desdichado. Puede que haya pensado que lo mejor para todos es... desaparecer sin decir palabra. A menudo, la vergüenza explica muchas cosas.

—No es posible —replicó Kate con obstinación—. Willa nunca me haría una cosa así.

—De acuerdo, no dudo de que conoce a su hermana —admitió Viera. Kate advirtió un gesto de cansancio en el rostro del detective. Sus ojos se habían vuelto precavidos, la mandíbula estaba rígida. Kate se arrepintió de su arrebato. Él había hablado como un miembro de la familia, implicado emocionalmente, censurando todo lo que realmente pensaba.

El policía seguía comportándose de forma amable, incluso amistosa. Revisó el expediente de Willa, discutió con Kate los nuevos detalles que habían salido a luz.

Las llamadas a O'Neill habían alcanzado un récord durante el mes de abril; había enviado una patrulla al apartamento de Willa en Adams Morgan; había encontrado notas en una agenda de teléfonos que indicaban un inminente viaje a Nueva Inglaterra, transacciones comerciales, servicios de reserva, la palabra «Newport» subrayada.

Los registros de las tarjetas de crédito confirmaron su destino: Newport. El expediente incluía entrevistas de la policía con los propietarios de la posada de las Siete Chimeneas, clientes del establecimiento y otros huéspedes; había datos suministrados por el dependiente de un almacén de caramelos y por una camarera del bar Malecón. A todo ello seguía un registro de todas las llamadas telefónicas de Kate en el curso del último mes.

—Esto —concluyó Viera— es todo cuanto tenemos.

—¿Están seguros? ¿Nadie la ha visto, nadie ha hablado con ella?

—Al menos nosotros no hemos averiguado nada al respecto. O'Neill sugiere que quizá se dirigió a... a algún lugar como Massachusetts.

—También estuvo en Connecticut.

—Bueno...

—Lo sé. Acabo de establecer contactos allí. De hecho, vengo de Connecticut.

—El feudo de Merrill... Lo han pillado, ¿sabe? Bueno, quizás allí pueda usted ponerse en contacto con alguien.

—Lo he hecho —dijo Kate, y recordó la dura mirada de John O'Rourke.

—Lo siento, pero no puedo ayudarla más. —Viera se puso de pie y le tendió la mano.

Entumecida, Kate se encaminó hacia la fría intemperie de aquella tarde. No había averiguado nada nuevo y el desánimo se había apoderado de ella. ¿Qué estaba haciendo allí? Había pedido una baja laboral para buscar lo que al parecer jamás encontraría: una fina trama, una vaga pista de lo que le había sucedido a su hermana.

La entrevista sólo había contribuido a reavivar los viejos recuerdos familiares.

Cuando eran niños, sus padres los habían llevado al norte para que compararan las playas de Chincoteague con las de Rhode Island. Se alojaron en el Sheraton Islander, visitaron los acantilados, Rosecliff y la playa de Mrs. Astor. Andando por el camino del acantilado había visto regatas y a un hombre descargar en la arena un pez enorme frente a la casa de Doris Duke.

Sin embargo, uno de los recuerdos más felices de Kate era la cena en el Malecón. Habían pedido ostras y sopa de langosta, lenguado relleno de langosta y después, cómo no, langosta rellena. Su padre había decidido que las ostras podían competir con las de Chincoteague. Kate y Willa habían comido casi hasta reventar. El aliño de la ensalada tenía granos de mostaza, lo que había encantado a su madre. «Los granos de mostaza —había dicho— son como la fe. Basta con un trozo pequeñísimo de uno de ellos para que brote y crezca...»

Ahora, Kate se dirigió al Malecón en busca de un poco de fe, guiada por la sensación de que Willa había estado allí.

La camarera le indicó una mesa junto a la ventana. Una vez sentada, se puso a escudriñar las otras mesas, en busca del lugar donde su hermana se había sentado. La policía le había dicho lo que Willa había comido aquella noche: ensalada, ostras y lenguado relleno. Todo estaba delicioso. La visión del encumbrado puente de Newport era espectacular. Kate había recobrado fuerzas. Cerró los ojos y casi sintió la mano de su hermana posándose en su hombro y susurrándole: «¡Sigue buscando, Kate! ¡Es necesario que me encuentres!»

—Lo haré —dijo Kate en voz alta.

La gente se volvió hacia ella para ver a quién se dirigía. Quizá creyeron que estaba loca. De hecho, ella misma lo creía. Antes de tomarse la baja laboral, incapaz de concentrarse en el trabajo, cerraría los ojos y hablaría con Willa.

Un día, mientras iba en el metro desde su casa en Capitol Hill hasta su oficina en Foggy Bottom —en uno de los edificios cercanos a su antiguo apartamento de Watergate—, imaginó que Willa la acompañaba, sentada a su lado. Soñaba con las conversaciones que en realidad nunca habían tenido: Willa explicándole qué había pasado con Andrew; ella escuchando y diciéndole a su hermana que la perdonaba, que aprovechaba la ocasión para hacerlo, porque su corazón se había sentido destrozado desde que Willa la había dejado.

—Estoy loca —repitió en voz alta, sola en su mesa, demostrando que realmente lo estaba.

Su vida estaba bajo control. No albergaba dudas al respecto. Había pasado sus carpetas a un colega de la academia hasta que supiera algo acerca de su hermana. Era consciente de la misión que tenía por delante, pero estaba muy lejos de haberla concluido.

—Vuelve, Willa —musitó ante el cristal, mirando el puente de Newport—. Vuelve y déjame perdonarte...

Se interrumpió. ¿Significaba eso que estaba dando crédito al detective Viera al afirmar que Willa había desaparecido a propósito? ¿Era posible que su hermana estuviese escondiéndose en alguna parte, demasiado avergonzada para regresar?

«No es posible», pensó contemplando la oscura bahía. No, no lo era. Las luces del puente corrían entre las dos altas torres: una sarta de perlas iluminadas. Tras cruzar el puente, pensó adónde se dirigiría. Había investigado en Connecticut y Rhode Island, sólo le quedaba un sitio.

Massachusetts.

Fairhaven no estaba lejos, unos cuarenta y cinco kilómetros al noreste. Kate debía seguir buscando a Willa. Pensó en la luna llena, alta y serena, ejerciendo su poder sobre las mareas. Nadie podía apreciarlo. Cuando era niña, ella, Matt y Willa lo habían encontrado mágico y misterioso. La necesidad de recuperar a Willa era algo parecido: una poderosa fuerza que nacía desde dentro. ¿Quién sabía qué pista se ocultaba allí, a la espera de que ella, su hermana, fuera capaz de encontrarla?

Kate hizo el viaje hasta Fairhaven aproximadamente en una hora. Sabía que después debería volver a Washington para intentar reiniciar su vida.

Además, ya había pasado la parte más dura. Había atacado los bastiones de la defensa de Greg Merrill, se había enfrentado con John O'Rourke y le había pedido que le dijera todo cuanto sabía. El hecho de que él no hubiese respondido, sin mostrar la más mínima compasión humana, y hubiera parecido no preocuparse por Willa —una mujer que encajaba perfectamente con el perfil de las víctimas de su cliente—, estaba ya olvidado.

Si en efecto todos los abogados defensores eran unos desalmados, John O'Rourke constituía un magnífico ejemplo de ello. Pero el hecho era que Kate había sabido ver lo que había detrás de esa fachada. Reconoció el dolor en ella. Le habría gustado aliviar su corazón, conseguir que dijera algo que pudiera ayudar a Willa, y también a él durante el proceso. Kate tenía la impresión de que eran almas gemelas.

Por otra parte, John tenía unos hijos maravillosos. El amor que como padre sentía por ellos trascendía su rígida coraza. Kate había contribuido a que Maggie tuviera su disfraz para acudir a la fiesta de Halloween y sentirse en el mejor momento de su vida, albergando en el corazón el espíritu de la aviadora.

La camarera trajo la cuenta. Kate puso la tarjeta de crédito en la bandeja y bebió un último sorbo de café que le ayudara a cobrar las fuerzas necesarias para llegar a Massachusetts. Retiró la silla y abandonó el restaurante lleno de recuerdos familiares, dispuesta a iniciar una nueva etapa de su viaje.

Los kilómetros resultaban largos y tediosos. *Bonnie* le hacía compañía, acurrucada en el asiento trasero. Kate había encendido la radio y sintonizado una emisora especializada en jazz. Quizá debería haber esperado hasta el amanecer, cuando realmente estuviera en condiciones de ver algo. Pero era su corazón el que dirigía aquella odisea, un impulso interior que la obligaba a visitar todos los lugares por los que su hermana había pasado. Compró más café en un bar de carretera y fue bebiendo mientras conducía. Necesitaba estar despierta y alerta.

Dirigiéndose al noreste, cruzó el puente de Tiverton y cortó por la desdichada ciudad de Fall River. Las luces del alumbrado público relampagueaban en el interior del coche a medida que éste avanzaba. Cien años atrás Lizzie Borden había matado a sus padres en aquella ciudad, y Kate sintió en el aire el escalofrío del crimen. Criminales famosos, víctimas olvidadas. Atrapados en la fascinación que emanaba de Lizzie, ¿quién habría de preocuparse por conocer el nombre de los padres?

Se dijo que pasaba lo mismo con Greg Merrill. ¿Quiénes eran sus víctimas? Anne-Marie Hicks, una tal Jacqueline, una tal Beth o Betsy... Hasta el momento, siete mujeres, pero ella sólo recordaba, y a medias, el nombre de tres. ¿Se trataba de una treta psicológica para engañarse a sí misma y no pensar en que el nombre de Willa podía sumarse a la lista?

Había leído artículos sobre Merrill, había observado su fotografía en los periódicos y también se le había aparecido en sueños. Aquel hombre se había instalado en su mente y en su imaginación. ¿Por qué tenía esa fijación con los rompeolas? ¿Por qué todas las víctimas habían aparecido atrapadas en una estructura de piedra tras ser arrastradas por la fuerza de la naturaleza, impulsadas por las mareas oceánicas que destruían las playas y las propiedades, que destruían la vida?

Greg Merrill. Pronunció el nombre en voz alta: era como si tuviera una parte sólida y otra líquida. Greg..., duro. Merriiill..., agua que fluye. Hecho de rocas y agua, como los rompeolas.

Lizzie Borden. Un nombre de niña. Un nombre gentil y amable para una mujer que había recurrido a un hacha del garaje de sus padres para matarlos.

¿Quiénes eran estas personas y qué sentían cuando se les acusaba? El gélido recuerdo de Lizzie pareció penetrar en el coche, dispuesto a acompañar a Kate por las calles de Fall River, en las que aún se veían signos de Halloween: calabazas aplastadas, tiras de papel higiénico en las ramas de los árboles, coches manchados con crema de afeitar.

Tomando la carretera 195, Kate condujo hacia el este. La radio seguía emitiendo jazz. A la media irrumpieron las noticias de boca de un locutor de voz suave, tranquilizadora y alegre. El tramo de la carretera no estaba iluminado. Transcurría entre la oscuridad del campo a un lado y las aguas negras de los pantanos al otro.

Al llegar a New Bedford, las luces de la ciudad teñían el cielo de un misterioso color naranja. Kate vio anuncios de vuelos y transbordadores hacia Marta's Vineyard y Nantucket. En uno de los carteles aparecía la figura de una ballena. Era una invitación a visitar el museo de estos cetáceos.

Mirando el dibujo de la ballena, Kate sintió un escalofrío de inquietud.

¿Era posible que se hallara ante una pista?

¿Acaso Willa se había detenido a visitar el museo? Desde que era una chiquilla se había sentido fascinada por los mamíferos marinos. Una vez en primavera y otra en otoño, su hermano las llevaba a navegar lejos de la costa para que contemplaran las grandes migraciones hacia el norte y hacia el sur a lo largo de la costa atlántica.

Kate recordaba haber llevado a su hermana en el regazo. Matt reducía la velocidad del bote, poniendo una prudente distancia...

—¿Qué es eso? —había preguntado Willa, aferrándose al cuello de Kate con una mezcla de temor y placer.

—Una ballena jorobada y su cría —había contestado Kate.

—¿Ves las aletas blancas? —había preguntado Matt, con el cigarrillo entre los labios, e inclinando la cabeza para protegerse del sol.

—Una ballena jorobada —había repetido Willa.

—¡Bravo, muchacha! —había exclamado Kate, mientras Matt entornaba los ojos con expresión de orgullo.

—¿Qué está haciendo ahora? —había preguntado Matt en el momento en que el animal comenzaba a nadar en círculos generando numerosas burbujas en las crestas del oleaje.

—¡Come! —había exclamado Willa, sonriente.

—¡Muy bien, ratoncito! Como ves, su respiración es lo bastante poderosa como para que los peces pequeños sean atraídos a la superficie.

—¡Debe de tener mucha hambre!

—¿A ti qué te parece? —había dicho Matt con tono burlón—. Ya lo creo. Tiene más hambre que un ejército.

—Eres muy inteligente —había comentado Kate mientras con las manos revolvía los cabellos dorados de su hermana—. Algún día serás una oceanógrafa.

—No le hagas caso, ratoncito —le había aconsejado Matt al tiempo que encendía un cigarrillo con la colilla de otro y la tiraba después al mar—. Tú vendrás a pescar ostras conmigo. Fundaremos la empresa Harris & Harris, y lograremos enganchar a todas las ostras desde Chincoteague a Ocean City hasta que encontremos al Rey de las Perlas.

—La Reina de las Perlas —corrigió Kate—. Si quieres arrastrarla al negocio de las perlas, por lo menos intenta que no se te note tanto el discurso sexista.

—¡Bah, lárgate, sabelotodo!

—Por cierto, ¿sabes que la zambullida que acabamos de presenciar puede arruinar tu pesca de todo el año próximo?

—¿Ah, sí? ¿Y cómo se te ha ocurrido eso?

—Al parecer, los pececitos azules son muy apetitosos, pero el filtrado obstruye el tubo digestivo del pez, y éste muere. Se rompe así un eslabón de la cadena alimentaria. Ese pez muerto no comerá otros peces, que a su vez se comen a los erizos que caen al fondo del mar y éstos, por consiguiente, se comerán a tus preciosas ostras.

—¡Oh, soy un burgués que lo ensucia todo! ¿Por qué no me denuncias?

—No es una mala idea.

—Has crecido entre hombres de mar —había dicho Matt—. Sabes más acerca del mar que cualquiera de esos ilustres profesores que enseñan biología y química y todas las demás malditas cosas que estudias. No puedes enseñar a los animales, Kate.

—Bueno, pues es mi trabajo.

Entre calada y calada, Matt meneó la cabeza sonriendo.

—Muchas ballenas —había dicho la pequeña Willa, ignorando que sus hermanos la vigilaban con atención a través de las olas.

A una edad en la que muchos niños están aprendiendo el abecedario, Willa Harris deslumbraba a su hermano el pescador de ostras y su hermana la científica gracias a sus conocimientos sobre los cetáceos. Matt había rodeado la superficie, y los hermanos Harris habían observado que las ballenas se sumergían y se alimentaban durante cuarenta minutos para acabar emergiendo definitivamente.

Tras dejar atrás el cartel con la silueta de la ballena, Kate siguió viéndolo por el retrovisor. Lo contempló una vez más, preguntándose si Willa había visitado la exposición cuando había huido hacia el norte. Luego tomó el desvío hacia Fairhaven.

Abrió violentamente la ventanilla del coche. El aire olía a mar. *Bonnie* se alzó sobre las patas traseras, olfateando. New Bedford era un puerto ajetreado y pintoresco con mástiles fantasmales alineándose en el horizonte. Por todas partes se veían barcos pesqueros, veleros y embarcaciones en el dique seco. Kate sintió una punzada al pensar que a Matt le hubiera gustado estar allí. Los últimos recuerdos que guardaba de él eran dolorosos. La desaparición de Willa había matado algo en el interior de su hermano.

Siempre propenso a aislarse, últimamente se había recluido en sí mismo. El mar era su único amigo. La gente afirmaba que hablaba solo, vagabundeando aquí y allá por el canal. También se le veía por los llamados «campos de ballenas», donde las ballenas jorobadas pasaban los dos primeros años de vida, fumando un cigarrillo tras otro mientras contemplaba a los animales.

Vivía en su pequeña y oscura choza de pescador, rodeado de montañas de conchas marinas arrastradas por las mareas. Según Kate, se proponía encontrar la Reina de las Perlas guiado por la creencia de que, si la encontraba, su hermana volvería al hogar.

Barbudo y demacrado, los niños de Chincoteague lo llamaban «el Ermitaño».

Kate sintió un escalofrío y sollozó tratando de apartar las imágenes de su mente. Pensó que esa noche sólo podía ocuparse de su hermana Willa...

Unida a New Bedford por un pequeño puente, Fairhaven era un lugar pequeño y pintoresco, impregnado por el olor salobre del mar. Kate sacó del bolso el trozo de papel que le había entregado el detective Abraham O'Neill.

Contenía el nombre y la dirección de la estación de Texaco donde había sido utilizada la tarjeta de crédito de Willa. Al tiempo que miraba las señas, abrió el mapa que había bajado de Internet y buscó el número 412 de Spouter Street.

Un kilómetro en línea recta, luego otro kilómetro y medio a la izquierda, justo después del semáforo.

Kate siguió la dirección indicada, entre embarcaderos, un complejo de oficinas y un barrio de casas residenciales. En la intersección, se detuvo ante el semáforo en rojo y miró hacia delante. Vio el logotipo de Texaco.

Para abastecer a los residentes, las tiendas eran un poco... humildes.

Una lavandería automática, un centro de reciclado, una tienda de artículos de ocasión provista de surtidores de gasolina. «Willa estuvo ahí —pensó tiritando de frío—. No es una teoría, sino una certeza.» Su tarjeta de crédito había sido utilizada para proveerse de veinticinco litros —diez dólares con cincuenta centavos— de combustible. La mano de Kate temblaba mientras sostenía el recibo.

Aparcó enfrente, advirtiéndole a *Bonnie* que esperara tranquila. Dejó encendida la radio y echó a caminar bajo los toldos iluminados que cubrían los surtidores. Los signos indicaban que había que introducir la tarjeta en el propio surtidor, seleccionar el tipo de gasolina y su porcentaje de octanos y completar la operación con una firma.

Kate se sintió abatida. A pesar de que estaba al corriente de aquel proceso, deseaba que quienquiera que hubiera utilizado la tarjeta de Willa (ella misma u otra persona) hubiese firmado.

Caminó en dirección a la tienda. Había un hombre leyendo una revista sentado detrás del mostrador.

—Disculpe —dijo Kate.

—A sus órdenes —contestó el hombre, levantando la mirada hacia ella.

—¿Es usted el propietario?

—No —respondió él con una sonrisa, como si se tratase de una broma.

—¿Hace mucho que trabaja aquí?

—Tres años. —El hombre no perdía su sonrisa.

Kate se estremeció. Tras aclararse la garganta, metió la mano en el bolso y extrajo la fotografía de Willa.

—¿Conoce a esta mujer? —preguntó tendiéndosela al empleado.

El hombre se acercó la foto a la cara para observarla mejor. Kate reparó en sus manos. Estaban aseadas y parecían muy suaves. Los empleados de las estaciones de servicio nunca expenden gasolina ni ajustan coches. Pero ¿era posible que aquellas manos hubieran tocado a Willa? ¿Qué habría pasado si ella hubiera llegado allí con la intención de llenar el depósito y se hubiera encontrado con ese hombre en el interior de la tienda? ¿Qué si él hubiera pretendido de ella algo que Willa no estaba dispuesta a darle?

¿Qué habría sucedido si el hombre la hubiera empujado a un lugar oscuro y privado y la hubiera maltratado de tal forma que se sintiese incapaz de volver con sus hermanos Matt y Kate?

El hombre la miró con una expresión de amabilidad en los oscuros ojos.

—No. Yo no trabajaba el día que ella estuvo aquí. Conozco el caso, claro. La policía nos ha interrogado. Nadie de por aquí la vio. Ella, o alguna otra persona, desapareció con su coche. ¿Es usted su hermana?

—¿Quién se lo ha dicho? —preguntó Kate con los ojos arrasados en lágrimas.

—Se le parece —respondió el empleado, mirando de nuevo la fotografía.

—¿Conoce a alguien... que pueda ayudarme?

El hombre meneó la cabeza. Al ver que Kate se echaba a llorar, le tendió una servilleta de papel de una pila que había junto a la cafetera.

Kate lo sabía. Él no era el único.

—Lo lamento. La policía ha examinado los registros. No sabemos si han encontrado algo. No nos lo dirían. De verdad que lo siento mucho.

—Gracias —dijo Kate, cogiendo la fotografía de sus manos. Salió de la tienda, cabizbaja. Sentía un torrente de emociones sacudiéndola. Estaba desesperada, y su cuerpo comenzaba a acusar la tensión.

Mientras se encaminaba al coche, creyó ver que el edificio colgaba por los aires.

Era un huracán. El mundo estaba a punto de sacudirse.

Encendió el motor. *Bonnie* no podía ayudarla, por más que lo intentara. Reclamaba su atención lamiéndole la mano. Kate apenas podía sentirla u oírla. Allí mismo, en aquel lugar, alguien había usado la tarjeta de crédito de Willa. Podía haber sido el día anterior, hoy, en ese preciso instante, tal era la sensación de inmediatez que gravitaba en la mente de Kate. Le dolían los dedos, como si estuviera apretando con fuerza la mano de Willa, como si le estuviera acariciando con pasión el rostro.

Sintió una especie de aullido en su interior, parecía que el corazón iba a estallarle. *Bonnie* le arrimaba el hocico, alarmada por su estado. Kate sólo quería apoyar la cabeza en el volante y llorar. Entonces, en lugar de conducir, e ignorando los lamentos de *Bonnie*, retrocedió hacia la zona más oscura y desierta del aparcamiento.

Allí todo estaba en penumbra.

Se veían algunos coches dispersos aparcados junto a las puertas traseras de las tiendas. Una cerca con forma de anclas marcaba el perímetro, separando el pavimento de los patios de las casas cuyo frente daba a la calle siguiente.

Las casas parecían pequeñas, luminosas y ordenadas. A través del cristal Kate vio la silueta de una estación de tren cruzada por cadenas. Divisó la sombra de un hombre de pie en la zona de descarga, alguien que quizás echaba algo en falta. La música sonaba suave en la radio. De pronto, el saxo se impuso sobre los demás instrumentos.

Sentía un nudo en la garganta. El hecho de no haber averiguado nada acerca de Willa —tras organizar tantas investigaciones en su largo viaje, buscar en Silver Bay, Newport y ahora en Fairhaven— la aplastó como una ola gigantesca.

Gritó con tal fuerza que *Bonnie* dio un brinco en el asiento trasero. Lloraba por Willa observando las ballenas, por Willa trabajando ante su caballete, por Willa y Matt disponiendo los regalos en el árbol de Navidad, por Matt buscando la Reina de las Perlas, por Matt el Eremita, por Willa acostada con Andrew, por Willa, que volvía a su mente a cada instante.

Lloró y aulló. El saxo había dejado paso a un solo del piano y el bajo.

El llanto era violento, el corazón le latía con fuerza. De alguna forma servía de acompañamiento a la música y la hacía sentir menos sola. De pronto, supo que no lo estaba. Aterrorizada, oyó que alguien golpeaba la ventanilla. Kate se sobresaltó, mientras que *Bonnie* comenzó a ladrar de alegría.

Listo apoyaba las patas en la ventanilla de la portezuela posterior. Justo detrás de él, emergiendo a zancadas desde la oscuridad del aparcamiento, corría John O'Rourke.

Kate estaba demasiado perpleja y confusa como para saber por qué estaba allí. Sus motivos quizá fueran sospechosos, no demasiado alentadores, hasta malvados, pero a Kate ni se le ocurrió pensarlo. Sin embargo, su corazón —o la parte de su cerebro que controlaba sus emociones salvajemente desatadas— le decía lo contrario.

Así, abrió la portezuela y dejó que *Listo* entrara dando tumbos. De inmediato, ella salió del coche y se arrojo ciegamente a los brazos de John, entre sollozos.

12

John se preguntaba qué estaba haciendo, en el aparcamiento de Fairhaven, entre jirones de niebla y ráfagas de viento del Atlántico, con aquella mujer entre los brazos y su corazón acelerado como si estuviese corriendo una maratón.

El cabello de Kate olía a limón. Sus sollozos traspasaban el jersey de lana del abogado a la altura del hombro. Su pecho se henchía cada vez que aquéllos le sacudían el cuerpo. Como John estaba habituado a abrazar a Maggie cuando ésta lloraba, se mantenía de pie muy cerca de la mujer, intentando reprimir sus propios sentimientos, hasta que Kate comenzó a calmarse.

—¿Se encuentra bien? —preguntó el abogado de Merrill.

—¿Qué demonios...? —le espetó ella con la voz amortiguada por el llanto y la tela del jersey.

—¿Podría repetir la pregunta? Quizás esta vez la entienda —sugirió John.

—¿Qué diablos está haciendo aquí? —inquirió ella de nuevo, retrocediendo un poco y alzando la mirada hacia John.

—Resulta divertido que sea usted quien lo pregunte.

—¿Por qué?

—Porque estaba a punto de preguntarle exactamente lo mismo. ¿Por qué no nos ahorramos este frío y me invita a entrar en su coche? —propuso el abogado, en parte para ganar tiempo antes de interrogarla más a fondo, pero también para tratar de comprender lo gratamente sorprendido que se sentía de haberla encontrado en aquel lugar solitario tan lejos de su casa.

Al inclinarse, John la miró de reojo, del mismo modo que lo habría hecho con el sospechoso del más atroz de los crímenes imaginables. ¿Podía confiar en todo lo que ella le había contado hasta ahora? ¿Había dicho toda la verdad o sólo una verdad a medias? ¿O quizá simplemente mentía? ¿Quería endulzar algún aspecto sombrío y desagradable del caso de su hermana?

Tragó saliva y volvió a mirarla. De repente, la sospecha se transformó en confianza. ¡Era tan bella y vulnerable! Cuando la había estrechado entre sus brazos, había deseado que permaneciera allí largo tiempo, mientras él la protegía de lo que más temor le provocase. Ahora, sonriendo dulcemente en el interior del coche, la contemplaba mientras la mujer se enjugaba las lágrimas. Pensó en Theresa y Willa. Su corazón se sobresaltó. John comprendió que su mayor deseo era que Kate fuera exactamente lo que parecía ser.

—¿Qué está mirando? —preguntó la mujer, sin dejar de enjugarse las lágrimas.

—Pues... nada —masculló John vacilante, quizá porque en ese momento pensaba en la sinceridad de Kate.

—Dígame qué está haciendo aquí, por favor.

—Usted primero. Lo último que sabía es que volvía a casa.

—¿Quién se lo dijo?

—Maggie. A propósito, le está muy agradecida por la bufanda y las gafas. Fue una Earhart excelente. Bueno, también lo sé por la nota que nos dejó a todos los de la familia.

—¿Lo has oído, *Listo*? —Kate se volvió hacia el asiento trasero con una sonrisa en los labios—. Ya ves cuánto te quieren tus amos. Supongo que debo dar cuenta de mis movimientos. —Miró a John. A pesar de la penumbra, John distinguió la claridad de sus ojos—. Nunca dije que volvía a casa. Dije que me esperaba un largo viaje.

—Creí que se dirigía a Washington.

—Pues fue una suposición errónea.

—He fallado. De todos modos, ¿qué ha venido a hacer aquí?

Kate no respondió. Sintió los frenéticos latidos de su corazón, como si hubiera estado escalando una colina.

—¿Por qué gritaba? Pensé que alguien estaba haciéndole daño.

—En efecto. Era el hombre que me arrebató a mi hermana.

John sintió una punzada de dolor en la boca del estómago. Cerró los ojos durante un minuto. Su propio viaje a Fairhaven había sido inútil. Quizá todo fuese mentira. No habría sido la primera vez que Merrill se burlaba de él dándole una pista falsa.

Una casa, la ventana de una primera planta, una jovencita desnuda...

Al fin y al cabo era la hora de irse a la cama, ¿no? John nunca había fisgado, ni siquiera por dinero, pero cuanto había obtenido eran visiones de mujeres mayores rezando el rosario, un hombre cepillándose los dientes y una familia sentada frente al televisor.

—¿Por qué está aquí, Kate? —preguntó una vez más.

—Por el mismo motivo que usted. ¿Me equivoco?

—Lo dudo —dijo John, dispuesto a no revelar nada de lo que Merrill le había confiado.

—Pues yo no —replicó ella con voz suave y triste.

John miró por la ventanilla. Su mirada se detuvo en la casa que había justo enfrente del aparcamiento. Era la parte trasera; la fachada daba a la calle, de la otra parte del bloque de viviendas.

Allí estaba la verja de la que le había hablado Merrill y por la que supuestamente había trepado. Las ventanas de la primera planta estaban completamente a oscuras, pero de pronto una de ellas se iluminó y permitió ver el interior de la casa a través de las cortinas. Consciente de que Kate era capaz de seguir su mirada y de leerle el pensamiento, se esforzó por observar las otras viviendas.

—Sabe que tengo razón, admítalo —dijo Kate—. Le mencioné Fairhaven y usted no lo olvidó. Merrill estuvo aquí, ¿verdad?

—No puedo hablar de mi cliente.

—Estuvo exactamente en este aparcamiento. De lo contrario no se encontraría usted aquí. ¿Fue la misma noche que vino mi hermana? Debe decírmelo —insistió Kate.

John volvió a mirar la ventana. Se trataba de la misma casa, tenía que serlo. Se puso en tensión. Alguien había entrado en la habitación.

Había alguien en la casa. Primero cerca de la ventana, luego alejándose de ella... No era posible identificar su edad ni su sexo.

Entonces se encendió otra lámpara, esta vez más brillante, que iluminaba la parte posterior de la habitación.

La sombra de una muchacha joven cruzó la ventana. John dio un respingo. Distinguió la forma de las caderas y de los senos, tuvo una ligera visión de la piel a través de una abertura en el cortinado, pudo ver cómo la chica se quitaba el camisón.

¿Qué edad tenía? ¿Catorce años?

Así pues, seis meses atrás quizás incluso tendría trece años. Sin duda Merrill había bajado del coche, caminando a través del camino cubierto de cristales, más allá de las puntas afiladas de la verja. Su proximidad habría puesto en funcionamiento la química de su cerebro —esa extraña mezcla de hormonas y nervios—, capaz de hacer que pasase cualquier cosa, incitándolo a atacar a su víctima.

—John, sea amable conmigo. Soy la hermana de Willa. Si sabe algo... —imploró Kate.

Sin responder, John salió del vehículo. Oyó a los perros ladrar tras él, pero no se detuvo. Los cristales crujían bajo sus pies. Quizá los jóvenes solían aparcar por allí para beber, hablar y hacer el amor en el interior de los coches, lejos de la vigilancia de los padres.

La muchacha estaba en la habitación. Alguien podía ponerla al corriente, o alertar a su padre, de que un pervertido estaba acechándola. John imaginó que un desconocido miraba a Maggie mientras se vestía. De inmediato se juró que compraría persianas y gruesas cortinas para la ventana de su dormitorio. Había muchas cosas de que proteger a los seres queridos. Tenía una visión interior de lo peor que podía pasar y se sentía desolado.

Detrás de él sonaron pisadas, pero siguió adelante.

—¿Dónde está ella? —musitó Kate, dándole alcance.

—No hay nadie —respondió John, sintiendo un nudo en el estómago.

—¿Por qué está vigilándola?

—No soy el único —contestó John. Las palabras brotaron espontáneamente. No sabía cómo se las tomaría ella. Mirando a derecha e izquierda, intentando imaginar en qué dirección estaba la entrada de la casa, recordó que había encontrado la dirección de su calle y había enviado un mensaje a su padre para decirle que protegiese a su hija lo mejor posible.

—¿Qué pretende decir con eso?

—Nada.

—¿Insinúa que Merrill también la miró? —Kate alzó la voz, a pesar del agotamiento—. Por eso está aquí, ¿verdad? ¡Tenía que ver con él!

—Kate, olvídelo. —John no contaba con que ella estuviera allí. Debía investigar, satisfacer sus propios deseos de saber, pero tenía que decidir cuál era la forma de proceder más adecuada. Lo último que necesitaba era la hermana de otra víctima potencial que fuera testigo de cómo encubría pruebas de la culpabilidad de su cliente.

—John, él ya se encuentra en el corredor de la muerte —dijo Kate, tirándole de un brazo—. ¿Qué puede empeorar su situación?

—¡Ése no es un argumento!

—¿Quiere saber lo que significaría para mi hermano y para mí? —preguntó Kate sin soltar el hombro de John—. Las cosas son más o menos así: mi hermano no quiere verme, no quiere hablarme, cree que todo ha sido culpa mía. Cree que si una hermana se ha ido, la otra también debe desaparecer. ¿Por qué acercarse a alguien si eso puede suceder? ¿Por qué amarlo durante toda la vida si un día puede desaparecer de la faz de la Tierra? Es mejor quedarse solos... no amar a nadie.

John permanecía inmóvil, las mejillas y la punta de la nariz entumecidas. Pensó en Theresa. Recordó cómo había comenzado a sospechar del asunto, cómo se había resistido ante la verdad, hasta el punto de considerarse estúpido por no darse cuenta de que era él quien estaba equivocado. Todo ello a pesar de haber oído los susurros en el teléfono, de haber comprobado mediante la factura detallada las numerosas llamadas que su mujer había hecho a Barkley, de haber encontrado las notas, de haber advertido cómo ella se encerraba en sí misma.

La había descuidado. ¿Qué podía hacerle ella? Nada. Él tenía sus hijos, su trabajo: intentemos que Theresa viva consigo misma para destruir su matrimonio. Era su responsabilidad, no la de él. John no quería el divorcio, quería que las cosas siguieran su camino. Ella tenía que recuperarse, y lo hizo. Pero cuando eso sucedió, era John quien se había encerrado en sí mismo.

La realidad de la muerte de Theresa lo golpeó, una vez más, como un mazo. ¿Había tiempo de arreglar las cosas? ¡Qué irónico! La muerte lo había arruinado todo. Nadie estaba allí para pedirle el divorcio. John no quería enfrentarse con esa realidad. Así pues, se había aislado un poco más. ¿Había dejado de amar? Posiblemente sus sentimientos se parecían a los del hermano de Kate.

—Lo siento —dijo con serenidad.

—No tanto por mí cuanto por mi hermano —susurró ella.

—No deje de amar a los demás —añadió John, mirándola a la cara—. No haga como su hermano.

—Creo que ya lo he hecho —dijo Kate casi sin aliento.

—No —repuso él—. Vi el paquete que le dejó a Maggie. Le alegró el día, ¿sabe? Le alegró un año entero.

—¿De verdad?

—Sí —respondió John—. Era lo que su madre hubiese querido que hiciera por ella.

—Theresa...

—Sí. Theresa —dijo John, estremeciéndose al oír aquel nombre—. ¿Sabe lo que ocurrió? ¿Hubo alguien en Silver Bay que le contase lo sucedido?

—Lamento que Maggie y Teddy perdieran a su madre. Usted perdió a su esposa.

—La había perdido antes de que muriese —susurró. No podía creer que hubiera sido capaz de decirlo, las palabras habían surgido por cuenta propia. Se acercó a Kate. De pronto sintió la necesidad de hablarle, de contárselo todo. Kate lo escucharía. Ella había sufrido lo mismo y él podía explicarle lo que significaba intentar amar a una persona que despreciaba ese amor... Los sentimientos se agolpaban en su corazón y lo único que deseaba era expresarlos, exteriorizarlos.

—¿Es verdad eso?

—Theresa me había dejado... Seguíamos viviendo bajo el mismo techo, pero de hecho ella ya no estaba. Su corazón se había ido...

—No sabe cuánto lo siento —susurró Kate. Desvió la mirada, como si los ojos de John fueran un espejo en el que verse reflejada.

Entonces él levantó la mirada. Había recordado súbitamente a la muchacha del dormitorio. Dentro de muy pocos años, Maggie tendría la misma edad que ella.

—Merrill estuvo mirándola, ¿verdad? —inquirió Kate, mirándolo a los ojos otra vez. ¿Era capaz de imaginar a Willa como una quinceañera? ¿Podía imaginar a un extraño espiándola detrás de la casa mientras se desvestía?

—Deje que yo me ocupe de este asunto —dijo John con voz queda. Había empezado a desnudar su espíritu ante ella, quería que supiese hasta qué punto podía confiar en él, que se convenciese de que seguiría todas las pistas y se ocuparía de la mejor forma posible de la desaparición de su hermana—. Se lo diré cuando esté en condiciones de hacerlo.

—¡Necesito saber! —exclamó Kate con acritud.

—Lo sabrá, se lo prometo —dijo John, ciñéndole la muñeca.

La mirada de Kate era salvaje, furiosa. John volvió a mirar a la muchacha de la habitación trasera.

—No podemos dejar que haga eso —dijo Kate—. Debe saber que hay gente que puede estar mirándola.

—Lo sé —convino John.

De repente, Kate corrió hacia la verja. Como un perro atrapado, recorrió el perímetro hasta encontrar una brecha en el entramado metálico. John la vio caer en el patio de uno de los vecinos. Una vez allí resbaló en el suelo; las suelas crepitaron en contacto con la superficie rugosa. Se levantó apoyada en una mano y siguió corriendo.

John no podía menos que seguirla. La vio pasar al patio contiguo, tras saltar un bote vuelto del revés. Era el mismo lugar donde Merrill había estado, en busca quizá de un nuevo objetivo. La siguió, sorteando una pequeña fuente dispuesta para el baño de los pájaros, hasta la escalerilla principal. Oyó sus golpes en la puerta, tan fuertes que un perro de la calle se puso a ladrar.

—¿Qué sucede? —se oyó la voz de un hombre que se dirigía hacia la puerta.

—Su hija —dijo Kate, casi sin aliento.

—¿Qué pasa con ella?

—La gente puede verla desnuda a través de la ventana del dormitorio.

—¿Qué demonios está diciendo?

El hombre era alto, de tez morena y autoritario. Levantó un brazo como si fuera a pegarle a Kate por sus palabras o por lo que había visto. John subió rápidamente los escalones y se interpuso entre él y Kate.

—¡No la toque! —le advirtió John con voz tajante.

—¿Qué pasa aquí? —preguntó el hombre, aún con el musculoso y tatuado brazo en alto.

—Ella le está avisando —dijo John—. Está intentando ayudar a su hija.

—Pero ¿qué mierda sabe usted sobre mi hija?

John notaba la respiración de Kate en el oído. La mirada del hombre era como un cielo encapotado, como si hubiera sido agredido de la forma más brutal. Dos mujeres aparecieron por detrás de él y permanecieron a su lado, quizá la esposa y su madre. La mayor vestía totalmente de negro. Poco después, mirando desde un rincón, apareció la chica de catorce años, con un tirante del camisón caído, dejando un hombro al descubierto.

—Nada. —La mirada de John se cruzó con la de la muchacha. Quería ayudarla y protegerla—. No sabemos nada de ella. La ventana de su dormitorio da al aparcamiento, sólo eso. Tenga cuidado.

—¡Belle, ven aquí! —vociferó el padre, la mirada aún salvaje—. ¿Has estado haciendo lo que estos tipos dicen?

—¡No! —exclamó la joven, saliendo del vestíbulo con toda la rapidez de que eran capaces sus piernas.

—¿Miente? —preguntó el hombre a su esposa, pero ésta se alejó rápidamente por el mismo lugar que su hija.

—No la regañe —rogó Kate—. No ha sido culpa suya.

—Le recomiendo que no se meta en los asuntos de mi familia, zorra entrometida —le espetó el hombre.

John sintió un sabor metálico en la boca. Sintió cómo la sangre le corría por las venas, como si se hubiera topado con un joven criado que no supiera tratar correctamente a las mujeres. Esperaba que Kate no le hubiera traído complicaciones a la chica. Confiaba en no tener que lanzar el primer puñetazo y acabar en la cárcel antes que el joven criado.

—Escúcheme, señor —dijo John parsimoniosamente como si se dirigiera a un jurado, la cara a cinco centímetros del oscuro y turbulento rostro del dueño de casa—. No le conviene, teniendo en cuenta los extraños que pasan por la parte trasera de su casa, que nadie vaya diciendo por ahí que ha visto desnuda a su hija gracias a una imprudente cortina. Ella cerró la cortina, ¿está claro? De modo que no ha sido culpa suya.

El hombre se acobardó como si John lo hubiera agarrado por el cuello.

—Pero no le permito que llame «zorra» a mi amiga. ¿Entendido? Ella sólo trata de ayudar a su hija. Hay muchos monstruos sueltos por ahí, ¿lo sabía? Sí, el mundo está lleno de gente que si ve un ángel sólo piensa en hacerle daño.

—Mi hija es un ángel —sentenció el hombre al ver que la pelea se había acabado—. En eso tiene usted toda la razón.

—¿Lo ve? —dijo John—. Entonces es posible que nosotros seamos de ayuda.

—¡Ese jodido aparcamiento! —exclamó el hombre, meneando la cabeza—. Los chicos lo utilizan todos los sábados por la noche. Me da miedo pensar en que salten la verja cuando ella cumpla los catorce.

«Debería haberse preocupado a los ocho, los nueve o los once —pensó John—. No hay números mágicos para esto.»

—Protéjala —intervino Kate con voz ronca. Sólo John sabía que estaba hablando de Willa.

—Sí, lo haré.

Acto seguido les cerró la puerta en las narices. Kate permaneció de pie largo rato, mirándose las manos. John se apartó un poco para tener una visión mejor. La palma de su mano derecha mostraba una herida lacerante, sangraba y estaba en carne viva.

—Me corté cuando caí en el patio.

—Debe de dolerle mucho —dijo John, cogiéndola de la muñeca con la mayor suavidad posible. De haber sido la mano de Maggie, se la hubiera besado.

Kate asintió en silencio. Comenzó a retirar la mano para luego alejarse de John en dirección al coche. Sin embargo, desistió porque él no parecía dispuesto a dejarla ir. Le había cogido la muñeca y acariciaba la delicada piel, reteniendo la mano herida.

De pie en el umbral de un desconocido, John contempló los ojos grises de Kate Harris. Sus manos eran cálidas y delicadas, hasta el punto de que deseó que le acariciasen la cara. Su respiración era entrecortada y profunda.

—Soy un abogado defensor —dijo.

—Lo sé —respondió Kate, asintiendo con la cabeza.

John se tambaleó un instante en la escalera, como si se hubiera levantado un fuerte viento, como si la marea acabara de cambiar y lo empujase hacia el mar. La corriente era fuerte, como una marea de aguas revueltas. En una ocasión, cuando era joven, él y sus amigos habían hecho novillos y se habían dirigido a Misquamicut para pasar allí el día. John se había visto atrapado contra corriente y sintió que se deslizaba hacia las aguas embravecidos. No importaba lo que luchara, la marea era más fuerte que él.

Su padre siempre le había advertido que debía nadar en dirección paralela a la costa, sabia instrucción para un chico que vive cerca del mar y que, por lo tanto, tarde o temprano puede encontrarse con las aguas revueltas. Presa de pánico, John se sintió perdido durante unos minutos y, siguiendo su instinto, intentó nadar directamente hacia la playa. Incapaz de llegar a ninguna parte, agotado, había creído que el mar se lo tragaría.

—Me encuentro ante un dilema ético —dijo a Kate, sin soltarle las manos. Su voz era tan baja que dudaba de que ella lo oyera.

—¿Qué? —preguntó Kate.

—Por un lado, está lo que debo hacer como abogado —comenzó—, y por otro lo que deseo hacer como hombre.

Kate inclinó la cabeza y la luz cayó de lleno en sus ojos acrisolados. Eran profundos y cálidos, llenos de secretos insondables y de penas, pero misteriosamente también irradiaban alegría. De pronto John se sintió invadido por el deseo de besarla.

—¿Cuál es la diferencia? —preguntó Kate—. ¿Tan distintas son las dos partes?

John se dijo que era una pregunta interesante. La respuesta, al menos hasta ese momento, era quizá no. Se había convertido en abogado defensor porque era un buen hombre, porque creía en el derecho de todas las personas a un juicio limpio, porque creía en la ley. Pero ahora estaba en guerra consigo mismo. Era Jacob luchando contra el ángel, sólo que éste era el propio John, su corazón y su espíritu.

—Sí, son muy distintas —contestó al fin.

—Bien, pues dígame por qué...

Aferrando la mano de Kate, John la hizo descender los escalones de la casa, hacia la calle. No quería estar con ella en aquel lugar.

La noche era tan fría que cada uno podía ver el vapor que producía la respiración del otro. Con la fiesta de Halloween había terminado octubre; a medianoche ya sería noviembre, el día de Todos los Santos o de los Difuntos (a pesar de su educación católica irlandesa, John nunca había sido capaz de distinguir una denominación de otra. Además, en los últimos años se había convertido en un pagano). Detrás del bloque de viviendas había una iglesia de piedra: *Spiritus Santi*, Espíritu Santo.

Con los vestidos típicos del lugar, los feligreses desfilaban en procesión solemne y silenciosa. Llevaban cirios en las manos para dar la bienvenida al espíritu de sus muertos, para saludar a los seres queridos perdidos para siempre.

—¿Cree usted en algo? —preguntó John a Kate mientras los creyentes penetraban en el pequeño cementerio.

—Sí —respondió Kate con voz serena—. Creo.

—¿Puede decirme en qué? —preguntó John, y después sonrió. Intentaba bromear, pero ella parecía incapaz de sonreír.

Al entrar en el aparcamiento, volvieron a mirar hacia la casa y vieron al padre colgando una manta detrás de la ventana de su hija. Al cabo de cinco segundos, no se distinguía ni un resquicio de luz. Ambos permanecieron quietos, las manos unidas, dispuestos a comprobar si se veía la sombra de la chica.

Kate se puso graciosamente de puntillas. John supo lo que tenía que hacer. La abrazó y la besó prolongadamente. Hubiera querido pasar la noche besándola. Cuando ella apartó su rostro, John deseaba mucho más.

—Kate —suspiró.

—Ahora ella está a salvo.

—Nadie está nunca a salvo —dijo John, cogiéndole el rostro con las manos.

—No digas eso. —Los ojos de Kate estaban llenos de lágrimas.

Él quiso volver a besarla, pero aún necesitaba decirle más cosas acerca de la verdad. Las mentiras habían casi acabado con su familia. Quería orientar su carrera por el buen camino, lo cual era incompatible con el hecho de ignorar la verdad.

—Lo sé por un hecho —dijo John.

Kate meneó la cabeza, pero no quería alejarse de él.

—También tú lo sabes —añadió John, y a punto estuvo de quebrársele la voz—. De lo contrario, no hubieras venido aquí.

—¿Qué quieres decir?

—Imagina que tu hermana estuviera en casa, segura. En su cálida y hermosa casa. Tú estás en la tuya, como si los últimos seis meses no hubieran pasado. Como si no hubiera estado en contacto con mi cliente.

—Pero ¿qué estás diciendo?

—Creo que lo sabes.

—¡Dilo! —exclamó Kate, cogiéndolo del jersey. La mano le sangraba, manchando la lana verde.

—Tu hermana estuvo aquí —dijo John, sujetándola con firmeza para que no se deshiciera del abrazo—, y también mi cliente.

—¿Merrill?

—Así es —respondió—. Llegó hasta este aparcamiento. Estuvo aquí, acechando a la chica. —Hizo un gesto para señalar la casa, cuya ventana ahora permanecía a oscuras—. Creo que quedó frustrado. Eso pienso, al menos.

—Willa estaba repostando gasolina —agregó Kate con una mirada furibunda.

—Sí. Creo que estaba aquí.

—Entonces fue a por ella...

—Y la violó en el interior de su propio coche —concluyó John. Sin embargo, no estaba seguro, era incapaz de demostrar nada. Sólo utilizaba el perfil criminal de su cliente, el conocimiento que tenía de sus pautas. Todo lo hacía para intentar dar una respuesta a las preguntas de Kate.

—¿Y se la llevó consigo?

—Sí.

—¿Cómo lo sabes? —preguntó Kate, horrorizada.

—Porque es lo que hizo.

—¿Te lo dijo él?

—Sí.

—¿Y habló de Willa? —inquirió casi gritando.

—No, no de Willa, pero sí de las demás. Habló de la chica que estuvo espiando a través de la ventana.

Acababa de romper la confidencialidad que debía a su cliente. Bastaba una llamada de Kate a los tribunales para que la carrera de John O'Rourke llegara a su fin. De cualquier modo, quizá su suerte ya estaba echada. ¿Cómo dar marcha atrás?

—¡Oh no, no, no, no puede ser! —repetía Kate, sacudiendo la cabeza.

—Siéntate —le ordenó John mientras la conducía hacia el coche. La empujó ligeramente hacia atrás, de modo que pudiera apoyarse en el capó, asiéndola aún por los hombros.

En la vida había líneas que ninguna buena persona debía cruzar. Para John las cosas habían estado siempre completamente claras. No se trataba de esas cosas que llamaban pecados, como mentir o robar. Eran más graves. Estaban relacionadas con votos, con las promesas hechas por un hombre decente y cuyo incumplimiento le expulsaba para siempre de esa categoría.

Un hombre bueno no mataba, no estafaba a su mujer. En el caso de un abogado, no rompía la confidencialidad de lo que su cliente le confiaba. No interesaba si éste era un ladrón, un violador, un asesino o las tres cosas a la vez. La calidad del crimen no importaba, ya que el principio era lo bastante amplio como para incluir a todos los hombres.

Ese principio (la ética de un abogado al guardar la confidencia de un cliente, asegurando así que éste accediera a su derecho de ser juzgado limpiamente) era algo que John había vivido toda su vida. Lo había aprendido de su padre.

La vida y las enseñanzas del viejo juez valían para todas las cosas. Esperaba pasarlas a la siguiente generación, a su hija y a su hijo, para que éstos a su vez las transmitieran a las que vinieran.

—¿Qué voy a hacer ahora? —preguntó Kate, echándose a temblar.

—Volver a casa —le respondió—. Dejar de buscar.

—Pero Willa...

—Deja atrás esa pesadilla —replicó John.

—¿Cómo puedes decir eso? Tengo la impresión de que acaba de comenzar. —Kate alzó la voz, acercando su mano hacia John. Necesitaba tocarlo y él lo sabía. Kate por fin se enfrentaba cara a cara con el monstruo que merodeaba cada día alrededor de John.

—Kate —dijo John, y supo que debía abandonar toda esperanza. Le había proporcionado lo que ella buscaba; retenerla hubiera sido peor. No obstante, la deseaba, necesitaba el calor de otro ser humano, necesitaba tocar aquella mujer de ojos hermosos y mirada amorosa, la misma que había sido traicionada, que estaba dispuesta a hacer lo que fuera por su hermana, incluso seguir su largo viaje.

—Aún tengo que encontrarla —susurró liberándose de la mano de John—. Willa...

John intentó abrazarla de nuevo. Volvió a coger su mano.

—Está contigo, Kate. Donde más la necesitas.

—¿Dónde? —las palabras le herían la garganta.

—Aquí —dijo John, señalando el corazón de Kate—. En tu interior. Vuelve a casa con tu hermano. Déjate llevar... Simplemente déjate llevar.

Sollozando, Kate inclinó la cabeza. John abrió la portezuela del coche. *Listo* trató de acomodarse con *Bonnie* en el asiento trasero, pero John tiró de su correa. Miró a Kate. Si ella se levantaba y se acercaba hacia él, la tomaría entre sus brazos y nunca más sería capaz de dejarla. Deseaba que lo hiciera. Ahora que sabía lo que sentía, no pensaba en otra cosa que en volver a abrazarla.

Pero Kate se quedó sola, llorando, pegada a su hermana. John se alejó a grandes zancadas por el aparcamiento. *Listo* caminó a su lado y pronto se introdujo en el asiento trasero. John cerró la puerta de la furgoneta.

La muchacha de la ventana ya era invisible gracias a la tupida cortina. John consultó su teléfono móvil; no había llamadas. Eso significaba que Maggie y Teddy estaban en casa con el juez y Meave. Merrill seguía encerrado en el corredor de la muerte. Todo parecía en orden.

Tras encender las luces delanteras, John orientó el vehículo en la dirección contraria de Kate. Desde el asiento pudo verla, con la cara bañada en lágrimas y mirando fijamente los faros. Sintió náuseas. ¿Cuántas víctimas de Merrill, o de otros asesinos, habían mirado a unos faros de esa manera?

Esperando, sin bajar la ventanilla, temeroso de que al hablar con ella se volviese atrás en su decisión, la vio erguirse con gesto cansino. Como una sonámbula, rodeó el coche, abrió la portezuela y entró en él. Distinguió el hocico de *Bonnie* a través de la ventanilla trasera; tenía una bella mirada, incongruentemente amistosa. *Listo* ladró.

Las luces del coche iluminaron el rostro de Kate. Ella lo miró por un momento. Lo saludó con la mano. John no respondió al saludo, pero se quedó esperando. No quería dejarla sola en el aparcamiento. Finalmente, Kate puso la marcha atrás y luego avanzó hacia adelante. John vio a través del retrovisor cómo se dirigía hacia el oeste.

Esperó un momento antes de arrancar.

Bajó la ventanilla y sintió una ráfaga de aire frío. Hasta él llegaron las voces de los feligreses cantando un himno en portugués. Hasta él llegó el olor de los cirios. Volvió la cabeza y vio las pequeñas llamas ondulando por el campo.

Como siempre había hecho al pasar por una iglesia o al pensar en ella, repitió —a modo de plegaria para las víctimas de su cliente— los nombres: Anne-Marie, Terry, Gayle, Jacqueline, Beth, Patricia, Antoinette. Esa noche, agregó una más.

—Willa —musitó.

Las luces de posición de Kate desaparecieron en la primera curva. El corazón comenzó a pesarle. Acababa de darle a una hermana la peor noticia posible entre las que podía oír. Hubiera querido que todo fuese más fácil, pero era imposible.

La había besado. ¿Era una prueba de que no estaba muerto del todo, de que aún era capaz de establecer esa clase de vínculos? ¿Sucedía lo mismo con Kate? A pesar de todo, ¿la traición no había sido lo bastante fuerte como para acabar con sus vidas? Pero su hermana había desaparecido, y el hecho de que él la besara no significaba nada comparado con ello.

John estaba seguro de que Kate había olvidado en el acto aquel beso.

13

El viaje en avión hacia Washington trajo a Kate los recuerdos de sus vuelos con Willa, de cuando la llevaba en el pequeño Cessna, inclinándose al pasar el Potomac y dirigirse luego hacia los estuarios de infinito verdor, en dirección a las arenas de Chincoteague. Las imágenes eran tan nítidas y felices que, cuando cerraba los ojos, le parecía oler el aroma de las mareas y del heno salobre. Recordaba asimismo los brazos de John ciñéndola, vivía aún aquel beso, la felicidad de sentir de nuevo el cuerpo de otra persona.

Pero de inmediato se imponía la terrible realidad de lo que John le había dicho acerca de Willa y su encuentro con Merrill...

Cuando llegó al aeropuerto Reagan, no tuvo prisa por regresar a su hogar. Junto con *Bonnie*, salió de la terminal y se dirigió a un hangar de aviones privados. Introdujo su tarjeta Amex en el contador y alquiló el único avión disponible de cuatro asientos, el mismo viejo Cessna amarillo en que había volado con Willa cientos de veces.

El interior la hacía sentirse como en casa. Los asientos de cuero, la pequeña ventanilla de plástico azul, el panel a la vieja usanza. *Bonnie*, consciente del inminente despegue, se acurrucó al costado de su ama. Kate echó un vistazo a la carta de vuelo, orientó los alerones y despegó hacia el azul lejano del que momentos antes acababa de aterrizar. Se tocó instintivamente el cuello en busca de la bufanda blanca.

Claro que recordaba habérsela dado a Maggie. Había sido un regalo de Willa, un objeto comprado con amor y con dinero de sus ahorros en una tienda de París. Era una de las posesiones más preciadas de Kate. Su seda de color crema producía una suave sensación alrededor del cuello, con sus flecos graciosos y espléndidos.

«¡Toda aviadora debe tener una!», había exclamado Willa.

Estaba en lo cierto, y por eso se la había entregado a Maggie. Aquella pequeña, tan vulnerable y valiente, tenía algo que le resultaba entrañable: le recordaba a su hermana cuando tenía la misma edad. Pensó en Maggie, en su hermano y su padre, y se preguntó qué estarían haciendo en ese momento... Desde ahora sus familias estaban unidas por vínculos profundos y misteriosos, lo cual tenía poco que ver con el beso que John le había dado en el aparcamiento donde Willa había desaparecido, donde su cliente probablemente la había matado... Ese beso que Kate aún sentía y que le había demostrado que su cuerpo seguía vivo.

«Resulta extraño —pensó— que mi hermana ya no esté entre nosotros. Pero ¿lo estoy yo? ¿Cómo es posible?» La verdad aún no había sido enterrada. La realidad le zumbaba en el cerebro, pero aún no había perturbado su corazón, sus vísceras ni sus pies. Extraño y hasta cierto punto desconcertante, el beso de John resultaba más real que cualquier otra cosa. Seguía sintiendo sus labios, su excitación, su calidez, el agradable contacto con otro ser humano.

Volando hacia el este, el motor del avión la reconfortó. Le gustaba el ruido de las naves aéreas, incluso las turbulencias que a menudo habían sobresaltado a Willa. Volando hacia su casa en la barrera de islas del Atlántico, a Kate le pareció que su hermana la acompañaba.

La verdad era tan dura de aceptar que prefirió apartarla. Concentrándose en el pilotaje, sobrevoló la bahía de Chesapeake y la costa este de Maryland, luego hizo lo propio con la costa de Virginia hasta divisar la franja de césped que tan bien conocía y tanto quería: el campo de aterrizaje de Wild Ponies.

Serpenteaba bajo ella la pequeña llanura amarillenta, aquel llano repleto de baches llenos de hierba seca. Kate había telefoneado previamente y se había citado con Doris Marley, la conductora de uno de los taxis de Bumblebee. Doris llevó a Kate a la cabaña de su hermano. Durante el trayecto no paró de hablar, informándole de todos los aspectos de la vida en la isla: cotilleos, defunciones, una boda, los litigios por una custodia, la necesidad de un nuevo techo para el almacén de provisiones y grano, las dificultades de Doris con la hipoteca, la fosa séptica y la educación de su hijo. En fin, las típicas historias que un taxista isleño contaba a los habitantes de una gran ciudad.

Las palabras se sucedían sin parar: «Ya tenemos otra vez el invierno en puertas, tengo que ir a que me fijen un diente uno de estos días, he perdido otro molar; el pequeño Joe quiere ir al instituto y estoy intentando arañar el dinero para la matrícula, pero no es fácil debido a la fosa séptica y con el nuevo techo que...»

—Muchas gracias, Doris —dijo Kate cuando llegaron a un camino estrecho y polvoriento que conducía a una extensión de pinos maltrechos en el extremo sur de la isla. Pagó veinte dólares y le rogó a Doris que se quedara con la vuelta. La contrató para que viniese a buscarla dentro de una hora.

—Gracias a Dios que ha regresado —dijo la taxista—. Dígale a su hermano que será bienvenido a nuestra mesa... Por supuesto, usted también si pasa un tiempo fuera de Washington.

Aquellas palabras excluían a Willa, como si su hermana ya no existiera. La desaparición, aunque no reconocida oficialmente, se había introducido en la conciencia de los isleños y pocos de ellos sabían qué decir al respecto.

La cabaña de Matt estaba tan devastada como los árboles que la rodeaban. Construida como un nido entre los esmirriados pinos, en un hueco de arena y pinaza, recibía contribuciones de todos los elementos naturales. Los búhos pardos habían anidado en los huecos de los árboles muertos. Kate oyó muy cerca un batir de alas. *Bonnie* se acurrucó entre los tobillos de su ama, como si hubiera visto un fantasma.

Kate vio aparcada la oxidada camioneta de su hermano. Unos barriles de plástico azul, que apestaban a ostras en salmuera, se apilaban sobre una tarima. El pálido sol de noviembre todavía arrancaba destellos a las enormes pilas de conchas que llegaban casi hasta la parte exterior del techo de la cabaña. Kate sintió dolor en la garganta. Su hermano seguía buscando la Reina de las Perlas.

Llamó a la puerta con los nudillos. No obtuvo respuesta, de modo que repitió la operación. Pegó el oído en la madera seca y podrida de la puerta en busca de una señal de vida.

No oyó nada, pero percibió un omnipresente olor a cigarrillos.

—Sé que estás ahí. Será mejor que salgas.

Ninguna respuesta humana se hizo oír, pero una gaviota aterrizó en la cumbre de una montaña de valvas vacías y produjo una pequeña avalancha. Llegaron otros individuos de la especie, quizá movidos por el espectáculo de alguien con vida, quizás en busca de alimento. Algún animal se movía entre los matorrales. Cuando Kate se volvió, vio que se trataba de un desmañado par de ponis salvajes. *Bonnie* gruñó, mientras intentaba pegar su cuerpo contra el suelo.

Finalmente, la puerta se abrió de un tirón.

—¡Hola, Matt! —saludó Kate.

—Hola, Katty.

Matt era alto y delgado, encorvado hacia delante como un anciano. Se había dejado crecer los cabellos hasta los hombros, desgreñados y enredados como el lecho de pinaza que tapizaba el suelo de arena. Se agachó para acariciar a *Bonnie* detrás de las orejas. La perra meneó la cola afectuosamente. Los ojos, de un azul turbio, miraron por encima de la cabeza de su hermana y distinguieron a los ponis. Kate reparó entonces en sus caras peludas, los ojos atentos y apesadumbrados, el sucio pelaje de color pardo y blanco.

—Tienen hambre —dijo Matt—. Se acerca el invierno.

—Lo sé.

Matt se internó en su cueva y al cabo volvió con un envase que contenía restos de comida de algún restaurante próximo. Kate sintió náuseas. Le había ocurrido lo mismo en otras ocasiones, cuando su hermano escarbaba entre la basura en busca de alimentos para él y los ponis. Kate vio cómo Matt abría la tapa y esparcía una marchita ensalada de zanahorias y col sobre la arena, mientras los ponis se acercaban para alimentarse.

Llevaba la barba muy crecida, y se había vuelto prácticamente gris en su totalidad. Una vez más, el corazón de Kate se sobresaltó ante el espectáculo que ofrecía su hermano.

—¿No me invitas a entrar?

Sin decir una palabra, Matt se apartó para dejarla pasar.

La cabaña estaba tan sucia como siempre. Su morador la había aislado desde la última vez que su hermana había estado allí. Unas placas de fibra de vidrio de color rosa cubrían las rugosas paredes de tablas y otras clases de madera. La vajilla sucia se amontonaba en el fregadero e incluso en la mesa de formica. En el abarrotado cenicero ardía un cigarrillo y el olor acre del tabaco saturaba la atmósfera: *Bonnie* inspeccionó el lugar y por fin se acurrucó contra la estufa, en la que el furgo apenas ardía.

Delante de la única silla de la habitación había una mesa ancha y, sobre ella, un abridor de ostras. A medio llenar y al costado de la silla había un cubo que contenía valvas. Otro, traído del mercado, estaba repleto de ostras relucientes, listas para ser dispuestas en la unidad de refrigeración. Encima de la mesa, la luz caía sobre un cuenco pequeño que contenía perlas.

—¿Siempre buscando? —preguntó Kate, sonriendo a pesar suyo.

—Sí —dijo Matt, ceñudo y dando una profunda calada al cigarrillo. Sus dedos y la barba alrededor de la boca estaban amarillos de nicotina. Quería mirar hacia otra parte, hacia cualquier lugar en que Kate no estuviera, pero ella detuvo su mirada en él y sus ojos reflejaron alegría—. Sigo buscando la Reina de las Perlas —añadió con una sonrisa. Tras pasar el cuenco a su hermana, contempló cómo ella manipulaba con los dedos las perlas blancas, las de color crema, las de un rosa claro, las plateadas y las casi negras. Algunas eran perfectamente esféricas, otras se habían deteriorado. Todas procedían del mar y Matt también llevaba a su morada capas del nácar producido por las ostras que se adherían en su bote.

—Son muy bellas —dijo Kate.

—Cuesta creerlo, ¿verdad? Toda esa belleza nace de un dolor terrible. Sabes cómo se forman, ¿verdad, Kate? La arena penetra en la ostra y le produce una irritación muy dolorosa; la ostra intenta expelerla y la aísla, fabricando una perla.

—Belleza a través del dolor —murmuró Kate cerrando los ojos, oyendo cómo la copa de los pinos cepillaba la débil techumbre, mientras los ponis galopaban hacia la playa.

—Encontraré la Reina de las Perlas para Willa —aseguró Matt—. Se la daré cuando vuelva a casa.

—Matt —lo interrumpió Kate. Sus ojos estaban húmedos y cogió una mano de su hermano entre las suyas. Intentó llevarlo hasta la silla, pero él no se movió.

—Suéltame —dijo apretando los dientes—. No es necesario que me siente.

—Willa se ha ido, Matt.

—¿Que se ha ido?

—¿Recuerdas el asesino del que te hablé hace poco, el que mató a tantas chicas en Connecticut? He hablado con su abogado. Ella y el asesino se encontraban exactamente en el mismo lugar, a la misma hora.

—¿Y qué?

—El asesino la mató, Matt.

Matt permaneció inmóvil durante treinta segundos, respirando débilmente. Parecía haberse convertido en una estatua, como si se hubiera petrificado. Sin embargo, Kate advirtió que su mente trabajaba mientras los ojos parpadeaban. Meneó la cabeza y dijo:

—No lo creo.

—¿Qué otra explicación puede haber? ¿Por qué se negaría a volver a casa? ¿Por qué habría querido que pasásemos por esto?

—Tuvo una aventura con tu marido —espetó Matt—. Está avergonzada de sí misma.

—Willa y yo ya hablamos de eso. Sabe que la he perdonado —dijo Kate a pesar de que las palabras abrían la herida al recordarle la brecha que las había distanciado.

—Quizá no se lo perdonó a sí misma. ¿Alguna vez has pensado en eso?

—Me escribió una carta, una postal. ¡Sé que estaba viajando hacia casa! Nos manteníamos en contacto..., quería hablar con nosotros. ¡Quería encontrarnos, y yo también lo quería! ¡Estábamos en el buen camino para arreglarlo todo!

—El odio hacia uno mismo es algo muy poderoso —sentenció Matt con serenidad, como si se hubiera librado de toda la preocupación y el dolor. Encendió un nuevo cigarrillo y dio otra profunda calada.

Kate estaba perpleja. Permanecía en silencio y sentía que la ira crecía en su interior. Siempre había sabido que su hermano era un ser extraño y antisocial, quizás un enfermo mental, pero ignoraba hasta ese momento que ofreciera una explicación a partir de una visión tan deformada del mundo.

—Estás loco —dijo al fin.

—Sí, probablemente se trata de eso.

—Deberías haber estado allí —le espetó Kate—, en aquel aparcamiento en medio de la nada, en Massachusetts. De hecho, el pueblo estaba tan abarrotado de viejos equipos de pesca y de buques averiados que tal vez te hubiera gustado. Después de la cena, estaba investigando la compra de gasolina que Willa había realizado allí, cuando de las sombras surgió el abogado de Greg Merrill. Te lo juro, Matt: ¡estaba buscando lo mismo que yo!

—¿Y qué?

—Es mucho más que una coincidencia. Por otra parte, Matt, el abogado me dijo que Merrill había confesado haber estado allí.

—¿A quién lo confesó?

—¡A su abogado!

—¿Confesó haber secuestrado a Willa?

—No, pero...

—¿Confesó haberla violado?

—¡No, Matt, escúchame!

—¡Escúchame tú! —rugió, saltando hacia atrás con tanta fuerza que chocó contra el cubo que contenía conchas de ostra y el cuenco de perlas. Éstas rodaron y cayeron al suelo, dispersándose como canicas e impactando contra la pata de la silla, una pila de libros, la nevera y el entarimado de una de la paredes.

Kate no daba crédito a la reacción de su hermano.

—No ha muerto, ¿verdad? No puede haber muerto —afirmó Matt agitando el cigarrillo entre los labios agrietados mientras se frotaba las manos callosas una y otra vez, como si quisiera librarse de la verdad.

—Matt...

—No ha muerto —repitió con un intenso brillo en los ojos—. Es mi hermana pequeña. Yo soy el mayor, después tú y por fin Willa. La hemos hecho crecer, Kate. Fuimos como sus padres...

—Lo sé —dijo Kate, los ojos llenos de lágrimas.

—Era nuestro bebé. ¡Me hizo tan feliz! Por eso busco perlas, cada día la más grande, la más hermosa entre todas las perlas... Será para ella, Kate. Tú has tenido todo lo que necesitabas. Tu carrera, un trabajo bien pagado, tu casa de Capitol Hill...

Kate lo escuchaba, llorando en silencio, pensando en lo mucho que ella tenía y lo poco que Matt había hecho.

—Ése es el motivo por el que se fue con ese hijo de puta —añadió Matt—. Quería un poco de lo que su hermana tenía... Se fue con tu marido para ser como tú, aunque fuera por un instante...

—¡Calla, Matt!

—No digas que la amaba. No lo creo. Sólo te tenía a ti, la estúpida, la idiota. Había conseguido una perla. ¿Por qué zambullirse por otra? Él es el único porque tienes que culpar a alguien. —La angustia y la rabia crecían en la voz de Matt—. ¡Culpar a tu marido!

—¡Matt!

—Sí, a ese estúpido y egoísta. Se llevó a Willa, Kate. No sé por qué diablos ella miente, pero seguro que es por él. Por Andrew. No me vengas con esa basura de Greg Merrill. Andrew es el culpable.

—¡Oh, Matt! —exclamó Kate, que en realidad quería decirle que estaba de acuerdo. Pero era incapaz de hacerlo. Más aun, trataba de no pensar en ello. ¿Por qué habrían de importar las razones por las que Willa los había dejado? Durante meses, lo único que contaba era que ella volviese. Ahora, la pregunta era por qué no lo había hecho.

—Él lo hizo, Katy.

—Andrew no la mató —dijo Kate con tono inexpresivo.

—Como si lo hubiese hecho. La corrompió y ella se largó por propia decisión, lejos de ti, lejos de nosotros. De su familia.

—Tienes razón —susurró Kate—. Fue lo que hizo.

—Me hubiera gustado matarlo —gruñó Matt—. Mi cuñado...

—No —rogó Kate—. También te he perdido a ti.

Ante esas palabras, o quizás ante el dolor que contenían, Matt dejó de gritar. Cayó de rodillas y se puso a recoger las perlas que logró encontrar. Las alzó en el hueco de sus manos, mientras la ceniza se desprendía del cigarrillo que llevaba entre los labios.

—¿Puedes marcharte, Katy? —preguntó con un hilo de voz. Mantenía la cabeza baja y ella no podía ver la expresión de su cara, pero supo, por sus sollozos y por la tormenta que antes se había desencadenado, que estaba llorando.

—No quiero dejarte —dijo acariciándole la espalda.

Matt se puso de puntillas y permaneció así unos segundos, luego se colocó en cuatro patas en busca de otra perla.

—En ocasiones, la vida duele, Matt. Pero siempre podemos mirar la verdad a la cara. Lo hemos hecho durante mucho tiempo...

—Ella es buena, tú eres buena e incluso yo soy bueno. ¿Me oyes? ¡Yo afronto la verdad que necesito afrontar!

—¿Encolerizándote? ¿Viviendo como un ermitaño? ¿Negándote a prestar atención a lo que yo sé que es verdad porque viajé hacia el norte para averiguarlo?

—¡Pues si no te gusta mi modo de ser, vete!

—Matt, por favor.

—Vete —repitió él—. ¡Que te vayas! —gritó con todas sus fuerzas.

Kate respiró hondo. Mareada, se volvió hacia la puerta y salió. Fuera, el aire era tonificante, salobre y frío. Sintió que se le abrasaban los pulmones y que los labios y la nariz se secaban. Las gaviotas describían círculos sobre su cabeza, chillando con fuerza. El golpeteo de los cascos se oía desde la playa. Eran los ponis, que se desplazaban de un valle a otro.

Kate deseó estar de una vez por todas en el avión amarillo.

Sabía que esperaría que volvieran de Bumblebee, pero aun así echó a caminar. Ansiaba que llegara el momento de arrancar el motor, de hacer que las hélices giraran, de volver al cielo. Pensaba en su blanca bufanda de seda, una prenda suya, de Willa, dejada allá en el norte, con Maggie.

Vida y verdad. Eso era lo que los O'Rourke significaban para ella. Había dejado una guarida de muerte y mentiras: Matt se estaba matando lentamente, fumando hasta la muerte, intentando transitar un camino a través de la vida que excluyera el dolor.

Se dijo que la familia de Matt eran ahora las perlas, las ostras y los ponis. Sin dejar de andar, Kate lloró al pensar en su vida, en lo que era real y en lo que había perdido, en el hecho de que sentía desvanecerse —más allá de lo que era capaz de comprender o incluso soñar— a una familia a la que había permanecido unida durante un tiempo.

Una bufanda blanca, un solo beso. El viento salobre de Chincoteague se llevaba ambas cosas, haciéndolas girar más allá de los pinos y las dunas, de las blancas arenas y las olas plateadas, serpenteando. Kate imaginó su viaje por el norte hacia Connecticut, Silver Bay, los O'Rourke.

14

Maggie detestaba escribir cartas de agradecimiento.

Solían restarle tiempo a sus juegos y a sus lecturas y, además, sonaban estúpidas cuando estaban acabadas. Sin importar el grado de sinceridad con que habían sido escritas, siempre resultaban atildadas y un tanto artificiosas.

Pero la que ahora tenía entre manos era diferente.

Sentada en su dormitorio de la primera planta de la casa del abuelo —sin que ninguna niñera hubiera acudido aún para ocupar su cargo, lo que la llevaba a pensar que Teddy y ella arrastraban una especie de maldición con las niñeras—, Maggie se inclinó sobre el escritorio y comenzó a escribir frenéticamente.

Querida Kate:

Me gusta la bufanda. Se supone que me la dejaste como disfraz para Halloween, y fue genial, ya que hice una Amelia Earhart a quien la gente no reconocía, lo que resulta obvio entre una mayoría disfrazada de Britney Spears, de vampiro o de samurái, hasta el punto de que me vi obligada a explicarlo y, cuando lo hice, todos creyeron que estaba un poco chiflada.

Pero, dejando al margen las suposiciones, se ha convertido en una de mis prendas de diario. Realmente la uso todo el tiempo. En este momento la llevo, enroscada alrededor de mi cuello, a pesar de que estoy en pijama, a punto de irme a la cama. Sí, ya he terminado los deberes. ¿Me pondrás un 10 por el esfuerzo? (¡Ja, ja!)

Así lo espero. Pero la escuela no es mi fuerte (¡ja, ja! otra vez). No soy como Teddy, que todo lo que toca se transforma en un 10. No se trata de esfuerzo, no creas. Teddy es un genio, como nuestro papá. Y como el abuelo. Probablemente también él será un «brillante estudiante de leyes». Hum, hum. Cansa oír esa frase por aquí, ¡hay tantos a quienes aplicarla!

Yo me parezco más a mi madre, excepto por el hecho de que a ella le gustaba ir de compras y a mí no, salvo si se trata de animales disecados o de libros, y quizá también porque soy una marimacho y ella tenía el tipo de una modelo. En realidad lo era, no lo digo por decir. Abre cualquier revista y las modelos que verás no serán tan bellas como mi madre. Incluso las más estupendas.

Tengo cortinas nuevas.

Están confeccionadas con tartán de colores rojo y azul. Son para que mi habitación se haga más privada, para que nadie me espíe desde fuera, son para «proteger mi privacidad», aunque no sé quién se detendría a mirar este cacharro de cuerpo que tengo. Pero ya sabes, tenemos un padre sobreprotector y lo queremos, por lo tanto no queremos pelearnos con él ante los ojos de toda la ciudad. Y esto no sólo pasa en la casa del abuelo. Cuando volvamos a mudarnos, después de que algunas maternales niñeras nos envuelvan en la nube color de rosa de sus cuidados de antes y después de la escuela, también tendré cortinas nuevas.

Papá parece muy contento con todo este montaje, quizá debido a la «basura»* que defiende y a causa de esos feos trucos que los chicos malos suelen jugarnos en la sala de estar de nuestras casas. ¿Nunca has tenido un padre que fuera un abogado de renombre? ¡Inténtalo y verás!

Bueno, me voy a lavar los dientes. Teddy te dice hola, y también papá. Él me dio tu dirección y cuando te mencioné, insistió en que no olvidara decirte lo de las cortinas, así como que tú también te asegurases por si alguien anda en los patios traseros de Washington. ¿Conoces al presidente? ¿A algún senador o alguien por el estilo? Debe de ser

---

* No suelo llamar «basura» a sus clientes, pero ¡es que la mitad de las personas lo hace! La madre de mi amiga Carlie lo decía siempre que iba de visita a su casa. Por eso dejé de ir... ¿Te sorprende que con doce años use notas a pie de página? ¡Como siempre, otra consecuencia de vivir rodeada de abogados!

fenomenal; el año pasado estuvieron allí los de noveno grado para las vacaciones de primavera.

¡Quizá cuando yo esté en noveno pueda visitarte! Sólo hay que esperar unos años (buu, buu). Te echo de menos, Kate. Me gustaría que vivieras aquí, me gustaría que fueras una niñera-madre maravillosa, al contrario de lo que dice mi padre que eres: una científica que se dedica a la conservación de las especies marinas. Bueno, al fin y al cabo, también suena elegante, ¿no?

¡Gracias otra vez por la bufanda!

Te quiere,

MAGGIE O'ROURKE

Cuando Maggie pidió a Teddy que llevara la carta a la oficina de su padre para que la datasen y sellasen, su hermano le preguntó si podía incluir una posdata. Sin dudarlo, Maggie le dijo que sí, pero con la condición de que no leyese lo que ella había escrito. Su padre también había colgado cortinas nuevas en la habitación de Teddy, detalle que le parecía a la vez encantador y muy divertido: todo giraba alrededor de la privacidad. Al escribir a Kate, se vio obligado a cubrir las palabras de Maggie con la mano.

Querida Kate (escribe Teddy):

¿Cómo estás? ¿Qué tal ese paseo o, como dices en tu nota a Maggie, ese viaje?

Un viaje, eso suena como algo que me gustaría hacer. Aviones, trenes, embarcaciones, sólo alcanzar un vehículo y partir lejos. No es que no me guste mi casa, todo lo contrario, ni tampoco que no quiera a mi familia. Pero creo que es muy importante conocer también otros lugares.

¿Qué te parece, crees que algún día podré visitarte en Washington?

Ya sé que no nos conocemos demasiado bien, pero hemos hablado de nuestras hermanas y, además, llevaste a bañarse a *Listo*. Supe que eres una persona especial.

De todos modos, quiero ir a Washington algún día, así podré visitar la Corte Suprema y los lugares donde estudió mi padre. Sin prisas, pero alguna vez, cuando tú no estés demasiado ocupada, tomaría el tren hacia allí.

¿No te parece un buen comienzo para un viaje?

Bueno, espero que todo vaya bien. Saluda a *Bonnie* de mi parte.

184

¡*Listo* necesita otro baño y Maggie y yo lo llevaremos al autolavado, como hiciste tú! En cuanto al fútbol, se acabó la temporada. Quedamos segundos en nuestra división, por delante de Riverdale. Gracias por haber venido a aquel partido.

Cuídate, Kate.

Tu amigo,

TEDDY O'ROURKE

Sentado en su oficina, John sacó de su cartera la carta que iba dirigida a Kate Harris. Escribió la dirección de ésta en el sobre. A continuación puso la carta en su casillero, para que Damaris la sellase y enviase.

La sola visión de la dirección de Kate hizo que algo se agitara en su interior. Se vio obligado a admitir que vivía cierto clima de paranoia provocado por el sentimiento de culpa. ¿Cuándo debería haber llamado a la Brigada Criminal de la Policía de Connecticut? ¿Ya les habría dado aquella mujer la noticia de que él había implicado a su cliente en el asunto de la desaparición de su hermana?

Pero había otros elementos que no tenían nada que ver con la culpa. John no podía olvidarse de aquel beso. Estaba obsesionado, como un adolescente que acabara de conquistar a su primera chica. La imagen aparecía en su mente veinte veces al día: el oscuro aparcamiento, la luz en los ojos de Kate, el ser consciente de que habían ayudado a una familia a proteger a su hija, aquella especie de rayo de dicha que lo fulminó por un momento...

Estaba loco, no conseguía librarse de esa imagen.

El día anterior, sentado entre Merrill y Phil Beckwith, John se vio arrastrado una vez más hacia la escena del beso. Merrill dijo algo y lo repitió dos veces. Luego, con una sonrisa, se había dirigido a John.

—¿Lo has oído, John?

—¿El qué, Greg?

—El toque de la maldición... o del don...

—¿De qué maldición y de qué don hablas, Greg?

—La obsesión... ¡Has conocido a una chica! Vamos, dímelo, John. Sé sincero conmigo como yo lo he sido contigo. ¡Estás enamorado! Lo veo en tus ojos.

—Sólo cansado, Greg —dijo John, ajustándose las gafas en el puente de la nariz para evitar la sacudida de alarma que había recorrido su cuerpo. Sabía que Greg era capaz de discernir muchas cosas respecto a él, lo que significaba conocer los sentimientos que albergaba hacia Kate—. Estoy desbordado de trabajo.

Merrill meneó la cabeza con una sonrisa, decidido a no dejarse desanimar. Golpeó la mesa a fin de llamar la atención del psiquiatra.

—Se trata de obsesión. ¿A que estoy en lo cierto, doctor? ¿Verdad que puede verlo en sus ojos?

—Usted es mi paciente hoy, señor Merrill —había afirmado secamente el doctor Beckwith sin mirar a John—, no su abogado.

—¡Alabado sea Dios! —había exclamado Merrill, echando la cabeza hacia atrás, presa de una alegría absurda—. El Señor nos muestra el camino, preguntemos o no por él... Dios me permite ver a John y permite que John me vea. Bajo la piel, somos el mismo. Nuestros corazones laten al unísono, doctor Beckwith. La obsesión se conoce también como «amor».

—Bueno, acabemos con esto —había dicho John bruscamente. Su cuello estaba caliente y le dolía el estómago mientras pensaba que lo que estaba diciendo Merrill era realmente cierto. No podía alejar de su mente el beso de Kate, ni siquiera en aquel lugar, la cárcel de Winterham.

—Sí, señor Merrill —había agregado el doctor Beckwith, inquebrantable y educado, sonriendo al inclinarse hacia delante—. ¿Está dispuesto a colaborar hoy?

—Sí, estoy listo...

—Comencemos, si le parece, por... Anne-Marie Hicks —había sugerido el médico tras hurgar entre sus notas—. Dígame, por favor, cómo la conoció... y qué pasó después...

John se levantó de la silla, dispuesto a marcharse. Quería dejar a su cliente a solas con el eminente experto, su mejor baza para su defensa basada en la enfermedad mental. De hecho, Beckwith había obrado milagros en esta clase de casos, y Merrill estaba realmente cortado a la medida para ellos.

Al día siguiente, mientras introducía la carta de Maggie en el casillero, seguía recordando los labios de Kate posándose sobre los suyos.

—Buenas tardes, abogado —lo saludó una voz ronca desde la puerta de la oficina.

—¡Holá, papá! —exclamó John, levantándose para estrechar la mano de su padre—. Adelante. ¿Qué te trae por el pueblo?

—Tuve que detenerme en la farmacia a comprar algo para... mis juanetes. Son un infierno.

—Pasa, papá —dijo John con una amplia sonrisa—. Fuiste a comprar algo para Maeve. Lo sé aunque me lo ocultes. ¿Qué clase de relación tenéis? Puedes decírmelo tranquilamente.

—Ocúpate de tus asuntos, mequetrefe —le respondió su padre, esforzándose por parecer severo, pero incapaz de reprimir una sonrisa.

—De acuerdo. Cada uno a lo suyo.

El juez asintió con la cabeza, satisfecho de haber puesto los puntos sobre las íes.

—Vengo de los tribunales, pero hoy no hay nada nuevo. En mi época no pasaba un día sin que hubiera algún abogado discutiendo su caso. El primero era yo, y después mis colegas. Muchos venían a oírme.

—Los buenos tiempos, ¿verdad, papá?

—Claro que sí. Bueno, ¿qué es de tu vida? ¿Sigues aún atascado en el caso de Merrill?

—No lo diría exactamente así. Estamos haciendo progresos.

—¿Qué opinan tus colegas? Siempre se ve obstruida la labor de la defensa en este desgraciado oficio, ¿no crees?

—La verdad es que están divididos —contestó John. Con un gesto le indicó a su padre que tomara asiento en la butaca Windsor en cuyo respaldo destacaba el emblema de oro perteneciente a Georgetown. John se reclinó en su silla—. Depende mucho de la posición política. Los que se oponen a la pena capital me apoyan; los otros, por el contrario, se muestran impacientes.

—Lo supongo —dijo el juez, riendo entre dientes—. Tú eres un joven emprendedor, bien conocido por la comunidad, cuya presencia en la empresa se considera un honor. No obstante, te estás granjeando enemigos al intentar salvar a un hombre al que nadie quiere salvar.

—Lo sé.

—Lo juzgan por sus crímenes, pero olvidan el punto principal: sigue siendo un ser humano. Tiene derecho a la mejor defensa posible bajo el amparo de la ley.

—Trata de explicárselo a los que arrojan ladrillos.

—Lo sé, lo sé. Es lamentable que tengas que apoyarte en un ejemplo tan odioso. Todos los de por aquí conocen a alguien que conoce a otro que conocía a una de esas chicas...

John asintió, pensando en Kate. Imaginó que la besaba y luego recordó lo que le había confiado. Sintió que se ruborizaba. A su padre no le pasó inadvertido. El anciano lo miró fijamente como instándolo con los ojos a que hablara.

—Hice algo... cuestionable —dijo John por fin.

—Entiendo.

John asintió lentamente con la cabeza. Se puso de pie y se encaminó hacia la puerta.

—Me alegro de que estés aquí, papá —dijo, cerrando la puerta—. Necesito hablarte de un asunto. Se trata de algo importante.

El juez inclinó la cabeza, esperando.

John respiró hondo. Paseó la mirada por sus diplomas y certificados, por su galería de fotos familiares: la boda de sus padres, la suya con Theresa, Teddy en primer grado, Maggie con su primera raqueta de tenis, sus hijos montando en bicicleta en el Paraíso del Helado...

—He roto la confidencialidad con mi cliente —dijo.

Su padre abrió los ojos desorbitadamente. Luego asintió con gravedad e instó a su hijo a que siguiera.

—No fue con ningún miembro del tribunal, ni con nadie vinculado previamente con el caso.

—¿Con el caso Merrill?

—Sí.

John contempló los ojos de su padre en busca de una guía, temiendo encontrar signos de desaprobación. Era mejor tragarse su orgullo, sacarlo todo y esperar la respuesta de su padre. Cualquier otro hubiera preguntado cómo era posible, pero no fue el caso de su padre. La opción de la verdadera culpa —interior, espiritual, moral— era mucho mayor para el juez que la posibilidad de ser sorprendido en falta o castigado. John consideraba el asunto bajo el mismo prisma. Sin embargo, se oyó contestando del mismo modo que si su padre le hubiera formulado realmente la pregunta.

—No creo que ella haya dicho nada... Algo me hace pensar que más bien me protege.

—¿Se trata de una mujer?

—La hermana de una muchacha desaparecida hace seis meses...

—Mucho tiempo —dijo el padre con tono apenado—. Mucho tiempo para seguir investigando.

—Sí —convino John—. Yo opino lo mismo.

—Así pues, ¿qué has hecho?

—Nos encontramos —comenzó John— en Fairhaven, Massachusetts, por pura casualidad. Fue una coincidencia. Ella me había dado cierta información que me llevó a preguntar a Greg Merrill acerca del lugar donde había estado, lo cual no figuraba en el informe, una historia que no se había hecho pública. Me dirigí allí con el fin de comprobar...

—Y lo mismo hizo ella.

—Exacto. Su hermana había estado en ese sitio y aproximadamente en el mismo momento, al parecer. —John cerró los ojos y visualizó la ventana de la muchacha, la procesión con cirios y los ojos de Kate. Volvió a sentir el beso, no pudo evitarlo, y deseó que ella estuviera allí en ese momento. Quería besarla otra vez. Estaba aterrorizado y su padre lo advirtió—. Tuve que decírselo —añadió—. No podía permitir que siguiera torturándose.

—Actuaste de forma humanitaria —dictaminó el juez.

—¿De verdad lo crees así?

—Sí, pero eso no te saca del aprieto. De hecho, el acto más humanitario consiste siempre en representar al cliente de manera adecuada. Es más, representarlo más que adecuadamente. Poner a su servicio lo mejor de tu capacidad, sin sugerir nunca la impropiedad.

—Lo que hice fue impropio. —Era más una respuesta que una pregunta.

—Absolutamente impropio.

—¿Qué debo hacer, papá?

El juez alzó el mentón con aire pensativo.

—No lo sé —contestó, pero enseguida agregó—: Claro que lo sé. Verás, los privilegios de los esposos tienen prioridad sobre cualquier otro en mi agenda. ¿Nunca le hablaste a Theresa de ellos?

Los hombros de John se tensaron. Intentó adoptar una expresión neutral. Nunca había hablado de su matrimonio (no quería discutirlo ni en la hora de su muerte), ni siquiera con su padre. El dolor jamás desaparecía, ni tampoco la vergüenza. Respondió que no, que nunca lo había hecho.

—Entonces ¿a qué viene la pregunta? ¿La mujer de que hablas mantiene una relación regular contigo?

—No —contestó John, echando un vistazo al sobre que contenía la carta de Maggie.

—¿Quién es?

—Nadie importante, papá —mintió John, dando un respingo al pensar en Kate y desear abrazarla de nuevo—. No tiene ninguna importancia. ¿Qué debo hacer?

—Bueno, para empezar, nunca más debes comportarte así.

—Lo sé. No lo haré, sé que no lo haré.

—Muy bien. Considera tus motivos, los cuales, según me has contado, eran buenos. Piensa en la posibilidad de dirigirte al Colegio de Abogados y ponerte a merced del Comité de Reclamaciones.

—Del que soy miembro —le recordó John, sintiéndose culpable.

—Así es. Después de las consideraciones debidas, después de mucho examen de conciencia, sopesas tus opciones y decides actuar aun a riesgo de arruinar tu carrera. Tú, y éste es un factor crítico, decides afrontar la posibilidad de dejar a Teddy y Maggie sin los recursos económicos para asistir al colegio y estudiar leyes. Después te das una buena patada en el culo, te injurias con todos los adjetivos posibles y juras no volver a hacerlo jamás.

—Gracias, papá —dijo John, y se sintió liberado del peso que llevaba sobre sus hombros.

—¿Merrill mató a la hermana de esa mujer?

—No lo sé.

—¿Cómo vas a encontrarla?

—Estoy en ello.

—Conviene que también cubras otras bases. ¿Tiene un marido la hermana de la desaparecida? ¿Un amante, un hermano?

—Dos de esas cosas sin duda —respondió John, pensando en el ex marido y en el hermano. En su interior deseó que no tuviera un amante.

—Contrólalos. Solicita a la policía que los controle, llama a Billy Manning. ¿Dónde vivía la desaparecida?

—Lejos de aquí —respondió John—. Vino de visita a Nueva Inglaterra.

—¿Dónde se alojó?

—En Newport, en la posada del Viento del Este.

—Estoy seguro de que Felicity cuidó bien de ella. Por ese lado no hay problemas.

John se tranquilizó al comprobar que su padre no hacía mención de Barkley. Se trataba de algo pendiente entre padre e hijo, ya que aquél ignoraba que éste había sido traicionado por su mejor amigo.

—Haz que Billy se ocupe de esto.

—Creo que Greg Merrill se la llevó. Estoy bastante seguro. El tiempo y el lugar coinciden, y ella tenía el perfil característico de sus víctimas.

—Él sólo admitió públicamente haber matado a siete —insistió el juez.

—De acuerdo.

—Muchos de nosotros, los jueces, consideraríamos que ésa es sólo la punta del iceberg —agregó el viejo O'Rourke—. No puedo asegurarlo, pero en el caso de un depredador de su envergadura...

John no paraba de hacerse preguntas. Greg sólo había admitido haber matado a siete mujeres. Había sido capturado gracias a que las víctimas tenían familiares, maridos, personas que las querían. Pero ¿qué habría pasado con las que careciesen de tales relaciones? Prostitutas, vagabundas... De hecho, la propia Willa Harris había caído en sus garras por estar separada de su hermana en la época de su desaparición.

—No me lo cuentes. No te estoy pidiendo que divulgues nada —prosiguió el juez—. Se trata sólo de ponderar. ¿Qué se sabe de su firma? ¿Coincide con la suya?

Cada asesino en serie tenía su propia firma, personal e intransferible. John no había encontrado ninguna —ni tampoco su padre— correspondiente a Merrill.

—Su cuerpo nunca fue hallado —dijo John—, de modo que no lo sé.

—Muy bien. —El juez, meneó la cabeza—. Espero que se descubra. Debe de ser un infierno para las familias. Tener que conformarse con imaginar lo que ha pasado, no poder visitar una tumba...

Una vez más, John se imaginó la procesión de fieles pescadores portugueses y sus familias, llevando cirios y cantando himnos en mitad de aquella noche gélida y oscura en honor de sus muertos, de los que descansaban en el pequeño cementerio del pueblo. La escena había resultado desgarradora, pero contenía también algo hermoso.

Lo condujo al beso de Kate.

Y volvieron los pensamientos, los sentimientos, el deseo... Sentado en su propio despacho, separado de su padre por el gran escritorio, hablando de infracciones profesionales y firmas de asesinos en serie, John seguía pensando en Kate Harris. Pensaba en que estaba allí y se arrojaba entre sus brazos.

John esperaba que ella no recurriera a un abogado. Deseaba que fuera capaz de alejarse por sí misma del dolor. Sabía todo lo que había sentido respecto a su marido. Deseaba ayudarla a desandar el camino y ahorrarle el dolor de estar siempre preguntándose lo que le había sucedido a su hermana. Ayudarla a descubrir lo que Merrill había hecho con ella. De todas las cosas, ésa era la que más deseaba ahorrarle.

15

Aquella noche, John había programado por teléfono una reunión en su casa o, más exactamente, en casa de su padre. Últimamente no había dedicado mucho tiempo a Teddy y Maggie y, tras una consulta con el doctor Beckwith, se juró no volver tarde del trabajo.

Irónicamente, al llegar a casa estuvo un rato solo. Teddy había tenido que arreglar algunos asuntos relacionados con el deporte, Maggie había dejado un mensaje en el que informaba de que había ido a dar una vuelta en bicicleta y su padre (lo que le hizo sonreír) había salido a tomar algo con Maeve a Clam Shanty.

Decidió preparar un estofado de buey. Este plato y el chile eran sus especialidades. Había aprendido la receta de un compañero del equipo de fútbol del colegio: consistía en cocer en cerveza cantidades considerables de carne y unas pocas hortalizas. Cuando lo hacía para los niños, reducía la cerveza a la mitad. Les gustaba mucho.

Como comenzaba a oscurecer, empezó a preguntarse dónde estarían sus hijos, aunque aún no le preocupaba demasiado. El sol todavía brillaba, pero la débil luz de noviembre sumía su mente en una especie de sopor. ¿Dónde podían estar Maggie y Teddy? De pie junto a la ventana de la cocina, comenzó a mirar a la calle de vez en cuando. Un coche, no, un camión circulaba despacio y giraba hacia su casa. Teddy bajó de él. John estiró el cuello para ver quién conducía: era Hunt Jenkins, el entrenador de fútbol.

La puerta de la entrada se cerró de un portazo. Teddy dejó la mochila en el suelo y corrió a la cocina.

—¡Papá! —exclamó, sorprendido de verle a esas horas.

—Hola, Ted.

—¿Qué haces en casa? ¡Falta mucho para la cena!

—¿Imaginas lo que tenemos?

—¡Claro! ¿Estofado de buey?

—¡Bravo!

—¿Dónde está Maggie?

—Me dejó una nota acerca de un paseo en bicicleta —dijo John. No estaba preocupado, pero comenzaba a inquietarse. La pregunta de Teddy hizo que se volviera de nuevo hacia la ventana, pero al cabo se apartó pensando que estaba paranoico—. ¿Has estado con el señor Jenkins?

Teddy asintió con la cabeza mientras abría la nevera. Buscó en el interior y sacó una botella de leche, la abrió y se la llevó a los labios. Dirigió la mirada hacia su padre y luego lo pensó mejor.

—Estaba en el gimnasio —dijo mientras llenaba un vaso—, preparándome para la liga de fútbol sala. Jenkins está organizándola con el entrenador de los Riverdale, el señor Phelan, y el amigo de ellos, el señor Davis. Como se hizo tarde y le venía de camino, me trajo hasta aquí. —Con el vaso a medio camino de la boca, preguntó—: ¿Te parece bien que me apunte?

—Claro que sí —respondió John—. Es una buena actividad.

—Quizá gane una beca escolar para el fútbol.

—¡Eso sería estupendo!

—Jenkins dice que voy en camino. También quiere que comience a hacer pesas para desarrollar la musculatura.

—¿Ah, sí? —John revolvía el estofado.

—Dijo que me entrenaría, pues en su gimnasio tienen un montón de pesas. Phelan y Davis también van allí. Espero que no sea un gimnasio infantil.

—¿Y por qué no usáis el gimnasio del instituto?

—Bueno, no está nada mal, pero he pensado que utilizar el otro me serviría para conseguir una beca con más facilidad.

John pinchó un trozo de carne con un tenedor de cocina y lo probó, mientras se preguntaba si no tenían nada mejor que hacer dos hombres maduros que entrenar con pesas a un chaval del instituto.

—¿Entiendes lo que te digo, papá? —preguntó Teddy—. No creo que cueste mucho, de todos modos lo preguntaré.

El estofado se cocía a fuego muy lento. Estaba casi listo. John soltó un profundo suspiro. Volvió a pensar en su trabajo. Consumía mucho tiempo con gente como Merrill y con profesionales como Beckwith para desenredar la madeja de las mentes trastornadas. Si el entrenador de Teddy quería que practicase pesas, ¿por qué recelar, pensando que había algo extraño en ello?

—Sí, claro, Ted. Tienes que ir. Sólo que no vuelvas por las rocas, ¿entendido?

—No te preocupes, papá, no te haré desperdiciar esteroides.

Sonrieron. En ese momento sonó el teléfono. Cuando John vio el nombre de Sally Carroll en la pantalla digital, dudó en contestar. Claro que podía ser Bert llamando a Teddy. Sin embargo, a pesar de que éste se hallaba cerca, acabó atendiendo la llamada.

—¿Hola?

—Johnny, soy Sally...

—¡Hola, Sally! ¿Cómo estás?

—¡Estupendamente! ¡Diría incluso que de fábula! Estoy perdida en una casa alquilada cuyo dueño se fue a Black Hall. Me dije: «Sally, necesitas un trago y un buen amigo para compartirlo.» Mi última pareja parece haberse esfumado de la faz de la tierra. Naturalmente, pensé en ti.

—Lo siento, Sally. Me he comprometido a cenar con los niños y luego tengo una conferencia telefónica. Quizás otro día.

—Muy bien —gruñó Sally—. Casi nunca nos vemos. Me he enterado por Bert de que estás viviendo en casa de tu padre. Hace un momento vi que Maggie iba hacia allí en bicicleta.

—¿Hacía aquí? ¿Quieres decir... a casa? —preguntó John, mirando ansiosamente por la ventana.

—Sí. Seguramente tomó el atajo del Nature Sanctuary, por el camino del faro. En fin, no estoy segura. Pero pensé que te interesaría saberlo. Está oscureciendo y no me gusta verla en bici a estas horas... Theresa siempre quería que te dijera...

—Gracias, Sal —la interrumpió John. Colgó el auricular y se volvió una vez más hacia la ventana. Las sombras se alargaban en la calle y en el patio. Las luces del alumbrado comenzaron a titilar como velas y al poco tiempo brillaban con intensidad. Era el crepúsculo, y Maggie no había vuelto a casa. El corazón de John comenzó a acelerarse.

Apoyó la frente en el cristal. Contempló la calle en la dirección en que su hija debía aparecer. Le dolió el estómago. Ya tenía la mano en el pomo de la puerta cuando oyó el sonido de las ruedas sobre la gravilla.

—¡Ya estoy aquí! —exclamó Maggie, yendo hacia la puerta de entrada.

Teddy levantó los ojos, sonriente. Su hermana entró en el salón. John permaneció en la puerta, esperándola, como si quisiera que ella advirtiese su sufrimiento.

—¡Hola, papá! —Tenía la nariz y las mejillas rojas. Al verle, corrió a darle un abrazo.

—Hola, Mags.

Por el tono, que no había podido evitar que sonara a sus propios oídos frío y colérico, la niña bajó la mirada con ceño y metió las manos en los bolsillos.

—¿Qué he hecho ahora? —preguntó.

—¿Estabas en casa hace un momento? —inquirió John.

Ella abrió la boca y John advirtió el impacto que le había causado que su padre no la encontrara en casa.

—¿Lo estabas o no? —insistió su padre.

Maggie meneó la cabeza, mirándolo.

—No exactamente —dijo—, pero sí en el camino del Nature Sanctuary.

—¡Maggie! —exclamó John—. ¿Qué te he dicho innumerables veces? ¿Has cruzado Lambert Road con la bici?

—Sí, papá, pero...

—¡Ni peros, ni nada! Podía haberte matado un camión, ¿sabes a qué velocidad conducen por allí? Van directos a la I-95.

Chasqueó los labios y dio la espalda a su hija.

La interestatal era el feudo de toda suerte de criminales. Los vendedores de drogas la tomaban para dirigirse hacia Florida, los contrabandistas transportaban su mercancía en camiones de dieciocho ruedas, los pedófilos iban en busca de chicos incautos. Estaba harto de que sus clientes le contaran historias relativas a ella. La propia autopista podía considerarse un cómplice coadyuvante antes y después de los hechos.

—¡Lo siento, papá!

—Sentirlo no basta. ¡Estás loca!

—¡Papá!

—Oye, papá —intercedió Teddy—, tampoco es tan grave. Los dos hemos estado lejos de casa, en la playa. Yo he pasado por allí varias veces.

—¿También tú estás chiflado? ¡No te metas en líos!

Le dolía la cabeza. Los niños habían sido arrancados de su casa (otra obligación, aunque más comprensible). La agencia de colocaciones seguía sin dar señales de vida, de modo que John había terminado por convencerse de que no necesitaba niñera. Resultaba mucho más fácil y seguro dejarlos con su padre y Maeve. Todo quedaba en familia. Pensó en Theresa y sintió rabia y dolor.

—Papá —dijo Maggie, al borde de las lágrimas. John pensó que estaba disgustada porque la había regañado—. No quiero que te vuelvas loco... No quiero disgustarte... Por favor, dame otra oportunidad... ¡Lo siento mucho, papá!

—Puedo estar loco y no dejar de quererte —dijo John abrazándola—. Te quiero, Mags. ¡No hay nada que desee más en el mundo que tu felicidad!

—No quiero que sea así —sollozó mientras rozaba con la punta de los dedos la bufanda que Kate le había regalado—. Soy lista, puedo cuidarme sola.

—Lo sé. —John también acarició la seda—. Pero aun así, te has comportado como una chiflada.

Pareció que Maggie iba a añadir algo, pero en cambio se volvió y corrió hacia las escaleras que llevaban a su habitación. Fuera era noche cerrada. John pensó que al encender la lámpara de su habitación Maggie no olvidaría correr las cortinas.

Permaneció de pie, histérico. A su mente acudió la imagen de Kate y él en el aparcamiento. ¡Besarla le había hecho sentirse tan bien! Como si de algún modo ambos se necesitasen y quisieran repetir ese momento. Estaba en una casa que no le pertenecía, con dos hijos que sólo querían volver al hogar. Cerró los ojos y pensó en Kate.

Kate pasó por su despacho para recoger algunas cosas. Después de lo que había sucedido con la postal de Willa, se había vuelto muy escrupulosa en lo referente a revisar el correo. A pesar de que su ayudante le había prometido enviárselo todo, fuera lo que fuese, Kate quería acudir a menudo a su buzón y comprobarlo con sus propios ojos. El despacho estaba vacío, como esperándola a que volviera del trabajo. A pesar de que había pedido un permiso indefinido, el solo hecho de regresar le devolvía el apetito.

Se sentó y se puso a revisar los informes y las consultas que habían llegado durante su ausencia. Había dos estudios académicos sobre la contaminación en Maryland. El trabajo siempre había sido vital para ella, aunque durante meses había sido incapaz de concentrarse en él.

Sabía que ya no podía quedarse sin hacer nada. Examinando el correo, asegurándose de que no hubiera nada acerca de Willa, se sorprendió al ver un matasellos: SILVER BAY CT. Entusiasmada, esperó a llegar a casa para leer la carta. Se despidió de sus compañeros de trabajo y cogió el ascensor hacia la planta baja.

La Academia Nacional de Ciencias se encontraba en un gran edificio moderno de ladrillo situado en la esquina de la calle Veintiuno y Pennsylvania Avenue. Kate estrechó su chaqueta verde contra su cuerpo y echó a andar. Había noches en que le gustaba ir a casa caminando: pasaba frente a la Casa Blanca, bajaba hacia Constitution y se paraba a contemplar las ramas peladas de los cerezos, seguía por el Mall, con los grandes edificios del Instituto Smithsoniano, los turistas paseando indiferentes a las condiciones del tiempo y, más allá, la cúpula brillante del Capitolio, lanzando destellos que parecían anunciarle que por fin llegaba a casa.

Sin embargo, aquella noche quería refugiarse de inmediato, por lo que se apresuró a tomar un taxi.

Su casa estaba en Capitol Hill, en Massachusetts Avenue. Después del viaje a Fairhaven, el recuerdo del mero nombre se le clavaba como una espina y le provocaba dolor. El taxista la dejó en la puerta de su casa. Kate cruzó corriendo el tramo que la separaba del confortable edificio de ladrillos y penetró en él.

Al verla, *Bonnie* parecía no caber en sí de alegría. Kate dejó a un lado su cartera y comenzó a encender luces. Al mudarse de la casa que había compartido con Andrew, había rechazado llevarse nada consigo y, por lo tanto, el mobiliario se disponía a su gusto: muebles de segunda mano comprados en la Costa Este, las alfombras trenzadas de su abuela de Chincoteague, algunas hermosas acuarelas que mostraban dunas y bahías.

Arrellanada en un sillón, extrajo el pequeño sobre de la carpeta. Su nombre estaba escrito con anchas letras infantiles, mientras que la dirección denotaba la caligrafía de un adulto.

Con sólo mirar el matasellos sus hombros se relajaron. Al abrir el sobre y comenzar a leer, le pareció que el papel desprendía una energía que ascendía por la punta de sus dedos.

Era una carta de agradecimiento de Maggie por la bufanda blanca. Teddy había agregado algunas líneas de su cosecha. Kate la leyó dos veces. Aunque John no había incluido mensaje alguno, Kate pensaba en él mientras volvía a observar el sobre. Seguramente Maggie le había preguntado por su dirección.

Sosteniendo la carta en una mano y el sobre en la otra, cerró los ojos. Pensó en la secreta escapada de su hermana a Nueva Inglaterra, en su hermano Matt, con las ostras como única compañía en el interior de su choza de Chincoteague. La familia podía ser muy escurridiza. De hecho, la suya le parecía perdida, pero en cambio, experimentaba un sentimiento de vínculo que provenía de un lugar inesperado...

—Recuerdos de *Listo* —le dijo en voz alta a *Bonnie*.

Convertida en la perra más feliz de Washington, el animal saltó al sillón de Kate y comenzó a lamerse las patas. Ambas tenían la mente en el norte, escuchaban el crepitar de la madera que ardía en un hogar. Kate sintió el calor de su perrita y recordó el abrazo de John.

Se preguntó qué habría pensado al enviar la carta.

¿Todavía? ¿Recordaba su beso? ¿Quería volver a verla?

Volvió a cerrar los ojos, apretando el sobre contra su pecho. Nunca había sentido algo semejante, tan perturbador. Apenas conocía a John O'Rourke. Además, estaba «del otro bando», ya que era el abogado de la persona sospechosa de haber acabado perversamente con la vida de su hermana.

Pero había mucho más. John era un padre viudo que había perdido a su esposa de la peor manera posible. Ella había muerto de repente, en un camino solitario, quizá mientras acudía a una cita. Kate comprendió la sacudida emocional que todo ello debía de haber causado en John. Amor, traición y desaparición, todo a la vez. Le pareció algo difícil de soportar. Ella misma era incapaz de soportarlo.

16

El doctor Beckwith no pudo telefonear a John debido a que uno de sus pacientes había sufrido un ataque. Se citaron en Providence para el día siguiente. John, deseoso de conocer las últimas investigaciones del médico, se dirigió a la clínica.

—Me sorprende que tenga tiempo de testificar —dijo John. Mirando alrededor, era incapaz de dejar de pensar en Willa Harris. ¿Adónde había ido? ¿Tenía algo que ver su cliente con la desaparición? ¿Cómo estaría Kate, de vuelta en Washington, sin saber nada acerca del destino de su hermana?

—Lo sé —contestó Beckwith con voz pesarosa—. Demasiada gente y demasiadas necesidades. Como ya sabe, trabajo sobre todo con agresores sexuales. La sociedad quiere encerrarlos en mazmorras, pero no hay que olvidar que también ellos son personas. Si quiere, llámeme loco, pero creo que puedo ayudar.

John asintió y Beckwith sonrió.

—Bueno, está claro que predico al converso, ya que ambos nos hallamos en el mismo bando. Sé que está muy ocupado, de modo que empecemos con las novedades. Se trata de algunos descubrimientos recientes, anteriores a la última entrevista que mantuvimos juntos. A próposito, ¿recuerda la fecha?

John frunció el entrecejo con aire pensativo.

—Creo que unos tres años atrás, cuando trabajamos en el caso de Caleb Jenkins.

—Muy rudimentario, si lo comparamos con el que hoy tenemos entre manos. Por cierto, ¿cómo está Caleb?

—Su madre me ha dicho que se encuentra bien. Trabaja para el padre.

—Espléndido —dijo el médico, asintiendo con un gesto—. Me siento bien por haber declarado para que no encerrasen a ese muchacho por lo que, esencialmente, fue una travesura. Ahora podrá continuar con su vida. ¡Si fuera tan fácil en el caso de mis otros pacientes!

John asintió.

—Permítame mostrarle los elementos básicos con que trabajo. Para empezar, debo decirle que su cliente está más allá de cualquier ayuda que pueda ofrecerle a otro paciente menos «atrincherado» en sus obsesiones. Me ha costado meses comprenderlo.

—Lo sé y le agradezco mucho su empeño.

—Para mí ha sido interesantísimo —aseguró Beckwith—. No todos los días uno se encuentra con alguien como él.

Por algún motivo, John fue incapaz de responder. Las palabras no acudían a su mente y sentía un ligero malestar general.

Las oficinas donde se hallaba el centro de estudios de Beckwith se encontraban en el único edificio de considerable altura de la universidad. La fundación, financiada por el gobierno federal y por aportaciones privadas, ocupaba toda la planta vigésima, y desde el interior había una amplia perspectiva de los coloniales edificios de ladrillo del College Hill, las casas de colores claros de los pescadores de Fox Point y las aguas brillantes de la bahía de Narragansett abriéndose hacia el Atlántico.

En contraste con la formidable vista del exterior, el estudio encerraba entre sus paredes un inusitado mundo de violencia, fantasías y perversiones. El doctor mostró a John sus salas de proyección de vídeos, las salas dispuestas para los juegos de rol, una máquina destinada a medir la intensidad de la excitación sexual y un laboratorio que apestaba a pescado podrido.

—¿Qué es esto? —preguntó John.

—Uno de mis métodos de *feed-back* negativo —contestó Beckwith al tiempo que hacía una mueca—. Enseño a mis pacientes a asociar estos olores repulsivos con sus fantasías violentas. Después conecto el monitor y comienzo a hablarles de sus violaciones mientras mido su excitación sexual. Cuando se produce un pico, saco a relucir el pescado podrido y el hedor rompe sus fantasías.

—¿Y eso funciona?

—Puede tardar años, pero a veces sí lo hace. Durante mucho tiempo el paciente es incapaz de tener una erección con sus fantasías.

—¿De veras?

—Esta gente, la mayoría varones, me es enviada como última posibilidad de tratamiento. Suelen haber cumplido cierto tiempo de cárcel. Muchos están en tratamiento por orden judicial, y ninguno, por cierto, espera encontrar ayuda. Se trata de maestros que acosan a sus alumnos, dentistas que toquetean a sus pacientes, hombres condenados por violación...

—Mis clientes —dijo John secamente mientras continuaban recorriendo la planta—. Así que ésta es la forma en que usted los «ayuda».

—Sí, enseñándoles a reprocesar sus fantasías. Intento desprogramarlos y comenzar el trabajo. El sexo es algo misterioso. En la actualidad, las personas pasan muy poco tiempo practicándolo. Con los pensamientos y las fantasías surgen los problemas. Cada uno de nosotros, todo ser humano del planeta, nace con una poderosa pulsión sexual. De no estar presente, la especie se habría extinguido hace mucho tiempo.

—No creo que nuestros clientes estén especialmente preocupados por la conservación de la especie —interrumpió John mientras intentaba dominar otra oleada de náuseas. Sabía que los sentimientos eran emociones; él mismo lo comprobaba cuando sus propios clientes le manifestaban sus ambivalencias respecto a la muerte. Tuvo deseos de volverse y salir de allí, coger el ascensor y salir al aire libre. No obstante, decidió quedarse.

—Claro que no —convino Beckwith—, y cuando sus deseos se vinculan con gentes o conductas inapropiadas, sienten la necesidad de satisfacerse. Así es como dañan a los demás, dañándose a sí mismos. Luego son arrestados y acaban aquí. Yo soy un behaviorista. Intento establecer conexiones entre los malos deseos y sus consecuencias indeseables, como ese olor a pescado podrido que usted percibe.

—Hummm —musitó John, esforzándose por recordar su primer curso de psicología y los experimentos de Pavlov con la campanilla y el perro que salivaba al oír el tintineo. Así se explicaba el placer. Concentrado en sus memorias académicas, logró conjurar sus propios conflictos.

—Eso es —agregó el doctor Beckwith—. La sociedad exige su tributo. Quiere que estos agresores sexuales sean encarcelados por largo tiempo e incluso, tras la ley Megan, que se les vigile una vez son puestos en libertad. Todo muy claro, pero el problema no se resuelve. Encerrados en la prisión, pasan los años perfeccionando las mismas fantasías aberrantes que los llevaron allí. Su cliente es un ejemplo privilegiado.

—¿En qué sentido?

—Será mejor que entremos a mi despacho y discutamos el caso —propuso Beckwith al tiempo que conducía a John a una espaciosa habitación con vistas al oeste, hacia la ciudad de ladrillos y granito, sorprendentemente de espaldas a la lujosa bahía por la que los propietarios pagaban a menudo un millón de dólares. Una joven de melena castaña y con aspecto de posgraduada estaba sentada ante un escritorio tecleando en su ordenador.

Beckwith cerró la puerta y le indicó a John que tomara asiento. Antes de empezar, le entregó unos formularios de consentimiento. John los leyó, descubriendo que Greg Merrill había dado su permiso para que él y el médico discutieran el caso.

—Ambos sabemos que Merrill está donde le corresponde —comenzó el psiquiatra—. Entre rejas para el resto de su vida.

—Por larga que ésta sea.

—Exacto. Cumple los criterios formales de la ley del estado. Es un depredador violento y ha cometido repetidas agresiones. La cuestión es si padece una enfermedad mental que le lleva a cometer esos horribles crímenes. Una vez más, creo que estaremos de acuerdo en dar una respuesta afirmativa.

—El estado no opina lo mismo. Cuando el fiscal resumió sus argumentos antes de que se oyera la sentencia del tribunal, recuerdo que dijo: «Habéis oído hablar mucho de trastornos emocionales extremos, pero eso no ha sido más que una excusa para defender a un sujeto que mata a jovencitas.»

—Lo sé. He leído las transcripciones.

—Tenía que decírselo —se justificó john—. Tengo una hija. Cuando pienso en Merrill desde el punto de vista de un padre, desearía que no saliera vivo del corredor de la muerte. Sin embargo, como abogado...

—Usted está haciendo lo correcto al venir a verme. —El médico se inclinó hacia atrás y dejó que sus manos reposaran en la superficie del escritorio. Era un hombre elegante, de cabello canoso y rasgos distinguidos.

John permanecía en silencio, esperando el momento de marcharse.

—Greg Merrill es, en muchos aspectos, un asesino en serie típico. Extremadamente brillante, apuesto y con un comportamiento inocente. La suma de todo ello lo hace muy atractivo para sus víctimas.

John escuchaba y pensaba en Willa Harris.

—Pero por dentro es algo completamente distinto. Su cliente está más allá de las escalas de trastornos psicológicos. No puede dominar sus fantasías. Lo acosan continuamente, incluso ahora, bajo medicación. Cumple con todos los criterios del *Manual Diagnóstico de los Trastornos Mentales* para las parafilias, pero agrega algunos. No sólo quiere violar, sino eventualmente también matar a sus víctimas.

John desvió la mirada.

—Quiere poseer sus almas. Sus fantasías incluyen dejarlas con vida en los rompeolas una hora después de haberles cortado el cuello. Permanece con ellas hasta que sube la marea, hasta el último minuto, hasta que está a punto de mojarse. Todo ello sucede siempre fuera del área de visión de la playa y de las embarcaciones que puedan pasar por allí.

—¿Por qué? —preguntó John, mirándolo fijamente a los ojos.

—Porque de ese modo las víctimas sienten lo cerca que están de la muerte y, al mismo tiempo, del auxilio y el rescate.

John esperó a que Beckwith continuara.

—Experimenta el empuje primario de las mareas. El mar, para Merrill, es femenino. Es una madre que todo lo da y todo lo quita. Nutre y come. Su particular patología incluye el odio hacia su madre. Ella era sobreprotectora y posesiva, pero trabajó duro para que su hijo saliera adelante. Merrill cree que al mantener con vida a sus víctimas durante cierto tiempo, mientras el agua crece alrededor de ellas como una experiencia primigenia, entonces ella le pertenecerá para siempre.

—¿Está seguro de eso? ¿No se trata sólo de una metáfora? ¿No cree que está deslumbrándonos?

—No hay paciente capaz de deslumbrarme —sentenció el doctor Beckwith con una sonrisa burlona.

—Disculpe —respondió John—. Estaba pensado en mí. He sido manipulado de la peor manera en mi propio oficio. He creído siempre en la historia de mi cliente, sin saber que en realidad me estaba mintiendo.

—Merrill no puede mentir sobre este tema —repuso Beckwith, meneando la cabeza—. Es demasiado importante para él. Su necesidad de control sobre las muchachas es vital, como lo demuestra la forma en que las hace desaparecer, llevándoselas en su furgoneta, amordazándolas, violándolas repetidamente, matándolas lentamente.

—Dejándolas vivir hasta el último momento mientras sube la marea —agregó John, dolido al imaginar a Willa intentando respirar, esperando... La imagen era horrenda, y John se estremecía de sólo pensar que Kate pudiera oír aquellas palabras.

—Sí. En cierto sentido él considera al mar, su madre, como cómplice. Aunque lo niegue con vehemencia, necesita *su* permiso. Ella le permite completar sus actos.

—Es muy intuitivo —dijo John, apartando de su mente el posible dolor de Kate—. Sabe que usted quiere crear una nueva categoría para él. Cree que lo considera un «hacedor de zombis».

El médico sonrió ante aquella expresión de humor negro.

—Lamento contradecir a nuestro cliente, pero no es el primero. Dahmer tuvo ya la fantasía de crear zombis a partir de sus propias víctimas. Lo que resulta distintivo de Gregory Merrill es su necesidad de dominar totalmente a la mujer, lo que de hecho significa adoptar una actitud sumisa ante una de ellas.

—El mar —susurró John, y la imagen del cadáver de Willa rescatado de algún remoto rompeolas surgió en su mente—. La marea alta.

—Así es.

John miró el reloj. Tenía una tarde ajetreada. Además, se había comprometido a dar un paseo en bicicleta con Maggie.

—De modo que podemos utilizar el atenuante de enfermedad mental en la próxima audiencia.

—Sin ningún género de dudas.

—Gracias, doctor —dijo John, estrechándole la mano. Una vez fuera del despacho esperó que la ayudante de Beckwith le hiciera copias de los formularios de consentimiento.

Dio las gracias al doctor y a la secretaria y se introdujo en el ascensor.

De vuelta en el coche, aparcado en Thayer Street, compró un café y se dispuso a conducir hasta Connecticut. Durante el trayecto no dejó de pensar en las palabras de Beckwith. Aquel médico quería ayudar a las personas, entenderlas mejor.

John quería hacer lo mismo con Kate.

Desde que el dolor de Kate se le había revelado en aquel aparcamiento de Fairhaven, John sentía como si algo en su interior se hubiera desbloqueado y liberado. Se reconocía como un abogado defensor en una situación insostenible.

Al oír a Beckwith hablar sobre sus clientes, John había sentido un fuerte desasosiego y hasta odio por el interior del edificio. Tras hablar del caso de Merrill, comprendió que había consumido gran parte de su tiempo en intentar conocer a sus víctimas y en concebirlas, con la mejor de sus capacidades, como jóvenes llenas de esperanzas, con sueños y familias que las arropaban con cariño.

Sabía sus nombres y los repetía formando una lista. Pero más allá de este deseo de humanizarlas, nunca había conocido a ninguna de ellas con anterioridad. Nunca había abrazado y besado en mitad de la noche a ninguna de sus hermanas.

Su trabajo era pura teoría, no una defensa psiquiátrica. Sin embargo, los familiares de aquellas chicas sentados en la sala del juicio lo odiaban porque estaba defendiendo a los asesinos de sus seres queridos. Ahora, uno de estos familiares tenía un nombre, un rostro, una mirada que le llegaba directamente al alma: Kate.

Pero al margen de las circunstancias que habían llevado a su hermana a conocer a Greg Merrill, John supo que el ejercer de abogado del diablo era lo que estaba destruyendo su propia vida familiar. Teddy lo acosaba siempre al respecto: «Merrill reconoce lo que ha hecho: asesinar jovencitas y arruinar familias. Merece lo que se avecina. Todos saben lo que ha hecho, papá.»

Buscó la carta de Kate en el bolsillo. Podía llamarla con la excusa de preguntarle si había recibido la carta de los chicos. También podía preguntarle simplemente cómo estaba, si se había tranquilizado al volver a casa, decirle que él deseaba que estuviera bien.

Estaba a punto de abrir el móvil cuando éste sonó en su mano.

—¿Hola? —dijo. El corazón le pesaba. Podía ser Kate Harris, como si la magia de Fairhaven volviera a materializarse y de nuevo estuvieran juntos en el mismo lugar y el mismo momento.

—Hola, Johnny, soy Billy. —Era la voz profunda de Billy Manning, teñida de excitación—. He roto cualquier regla de la profesión para darte un informe de última hora. Conviene que vayas inmediatamente a Point Heron, al rompeolas.

—¿De qué me estás hablando?

—Al parecer, hay alguien que imita a Merrill.

—¿Han encontrado un cadáver? —John sintió que el pulso le latía en las sienes.

—Sí, atrapado en el rompeolas.

—¿Es reciente? —preguntó John con un hilo de voz, pensando en la posibilidad de que se tratara de Willa. Si era así, sólo habrían encontrado huesos. Rogó que estuviera equivocado.

—Muy reciente —respondió Billy—. Estaba allí no antes de la última marea. Al parecer, esperaba la próxima. Exactamente igual a las víctimas de Merrill, John. El nuevo sujeto conoce bien su estilo.

—Excelente —dijo John.

—¿Excelente? —clamó Billy—. Pero ¿te has vuelto loco? Vamos, ven aquí antes de que pierdas la oportunidad de ver lo que tenemos entre manos. Y no digas a nadie que te he llamado.

Excelente. Su comentario no tenía ninguna relación con la réplica de Merrill que andaba suelta.

Excelente. Sí, el hecho de que no hubiera nada más que huesos indicaba que el cadáver no podía tener seis meses y, por lo tanto, no era el de Willa Harris. Excelente significaba que Kate no debería enfrentarse con el mayor de los horrores. De hecho, nada había de excelente en el motivo por el que Billy lo había llamado.

Absolutamente nada.

Se había congregado una multitud para observar las operaciones de la policía.

Las camionetas de la Brigada Estatal de Homicidios bloqueaban el paso al aparcamiento de arena. Habían dispuesto alrededor una cinta amarilla a través del promontorio rocoso. Las nubes bajas y oscuras hacían que pareciese de noche. Los destellos de las cámaras fotográficas iluminaban la escena de vez en cuando. Las brillantes luces de los faros y las luces rojas de posición de los coches se reflejaban en la llana estela del oleaje.

John aparcó el coche, caminó hacia la cinta amarilla y miró a Billy Manning.

—¿Qué hace usted aquí? —le espetó otro policía—. ¿Busca una ambulancia para otro cadáver?

—Olvídelo —le respondió John con hastío observando a su amigo, que acudía desde el rompeolas resbalando a causa de las rocas húmedas.

—Ustedes los abogados tienen un sexto sentido para saber de dónde vendrán los próximos ingresos —insistió el policía—. No es una mala forma de hacerse rico gracias a la muerte.

John hizo caso omiso del comentario, pero no por eso dejaron de dolerle sus palabras. Vio a muchas personas que acudían al extremo del rompeolas. Había inspectores de policía, el médico encargado del examen inicial del cadáver y un agente grabándolo todo con una cámara de vídeo. Oscurecía con rapidez. Pronto subiría la marea. Un joven agente, enviado a buscar el envoltorio negro que contendría el cadáver, lo sacaba del interior de la furgoneta del oficial al mando.

Mirando hacia el rompeolas, donde por un instante el gentío se dispersó, distinguió fugazmente el brazo de la mujer, torcido, con los dedos rígidos y extendidos. Parecía un miembro delgado y fuerte, como un trozo de madera que el mar hubiese arrastrado. La marea subía por momentos y el equipo intentaba extraer el cadáver antes de que las olas lo cubrieran.

Abstraído en el «espectáculo», John fue incapaz de reparar en la persona que se le había acercado por detrás.

—¿Papá?

Era Teddy, vestido con vaqueros, jersey y zapatillas de playa. Sostenía debajo del brazo una pelota de fútbol. Miraba fijamente a su padre, con los ojos llenos de tristeza y dolor.

—¿Qué haces aquí, Ted? —preguntó John.

—La he visto, papá —musitó Teddy—. Bert, Gris y yo estábamos jugando al fútbol en la arena. Una mujer paseaba por las rocas, llevaba un perro. De pronto desapareció y a los pocos momentos vimos al animal en las rocas. Entonces oímos el alarido de la mujer...

—¿Os dirigisteis hacia aquí?

Teddy negó con la cabeza. Estaba pálido.

—No —respondió—. Quisimos ayudar, pero la señora nos dijo que la chica estaba muerta. Luego llegaron los policías, y tú...

—Me alegro de que no lo hicierais. —John abrazó a su hijo. Fue un gesto instintivo, pues casi de inmediato retrocedió, comprendiendo lo consternado que Teddy debía de sentirse. Sin embargo, el chico se aferró a su padre, como si no quisiera que se moviera de allí. Ese sentimiento bloqueó a John. Cerró los ojos pensando en qué lejos estaría siempre de su empeño en apartar a los hijos de los horrores del mundo.

—¿Por qué estabais jugando en la playa y no en el campo? —preguntó.

—Hoy teníamos previsto entrenar en Riverdale para el partido de fútbol sala. Sin embargo, Jenkins y Phelan, el entrenador de los Riverdale, no pudieron ir al gimnasio, no sé por qué motivo, creo que algo relacionado con entrenos de baloncesto. Pensamos en aplazarlo para mañana, pero Bert y yo queríamos empezar cuanto antes. Por eso fuimos a la playa.

—¿Y por qué Pont Heron y no Silver Bay?

—La madre de Bert nos trajo aquí en el coche. Tiene un nuevo amigo. Vive allí —contestó Teddy, señalando una casa nueva encaramada sobre la playa. Se hallaba emplazada en un terreno que había sido removido hacía poco tiempo para permitir la edificación. Al volverse, John vio a Sally Carroll que, acompañada de un hombre, estaba mirándolo con unos prismáticos.

Cuando John la saludó con un gesto de la mano, ella, sin desprenderse de los prismáticos, volvió la cabeza hacia el rompeolas, como si fingiera no haberlo visto. John y el desconocido se miraron mutuamente. John lo reconoció: era el individuo que estaba presente en el partido de fútbol al que también había acudido Kate.

—Ese hombre es Peter Davis, ¿verdad? —preguntó.

—Sí —respondió Teddy—. Creo que vino a Hotchkiss con Phelan; es su amigo y también el de Jenkins. Íbamos a ir a su gimnasio a practicar pesas. ¿Quién es la muerta, papá?

—Lo ignoro, Teddy.

—¿Es verdad lo que oí decir a los policías mientras paseaba? ¿Es verdad que estás aquí porque quieres representar al asesino?

John negó con la cabeza, observando cómo movían el cuerpo entre las rocas y comenzaban a transportarlo hacia la furgoneta negra. La piel de la víctima se apreciaba laxa y pálida bajo aquella luz mortecina. El cabello castaño estaba desmadejado como un montón de algas. Siguió observando la escena hasta que la pusieron en la camilla y luego miró a su hijo.

—No, no es ésa la razón por la que estoy aquí.

Debería haberle explicado un asunto de conflicto de intereses, por qué no podía ser abogado de alguien que copiaba los delitos de Greg Merrill. Pero no pudo hacerlo.

—Entonces ¿por qué has venido? —insistió Ted.

John observó al equipo que lentamente había extraído el cuerpo del rompeolas, cuando las olas le lamían ya los dedos de los pies y le salpicaban los tobillos. Pensó en Kate y en Willa, incapaz de apartar la mirada del vehículo fúnebre.

—Por un amigo —dijo al fin, reaccionando ante la mirada de su hijo—. Sólo he venido a causa de un amigo.

17

Kate había oído el rumor de que Andrew Wells había sido el cerebro en la sombra del viaje del senador Gordon a China con el objetivo de mejorar su perfil nacional al incrementar su reputación como experto en política exterior. Cada vez parecía más claro que el jefe de su ex marido se perfilaba como candidato a la presidencia en las próximas elecciones.

Era el lunes de la semana de Acción de Gracias. Tras enterarse de que la delegación había vuelto esa misma mañana, Kate supo con exactitud dónde encontrar al jefe de la misma, víctima sin duda del *jet-lag*, en la que había sido su hogar de Watergate.

Andando por el barrio de Foggy Bottom tras salir de su oficina, apenas podía sentir algo en su interior.

Había anochecido y la humedad saturaba el aire, rodeando las luces del alumbrado con un halo de neblina. Hasta hacía seis meses había sido su camino preferido. Le encantaban entonces las pequeñas casas de ladrillo, el sentimiento de estar atravesando una aldea, la proximidad del Kennedy Center... Ella y Andrew eran fanáticos de la ópera y estaban abonados a ella.

En aquellos tiempos solía hacer a diario aquel camino. También solía comprar tulipanes en la floristería para disponerlos sobre la mesa del vestíbulo, como símbolos de la vida que ella deseaba. En noches de noviembre como la de ahora, sintiendo el frío que le llegaba desde el Potomac, pasaba deprisa por tiendas y cafeterías, deseosa de llegar al hogar. Soñaba con que Andrew estaría para la cena.

Pero en la actualidad Kate se había inmunizado contra cualquier clase de visión o emoción.

Había habido múltiples indicios desde un año y medio antes de que Willa se fuera a trabajar con Andrew, y en cuanto Kate comenzó a advertirlos, se sintió preocupada, dudando sobre sí misma. Habría jurado que su marido era digno de confianza, no podía creer que durante todo ese tiempo hubiera estado engañándola.

Pero poco a poco algo había cambiado en su interior, y los indicios comenzaron a aparecer por todas partes: llegaba a casa a altas horas de la noche, nunca lo encontraba cuando le telefoneaba a las habitaciones donde debía alojarse durante sus viajes de trabajo. En una ocasión encontró rastros de carmín en su cuello. Fue ella quien temblaba cuando sacó a relucir el tema. Él, en cambio, la había rodeado con los brazos e iniciado una lenta danza hacia la ventana para calmarla.

—Kate, sabes muy bien que nunca estoy en mi habitación —le había dicho—. Siempre trabajo rodeado de gente, nunca en la cama... Oí tu mensaje, pero era tan tarde que no quise despertarte.

—Pero el carmín, Andrew...

—¿De qué color es? —había preguntado Andrew con tono de mofa—. Si es rojo, pertenece a Jean Snizort; si es rosa, seguro que proviene de Vicky McMahon. Ya sabes, no pueden resistirse y me acechan cuando hay que llevar los proyectos de ley al senador. ¡Vamos, Kate, se trata de un juego!

—El amor no es un juego...

—Pero es que no amo a ninguna de ellas. Sólo te amo a ti.

Kate había sentido que la abrazaba y quiso creerle. Lo amaba, y la confianza era más soportable que la duda. Así lo había hecho desde Chincoteague: una actitud positiva, confiando en lo mejor de las gentes, y creía que sus siete años de matrimonio eran una prueba de ello.

Sin embargo, a partir de cierto momento comenzó a resultarle difícil creerle. Le dolía el estómago en cuanto intentaba hablarle, como si su cuerpo quisiera saber la verdad antes que su alma. En una ocasión, una joven del personal de su marido había telefoneado a casa y Kate sintió el impulso de arrojar el teléfono por la ventana hasta llegar al río Potomac; en otra, Kate había olido perfume en su camisa y no pudo evitar interrogar a su marido...

Ahora, al llegar a su destino, respiró hondo y saludó a Frank, el portero. El hombre dudó, pero acabó por preguntarle a quién deseaba ver. Kate sabía que no se sentía cómodo: después de tantos años de saludarla como uno de los residentes, ahora se veía obligado a tratarla como a una visita.

—Quiero ver al señor Wells. No te preocupes, Frank —contestó sonriendo no sin cierta tristeza—. Ya no vivo aquí. Sé que preguntarme es tu obligación.

—No sabe cuánto me gustaría que siguiera aquí, señora Harris —dijo el portero, meneando la cabeza—. Todos la echamos de menos.

—Gracias, Frank. —Sonrió con nerviosismo. Aquellas palabras significaban mucho para ella y sabía que eran sinceras.

Andrew había encendido la luz verde, pues Frank acompañó a Kate hasta el ascensor. No sabía a qué habría de atenerse. No le había telefoneado con anterioridad porque temía escuchar que él no podía verla en esos momentos. El ascensor se detuvo en la undécima planta. Kate bajó y avanzó por el pasillo. La puerta del piso estaba abierta.

Andrew se hallaba de pie, vestido con vaqueros y un jersey de cachemira azul. Sus cabellos rubios estaban revueltos por el sueño; aún se advertían las marcas de la almohada en su cara. Ella conocía bien sus costumbres. Recordaba que, al volver de un viaje por mar, se había bebido cuatro litros de zumo de naranja para saciar la sed y recuperar vitamina C. Supo, pues, que en cuanto había llegado a casa se había duchado y después metido en la cama. Seguramente se habría cubierto con la colcha hasta la coronilla porque la luz y los ruidos le molestaban para dormir.

Sabía todo esto y, no obstante, observó sus ojos color avellana y no pudo desviar la mirada, aunque su corazón no sentía nada por él. Sus emociones se habían enfriado, como si hubieran sido destrozadas por el hombre que ahora estaba de pie ante ella, y nunca habían recobrado el calor.

—¡Hola, Katy! —exclamó Andrew.

—Andrew...

—¿Qué te trae por...? —Se interrumpió, meneó la cabeza y sonrió—. Iba a decir «por casa». ¿No lo encuentras divertido? Debe de ser el *jet-lag*. Hace seis meses que ésta no es tu casa.

—Casi siete —puntualizó Kate con voz queda—. Desde que te sorprendí en la cama con mi hermana.

—Y no esperaste ni un día para comenzar los trámites de divorcio...

Ella asintió, mirándolo como si sus palabras fueran literalmente verdaderas.

—Podemos solucionarlo, Kate.

Kate suspiró sin dejar de mirarle. Hubo un tiempo en que habría deseado con todo su corazón que sus palabras fueran ciertas. Pero ya no le creía.

—Te he dicho muchas veces —prosiguió él con tono distendido, más propio que nunca de un político— que tu cólera estaba plenamente justificada. Pero ¿tenemos que dejarnos llevar por ella? Al fin y al cabo, ¿quién quiso el divorcio? ¿Quién es capaz de no perdonar, quién fue a pedir asesoramiento legal?

—Yo —respondió Kate.

—¡El divorcio más rápido de la historia del distrito! ¡Bang, bang y se acabó! Mis amigos aún se preguntan cómo nos lo montamos. Ellos se han visto sometidos hasta la extenuación a declaraciones e interrogatorios durante años.

—Lo suyo no estaría tan claro.

—Pero es que tú no hiciste ninguna pregunta. Llevábamos casados mucho tiempo. Podías haberte llevado la mitad de los bienes.

—No quiero tu dinero.

—Tampoco me quieres a mí —repuso él—. Habría intentado cambiar.

—Cuando se ama a alguien, se supone que no quieres que cambie. Mi madre siempre lo decía: lo aceptas como es. Sin embargo, no puedo tolerar lo que has hecho.

—Pero ¿me quieres?

—Te he querido, Andrew.

—Puedo haber cambiado...

Kate desvió la mirada. Todo aquello le parecía imposible. Su concepción del matrimonio era completamente distinta a la de Andrew: un hombre y una mujer que se aman para siempre. Eso era. No cabía en ello la idea del engaño, el hecho de frecuentar otras mujeres, incluida su propia hermana.

Echó un vistazo a la habitación. Era hermosa y contaba con una espléndida vista del Potomac. El alumbrado de los puentes estaba encendido y, al otro lado del río, en Arlington, la Casa de Lee estaba iluminada. Todavía seguían allí el elegante sofá de cuero, las sillas y los divanes, la alfombra de colores arena y oro. Colgados de las paredes permanecían los cuadros de paisajistas holandeses iluminados desde arriba con lámparas apropiadas.

—Así que has venido a reprochármelo un poco más —dijo Andrew.

—No, te equivocas.

La invitó a sentarse. Kate aceptó. Contempló el piano, evitando la mirada de Andrew. Sólo en ese momento se permitió un destello de profunda emoción.

El retrato que Willa había pintado de ella junto a un avión colgaba de la pared. Era un hermoso cuadro, la artista había captado detalles de Kate que ella nunca hubiera imaginado: un ánimo amable, la calidez de los ojos, cierta concentración infantil, los labios entreabiertos, la bufanda agitándose al viento. Siete meses atrás, cuando había dejado la casa, Kate sentía demasiada ira hacia Willa como para llevarse ese cuadro.

—Veo que aún tienes mi retrato —dijo.

—Es una encantadora obra maestra.

—Creí que lo habías retirado.

—Amo las cosas hermosas —aseguró Andrew.

Kate se sintió indispuesta. Él la había querido, pero después había amado a su joven hermana. Miró hacia otra parte, tratando de serenarse. «Cosas hermosas...» ¡Tanto la artista como la modelo!

—Puedes llevártelo si quieres —señaló John.

—Gracias, lo haré. Pero antes quiero preguntarte...

—¿De qué se trata, Kate? Creo que hemos hablado de todo lo que debíamos hablar. ¿Por qué vamos ahora a revolver las cenizas? ¿Todas las parejas deben pasar por esto? Cuando uno de los miembros comete una solemne equivocación, ¿hay que seguir hurgando en la herida incluso después del divorcio? ¿Cuántos de nuestros amigos han cometido tonterías con sus secretarias o con las empleadas del Senado o incluso con alguien que conocieron en un bar? ¿Crees que todavía están pagando por ello?

—Willa no era una empleada del Senado —replicó Kate, el corazón a punto de estallarle—. Era mi hermana. Tenía veintidós años, y hace tiempo que ha desaparecido.

Andrew suspiró con fuerza. Parecía más afectado que nunca por el *jet-lag*.

Sus ojos habían envejecido y parecían cansados. Kate advirtió que tenía muchas más arrugas que cuando se habían conocido.

—Debe de estar escondida en alguna parte —dijo Andrew—. ¿Recuerdas que solíamos llamarla Fuego Fatuo? Es una artista, una bohemia, con su propio ritmo, con su propio centro...

—¿Es eso lo que te atrajo de ella?

—¡No empecemos, Kate! Tú eres una bióloga, una científica, y sabes

213

lo mucho que respeto eso. Sólo hubo un desliz a cargo de un condenado imbécil, en la crisis de la mediana edad, una equivocación estúpida. Estamos en Washington y hay tentaciones allí donde mires. Sabes muy bien cuánto lamento haberte hecho daño. Me odio por ello y juro que no volveré a hacerlo.

—Pero lo has hecho.

—Lo sé. Sentí que te alejabas, cansada de nuestra vida. Entonces Willa vino a trabajar en mi despacho. Nunca debí haberlo permitido, pero te juro que no fue premeditado... Me recordaba a ti. Es enfermizo, lo admito, pero me hacía sentir que retrocedía en el tiempo, hacia la época en que éramos jóvenes.

Kate apretó los puños.

—No resulta tan horrible oírlo ahora que si lo hubieras dicho entonces. ¿Me estás diciendo que te acostaste con mi hermana para revivir la pasión que antes habías sentido por mí?

—Kate, te lo ruego...

—Sólo tenía veintidós años, la habíamos ayudado a crecer. Te aprovechaste de ella.

—No digas eso, no puedo soportarlo. —Andrew se cubrió los ojos con las manos.

Kate advirtió el peso de su dolor. Había querido a Andrew por el trato que había dado a Willa cuando era una jovencita. Nunca imaginó que podía pasar algo semejante y, se veía obligada a creerlo, ni tampoco él lo había imaginado. El divorcio era un hecho. Después de esta visita, sus vidas se separarían para siempre.

—Estás cansado, yo estoy indispuesta. ¿Qué te parece si dejamos de luchar? —propuso Kate.

—De acuerdo. De todos modos, ¿me dirás por qué has venido a verme?

Kate volvió a mirarlo. Los ojos de Andrew no mostraban expresión alguna. Ella sintió que sus emociones se arremolinaban, como si hubiera quitado un tapón de una bañera llena de agua. ¡La cara de Andrew era tan familiar! Su voz resultaba realmente encantadora; trabajaba para un senador conocido por sus opiniones liberales y por su apoyo a las políticas de defensa de los derechos humanos y protección del medio ambiente. El senador Gordon lo había elegido porque compartían ideas y por su corazón abierto. Andrew era, a pesar de sus defectos, un buen hombre.

Kate volvió a mirarlo a los ojos.

—Porque así me siento más cerca de ella —susurró.

—¿Qué?

—La echo mucho de menos, Andrew. Intenté decírselo a Matt, pero se niega a escucharme. Verás, he hecho un viaje a Connecticut y Massachusetts, a la última gasolinera que ella utilizó.

—¿Por qué, Kate?

—Para comprender —respondió con voz ahogada—. Para imaginármelo todo: hacia dónde se dirigió, por qué lo hizo. Si hubiera tenido antes la carta...

—Lo lamento —dijo Andrew, mirándose el pie desnudo—. Fue culpa mía. No soportaba ver tus señas en las cartas. Habías comenzado los trámites de divorcio y yo lo arrojaba todo a la papelera. Allí fue a parar, quizás entre las páginas de alguna revista.

—Si la hubiéramos visto antes...

—¿Crees que de haber sido así hubiésemos podido impedir algo?

Kate meneó la cabeza y, de inmediato, volvió a dirigir la mirada hacia el retrato. El talento de Willa se hacía patente en los suaves colores de su paleta, en las pinceladas seguras, en la capacidad de reproducir la emoción del modelo, en el blanco ligero pero firme con que estaba pintada la bufanda.

—No estoy segura —susurró.

—Sé que al principio estabas muy asustada —dijo Andrew, avergonzado—. Ella también quiso hacerte daño.

—Hacerme daño... Sí, es verdad. Yo tenía miedo de que ella no pudiera vivir después de lo que había pasado entre los tres.

—No sé por qué. No comprendo la manera en que reaccionaste cuando nos viste por primera vez. —Andrew desvió instintivamente la mirada hacia la puerta del dormitorio.

Kate sintió una punzada en el pecho al recordar aquel día, cuando llegó a casa temprano debido al intenso frío. Había abierto la puerta del dormitorio para colgar la chaqueta en el armario y entonces los sorprendió. Andrew y Willa estaban ante ella, desnudos, acostados en la cama, acariciándose los rostros de la forma más íntima imaginable.

Al principio, Kate fue incapaz de reaccionar.

Se limitó a mirarlos sin dar crédito. Andrew y Willa... ¡No era posible! Sintió que la habitación giraba alrededor, luego oyó sus propios gritos y corrió lejos de allí, fuera de la casa.

—Ella se fue tan deprisa —dijo Andrew con expresión vacía—. Dudo que pueda resistir la idea de volver a verte. Aquella noche volviste y te acostaste en el estudio.

—Viniste a verme. Me trajiste un vaso de agua fría y me diste una toalla de mano empapada.

—Sí, y tú rompiste el vaso contra la pared e hiciste jirones la toalla.

—Willa no vio todo eso.

—No, ya se había marchado —dijo Andrew—. Tú te marchaste al día siguiente. Nadie me dio una segunda oportunidad. Sin embargo, habíamos estado juntos...

—Lo nuestro estaba acabado.

—Pero quizá tampoco quisiste dar otra oportunidad a Willa.

Kate volvió a mirar el retrato. ¿Y si Andrew tenía razón? Necesitaba saber que era capaz de apartarse de su dolor y volver a querer a su hermana aún más que antes.

—Es mi hermana —dijo—. Estamos unidas por la misma sangre.

—Y nosotros por los mismos juramentos —le recordó Andrew mientras su mirada se perdía en la orilla del Potomac.

Las manos de Kate comenzaron a temblar, vacilando ante lo que debía hacer. Si Willa no los hubiera dejado, ella nunca habría sabido hasta qué punto la quería. Ahora, incapaz de renunciar al dolor, también la odiaba.

—¿Crees que puedo hacer algo para que te sientas más cerca de ella? —preguntó Andrew con voz cansada—. ¿Has venido para eso?

—Pensé que podrías —comenzó Kate, inclinando la cabeza.

—Lo siento...

—Bueno, pasamos días muy felices aquí —se atrevió Kate—. Tú fuiste muy generoso con ella. En muchos sentidos, fuiste como un padre. Era muy joven cuando nos casamos.

—Todo lo eché a perder —dijo Andrew, sacudiendo la cabeza con expresión de amargura.

—¡Oh, Andrew! —susurró Kate. Al verlo en aquel estado, sintió que él también había pagado un alto precio por lo sucedido. Sintió un atisbo de compasión hacia él. Por primera vez sintió una oleada de perdón. Sorprendida, advirtió que mitigaba su dolor.

—Si quieres encontrar a otro —continuó Andrew—, no tienes más que mirar alrededor. Aquí ya no recibirás correo, por lo menos para arrojar a la basura. Si llegase algo, lo miraría con sumo cuidado.

—No —dijo Kate, poniéndose de pie—. Sólo había venido... para verte, y para hablar acerca de Willa. En Connecticut hay un abogado... —Tragó saliva con dificultad al pensar en John O'Rourke—. Representa la defensa de un asesino en serie, Gregory Merrill. Fui a verle porque sospecho que su cliente raptó a Willa.

—¿Cuál es la opinión de ese abogado?

Kate permaneció en silencio recordando las palabras que John le había dirigido en Fairhaven y la manera en que la había abrazado y besado. Sabía que si le hablaba a Andrew acerca del secreto, John perdería la confianza de sus clientes.

—No lo sé —se limitó a responder, y de repente deseó no haber venido. El hecho de hablarle de John era como abrir una brecha en un asunto privado—. No merece la pena.

Andrew la miró como esperando su próximo gesto. Debía de ser extraño para él, recién llegado de China, haber recibido la visita de su ex esposa después de seis meses sin verla. Kate se dirigió hacia el piano y se inclinó para descolgar el retrato de la pared.

—Espero que seas feliz —dijo Kate.

—Lo mismo digo —respondió Andrew.

Permanecieron un momento inmóviles en su antigua sala de estar, mirándose a los ojos. Kate, que hasta ese instante no sabía exactamente a qué había venido, de pronto lo comprendió: había acudido para llevarse consigo el cuadro de Willa y dejar a Andrew para siempre.

Al cabo de unos segundos, a Kate le pareció que Andrew esperaba incluso un beso de despedida. Ella dio un paso atrás, revelando sus intenciones.

Luego se dirigió a la puerta. Mientras esperaba el ascensor oyó que Andrew cerraba la puerta con suavidad. Respiró hondo, sorprendida por su firme decisión. No sólo había ido a aquel piso para ponerse en contacto con Willa, sino también para despedirse de Andrew. Sus sentimientos hacia él pertenecían al pasado.

Pensó en Connecticut. Pensó en el azul profundo del estrecho de Long Island, en las orillas de los ríos; en dos chicos y un perro con el pelaje lleno de espinas; en su hermana, buscando en su propia alma una respuesta a sus preguntas; y en un hombre, vinculado de alguna forma con todo ello. Pensó, en fin, en todas las cosas luminosas y cotidianas que comenzaban a importarle.

18

Teddy miraba por la ventana, preocupado por la tardanza de su hermana. El mundo estaba sembrado de peligros y ella era joven, bonita y vulnerable. Acababa de ver en los periódicos las fotografías de Amanda Martin, la última víctima. Sin duda había sido tan guapa como las que él veía a diario en el instituto o en las calles del pueblo. Como la propia Maggie. Así pues, si aquellas cosas terribles podían sucederles a muchachas como Amanda, ¿acaso no podían ocurrirle también a Maggie?

Miró el reloj y decidió esperar diez minutos hasta que su hermana llegase. Diez minutos, no más. Eran las tres y cinco. La esperaría, pues, hasta las tres y cuarto. Ella solía llegar a casa antes que él y esperarlo en la puerta, atenta y ansiosa por jugar o hablar un poco con él.

En los últimos tiempos, sin embargo, la vida de Teddy se había complicado, de lo cual se alegraba. No solía preocuparse por Maggie cuando estaba realizando actividades fuera de casa, que eran muchas, gracias a las cuales confiaba en que acabaran aceptándolo en el equipo universitario.

Además, jugar al fútbol con frecuencia y realizar las numerosas tareas escolares lo protegían contra la nostalgia del verdadero hogar. El abuelo y Maeve estaban en la cocina, preparando pasteles y esforzándose por que todo saliera a la perfección para la comida de Acción de Gracias. A pesar de lo mucho que le gustaba la casa del abuelo, en aquel momento echaba de menos la suya. Volvió a mirar el reloj: las tres y siete minutos.

Era lunes. Faltaban cuatro días para la cena de Acción de Gracias. Recordaba cómo su madre cocinaba antaño para toda la familia, despertándose de buena mañana para meter el pavo en el horno. La casa olía de maravilla. Todos iban al campo de fútbol para asistir al clásico enfrentamiento entre Shoreline y Riverdale. Mientras los padres se dedicaban a dar ánimos a sus hijos, su madre optaba por provocar a su marido diciéndole lo grandes y fuertes que podían llegar a ser los jugadores de fútbol americano.

Teddy se hacía un poco más fuerte tras cada sesión de flexiones o de pesas. Así estaría en condiciones de proteger a su hermana de las agresiones del mundo. Es más, pensaba que, de haberlo visto, su madre habría sentido por él un verdadero orgullo. Al fin y al cabo, la diferencia entre los jugadores de fútbol y los de fútbol americano no eran tan grandes.

¿Sabían las chicas del pueblo que podían un día entablar una conversación con un desconocido que acabaría destruyéndolas? Volvió a retorcérsele el estómago de sólo pensarlo. Maggie... Trece años. Mientras el abuelo y Maeve seguían ocupados en la cocina, Teddy esperaba en el estudio de la planta baja.

Los libros de derecho del abuelo tapizaban las paredes, mientras que el escritorio estaba atestado de los papeles de su padre: volúmenes enteros de testimonios, informes policiales, pruebas de laboratorio, pruebas de ADN. Teddy admiraba a su padre por la cantidad de conocimientos que atesoraba para poder desarrollar su profesión. Los abogados debían contar con cierta idoneidad en los terrenos de la psicología, la biología y la química, pero por encima de todo debían dominar las propias cuestiones jurídicas: pruebas, procedimiento criminal, relaciones domésticas, contratos, indemnizaciones...

A menudo Teddy pensaba en ser abogado, como su padre y su abuelo. Sin embargo, odiaba todo cuanto se veía obligado a escuchar de boca de las gentes del pueblo: los abogados lo hacían todo por dinero y su padre se estaba forrando con el caso de Greg Merrill.

Ninguna de estas habladurías le resultaba nueva. Venía oyéndolas desde mucho tiempo atrás. Su padre le había alertado de que los casos criminales siempre provocaban respuestas emocionales, de modo que era necesario alcanzar cierto compromiso en el trato con las personas que lo fustigaban al respecto. De hecho, la familia recibía llamadas obscenas, mensajes odiosos y, recientemente, un ladrillo a través de la ventana de la cocina.

Silver Bay era un pequeño pueblo donde todos se conocían. De hecho, era la típica localidad de Nueva Inglaterra que aparece en los calendarios: campos de trigo dorado, árboles de copa escarlata, faros en los promontorios... Su padre y su abuelo habían ofrecido sus servicios profesionales a varias de las familias que habitaban allí. Sin embargo, a Teddy no le pasaba inadvertido que muchas de ellas se habían convertido ahora en sus enemigos.

Sin duda era doloroso que atacaran a su padre a causa de su trabajo, pero aún era peor el chismorreo acerca del matrimonio de sus padres. Había escuchado cómo la señorita Carroll cotilleaba algo en voz baja respecto a que Theresa había tenido un «asunto». No quería creerlo, aunque de algún modo sabía que era cierto: recordaba que su madre volvía tarde muchas noches poco antes de morir y que él no podía conciliar el sueño, deseoso de oír la llave introduciéndose en la cerradura.

Posiblemente ése era el motivo por el que ahora se sentía tan extraño. Esperar lo trastornaba. Recordó la noche en que su madre no durmió en casa.

La vida no hacía más que confundirle. Bastantes cosas perturbaban su mente, respecto a Maggie y las otras chicas del vecindario, para que también tuviese que preocuparse por la defensa de sus padres.

Esa tarde, mientras el entrenador lo llevaba a casa, Teddy había visto a Maggie por el lateral de la carretera.

«¡Eh, ahí va mi hermana!», había gritado desde el asiento trasero, casi al mismo tiempo que el entrenador se acercaba con el coche a la niña para preguntarle si quería ir con ellos. Nunca olvidaría aquel instante de terror, la expresión de pánico de su hermana antes de reconocer a Jenkins. Aunque sólo por un momento, Maggie había pensado que el asesino iba a por ella.

No obstante, se las arreglaba con los comentarios impertinentes que oía en el instituto, en especial de boca de Bert y Gris: «¿Tu padre ha invitado a Greg Merrill a la cena de Acción de Gracias?»

El día anterior, también se había sentido muy mal al escuchar las palabras de sus entrenadores. Jenkins y Phelan eran buenas personas. No tenían la talla intelectual de su padre, pero eran de fiar. Ambos habían sido colegas de graduación. Jenkins por la Universidad de Connecticut, Phelan por Notre Dame.

A Teddy le gustaba jugar al fútbol y ellos estaban ayudándole a convertirse en un gran deportista. No escatimaban esfuerzos para hacerle correr el campo de arriba abajo, ni en forzarlo a agilizar su cuerpo mediante cincuenta, sesenta o, como había sucedido ese día, cien flexiones. Como su padre estaba ocupado en la oficina, los entrenadores practicaban con él, lo elogiaban y le aseguraban que podría jugar en Yale, Harvard o Dartmouth cuando quisiera.

Phelan había encendido la radio del coche. Se oía un programa de entrevistas en el que un personaje de voz potente hablaba de la situación del país. Phelan escuchaba y asentía al oír ciertos juicios sobre las prisiones estatales y los convictos puestos en libertad y que luego reincidían.

—Es el sistema —había dicho sin criticar abiertamente al padre de Teddy—. Los policías están tan preocupados por la cuestión del derecho de los criminales que ya no tienen poder para atraparlos, han perdido autoridad y ni siquiera apoyan las sentencias que esos sinvergüenzas merecen.

—¡Y Dios te libre si envías a uno de ellos al corredor de la muerte! —había exclamado Jenkins—. ¡Algunas personas creen que el asesino tiene más derecho a vivir que las chicas a las que ha quitado la vida!

Ante estas palabras, Teddy se había sentido humillado. Los entrenadores eran demasiado educados como para pronunciar el nombre de John O'Rourke, pero no era difícil intuir que estaban deseando hacerlo.

—¡Vamos, Hunt! —había dicho Phelan, sonriendo con ironía—. Merrill es un retrasado mental. Es un imbécil, se ha dejado coger, incluso ha facilitado a la policía un plano de carreteras para ayudarles... Comprenderás que ese chico necesita toda la ayuda del mundo.

—Sí, definitivamente el tipo no está jugando con todas las cartas. Locura, enajenación mental... ¡Hay que poner todo a su disposición!

Teddy sentía odio hacia ellos cuando los oía hablar de esa manera, ya que entendía de qué estaban hablando. Lamentaba vivir en un pueblo pequeño y, además, estar en el centro de las controversias.

Posiblemente la peor parte —y debía aceptarlo aunque le doliese— era la cólera que sentía hacia sus padres. Hacia su madre, por lo que había hecho, fuera lo que fuese; hacia su padre, por trabajar todo el tiempo. De forma consciente o no, sus progenitores habían hecho que Maggie y él se sintieran solos. Necesitaban rodearse de adultos, y Teddy sólo encontraba gente que criticaba a su padre.

Deseaba que Maggie ya estuviera allí. Sólo había salido a jugar, pero él tenía la impresión de que había ido a muchos sitios. Le hubiera gustado verla en la calle, brincando y vociferando su nombre. Quizás ella no lo sabía, pero él era capaz de reconocer su voz entre las de miles de jovencitas. Además, Maggie lo comprendía mejor que cualquiera de los adultos.

Listo merodeaba esperando recibir caricias. Teddy se inclinó ante la ventana, buscando a su hermana con la mirada. Mientras acariciaba al animal, advirtió que las hierbas y las garrapatas habían vuelto. Hacía aproximadamente un mes desde que Kate lo había lavado y cepillado.

Deseaba pertenecer a una familia normal. No quería ser tan singular. No quería vivir con su abuelo jubilado y Maeve, ni tener que defender el honor de su padre ante sus compañeros y sus entrenadores, no quería ser el único que esperase que su hermana volviese de la escuela.

Si no se presentaba en un plazo de veinte segundos, llamaría a su padre para decirle que no había vuelto, y acto seguido montaría en bicicleta y saldría él mismo a buscarla. No podía quitarse de la cabeza la fotografía de Amanda en el periódico, el brazo rígido apuntando hacia arriba.

En ese momento oyó las ruedas de la bicicleta en el camino. Sintió una inmensa oleada de alivio y su corazón latió de alegría cuando la oyó detenerse. Luego los pies en los escalones, el sonido del pestillo al cerrarse y la aparición de Maggie, sin aliento. Teddy volvió a pensar en Amanda en el rompeolas y advirtió que los ojos le escocían.

Los enjugó con la manga para que ella no lo viera llorar. Emocionado, la observó recorrer a toda prisa la distancia que los separaba.

—¡Hola, Mags! —dijo esbozando una amplia sonrisa, ayudándola a quitarse la mochila, dándole la bienvenida al hogar para ocultar la inquietud que había sentido—. ¿Quién es la mejor chica del mundo? —le preguntó.

Cuando el lunes a las ocho y media de la tarde Kate volvió a su piso tras la entrevista con Andrew, el teléfono estaba sonando. *Bonnie* ladraba. El ambiente de la casa estaba helado, ya que Kate había quitado la calefacción por la mañana. Colocó el cuadro de Willa en una silla de la cocina y cogió el teléfono.

—¿Hola? —dijo con ceño mientras con la mano libre hacía girar el termostato para aumentar la temperatura.

—¿Kate? Soy John O'Rourke.

—¡Oh! —exclamó aferrando el auricular con ambas manos. ¿Por qué la llamaba? Con sólo oír su voz sintió que la estancia se caldeaba. Apoyada contra la pared, se deslizó hacia abajo hasta que quedó sentada en el suelo. *Bonnie* saltó a su regazo—. Hola.

—Hola.

—¿Llamas para saber si he recibido la carta de los niños? Claro que sí. Estaba a punto de responderles, pero aún no he tenido tiempo. ¿Cómo están mis queridos chicos? ¿Está *Listo* aún limpio de malezas y garrapatas?

—Verás, no era ése el motivo por el que te llamaba —dijo John.

—¿Pues de qué se trata?

La línea permaneció un momento en silencio. Todo el calor y el bienestar se esfumaron de improviso. Kate inclinó la cabeza. Sólo podía haber una razón para que él la llamase, estaba loca por haber imaginado que era una cuestión personal.

—Se trata de tu cliente, ¿verdad? —preguntó con el corazón en vilo—. ¿Te ha dicho algo?

—No. Es otra cosa. ¿Has leído los periódicos?

—Sí, ¿por qué?

—Quizá no haya aparecido en la prensa de Washington. Han encontrado otro cadáver... en el rompeolas.

—¡John! —exclamó Kate, incapaz de controlar el temblor de las manos.

—No se trata de Willa —se apresuró a señalar John.

Los ojos de Kate se inundaron de lágrimas. Miró fijamente el retrato que su hermana había hecho de ella. Como si Willa hubiera estado allí, la bondad y el amor se apoderaron de la habitación.

—¿Cómo lo sabes? —inquirió casi inconscientemente.

—Porque la policía la identificó.

—¿Quién era?

—Una joven de Hawthorne. Sus padres regentan un atracadero y ella trabajaba allí media jornada. Tenía diecinueve años e iba a la Universidad de Connecticut.

—Ha sido Merrill —dijo Kate—. ¿Acaso lo han liberado? ¿Se ha fugado?

—No —se adelantó John—. Merrill permanece en Wintherman, siempre en el corredor de la muerte. Él no cometió el crimen.

—Pero la manera en que... El rompeolas...

—Sí, es muy parecido.

—¿Qué más han averiguado? ¿Hay más cadáveres?

—No se ha encontrado ninguno más.

—Mi hermana aún no ha sido hallada. Puede que no fuera Merrill, pero ahora creo que cualquier otro...

—Seguiré las pistas del caso y estaré en contacto contigo.

—No puedo creerlo...

—Lo sé —dijo John con voz serena y firme—. Siento mucho haber tenido que comunicártelo, pero quiero que estés prevenida por si escuchas que se ha encontrado otro cadáver en un rompeolas. Quiero que sepas que no se trata de Willa.

—Has sido muy amable en llamar, John.

Sus palabras quedaron suspendidas en el aire. Kate oía la respiración de John al otro lado de la línea.

—No hay mucha gente que me acuse de amabilidad —dijo el abogado—. Nunca dejas de sorprenderme.

—No entiendo por qué. —La sonrisa brilló en el rostro de Kate—. En Fairhaven te mostraste tal como eres.

—¿En qué sentido?

—Me demostraste que tienes un gran corazón.

—¿Quieres decir como abogado?

—En todos los sentidos.

—Soy hijo único —añadió John—, pero verte sufrir por tu hermana me hizo pensar en Maggie y Teddy. Ni siquiera puedo imaginar que uno esté demasiado tiempo separado del otro.

—Es duro —susurró Kate, observando las pinceladas de Willa—. Es increíblemente duro.

—Vamos, Kate, sé valiente. Maggie quería decírtelo ella misma, pero si quieres la bufanda, te la enviaremos.

—Quiero que Maggie se quede con ella —respondió sin apartar la mirada del cuadro, con la bufanda ondeando al viento—. Sólo dile que tenga cuidado...

—Lo sé. Ya se lo he dicho.

—Me refiero por todo lo que ha pasado y todo lo demás. —Mientras hablaba, su mente le recordaba que cada día sucedían cosas estremecedoras, que uno podía volver del trabajo con un ramo de tulipanes y descubrir que el mundo se había venido abajo, que era posible sentir tanto odio como para despedirse de su hermana y nunca más volver a verla.

—También suceden cosas buenas —puntualizó John—. No lo olvides.

—Tú tampoco.

—Ya hablaremos la próxima vez. —John rió—. ¿Me lo recordarás?

—Lo intentaré —dijo Kate a modo de despedida.

Sentada en el suelo de la cocina y con la perrita de su hermana en el regazo, se sentía incapaz de soltar el auricular. Escuchó el tictac del reloj de pared y sintió por fin que el aire caliente comenzaba a salir por las rejillas de ventilación. La casa se caldeaba. ¿O quizás era su corazón desbocado?

La bufanda blanca del retrato resplandecía a través de la habitación. Kate lo interpretó como un mensaje.

Ahora era de Maggie y, por consiguiente, servía de vínculo entre dos hogares. John volvería a llamar. Entonces ella le hablaría de dos cosas buenas: Maggie y Teddy. También mencionaría a *Listo* y *Bonnie*, a Kate, la hermana de Willa, y al propio John. Así pues, seis cosas buenas.

Sus ojos se inundaron de lágrimas y comprendió la lucha que había significado el regreso a casa sin saber qué había pasado. Había muchos asuntos pendientes. ¿Era verdad que en realidad ella nunca había olvidado a su hermana? Creía que nunca lo sabría hasta que encontraran a Willa. Había tratado de hacer las paces con el misterio de su hermana, repitiéndose cientos de veces que había llegado el momento de que sus vidas se reencontraran.

Sin embargo, estaba sola en Washington, con la sensación de haber seguido la dirección equivocada. Su vida, o al menos su mente y su corazón, permanecían en Connecticut. Allí estaban las respuestas a la desaparición de Willa, y de pronto comprendió —sentada en el suelo y sin soltar el teléfono— que también estaban los seres que más quería.

Miró a *Bonnie* y arqueó las cejas. Tuvo la impresión de que su mascota estaba leyéndole la mente.

—Lo hemos hecho bien, ¿no es verdad?

La scottie meneó la cola.

Kate asintió y le acarició el lomo.

19

Bill Manning telefoneó a John para comunicarle que quería interrogar a Greg Merrill por si tenía algo que decir acerca del asesinato de Amanda Martin. A pesar de que, obviamente, no era un sospechoso, quizás arrojara alguna luz sobre el crimen y su cooperación fuera incluida en el informe, ayudando así en la próxima comparecencia.

John y Billy se encontraron en Winterham. Ambos tuvieron que esperar mucho tiempo en la sala de entrevistas de la prisión, mientras el guardia se mofaba preguntándole a Billy si iba a encargarse de la defensa y se había pasado definitivamente al otro bando. Billy no se mostró condescendiente con las bromas.

—Oye, John es un gran tipo —le espetó—. Ambos fuimos juntos al instituto; jugábamos al fútbol en el mismo equipo.

—¡Guau! —se burló el guardia—. ¡Pues parece que se pasó al equipo equivocado! O por lo menos a uno endiabladamente distinto.

—No lo olvides, amigo. Es un gran tipo —insistió Billy mientras el guardia abandonaba la estancia.

Esperando la llegada de Greg Merrill, Billy miró a John y dijo:

—Quiero que lo comprendas, John. Trátame bien cuando Merrill esté presente, ¿de acuerdo? Déjame preguntarle lo que yo quiero. ¿Quién te cubre, amigo?

—¿Qué te hace pensar que necesito que alguien me cubra?

—Bueno, eres todo un caballero. Enfréntate a tu hombre y pásate conmigo al bando de los buenos. Nosotros obtenemos el premio gordo, resolvemos los crímenes en vez de realizar las investigaciones. Una vez más estarás en el banquillo, como tu viejo antecesor, con tu toga negra.

—Al igual que tú, como tu antepasado, luciendo tus insignias.

—De tal palo, tal astilla. ¿Cuándo su unirá Teddy a la empresa familiar?

John bajó la mirada. Últimamente Teddy no hablaba mucho del asunto. Mientras Maggie saltaba de alegría al volver a casa para la cena de Acción de Gracias, Teddy se ocupaba de sí mismo, practicaba jugadas de fútbol en el patio trasero de la casa y hacía flexiones en el vestíbulo de la primera planta. John sentía que un muro invisible comenzaba a separarlos. Tenía que hacer algo para derribarlo.

En ese momento se abrió la puerta. Dos carceleros conducían a Greg Merrill, sujetado por grilletes y esposas, con el pelo cortado al cero, como era costumbre en el interior del presidio. Vestía un mono de color naranja una talla más pequeña que la suya, y se notaba que había engordado. Miró a Billy y John una y otra vez. El tiempo que llevaba en prisión le había cambiado por completo la mirada; había perdido la apariencia del muchacho joven, atractivo y digno de confianza que le había servido de señuelo para introducir a sus víctimas en su furgoneta.

—Hola, Greg —saludó John.

—¿Qué hace él aquí? —inquirió Merrill con acritud, señalando a Billy con la cabeza—. ¿Acaso no he respondido ya a sus preguntas?

—Pues volvemos a encontrarnos, señor Merrill —respondió Billy reclinándose en la silla.

—¿Qué quiere, John? —preguntó Merrill.

—Ha venido a interrogarte.

—Dime lo que sepas de Amanda Martin, Greg —comenzó Billy—. Sin duda has oído la noticia de que hay alguien por ahí que sigue tus pasos.

—No tengo nada que ver con eso, y usted lo sabe. En cuanto a lo que pienso del asunto, ésa es otra historia.

—Dígale que conteste mi pregunta, abogado —pidió Billy a John.

John permanecía en silencio, esperando que Greg hablase. Éste captó la expresión de impaciencia en los ojos de John. A pesar de haber sido viejos compañeros y haber formado parte de los mismos equipos deportivos, el policía se estaba quedando solo: John se había pasado al otro equipo. El abogado miró fijamente a su cliente, notando incomodidad en sus ojos, como los de una tortuga a punto de esconderse bajo su caparazón ante un ataque.

—Parece preocupado —dijo Billy, inclinándose hacia delante—. ¿Quiere decirme algo sobre ello?

—¿Por qué habría de estar preocupado? Yo no he hecho nada.

—Quizás esté celoso. A algunos les pasa.

—Yo no estoy celoso de él —dijo Greg, enrojeciendo.

—¿Él? ¿Quién es él? Lo ha dicho como si lo supiera.

—No tengo idea. Ni la más remota...

Billy lo miró fijamente, como si no le creyera. Ni siquiera John parecía estar seguro, aunque no dudaba de que algo había incomodado a Greg. Éste no dejaba de mirar las paredes, como buscando escapar.

—¿Conoce a Amanda Martin? —preguntó el policía—. ¿Puede haber un motivo especial por el cual el asesino haya elegido el rompeolas de Point Heron? ¿Cree que el estado del tiempo ha influido en algún sentido?

Greg se echó hacia atrás, cerrando los ojos. Billy permaneció inmóvil, con los hombros pegados al respaldo. Su mirada parecía distraída, pero estudiaba al preso como un halcón al acecho. El silencio comenzó a expandirse. John pensó en la noche anterior.

Recordó la voz de Kate al teléfono, cuando él le habló de la última víctima... confuso, desvalido. John había vivido entre asesinos y ello determinaba muchos aspectos de su vida. Había tenido entre sus manos tantos casos, se había enfrentado tantas veces a las miradas de los familiares de las víctimas durante el juicio, mientras sacaba a relucir hechos que ningún padre, ningún cónyuge, ningún hijo y ningún hermano quería escuchar... Eso había acabado destruyendo su hogar, a la propia Kate y a su hermana.

La noche anterior permaneció sentado largo rato ante su escritorio antes de telefonear a Kate. Los papeles se amontonaban en torno a él, pues había comenzado a dedicar su tiempo al nuevo caso. Un rompeolas, la estructura de piedra de Point Heron... Miró varias veces la fotografía del periódico. Un hermoso lugar solitario hecho de piedra y agua. Duro y suave, doloroso y beatífico.

Ahora los minutos pasaban y Greg se negaba a hablar, limitándose a contemplar la habitación. Al cabo de un rato, John puso las manos encima de la mesa y dio por concluido el interrogatorio.

—Déjame sólo un minuto con mi cliente —dijo.

—¡Vaya! —exclamó Billy—. Este chico está tan orgulloso de ser superdotado que llegué a pensar que nos ayudaría a atrapar a su imitador...

—Usted no entiende nada —se limitó a decir Greg.

—No, sólo soy un peón. Ayúdeme, por favor.

—Sus preguntas carecen de sentido. El tiempo, el rompeolas... Sólo las hace porque cree que debe hacerlas, no por intuición.

—Bueno, bueno —dijo Billy sonriendo—, si no tengo intuición será porque no la necesito. Así fue como lo capturé, señor Merrill.

—Yo se lo permití —replicó Merrill con suavidad.

—Usted es el hombre, Greg —insistió Billy—. Usted lo sabe y yo lo sé. Ése es el motivo por el que estoy aquí. Vamos, dígame quién es nuestro nuevo amigo.

—Supongo que no me preguntará por su nombre y apellido. Usted quiere saber quién es por dentro, cuáles son sus motivos.

—De acuerdo, quiero saber cuál es su sello de fábrica.

—No le diré nada al respecto. Sólo hablaré con mi abogado.

—Ya lo oye, inspector —dijo John.

Greg guardó silencio hasta que Billy decidió abandonar la habitación. John sabía que más tarde lo llamaría. Greg observó la puerta que se balanceaba a sus espaldas y, volviéndose hacia John, lo miró furioso.

—¿No crees que ese tipo no entiende nada de lo que lleva entre manos?

—¿Quién, el detective Manning?

—¡No! ¡La persona que lo hizo! Me refiero a la muchacha... No, seguro que no. No lo sabía. Sólo fue un acto de odio.

—¿Matar a Amanda?

—Simplemente porque ella no significaba nada para él. Sin duda no lo comprende... No tiene idea de lo que la visión del rompeolas simboliza, ni lo que representa la marea alta. Para él hubiera dado lo mismo un vertedero de basura.

—Te imitó, Greg.

Merrill suspiró con nerviosismo mientras meneaba la cabeza.

—Eso no significa nada —continuó—, porque no lo consiguió. ¿No crees que los sueños revelan algunas cosas?

—No soy psicólogo.

—Lee las hermosas obras de Freud acerca de los sueños, los símbolos y el sentido del poder. Una cosa fluye dentro de la otra y no hay noche lo bastante larga para contenerlas. Los sueños son las alas, los nervios y los músculos que nos transportan más allá y conectan la mente, el cuerpo y el espíritu.

John escuchaba, consciente de que su cliente estaba loco. La lógica interna de Greg Merrill tenía un perfecto sentido sólo para él, pero John deseaba que se detuviera y le hablara, aunque Billy ya no estaba con ellos, que lo ayudara respecto a la nueva víctima. Quería que también le contara algo acerca de Willa...

—¿Qué tienen que ver los sueños con la muerte de Amanda Martin, Greg?

—Nadie, por inteligente que sea, puede entender mi sueño del rompeolas, mi visión del mar. Quizá Freud, casi con seguridad Jung; pero ¿quién más? Ni el más sabio y habilidoso de los psiquiatras es capaz de comprenderlo, al menos con la claridad y la compasión de una comprensión verdadera.

—¿No?

—Por supuesto tampoco ese simulador, ese imitador, ese otro... ¿Ha sido un homenaje a mi persona? Se lo agradezco, de todos modos.

—Háblame de Willa Harris.

Greg se mostró sorprendido.

—¿De quién?

John lo miró fijamente. Conocía a su cliente desde hacía unos seis meses, justo después de que la policía lo capturara. Habría jurado que, en efecto, Merrill no sabía nada. Buscó la fotografía de Willa, la sacó del bolsillo y se la tendió a Greg.

—Ya me la habías enseñado en otra ocasión. Te lo dije: no la conozco.

—¿Estás seguro? —preguntó John con creciente inquietud.

Greg asintió con la cabeza, no sin sonreír débilmente, con cierta tristeza en la mirada.

—Estoy seguro —dijo—. Me gustaría ayudarte. Debe de tratarse de alguien muy importante para ti. De lo contrario no insistirías tanto. ¿Me equivoco?

John no respondió. Cogió la fotografía de manos de Merrill.

—¿Eso no te preocupa? ¿Que otra muchacha haya desaparecido? ¿Que otra chica haya muerto? ¿Qué efecto te hace la medicación? ¿No te preocupa este último asesinato? —John sentía que estaba perdiendo el control ante la frialdad de Greg.

—¿Estás bien, John?

El abogado sintió las palmas frías y sudorosas. Le estaba gritando a su propio cliente en la sala de entrevistas de Winterham. Estaba harto de representar a personas sin sentimientos ni conciencia.

—Claro que me preocupa. ¿Por qué lo preguntas, John? —En el rostro de Greg apareció una sonrisa calmosa.

—No lo sé, Greg —respondió John encogiéndose de hombros, incapaz de seguir en aquel lugar.

—Necesito algún periódico —dijo Greg—. Los he pedido varias veces, pero no...

John no pudo permanecer ni un solo minuto más allí. Le estallaba la cabeza y sentía náuseas. Sus hijos vivían en este mundo, la hermana de Kate Harris se hallaba en paradero desconocido y su cliente quería periódicos. Necesitaba contemplar el cielo y respirar aire fresco.

John O'Rourke sufría un ataque de ansiedad. Sin despedirse de su cliente ni de los guardias, se apresuró a salir de la cárcel de Winterham sin mirar atrás.

El juez se dio cuenta de que ocurría algo.

Era martes por la tarde y John había llegado temprano, arrojando su cartera junto a la puerta y dirigiéndose a su dormitorio, en la planta superior. Al cabo de una hora —demasiado tiempo para que él lo consagrase a una siesta— alguien llamó a la puerta. El juez acudió y se encontró con una joven encantadora.

—¿En qué puedo ayudarla? —preguntó.

—Bueno, verá, he venido para ver a John O'Rourke. Debería haber avisado, pero acabo de llegar y al pasar por aquí vi la casa y...

—Y se detuvo sin dudarlo. Un gesto encantador de su parte —dijo el juez con admiración. La mujer tenía la piel fina y la nariz salpicada de pecas, altos pómulos y ojos hermosos. Al observar aquellos ojos, el juez se preguntó qué clase de historia se ocultaba detrás de ellos.

—¿Está John en casa?

—Hoy es un día laborable —contestó el juez sonriendo. Era un excelente jugador de póquer y nadie era capaz de adivinar ninguna de sus intenciones.

—Es que... He llamado a su oficina y me han dicho que allí no estaba.

—Hummm —musitó el anciano, entornando los ojos. En momentos como aquél, deseaba que Maeve todavía fuera capaz de recibir las visitas. Ella solía deshacerse de la gente antes de saber siquiera cuáles eran sus intenciones. Pero ahora estaba en el sótano, puliendo objetos de metal para la cena de Acción de Gracias mientras charlaba conversaba con su hermana y algún que otro santo.

—¿Puede decirme algo? —preguntó la mujer, sonriendo.

Entonces el juez creyó haber adivinado el motivo de su visita: ¡era una aspirante al cargo de niñera! Dudó, preguntándose lo que eso le inspiraba.

En el correr de las últimas semanas se había acostumbrado mucho a cuidar de sus nietos. En fin, cuidaba de tres niños: Maggie, Teddy y el más niño de todos, su hijo John.

—El tiempo pasa, ¿no? —preguntó.

—¿Perdón?

—Hay un tiempo para todo. Usted viene por el puesto, ¿no es así?

—No sé de qué puesto me habla.

—Del de niñera.

Una dulce sonrisa se dibujó en los labios de la muchacha y luego iluminó su mirada, que se hizo divertida y placentera. Inclinó la cabeza y volvió a dirigirse al juez.

—¿Aún está vacante?

—Así es.

—Oh, por culpa de este tema hace tiempo tuve muchos problemas —aclaró la joven—. Todo por no ser lo bastante sincera. No, no estoy aquí por el puesto de niñera. Soy... soy una amiga de John.

Vaciló antes de decir la palabra «amiga», y el juez advirtió que la había buscado entre muchas, lo que sin duda era lo mejor que podía pasar. Aprobó la elección.

—Voy a ver si está. ¿A quién anuncio?

—Kate Harris —respondió la mujer.

—Ya —dijo fingiendo que no tenía la menor idea de quién se trataba.

El juez se encaminó lentamente hacia la planta superior, confiando en que John hubiera oído la voz y bajase por su propia cuenta. El pasillo estaba oscuro y en silencio. El hombre se acercó a la puerta cerrada de la habitación.

—John —dijo—. Tienes visita.

No hubo respuesta. Llamó débilmente a la puerta y luego un poco más fuerte.

—Está aquí Kate Harris.

Ni una palabra.

—Puede que no me hayas oído. ¡Kate Harris!

Permaneció de pie, sin saber a qué atenerse. No había entrado en el dormitorio de su hijo, cuando la puerta estaba cerrada, desde que éste tenía ocho años, en ocasión de una rabieta desatada por una chapuza científica.

Listo, en el interior de la habitación de su amo, gimoteó débilmente, olfateando el resquicio entre la puerta y el suelo. El juez meneó la cabeza.

John no estaba precisamente revolucionando el departamento de datos de su oficina, y el juez consideró que Kate Harris era la persona indicada para que comenzara.

Pero esos días trataba de explicárselo todo a su hijo. A veces se sentía como Maeve, que llamaba a sus cuatro hijos Mathew, Mark, Luke y John. Por otra parte, ellos nunca escuchaban.

—Lo siento, señorita Harris —dijo el juez mientras bajaba cogido de la baranda. Ya en el vestíbulo esbozó una amplia sonrisa—. Mi hijo no está disponible.

—¡Oh! —dijo ella, desencantada—. ¿Le dirá que he estado aquí?

Al sonido de la voz de Kate, la aguda percepción canina de *Listo* se despertó, y sus ladridos llegaron hasta abajo.

—Es *Listo*, ¿verdad?

—Sí, es él.

—Dele recuerdos también a él, de mi parte y de *Bonnie*. Por favor, salude a Maggie y Teddy de mi parte. Y a Maeve. Es que he recibido esta nota de Maggie...

—Encantado —dijo el juez estrechándole la mano. Cogió la nota y la dejó en la mesa del vestíbulo, para que Maggie la viera en cuanto entrara—. ¿Dónde puede encontrarla John?

—En la posada del Viento del Este.

El padre de John la observó mientras se dirigía hacia el coche, uno de alquiler, por supuesto. Su mentalidad jurídica era como una trampa de acero parcialmente oxidada, de modo que todavía sabía reconocer los detalles importantes, como el hecho de que los coches de alquiler presentaban siempre abolladuras reparadas en el parachoques y la matrícula comenzaba por las letras CJ.

Ella lo saludó con la mano y él respondió de igual modo.

Había visto a muchos seres humanos en distintas situaciones de la vida durante sus años en los tribunales, por lo que poseía sutileza y agudeza para descubrir signos de desesperación, dolor, pena y (le costó un poco más captar qué transmitían aquellos ojos de color azul grisáceo) esperanza.

Aquella mujer desbordaba esperanza.

Y había venido a ver a su hijo.

—¡Joder, vas y te duermes para cerrar los ojos ante tus responsabilidades! —dijo mirando hacia el techo.

El juez sabía que mucha gente solía echarse una cabezadita. Maeve, por ejemplo, hubiera sido capaz de dormir todo el día si él se lo hubiese permitido. Él mismo se desataba a veces la corbata y, con los pies apoyados en una butaca, se dormía durante un buen rato. ¡Pero era inconcebible pensar que su hijo fuese capaz de hacerlo!

Nunca permanecía quieto. Nunca. Siempre estaba trabajando con sus casos, llevando a sus hijos a uno u otro campo de deportes, viendo clientes, entrevistando testigos, tramando estrategias procesales. John Xavier O'Rourke nunca se había detenido, ni siquiera para averiguar de qué color tenía los ojos.

El juez, acostumbrado a observarlo desde su venida al mundo, sabía muy bien que eran marrones como la cerveza de malta. Se juró que iba a mirarlos en aquel momento aunque tuviera que abrírselos él mismo.

Ella estaba allí.

John había oído su voz. Primero con regocijo al escuchar que preguntaba por él, luego paralizado por la situación.

Su padre había subido a la habitación. John había permanecido inmóvil, fingiendo dormir. Resultaba irónico que poco tiempo antes de oír la voz de Kate, dejándose llevar por la deriva del sueño, hubiera comenzado a soñar con ella, con aquella mirada que apuntaba hacia su alma...

¿Qué había intentado decirle en sueños? No había habido palabras, sino una especie de comprensión muda que John no había conocido en su vida.

«Está aquí Kate Harris», había dicho su padre.

John recibió el mensaje, pero fue incapaz de moverse.

Al fin y al cabo, ¿qué podía hacer por ella? Una cosa eran los sueños y otra la vida.

20

Por segunda vez en media hora, tras subir ruidosamente por la escalera, el juez llamó a la puerta de su hijo. Puesto que seguía sin responder, giró el picaporte.

Acostado boca arriba, con el rostro cubierto por una almohada, John fingía dormir. Su padre conocía desde siempre su estilo. Cuando era un niño, John se negaba a ir a la cama. Siempre quería terminar un libro o un capítulo, o quedarse despierto hasta medianoche para ver una lluvia de estrellas fugaces. A veces le servía de excusa un huracán previsto para determinada hora. Por último, Papá Noel era un brillante motivo para no dormir esperando sus primeros movimientos en la chimenea.

—No engañas a nadie —dijo el juez.

John no respondió. Tenía tantos días de comedia a sus espaldas, que había aprendido muy bien a fingir el sueño. Por supuesto, su padre lo sabía. John sólo quería detener momentáneamente su trayecto por la vida. Pretendía ser feliz, pero no podía. El último año con Theresa había sido el más difícil de sobrellevar, pero el juez no podía acusar de ello más que a sí mismo, pues no había sido precisamente un modelo a la hora de compartir sentimientos y abrir el corazón.

—¡Vamos, abogado! —exclamó el anciano, retorciendo suavemente los dedos de los pies de John.

John se volvió y apretó la almohada contra su cara. Al moverse, aquélla se deslizó un poco y reveló los ojos cerrados rodeados de oscuras y profundas ojeras.

—Déjame solo, papá —susurró.

—Es condenadamente guapa —dijo su padre.

Al ver que John no respondía, suspiró exasperado.

—Estoy hablando de Kate Harris. Quizá fuera conveniente que supieras al menos por qué quiere verte.

—Sé muy bien lo que quiere —dijo John con voz pastosa—. Quiere tener noticias de su hermana desaparecida. No puedo ayudarla.

—Bueno, quizá tampoco sea tu trabajo. La policía puede ayudarla en ese asunto. ¿No se tratará sólo de ser amigos? A mí me dio la impresión de que la cosa iba por ese lado. Se mostró muy amable conmigo.

—Olvídalo. Sólo quiere averiguar. Mi trabajo no es compatible con su deseo.

—¡Enfréntate con todo el maldito pueblo si se trata de cumplir con tu trabajo! —soltó el juez, y rió entre dientes—. Sin embargo, eso no significa despreciar a alguien que te ofrece su amistad.

—¡Basta, papá! —John se volvió de nuevo. Una vez más hundió el rostro en la almohada, como si de pronto se hubiera sentido demasiado exhausto para permanecer despierto. Su padre lo observó fijamente unos instantes. Después lanzó un suspiro. Sabía muy bien lo que su hijo estaba pasando.

—Eso se llama la fatiga del guerrero —dijo—, o estar quemado. Tú eliges.

John no contestó, ni siquiera fingió prestar atención.

—A mí solía pasarme —continuó el juez—. En realidad conozco a muy pocos abogados a quienes no le haya sucedido. ¿Cómo podría ser de otra manera? Trabajamos con la vida de las personas, hijo mío. No es un trabajo que se olvida cuando se cierra la puerta de casa. Tenemos que luchar con cosas de la vida y de la muerte, e incluso con muchas otras.

A pesar de que John seguía sin responder, el juez supo que ahora sí le escuchaba. La almohada se había deslizado hasta dejar al descubierto la oreja derecha.

—Antes de ser juez —prosiguió— hice lo mismo que tú: defender a las personas. Algunas inocentes; otras no. Incluso me ocupé del caso (quizá lo recuerdes, fue el de Jack Carsey) de un hombre que secuestró y asesinó a una muchacha del pueblo. Recuerdo que viste las fotografías forenses y no pudiste dormir durante una semana.

236

—Lo recuerdo —musitó John bajo la almohada.

—Tu madre estaba furiosa conmigo. No sólo porque te habías sentido indispuesto, sino porque todo el pueblo me odiaba por lo que estaba haciendo, por estar defendiendo a un «mal hombre». Eso es lo que ella decía de mí. Además, y espero que recuerdes la voz de tu madre...

—La recuerdo —dijo John.

El juez asintió con la cabeza. Leila había sido una mujer chapada a la antigua. Como muchas de su época, había elegido las tareas domésticas y el cuidado de los hijos a pesar de las muchas aptitudes que poseía. Sin embargo, cuando hablaba, su voz sonaba como la de Louis Brandeis al dirigirse a un tribunal.

—Me llamaba «Patty» —dijo el juez tras aclararse la garganta—, y fue la única persona que siguió llamándome así.

—Lo sé —admitió John, deshaciéndose de la almohada.

—«Patty, quiero que abandones el caso de Jack Carsey.» Eso decía.

—Sí, es verdad. Recuerdo haberla oído.

—Quería que dejara aquel caso. Es más, llegó a sugerirme que sopesara entre él y la importancia de nuestra vida en común para que decidiera qué era lo más importante para mí. Ten presente mi educación católica, mi sentido de lo que está mal y lo que está bien. Dime, pues...

—Debiste trazar tus límites morales.

—En efecto —dijo su padre, que acababa de escuchar en boca de su hijo las palabras que en aquella ocasión había pronunciado Leila—. Llegó a decirme que al defender a aquel hombre me hacía cómplice de asesinato.

A medida que avanzaba en su relato, el juez notó que John volvía a cerrar los ojos. Un gesto de desesperación y malestar cruzó su rostro.

—¿Te recuerda algo, hijo? —preguntó.

—Es lo que hacemos —respondió John—. Teddy me ha dicho las mismas palabras.

—¿Qué?

—Me repito continuamente que soy un defensor de los derechos constitucionales, de los derechos que George Washington tenía presentes en Filadelfia... Me repito que Greg Merrill tiene derecho a ser escuchado sin prejuicios, a gozar de los servicios de un abogado...

—¿Y qué más?

—Entonces veo la mano de Amanda Martin. ¡Tenía una piel tan blanca, papá! Aquella mano alzada hacia el cielo, como buscando un último hálito de vida.

El juez escuchaba en silencio.

—Y pienso en Kate Harris, la mujer que ha venido a buscarme. Su hermana Willa ha desaparecido. Por ella rompí la lealtad hacia mi cliente.

—Lo suponía.

John miró a su padre con asombro.

—Es encantadora —susurró el juez—. Yo hubiera hecho lo mismo en tu lugar.

—Pero se trata de algo muy gordo. Puedo ser expulsado del colegio de abogados por ella. Además, yo...

—Has vuelto a hacerlo.

—¿Cómo lo sabes?

El viejo juez sonrió. Desde la ventana del dormitorio se veía la estatua que Leila había esculpido de la Diosa de la Justicia. Allí permanecía, con los ojos vendados. Maeve tenía la costumbre de colocar semillas para los pájaros en los platillos de la balanza que la majestuosa figura mantenía en alto. Allí acudían a diario gorriones y cardenales. A pesar de que el principio de la justicia era la dignidad y la gracia, la realidad humana solía ser más vulgar.

—Porque no eres de piedra —respondió el juez sin apartar la mirada de la estatua—. Tienes un corazón.

—Voy a renunciar a la defensa de Merrill.

—¿Crees que alguien lo hará mejor, que alguien tomaría el caso por las buenas, a pesar de los mazazos y las flechas de amigos y vecinos, o querría enfrentarse a tus mismos dilemas morales?

—No puedo hablar por ellos —repuso John—. Sólo puedo hacerlo por mí mismo.

—Eres muy rígido contigo mismo —dijo el juez O'Rourke, sorprendido. Era verdad que su hijo estaba considerando seriamente la posibilidad de renunciar a la defensa de Merrill.

—Sí, hoy tengo una entrevista con el doctor Beckwith, pero voy a cancelarla. Teníamos que reunirnos con Merrill y seguir adelante con las investigaciones de Beckwith para organizar la defensa basada en trastorno y enajenación mental. No puedo hacerlo.

—¿Porque no crees en ello?

—Porque me pone enfermo. Porque no quiero volver a vivir en la cabeza de Greg Merrill.

El juez se sentó en la cama a los pies de su hijo. El perro, tumbado en el suelo, miraba de reojo las rodillas del hombre, con el sucio pelaje dorado muy cerca de la pulcra gabardina.

—No es la primera vez que me veo ante esto —musitó el anciano—. Es más, como te he dicho hace un momento, yo mismo pasé por lo mismo. Uno no sabe hacia dónde huir ni dónde esconderse. ¿Estás de acuerdo?

—Sí —respondió su hijo—. Jamás podré quitarme de la cabeza las fotografías de las víctimas de Merrill. Ahora sé lo que piensa, cuáles son sus fantasías. Lo sé todo acerca de lo que Beckwith considera un caso interesantísimo, una perversión que supera a todas las conocidas. Quiero apartarme de todo, absolutamente de todo eso.

—Escóndelo debajo de la manta...

—O me libro como sea de ese murmullo que resuena en mi cabeza o yo...

—Por eso hay tantos bebedores en nuestra profesión —lo interrumpió—. Ningún médico puede suplantar a un buen trago de whisky de malta después de una larga sesión ante los tribunales. Así olvidas todo lo que has hecho... Vaya, realmente suena bien. ¿Qué te parece?

—Es sólo mediodía. —A pesar de sus palabras, John se incorporó y sacó las piernas de la cama.

—¡Bueno, es mejor que dormir! Eso déjalo para después, para cuando estés retirado.

Ambos se dirigieron a la planta baja, al estudio del juez. *Listo* los siguió, deteniéndose en las altas ventanas que daban a la calle, por si Kate Harris todavía estaba allí. También John miraba, lo que hizo sonreír a su padre.

Se aproximaron al mueble de caoba. El juez sacó dos vasos de cristal y una jarra de cristal de Waterford tallada a mano. Quitó el tapón y aspiró el aroma de la bebida con los ojos entornados para apreciarlo mejor.

—Con esto no necesitas hielo —dijo mientras servía.

—¿Qué es?

—Un Talisker de treinta años.

Tendió un vaso a su hijo. Ambos brindaron.

—Por los abogados —dijo el juez.

John dudó, pero de inmediato bebió el primer trago. Su padre lo imitó. Vaciaron sus respectivos vasos. El juez sirvió otra ronda.

—Vayamos con cuidado —advirtió tapando la jarra—. Así es como excelentes abogados se volvieron alcohólicos.

—Lo sé —afirmó John, bebiendo un sorbo—. Cuando era joven y veía a todos aquellos tíos como esponjas alrededor de los tribunales, sobre todo irlandeses como Brady y O'Neill, sentía cierto desprecio por ellos. Tenían la cara roja, les brillaban los ojos y apestaban a alcohol.

239

El juez asintió.

—Ahora los comprendo.

—¿Y a qué crees que se debía, hijo?

—A la profesión —respondió John, bebiendo otro sorbo—. Cada uno llevaba la cruz de su propio Merrill.

El juez volvió a asentir, interesado en escuchar a su hijo.

—Eran demasiado sensibles como para controlar esas cosas. ¿Qué solía decir mamá sobre Irlanda? Que era un valle de lágrimas. Los abogados irlandeses eran poetas encerrados en tribunales... Solía decirlo refiriéndose a ti —concluyó John, alzando la mirada hasta encontrarse con la de su padre.

El juez asintió una vez más. Recordaba muy bien lo que le decía su hijo, pero notaba un nudo en la garganta. Apuró su vaso. Oía la hermosa voz grave de Leila, rota por el corazón, el espíritu y los cigarrillos...

—Quizás ahora lo diría de mí —sugirió John.

—Sin duda.

—Diría que estoy ayudando a un «mal hombre» para que continúe con sus fechorías.

—Pero no es así, John. Merrill está en el corredor de la muerte. Si tus esfuerzos tienen éxito, lo mejor que puede esperarle es una vida incomunicado. Tú y el doctor lo veréis. Independientemente de lo que pase, Merrill nunca será un buen hombre.

—Ha inspirado al asesino de Amanda Martin.

—Lo sé.

—Willa Harris sigue desaparecida.

—También lo sé. Y sé algo más...

—¿A qué te refieres?

—No cubramos de romanticismo al sensible abogado y poeta irlandés que va bebiendo por el mundo. Ellos han bebido porque han querido, la dureza de la vida les sirvió de excusa. Causaron más daños en sus familias del que puedes imaginarte.

—Lo sabes, ¿verdad?

—Claro —respondió el juez, asintiendo seriamente con la cabeza.

—Así pues —dijo John, apartando el vaso sin haberlo vaciado—, ¿qué debo hacer, papá?

—Tu trabajo, Johnny. Ponte firme y eleva por escrito la orden judicial a James Madison. Debes representar a tu cliente con tus mejores dotes. Debes respetar la norma que antepone los principios a las personalidades.

—¿Dónde has oído eso? —preguntó John como si fuera de su agrado.

—Alcohólicos anónimos —se limitó a contestar el padre.

—¿Y tú qué sabes de ese lugar?

El juez se encogió de hombros.

—Hace mucho tiempo —respondió con una sonrisa vacilante—, cuando uno de esos borrachos abogados irlandeses era tu padre. También yo he tenido que soportar la carga, ya ves, Johnny. Le daba bastante a la botella, y mi esposa tuvo que arrastrarme a sus reuniones.

—No lo sabía.

—Bueno, luego lo dejé. Logré salir del pozo. Vi lo que estaba haciendo con mi mujer y había visto lo que los abogados borrachos habían hecho hasta perjudicar a sus hijos. Jimmy Brady estuvo ante mí en el banquillo más que cualquier otro chico de este pueblo. De todos modos, aprendí a anteponer los principios de la ley a las circunstancias particulares de cada cliente, de cada víctima o cada familia.

—Debe de ser duro de llevar a la práctica.

—Sí —admitió el juez dirigiendo nuevamente la mirada a la Diosa de la Justicia, los juncos y las semillas en los platillos de la balanza—. Pero es de vital importancia.

—Sí, lo sé. —John miró su reloj, quizá para ver si tenía tiempo suficiente para dirigirse a Winterham y asistir a la reunión con su cliente y el doctor Beckwith.

Listo, siempre en busca de afecto, iba del padre al hijo y viceversa. El juez observó cómo su hijo acariciaba la cabeza de la leal mascota, hundiendo los dedos entre la maraña de aquel pelaje lleno de ramitas y espinas.

—Este perro necesita un baño —dictaminó John con firmeza.

El juez dejó que las palabras de su hijo quedasen suspendidas en el aire. John miró hacia la ventana, como si una bombilla se le hubiera encendido en la cabeza, como si la mismísima Kate Harris estuviera de pie en el porche.

Una de las principales virtudes de un gran abogado penalista era la habilidad para hacer preguntas con la cortante precisión de un cirujano. Jamás ir adonde no se debe, pues de lo contrario el caso está perdido. No hacer preguntas cuya respuesta no se conoce de antemano. Con esas ideas en la mente, mientras miraba a su hijo liberar de hierbajos el pelaje de *Listo*, el juez se aclaró la garganta y preguntó:

—¿Qué vas a hacer al respecto?

21

Kate desembaló sus pertenencias y se instaló en su habitación de la posada del Viento del Este. *Bonnie* permanecía sobre una silla, en la mejor posición para mirar por la ventana. Había demostrado mucha paciencia esperando el momento de su paseo, pero en cuanto vio que Kate cogía la correa, no pudo evitar un ladrido penetrante y entusiasta.

Abrigada con su chaqueta de color verde oscuro y una gorra color crema, Kate dejó que la perra tirara de la correa escaleras abajo. Faltaban dos días para Acción de Gracias. El olor a pasteles flotaba por el interior de la posada.

—Manzana y calabaza —dijo Felicity cuando vio a Kate aparecer en el vestíbulo—. Espero que el jueves cene con nosotros.

—Muchas gracias —respondió Kate—. Pero no estoy segura de cuáles serán mis planes.

¿Cuáles había pensado que serían? Se ruborizó de sólo pensarlo. Albergaba esperanzas de que la invitara la familia O'Rourke. Imaginó su gran mesa, gimiendo bajo el peso del pavo relleno, el puré de patatas y las cebollas a la crema; habría también un centro de flores secas dispuesto por Maggie, y no faltarían sonrisas y conversación.

—Bueno, si se decide, sabe que será bienvenida.

—¿La posada está abierta al público esa noche?

—No —dijo Felicity, meneando la cabeza—. Sólo la familia... No-

242

sotros, Caleb, por supuesto, mi suegra, Hunt... Si logro apartarlos de su trabajo, claro.

—Trabajan duro —dijo Kate mientras luchaba con *Bonnie*, que no cesaba de estirar la correa. En la distancia, Kate oyó un martilleo—. ¿Sigue Caleb arreglando el granero?

—¿Qué? —preguntó Felicity, inclinando la cabeza.

—Ese ruido... —dijo Kate lentamente para que la entendiera—. Alguien está usando un martillo. —Los golpes, metálicos y sin pausas, provenían de lejos. Quizá Felicity estaba tan acostumbrada a oírlos que ni siquiera reparaba en ellos—. La última vez que vine, ¿lo recuerda?, Caleb estaba trabajando en el granero.

—¡Ah, sí! —exclamó la propietaria sonriendo—. Es un proyecto interminable. Planeamos agregar más habitaciones de huéspedes para el próximo verano, pero él ha estado muy ocupado trabajando con su padre en cosas ajenas a la propiedad. Bueno, no quiero entretenerla más. Me temo que *Bonnie* quiere irse, puede que a perseguir algunos conejos, o quizás algo más importante. Es mejor que vuelva a mis pasteles.

—Gracias —dijo Kate, pero Felicity ya se había marchado.

Al abrir la puerta de entrada, la recibió una ráfaga de aire frío proveniente del mar. Una vez en el sendero, se dejó llevar por la perra. Anduvo por la sombreada vereda de pinos blancos y cruzó el arroyo que irrigaba el huerto de manzanos. La casa de los O'Rourke, desocupada, se veía en el promontorio, hacia el estrecho. Más arriba se erguía el faro, cuyos rayos de luz blanca recorrían el frío cielo de noviembre.

Las olas estallaban y lamían la roca. Kate intentó respirar hondo, pero el pecho le dolía. Allí estaba, una vez más, mucho antes de lo que hubiera imaginado, sin más respuestas que las que había llevado consigo la primera vez. Su hermana continuaba en paradero desconocido; ella se sentía perseguida por las palabras de su hermano y de Andrew sobre su cólera, sobre el hecho de que ésta era la responsable de la desaparición de Willa.

Miró hacia la costa. Numerosos rompeolas se adentraban en el mar desde la orilla. ¿Cuál de ellos era el de Point Heron? Se estremeció al pensar en la chica que habían encontrado recientemente. Los periódicos contaban toda clase de historias sobre ella, sobre su vida, sobre cómo ayudaba a sus padres en el atracadero durante las vacaciones de verano.

Mientras caminaba por el acantilado acompañada por *Bonnie*, pensó en Willa y en las maravillosas vacaciones que habían pasado juntas...

En verano Kate solía llevar a Willa a lo que ella llamaba «la búsqueda de Amelia». A lo largo de los años habían visitado muchos lugares clave en la vida de Amelia Earhart: la casa de los abuelos, en Atchinson, Kansas, donde había nacido; Des Moines, donde había visto el primer aeroplano en la Feria Estatal de Iowa; el mayor y más ambicioso de sus viajes, a la Polinesia francesa, en el transcurso del cual, se decía, se había estrellado con su aparato. A Andrew le hubiera gustado acompañarlas, pero Kate se lo impedía diciéndole que aquéllas eran misiones exclusivas de las hermanas Harris.

Recorrían en bote las claras aguas de color turquesa. Misteriosos y fascinantes, los atolones asomaban a la superficie formando lechos de corales y roca. El agua era tan clara que podía verse hasta tres metros de profundidad. Era posible observar a los peces que nadaban alrededor del arrecife y a las almejas gigantes. Probablemente, en algún punto pudiera verse el avión de Amelia.

«¡Esto es tan hermoso!», exclamaba Willa.

Kate trataba de disimular su dificultad al hablar, pues pensaba en la piloto que había perseguido su sueño a través de los Mares del Sur para acabar su vida en ese paraíso.

El capitán que guiaba la embarcación era un nativo de la Polinesia francesa. Las había transportado en medio de unas vistas más maravillosas que cualquiera de las anteriores: panoramas mágicos mientras el sol asomaba en el horizonte y el cielo se teñía de púrpura, rojo, rosa, unos matices que Willa nunca había visto en la naturaleza ni en los lienzos.

—¡Debo pintar esto! —había exclamado en una ocasión.

—¿Me dedicarás el resultado? —le había pedido el capitán.

—¿Quiere un cuadro mío?

Tenía diecisiete años, era bella y apenas consciente de los deseos que podía despertar en los hombres. Kate se había mostrado protectora, divertida por la ingenuidad de su hermana.

—Claro que sí, me lo has prometido —había dicho el capitán de pie ante el timón y con una mueca distraída en su rostro de piel curtida—. Cuando esté acabado, mándamelo al puesto de marinos.

—Dígame su nombre y lo haré —le había asegurado Willa con amabilidad.

—Hervé Tourneau —había dicho el hombre con perfecta pronunciación francesa—. A bordo del yate *Chrisalys*, ¿lo recordarás? No te preocupes que me llegará.

Willa había sonreído, maravillada y al mismo tiempo halagada. Kate

244

se había inclinado sobre la barandilla para admirar el sol rompiendo entre las llamas, con un brillo grisáceo a través del Pacífico Sur, como una estela de fuego que conducía a un horizonte sin fin. Sentía lo mucho que quería a su hermana y lo necesaria que era su cercanía.

Ahora, Kate observaba a través de los páramos las hierbas acuáticas que el viento agitaba, la silueta de los manzanos sobre el cielo color pizarra, el alto faro, que servía de guía en medio de la luz de noviembre. Oyó el romper rítmico del oleaje.

Al acercarse al faro, notó que el camino estaba interceptado por una cadena. Dos senderos partían de allí, uno hacia la derecha y otro hacia la izquierda. Kate dudó. No estaba segura de cuál tomar. *Bonnie* arrastró las patas hacia delante, aplastando su vientre contra el suelo, ensuciándose de arena y algas procedentes de la playa. Atrayéndola hacia sí, le quitó algunas zarzas y la apretó contra su pecho para que se tranquilizase.

—¡Eres una buena perrita! —le dijo.

Bonnie le lamió la cara. Kate advirtió que había polvo en su pelaje. No se trataba de arena, sino de algo distinto. Observó que el suelo estaba cubierto de aquel material (quizás era tiza), especialmente en el sendero que se dirigía hacia la derecha.

Tal vez lo habían empleado en las obras del faro. Miró hacia arriba. El edificio tenía un aspecto macizo y robusto, hecho para resistir los vendavales. Podía tratarse de piedra caliza. En ese caso debía limpiar lo antes posible a *Bonnie*, pues la tierra caliza no era buena para los perros.

Se encaminó con *Bonnie* hacia la izquierda, alejándose del faro. Mientras andaba y sentía el aire frío en los pulmones, comprendió que había ido hasta allí para celebrar el día de Acción de Gracias.

En Silver Bay se sentía cerca de Willa. No sabía dónde estaba, pero allí sentía su presencia. Caminando hacia el promontorio, fue consciente de los motivos que habían llevado a su hermana hasta ese lugar. El rompiente de las olas, los pastos dorados, el faro medio oculto... Kate no quería que su hermana estuviera sola.

Teddy lo había comprendido, al igual que Maggie.

Se dijo, mientras avanzaba hacia el este por el promontorio rocoso, que deseaba que John hubiera tenido hermanos, que hubiera conocido lo estrecho e inefable que es el lazo que une a los seres nacidos de los mismos padres o que han crecido juntos.

Cuando poco antes llegó a la casa y habló con el padre de John, había sospechado que algo iba mal. John estaba dentro, pero no había acudido a la puerta. O quizás había decidido no hablar nunca más con ella, aunque la había llamado a Washington para informarla acerca de la joven muerta. Sin embargo, sus compromisos éticos lo hacían retroceder.

La sola idea le hizo estremecerse. Se ajustó el abrigo y siguió caminando contra el viento. Nunca había comprendido hasta qué punto esperaba verlo cuando llamó a su puerta. Con la cabeza baja para evitar que el frío le escociera los ojos, sintió la fuerza del viento. Una ráfaga recorrió las aguas y la superficie lisa del estrecho se quebró en pequeños copos de espuma.

En el último momento, *Bonnie* se puso a ladrar. Tiró con fuerza de la correa y ella hizo lo propio en sentido contrario. Entonces Kate levantó la cabeza, sobresaltada, pero lo que vio le arrancó un suspiro. Soltó a *Bonnie* y sonrió.

En su camino hacia la posada del Viento del Este, John telefoneó al psiquiatra y le dejó un mensaje para informarle de que más tarde quería acudir con él a la prisión. Después tomó el sendero del faro y divisó a dos figuras por el acantilado. Una era alta y la otra mucho más pequeña. Eran Kate y *Bonnie*.

Aparcó en la rotonda de arena, allí donde en verano y comienzos de otoño los pescadores aparcaban sus vehículos, iban en busca de los bancos de peces azules y comenzaban a desaparejar. Había dejado que *Listo* bajara del coche.

Era extraño, pero el perro lo había visto todo antes que él. Había echado a correr, ladrando como un poseso, brincando entre la hierba. Si John hubiera tenido que describir la reacción del animal, sólo habría encontrado un término apropiado: «Alegría.»

Resultaba insólito, pero la visión de Kate Harris le hizo sentir lo mismo. Caminaron el uno hacia el otro apoyados en la baranda de hierro y John sonrió como no lo había hecho desde hacía días, semanas. Cuando estuvieron uno cerca del otro, él advirtió que Kate tenía las mejillas enrojecidas por el viento frío y los ojos brillantes. Ella también parecía alegrarse de verlo, se dijo John.

—Hola —dijo Kate.

—Por fin te he encontrado.

—¿Ha sido difícil?

—Bueno, cuestión de tomar el camino hacia la posada del Viento del Este. Mi padre me dijo que habías vuelto a instalarte allí.

—Es verdad. He tenido que venir desde Washington.

John asintió. Comprendió que se encontraba allí a causa del reciente caso. Era habitual que los familiares de una víctima resucitaran su dolor cuando la misma clase de crimen se repetía.

—¿A causa de Amanda Martin?

—Sí. He comprado un periódico local y he leído lo que escriben sobre ella, la muchacha amante de los botes.

—Sí, así la llaman —contestó John, mirándola a los ojos.

—¿Ha habido otras noticias?

John vaciló, dirigiendo la mirada hacia la costa. Pensó en los últimos detalles del caso, en la última entrevista con Merrill, en el resplandor de los ojos de su cliente cuando le mostró la fotografía de Willa. Mirando más allá del faro vio el rompeolas de Point Heron, que se alzaba como una lejana línea negra. Novedades del caso... En realidad, le abarrotaban la cabeza, pero se esforzó por apartarlos de su conciencia. Volvió a oír las palabras de su padre y comprendió que hacían referencia a Kate: «¿Qué vas a hacer al respecto?»

—Sí —contestó al fin.

—Cuéntame.

—*Listo* comienza a estar sucio otra vez.

—¿Lo dices de verdad?

—Así es; abrojos, espinas, el pelo enmarañado...

—¿Quizá sea hora de otro buen baño? —preguntó Kate, cuya sonrisa brilló en la naciente penumbra.

—Sí.

—Estupendo, *Bonnie* también lo necesita. Se ha ensuciado las patas con algo que parece piedra caliza o polvo. Creo que no debe de ser bueno para ella. ¿Están construyendo algún edificio por aquí?

John echó un vistazo a *Bonnie* y esbozó una sonrisa tranquilizadora.

—¿Así que estuvisteis cerca del faro? —preguntó.

—Sí, muy cerca.

—Entonces no hay nada que temer. Hace poco se hicieron algunas reformas, de modo que puede ser polvo de material plástico, pero creo que se trata sobre todo de conchas marinas pulverizadas.

—¿De verdad?

—Sí. Hace mucho tiempo, cuando controlaban el faro manualmente, el camino solía estar atestado de fango. Luego trajeron hasta aquí en camiones una gran cantidad de piedras y conchas que descargaron en el camino para que los vehículos pudieran remontarlo.

—Polvo de valvas marinas —repitió Kate, sonriendo al pensar en las montañas de ostras vacías de su hermano y en todo el polvo que podía fabricarse con ellas. Se sintió como en casa—. Debería haberlo reconocido.

—De modo que nuestros perros necesitan un baño —insistió John.

—¿El autolavado?

John permaneció un momento en silencio. De pronto se sentía eufórico como un adolescente. Esa misma mañana, tumbado en la cama, la depresión se había apoderado de él. Ahora le parecía que era capaz de volar. ¿Qué le había pasado? Kate lo miró sonriendo, respondiendo a la pregunta, aunque él no quiso analizarla.

—Nuestra casa está justo en aquella dirección —dijo señalando el promontorio con la cabeza, allí donde se alzaba la casa blanca que desde hacía un mes ni el ni sus hijos ocupaban.

—¿Tienes una buena bañera? No olvides que *Listo* tiene un tamaño considerable.

—Por supuesto —contestó John—, y la usaremos.

—Vamos, pues —dijo Kate, y llamó a *Bonnie* con un silbido.

John sintió que la piel de sus mejillas se estiraba al sonreír. Casi sin proponérselo, cogió la mano de Kate entre las suyas. Era una mano pequeña y fría; la frotó un poco para que se calentase, y Kate hizo lo mismo.

Escuchando el sonido de las olas y el de su propio corazón, apretó la mano de Kate y se dirigieron hasta la casa. Cuando llegaron al huerto, John saltó el arroyo que lo cruzaba y le tendió la mano desde la otra orilla. Sonriendo, ella le hizo un gesto y saltó sin ayuda. Él echó a andar cuando estuvo seguro de su maniobra.

Se volvió. Kate observaba su propia imagen en el agua. En esa época del año el arroyo era un hilo de agua ligeramente helado en sus bordes.

—Deberías verlo en primavera —dijo John—. Entonces es muy caudaloso.

—Este arroyo corre hacia el oeste —dijo Kate, incapaz de levantar la vista de las aguas. Los perros se detuvieron para beber, embarrándose las patas.

John asintió. Lo sabía desde hacía muchos años, pero ya nadie se lo recordaba.

—Sí, creo que así es —contestó.

—No es fácil encontrar un arroyo que corra hacia el oeste —precisó Kate—. El agua se dirige siempre hacia el mar, hacia el este.

—Bueno, pues tenemos un arroyo extraño. —John parecía sorprendentemente contento de aquel hecho.

—Me gustaría que Willa lo hubiese visto. —Kate seguía mirando el agua—. En Chincoteague hay uno igual... A mí me gusta más que a mis hermanos. Cuando las cosas se me hacían muy difíciles, después de la muerte de mis padres, a veces iba a dormir a su orilla.

—¿Lo hacías por ti?

—Sólo para alejarme. Había una gran roca en la que me reclinaba. Desde allí podía ver el mar, más allá de las dunas. Las olas eran tan potentes que oía el estruendo que producían al morir en la playa. Era un sonido intenso... pero el arroyo estaba tranquilo y pacífico.

—Una clase distinta de energía —dijo John y de repente se interrumpió para prestar atención al sonido del arroyo. Kate cerró los ojos. Se vio alejándose de la casa hacia su isla, oyendo la suave música de las aguas entre las piedras. John pensó que de allí venía el color de sus ojos. Aquel increíble gris, azul, verde: el color de un arroyo que corre hacia el oeste.

—Era mi hora secreta —dijo Kate lentamente.

—Un tiempo para estar sola —comentó John.

Ella asintió sonriendo.

—Siento que ésta también es mi hora secreta —dijo John, mirándola fijamente a los ojos. Kate advirtió enseguida el sentimiento recíproco y dio un paso hacia él—. Es el momento más apacible que he vivido en... mucho tiempo.

—Para mí también —repondió Kate.

De pronto, John se sintió sorprendentemente alegre. Deseó permanecer allí para siempre, pero volvió a cogerla de la mano y se obligó a seguir andando. Los perros chapoteaban en el arroyo, para luego sacudirse el agua en la orilla. La casa de color blanco estaba allí, muy cerca... Kate ya estaba prácticamente en su hogar.

Cuando Maggie llegó a la casa de su abuelo procedente de la escuela, entró en el vestíbulo de la planta baja y se quitó el abrigo. No hizo lo mismo con la bufanda blanca, ya que la llevaba puesta todo el día. De alguna forma la ayudaba a sentirse bien, y Maggie necesitaba toda la ayuda del mundo para sentirse bien. Teddy también la ayudaría...

—¡Teddy! ¿Estás en casa?

Todos habían salido a hacer tarjetas para la mesa de Acción de Gracias. De hecho, ésa era también la idea de Maggie, ya que le gustaba dibujar y, además, porque pensaba que todos necesitaban que se levantaran los ánimos. Cogió papel de escribir del escritorio de su padre, lo dobló en cuadrados y pintó en ellos peregrinos, indios y pavos.

Después empezó a recorrer la casa en busca de su hermano. Sabía que aún era temprano. Teddy había dicho que no sabía cuánto tiempo duraría el entrenamiento, de modo que debía ser paciente hasta que él llegara a casa. De todos modos, esperaba que fuera cuanto antes.

Percibió el olor del abrillantador de metales. Faltaban dos días para Acción de Gracias. Sintió tristeza en el corazón, sintió la pérdida de su madre y de su propia casa. Los grandes acontecimientos la hacían sentirse así, como si en su alma hubiera un gran vacío que nada podría llenar jamás.

Pensó que, en efecto, Teddy no estaba y que ella se sentía disgustada y frustrada. Pero decidió afrontar directamente su proyecto. Hubiera preferido estar en su casa, pero estaba en la del abuelo. Le hubiera gustado pulir la platería que sus padres habían recibido como regalo de boda: la gran bandeja para el pavo, la salsera con aquellas iniciales entrelazadas. Quería limpiar los vasos de cristal valiéndose de agua y un poco de amoníaco, para después secarlos con papel de periódico, que era el mejor procedimiento para dejarlos brillantes.

Añoraba su propia habitación. Deseaba tener sus propias cosas: sus peluches, sus libros, sus pósteres. Revivió en la memoria el aroma de su hogar, era diferente, no se parecía a ningún otro. Lo invadía el salitre del aire y el olor de algas, valvas y hierbas acuáticas. La casa del abuelo, en cambio, estaba tierra adentro y esos aromas apenas llegaban allí.

De pie en el vestíbulo, de pronto vio que había un sobre encima de la mesa. Llevaba su nombre. Con intensa excitación, Maggie lo abrió y encontró dentro una nota de Kate.

Querida Maggie:

Gracias por tu carta. Ha significado mucho para mí. Me alegro muchísimo de que te haya gustado la bufanda. Ya es casi el día de Acción de Gracias, una de mis fiestas favoritas. ¿Lo es también para ti? Solía decirle a mi hermana, cuando tenía tu edad, que ser agradecida es el mejor camino para ser feliz, aunque no sea noviembre. Acostumbrábamos escribir listas de cosas que debíamos agradecer; recuerdo algunas: las nubes, los pájaros, el mar, los libros, los ponis, a nuestro hermano (¡no siempre entraba en la lista!) y otras. Una de nuestras tradiciones de Acción de Gracias consistía en ir a las dunas a cortar hierbas secas y flores para el centro de mesa. Las hierbas marinas están muy bonitas en noviembre, ¿lo sabías? Oro, pardo, plateado, ¡más cosas para agradecer! Saluda a toda tu familia de mi parte.

Te quiere,

KATE HARRIS

Maggie leyó dos veces la carta. Se había sentido tan triste mientras deambulaba por la casa, tan disgustada por la ausencia de Teddy... Sin embargo, ahora estaba alborozada. Acababa de tener una gran idea. También ella saldría de la casa camino de las dunas y recogería un buen ramillete de hierbas secas para el centro de mesa. De esa manera se sentiría un poco más cerca de Kate.

Quería mucho a Kate. Pensar en que podía haber sido su niñera la hacía sentirse más feliz que nunca desde la muerte de su madre. Kate le había parecido decididamente real, práctica, simpática y hasta un poco triste. Eso era muy importante. Maggie necesitaba una amistad que supiera que ella había perdido a alguien.

Miró el sobre por segunda vez. Se sintió intrigada porque no había sello. ¿Significaba que Kate estaba allí, en Silver Bay?

Se mordió el labio inferior. Su abuelo estaba en el sótano con Maeve. Sus voces le llegaban con el olor del abrillantador. Si revelaba su presencia, el abuelo le prepararía la merienda y le preguntaría acerca de la jornada escolar. No podría salir. Y Teddy tampoco se lo permitiría.

Se sentía agobiada.

Pero quizá, sólo quizás, «agobiada» no se ajustaba a su estado mental. Su padre se había vuelto sobreprotector. De hecho, desde el último asesinato todo el mundo se había vuelto más cauteloso. Maggie lo comprendía. Seguiría la conducta de los demás y nunca iría a algún lugar que no le resultara familiar, nunca subiría en el coche de un extraño.

Tenía expresamente prohibido salir de casa sola. Pero lo que se proponía no era exactamente «salir», pues no se alejaría de los alrededores. Iría a los campos próximos, cerca del faro... Allí había las mejores plantas.

Si cogía la bicicleta, llegaría rápidamente, llenaría le cesta y volvería sin que nadie hubiera advertido su ausencia. Teddy no estaba en casa, pero era como si hubiera estado allí cada minuto.

Se dijo que debía de haber ido a casa de su entrenador o de la señorita Carroll. Subía siempre al cuarto de Maggie y le preguntaba cómo había ido la escuela. Desde que su madre había muerto y su padre trabajaba tan duro, Teddy había ocupado el lugar de éste. Por eso había dicho que quería hacer las tarjetas con ella. El gigante y forzudo hermano futbolista quería dibujar con ella.

Sintió un vuelco en el corazón al pensar en lo mucho que su hermano la quería. ¿Él era consciente de que ella sentía lo mismo? Tras recoger la nota de Kate, Maggie cerró los ojos y puso a Teddy en lo más alto de la lista de cosas que había que agradecer. Estaba allí toda su familia, pero Teddy era el mejor centro de mesa imaginable.

De todos modos, iría a buscar las hierbas.

Cogería bayas, grosellas, sarmientos de madreselva y hiedra. Cogería hierbas de la playa, escaramujos, lavanda seca, tomillo silvestre..., y después iría a la arena y recogería caracolas y conchas de vieiras y almejas para desperdigar sobre la mesa de la celebración.

Mientras subía a la planta superior con la intención de guardar la nota de Kate en un cajón que reservaba para esas circunstancias, no olvidó coger el cuchillo del ejército suizo para cortar los troncos más duros. Con gesto decidido, lo guardó en el bolsillo.

Y salió dispuesta a cumplir con su misión de Acción de Gracias.

22

La casa le resultó tan bonita como la recordaba, a pesar de haber estado allí sólo unos minutos, la mañana del incidente con el ladrillo. La luz del atardecer penetraba en el interior a través del nuevo cristal, dibujando rectángulos en la alfombra oriental.

Kate observó las marinas colgadas en la pared y las fotos familiares dispuestas sobre el piano. Su mirada se detuvo en una fotografía de Sally Carroll junto a otra mujer, muy bien vestida y con ojos de color azul brillante. Las dos amigas sonreían, llevaban uniforme de tenistas y entre ambas levantaban un trofeo dorado. Al lado de la fotografía estaba el trofeo propiamente dicho, con los nombres y la fecha grabados: «Theresa O'Rourke y Sally Carroll, Campeonas del Club, 15 de septiembre de 1999.»

Kate miró a John, que estaba ocupado tratando de hacer que los perros se dirigieran hacia la planta superior. Ella los siguió, y al llegar al cuarto de baño comenzaron a llenar la bañera. La actividad les resultaba hilarante. John se deshizo el nudo de la corbata y Kate arrojó por los aires su gorra. Ambos se arremangaron. Los perros, como si presagiasen lo que les iba a caer encima, se escondieron debajo de la cama de John.

—¿Qué están haciendo? —preguntó John, de rodillas.

—Se aprietan contra el suelo para que no los veamos —respondió Kate desde el otro extremo de la cama mientras intentaba atraer a *Bonnie*.

—Pues con ese pelaje dorado no sé cómo va conseguirlo *Listo* —aseguró John mientras distinguía los ojos de Kate al otro lado de la cama.

—No es el caso de *Bonnie* —repuso Kate sonriendo—. Mírala, está hecha un ovillo.

Al final, decidieron ir en primer lugar a por *Listo*. Lo metieron en la bañera y lo enjabonaron. El animal se mantenía sentado, quieto, como pidiéndoles, con sus ojos tristes, que parasen de una vez, que le devolvieran su dignidad, mientras el jabón se deslizaba por su hocico y le confería un aspecto cómico. Kate y John reían a carcajadas.

—¿Crees que estamos hiriendo sus sentimientos? —preguntó John.

—¡Qué va! —contestó Kate—. Al contrario, se está convirtiendo en el perro más guapo de Silver Bay.

—¿Estás segura?

—¿Nunca habías bañado a tu perro?

—Debo confesar que no.

—Bueno, pues espera a que hayamos terminado. Lo verás tan feliz y orgulloso que no te lo creerás.

—Sí. Lo comprobé la última vez —admitió John—. Pero lo mejor fue que también hiciste feliz a mi hijo. Estaba muy preocupado por *Listo*.

—Willa solía preocuparse por *Bonnie* —dijo Kate.

—¿De qué manera?

—Pensaba que quizá tuviese la enfermedad de Lyme o parásitos... o que se le había deslizado el collar y lo había perdido por ahí. Se implicaba tanto en sus cosas... Incluso estuvo a punto de tatuarla o algo así. Había oído que en Francia era habitual hacerlo. Los animales llevan detrás de una oreja su número de identificación.

—¿En Francia?

—Sí. A raíz de uno de nuestros viajes Willa se transformó en una francófila. Solíamos pasar las vacaciones en cualquier lugar del país. Amaba Francia y todo lo que fuera de ese país. A veces incluso hablábamos en francés entre nosotras.

—Di algo en francés —le pidió John.

Kate sonrió, súbitamente avergonzada.

—¡Vamos, anímate! —La instó John, los antebrazos sumergidos en el agua sucia, mientras el olor a perro llenaba el ambiente y unos restos de jabón le cubrían una de sus mejillas.

—*D'accord* —dijo Kate—. *Cet chien est très beau.*

—¡Excelente! Ahora, traduce.

—He dicho que este perro es muy bonito. Y ahora es el turno de *Bon-*

nie —agregó con rapidez, sorprendida por el divertido placer que manaba de los ojos de John.

Vaciaron la bañera y volvieron a llenarla mientras secaban a *Listo* con un montón de toallas. Cuando quedó libre, echó a correr por la casa, sacudiéndose y revolcándose sobre las alfombras. John no podía dejar de reír.

—Está desmadrado —dijo—. Ojalá lo vieran los chicos. Su madre jamás hubiera aceptado bañar a los perros en nuestro cuarto de baño...

Kate guardó silencio.

—Siempre llenaba una tinaja y lo hacía fuera.

La conversación se detuvo. Al comprender que se hallaba en un territorio que siempre procuraba evitar, John se ensombreció. Volvió a su habitación y esperó que Kate atrapase a *Bonnie* y la introdujese en el agua caliente de la bañera.

—Cuéntamelo —se limitó a decir la muchacha mientras distribuía el champú sobre el lomo negro de *Bonnie*—. Tú me escuchaste mientras yo hablaba de mi hermana perdida. Así pues, si quieres hablar de tu esposa perdida, hazlo.

—Sí, éste es el momento —dijo John al cabo de unos segundos.

Kate lo miró.

—Fuimos muy felices durante mucho tiempo —comenzó—. Estábamos realmente enamorados.

Kate asintió con la cabeza. ¿Por qué aquellas palabras le resultaban dolorosas? Pensó en ella y Andrew, en los tiempos en que también habían sido felices, antes de que todo desapareciera, como desaparecería esa agua por el desagüe de la bañera. Mientras John hablaba, Kate frotaba con jabón el abigarrado pelaje de *Bonnie*, intentando quitar las ramitas con un peine. Kate miraba sus manos, pero escuchaba.

—Novios del instituto —continuó John—. Inseparables. Estudiamos juntos, nos casamos mientras cursábamos derecho y vinimos aquí. Teníamos una buena pandilla de amigos, una verdadera pandilla: nosotros, Sally y su marido, Billy y Jen Manning, los Jenkins.

—¿Felicity y Barkley?

John asintió con la cabeza.

—Siento mucho que la perdieras —dijo Kate—. Debió de ser la experiencia más desgarradora de tu vida.

—¿Te refieres a su accidente? —preguntó John.

Kate sabía que en los matrimonios se ocultaban mentiras, a la espera del estallido final. Contempló a John, pensando en si debía fingir que ignoraba lo que él iba a contarle. Pero le fue imposible. Habría sido como intentar hurgar en una cicatriz.

—Lo sé, John —dijo—. Lo sé por las preguntas que me has hecho. Las preguntas acerca de Andrew y Willa...

John se inclinó hacia la bañera y la miró a los ojos.

—No estaba seguro, pero sospechaba que lo habías entendido. Tenías razón —añadió—. Todo quedó hecho añicos después del accidente. Sin embargo, esa noche Theresa había salido de casa. Tenía... una cita.

Kate le miró fugazmente, reparando en el tono indiferente y frívolo con que había dicho «cita», una palabra bonita para un hecho horrendo.

—Estaba liada con otro hombre, Kate —agregó él con los ojos súbitamente húmedos y la voz entrecortada—. Barkley Jenkins.

—Lo lamento —se limitó a decir Kate, también apenada. Así que se trataba de un viejo amigo, alguien en quien John había depositado su confianza. Kate tenía las mangas mojadas. Era incapaz de moverse tras la confesión de John, tras comprobar una vez más el dolor que podía llegar a sentirse al descubrir que quien amamos quiere a otra persona.

—La noche del accidente se dirigía a la casa de Barkley.

—¡Oh, lo siento, lo siento mucho!

—Era muy bonita. Tenía algo... especial. Sus ojos estaban llenos de secretos, lo que la convertía en un ser hermosísimo. Era exótica, para decirlo a la manera de los auténticos irlandeses. Te miraba como si pudiese ver en tu interior, descubrir tus secretos más profundos, aun antes de que hubieses pronunciado una palabra. Los hombres se sentían atraídos por ella.

Kate escuchaba, esperando, reteniendo la respiración.

—Así llegué a odiar toda clase de secretos —concluyó John.

Clavó la mirada en el suelo, pero Kate pudo ver el dolor reflejado en sus ojos.

—Porque se trataba de un verdadero don —agregó John—. Los hombres sentían que no había nada que pudieran ocultar ante ella. Se apropiaba de sus secretos. Muchas veces la veía en medio de una fiesta, arrinconando a alguien, y entonces yo sabía que estaba sonsacándole secretos, obligándolo a decir lo que hasta entonces no había dicho a nadie... Todos tenemos un don: pintar, actuar, hacer deporte, las leyes. El don de Theresa era escuchar.

—Debería haberte escuchado a ti. Escuchar tus secretos...

—No podía contárselos —respondió John, meneando la cabeza—. Era mi mujer, y el hecho de saber que escuchaba a todos me reprimía.

—Debió de ser muy doloroso —dijo Kate con voz serena.

John asintió con gesto adusto. Acarició a la perra y Kate advirtió que, en contraste con la expresión de su rostro, las manos se movían con ternura por el lomo de *Bonnie*. La tocaba como si tuviera presente que era menuda y delicada, tratando de no hacerle daño.

—John —susurró Kate, hundiendo las manos en el agua y posándolas sobre las suyas.

—Tú ya lo sabes —musitó él—. En cuanto me hablaste de tu marido supe que podía contarte lo de Theresa. Mi secreto.

—Adiviné que estabas sufriendo. Lo supe por las preguntas que me hiciste.

—Demasiadas para un secreto —replicó John, intentando sonreír.

—Sorprender a Andrew y a Willa en la cama me dolió más que cualquier otra cosa en mi vida —dijo Kate—. Crees que no podrás sobrevivir a aquello. Que acabas de caer al pozo más profundo del mundo y que por más que lo intentes nadie sabrá jamás de tu presencia allí.

—Alguien sí lo supo —corrigió John, atrayéndola hacia sí con las manos húmedas y sucias—. Yo supe que estabas allí.

—Tú también lo estabas —dijo acariciándole la cara.

Se besaron apasionadamente, mojados y llenos de jabón. Kate se estremeció cuando John la abrazó. Estaba allí, entre sus brazos. Era algo sólido y real. Su beso fue puro fuego. Kate deseaba lo mismo que él. Sus dedos se acariciaban y acabaron entrelazándose.

Bonnie gimoteó y Kate volvió a la realidad.

Sin respiración, apartándose un poco, miró a John. Sintió los latidos de su corazón. Lentamente apartó la mano de él y miró a *Bonnie*.

—¿Puedo ayudarte? —preguntó John.

Ruborizándose, le indicó que podía darle una mano para sacar a *Bonnie* de la bañera. Luego, John le alcanzó toallas limpias para secarla.

—Quiero que vuelvas —dijo mientras ponía a *Bonnie* en el suelo, y de inmediato el animal salió disparado en busca de *Listo*.

—¿De verdad? —inquirió Kate, aclarándose la garganta y sintiéndose desbordada de felicidad.

—Y no sólo para besarte —dijo él asintiendo. Sus miradas expresaban un deseo mayor, una necesidad de unir lo más profundo de sus corazones—. Cuando le hablé de ti a mi padre, cuando le confesé que había roto la confidencialidad, me preguntó si había hablado mucho contigo, si confiaba en ti. Eso me hizo pensar. Supe que había más cosas que decirte.

—Yo pensé lo mismo. —Kate seguía mirándolo a los ojos—. Mucho tiempo después de haber vuelto a Washington, pensaba todavía en ti. Me hubiera gustado preguntarte cómo te iban las cosas, cómo estaban Maggie y Teddy.

John la besó con más insistencia que antes. Si su primer beso había sido una sorpresa y el segundo había estado lleno de pasión, éste despertó un torrente de emociones como no sentían desde hacía años. Durante unos segundos ambos temieron que les sería imposible parar.

—¡Oh, John! —gimió Kate, cobrando aliento, aferrada a sus brazos.

—Kate... —John sonrió, atrayendo su cuerpo hacia el suyo.

Luego la condujo desde el cuarto de baño a su dormitorio. Estaba oscureciendo, las olas parecían estallar. La llevó hasta la ventana. El ramaje arañaba los cristales, llevado por el intenso viento. A lo lejos, Kate distinguió la línea de la costa, las olas muriendo en la arena. Todo era más intenso que en Chincoteague.

—Es viento del noreste —dijo ella.

—¿Qué? —preguntó John, de pie detrás de ella, besándole el cuello, pensando en muchas cosas menos en el clima.

En ese momento sonó el teléfono. John se justificó ante Kate diciéndole que había dado órdenes de que lo llamaran sólo si se trataba de una urgencia.

—Contesta —susurró Kate, sonriendo y sintiendo todavía un dulce escalofrío en la espalda.

—Hola. Ah, eres tú, papá. ¿Qué hay de nuevo?

Kate se quedó perpleja al ver la mueca de horror que apareció en el rostro de John.

—¿Teddy? —preguntó John—. ¿Se encuentra bien? ¿Está en casa? Dile que se ponga.

Pero Teddy no podía, o no quería, ponerse. Kate interrogaba a los ojos de John mientras éste continuaba hablando con su padre. Al cabo de un minuto, colgó el auricular.

—Tengo que ir a casa —dijo—. Teddy me necesita.

—Claro, debes ir. Volveré a la posada.

—Quiero que vengas conmigo, Kate —dijo con tono apremiante—. Te lo ruego.

—Por supuesto —le respondió Kate, cogiéndole de la mano y mirándolo fijamente a los ojos—. Claro que sí, John.

Cogidos de la mano y con los perros saltando alrededor de sus tobillos, anduvieron hasta el coche de John, estacionado en la rotonda. A punto de llegar a la casa del juez, se toparon con Teddy. Parecía inquieto como un animal salvaje.

—¡No está en casa! —repetía corriendo por los alrededores de la casa—. ¡Debería estar en casa y no está!

—Teddy —dijo John, asiéndolo por los hombros—. Vayamos por partes. Dime qué pasa.

—¡Déjame, papá! —Mientras intentaba librarse de las manos de su padre advirtió la presencia de Kate—. ¡Tengo que encontrar a Maggie! —exclamó mirándola a la cara.

—Claro que sí, Teddy —dijo la mujer comprendiendo de inmediato que estaba angustiado.

—¿Ha pasado algo en particular? —inquirió John.

Teddy lanzó un alarido. Por fin logró zafarse del abrazo de su padre y corrió escaleras arriba. John permanecía con la mirada vacía, conmocionado, dolorido. Maeve, sentada en una silla de la sala, murmuraba mientras pasaba las cuentas de su rosario. El juez, vestido como era habitual con americana y corbata, meneaba la cabeza consternado.

—Te he llamado, John, porque está así desde que ha llegado.

—¿Dónde estaba?

—Entrenando. Me dijo que tenía planes para hacer cosas con Maggie esta tarde..., dibujar tarjetas. Dijo que había estado buscándolo, pues nunca se olvida de las cosas. El muchacho está completamente fuera de sí, nada de lo que le he dicho ha servido para tranquilizarlo.

John no quiso escuchar más. Subió a la planta superior para reunirse con Teddy.

Desde abajo, Kate pudo oírlo mientras intentaba apaciguarlo. Lo hacía con tono calmado pero insistente, mezclado con cierto sollozo. El dolor del chico la afectó tanto que, sin dudarlo, también subió las escaleras aunque nadie se lo hubiera pedido.

—¡No ha pasado nada, papá! —exclamó Teddy—. Pero ése es precisamente el problema. No quiero que le pase nada a Maggie. ¡Ya hay bastante con lo que pasa alrededor!

—Lo sé —intentaba calmarlo el padre.

—¡No lo sabes! —vociferó Teddy—. ¡Siempre hablando de los derechos de las personas, pero se trata sólo del derecho de las malas personas! ¡Los derechos de los tipos que matan chicas! ¿Qué pasa con los inocentes, papá? ¿Qué pasa con todas esas muchachas de los rompeolas? ¡Maggie no está en casa y debería estar!

—Es una chica prudente. Una buena chica. No habrá ido a ninguna parte.

—¿Pues entonces dónde está, papá, dónde está?

—Teddy... —comenzó John, acercándose a su hijo.

Pero Teddy corrió a la habitación de Maggie. Sobre la almohada había un camisón plegado de color amarillo, una cofia azul con lazos blancos colgaba de un extremo de la cabecera. Kate y John intercambiaron miradas cuando Teddy se lanzó a la mesa de noche.

—Volvió de la escuela, ¿no es así? —preguntó su padre, sintiendo cómo el pánico crecía en su interior al notar que las palabras de Teddy lo justificaban.

—¡No lo sé! —gritó Teddy por encima de su hombro—. ¡No estaba aquí cuando llegué! ¡Su bicicleta tampoco está en el porche!

—Ella ha estado aquí —intervino Kate, tratando de mantener la calma.

—¿Cómo lo sabes? —preguntó John.

Kate señaló algo con el dedo. Por un cajón asomaba el sobre que ella le había dejado en la mesa del vestíbulo pocas horas antes. Dirigido a Maggie, había sido abierto. Se notaban los desgarrones de la niña debido a la prisa que tenía en leer el contenido de la nota.

—¿Dejaste esto para ella? —preguntó Teddy, mirando alternativamente la carta y a Kate.

Kate asintió.

—Debe de haber significado mucho para ella —dijo el muchacho con la voz enronquecida y los ojos rojos—. Es su cajón de las cosas importantes, también tiene uno en casa. La única cosa que nunca dejará allí es la bufanda blanca. Siempre la lleva consigo.

—Me alegro de que le gustara —respondió Kate, adivinando en la mirada del niño todo el amor que sentía por su hermana.

—Ella no...

—¿Te sientes bien, Teddy? —volvió a preguntar Kate, e instintivamente reprimió sus deseos de tocarlo.

Con el cuerpo encogido, los hombros de Teddy temblaban al sollozar. Tragó saliva y, cuando al fin fue capaz de hablar, miró a Kate, obviando por completo a su padre.

—No puedo sentirme bien si no sé dónde está Maggie.

—Saldré a buscarla —dijo John.

—Iré contigo —decidió Teddy.

—Quiero que te quedes aquí —le ordenó su padre, apoyando las manos en los hombros de su hijo—. ¿De acuerdo? Quédate aquí y llámame si tu hermana vuelve antes que yo.

—¿Dónde puede estar? —preguntó el chico, frunciendo el entrecejo—. ¿Adónde irás a buscarla?

—Quizás esté en la biblioteca o en nuestra casa, aunque le prohibí que fuese.

—Puede que esté en la posada del Viento del Este —sugirió Teddy mientras sus dedos recorrían la nota de Kate—. Sí, quizá fue allí en busca de Kate.

—Es una buena idea. Iré a la posada —dijo John, y le preguntó a Kate si quería quedarse con Teddy.

Kate asintió. De repente, supo exactamente lo que tenía que hacer. Pasó un brazo por los hombros de Teddy —como una hermana mayor, una niñera, una madre— y lo estrechó con fuerza. Notó que el muchacho estaba más fuerte que la primera vez que lo vio, pero también advirtió que se inclinaba hacia ella, como un niño pequeño, buscando el calor de su abrazo.

—No deseo otra cosa —dijo Kate.

La bufanda blanca ondeaba al viento. Maggie pedaleaba desde la casa de su abuelo por la carretera de la playa. Eran las últimas horas de la tarde, tras haber acabado la escuela. El día arrojaba una luz de color gris cobrizo. Las nubes de tormenta mostraban reflejos anaranjados. Pedaleaba con fuerza, rumbo a la posada del Viento del Este, después de tomar el atajo que pasaba por el huerto de los manzanos y cruzar el arroyuelo que bordeaba su propio terreno y el Natural Sanctuary. Al final llegó al camino enfangado.

A medida que avanzaba, se detenía a recoger flores secas y hierba, que depositaba en una cesta que ya estaba llena. Las amenazadoras nubes se hicieron aún más oscuras. Se levantó viento. Maggie miró instintivamente hacia el faro. Se detuvo a unos cien metros de él, observando el surco de luz blanca cruzando el cielo.

Aquél era el mejor lugar para encontrar heno salobre, en la cima del acantilado, el lugar más soleado, azotado por el viento y las gotas de agua provenientes del mar. En su día, Kate había hecho lo mismo en el hermoso y salobre Chincoteague; Maggie quería hacerlo ahora para presumir ante todos de su ramo.

Avanzando por el irregular camino, temiendo que la tormenta se le echara encima, Maggie sintió una opresión en el pecho. A veces, desde la muerte de su madre, pensaba que su corazón había quedado dañado, que había crecido constreñido y pequeño como una avellana. Tenía los hombros un poco hundidos, como si crecieran hacia delante para formar una jaula protectora. ¿Sólo pasaba con las chicas o también a Teddy le ocurría?

Pensó en su padre. El viento frío hacía que se le humedeciesen los ojos y las fosas nasales. Imaginó a su padre navegando por un gran mar tormentoso, acompañado por dos niños huérfanos.

Cuanto más lo imaginaba, más se le humedecía la cara. Era un hombre muy exigente consigo mismo. Además, resultaba sobreprotector. Al recordar la manera en que la había mecido cuando ella cometió la imprudencia de mirar las fotografías forenses, Maggie sintió la necesidad de apartarse un momento del camino y recuperar el aliento.

Le había acariciado los cabellos. Le había besado las mejillas y las orejas. Le había dicho que ella siempre sería su pequeña, que siempre cuidaría de ella...

Maggie se aferró al manillar para recobrarse. Su padre había advertido lo espantosas que habían resultado aquellas fotografías para ella. Ahora trataba de convencerse de que jamás le pasaría nada parecido. Por otra parte, tenía la impresión de que las nuevas cortinas del dormitorio guardaban cierta relación con el asunto.

La única foto que había llegado a ver fue lo más horrendo que había observado en su vida. Quizá por eso le importaba tanto la bufanda blanca que Kate le había regalado. El contacto de la seda envolviéndole el cuello le infundía coraje.

El camino polvoriento mostraba las huellas recientes de algún vehículo, posiblemente del encargado el faro. Siempre había algo que reparar en los edificios expuestos al aire del mar. Más allá de una cadena, el camino se dividía en dos. Un ramal conducía tierra adentro, a un montículo de material descargado. El otro continuaba recto hacia el faro. Maggie apuntaló la bicicleta y se inclinó hacia atrás en el asiento.

Eligió el camino de la derecha. La gran torre se alzaba por encima de ella. Aunque había huellas de vehículos, no se veía ninguno por los alrededores. Todo en orden. A pesar de que al fin y al cabo Maggie conocía a Caleb y al señor Jenkins, un escalofrío le recorrió la espalda cuando recordó las palabras que su padre le repetía: «Aléjate de los hombres que conducen vehículos, Maggie. No importa de qué vehículo se trate. Si alguno intenta que subas, grita lo más fuerte que puedas y echa a correr.»

Su padre sabía de qué hablaba, por algo era abogado defensor de criminales.

Pero los Jenkins eran amigos y, por otra parte, ya estaba prácticamente en su casa. ¿Acaso no la veía al otro lado del terreno, más allá de la pequeña ensenada? Se volvió para mirar. Ubicó la ventana de su dormitorio en la gran casa blanca y se sintió confiada. No podía pasarle nada malo. ¡Estaba en su propia casa!

Miró hacia el faro y se dijo que estaba hecho un desastre. ¡Aquellas paredes blancas de ladrillo podían ser abatidas por un huracán en cualquier momento! Maggie contó las ventanas: seis verticales y doce alrededor de la imponente linterna. Quizás allí vivía el malvado Rapunzel y una muchacha encerrada por él en la torre, incapaz de escapar.

Maggie volvió a pensar en la chica de la fotografía: su cara blanca, los ojos que miraban al vacío... Tantas chicas asesinadas por el cliente de su padre, abandonadas en los rompeolas. ¿Cómo era posible que alguien fuera capaz de hacer cosas tan terribles a otra persona? Ella creía que las personas estaban para ayudarse, no para hacerse daño unas a otras.

Incluso los extraños, como Kate. Recién llegada al pueblo, había aparecido en su casa cuando más se la necesitaba, cuidando de ella y dando un buen baño a *Listo*. Y por si fuera poco, dándole a Maggie la oportunidad de lucir el mejor disfraz escolar de Halloween.

Se echó a temblar. Decidió que no recogería más heno. Al volver a la bicicleta, encontró huellas de perro en el suelo. Se tranquilizó: quizás eran de *Listo*, o de *Bonnie*. También vio huellas humanas. Grandes huellas de pies, como los de su padre u otro hombre, junto con otras pequeñas como las de... ¡Kate! ¡Qué magnífico sería que apareciesen su padre, Kate y los perros caminando por allí!

Pero un alarido le heló los huesos. Nada tenía que ver con Kate, ni con su padre. Provenía de algún lugar pavoroso y era, por sí mismo, un aviso para que Maggie se largara de allí inmediatamente.

Giró con la bicicleta, mirando fijamente las huellas. Entonces vio algo que brillaba en mitad del fango. Entre los trozos de piedra y las valvas de moluscos, relucía un pequeño objeto de oro.

Maggie se agachó y lo cogió. Era un amuleto con forma de avión. Lo remataba una pequeña anilla, como si hubiera colgado de un collar o un brazalete. Las alas no medían más de tres centímetros y la miniatura estaba provista de hélices que giraban al tocarlas.

Su corazón estaba a punto de detenerse. ¿Quién había dejado eso allí?

Quizá Kate había estado en aquel lugar antes o después de dejarle la nota en casa. Kate había vuelto para ser su niñera y, en el camino con *Bonnie* por el acantilado, se le había caído el avión en miniatura.

De pronto, un chirrido la sobresaltó. Miró alrededor, pero sólo vio los matorrales balanceándose a causa del viento, con sus ramas peladas arañando la puerta del faro. El creciente viento sonaba como un llanto, como los gritos de las muchachas de los rompeolas. Algo terrible estaba pasando allí.

Montando precipitadamente en la bicicleta tras guardar el pequeño avión en el bolsillo, Maggie se puso a pedalear con todas sus fuerzas. El polvo del camino le entraba en los ojos mientras avanzaba hacia el final del sendero, recordando que Teddy debía de estar esperándola, fuera de sus casillas.

23

John condujo de vuelta por el camino que acababa de realizar junto a Kate, desde la casa de su padre hasta la suya y la posada. Cuando tomó la carretera de la orilla, en lugar de girar a la izquierda, en dirección a su casa, torció a la derecha, hacia la posada del Viento del Este y el faro. La agitación de Teddy había terminado por resultar contagiosa. Así pues, la mente de John estaba llena de temores respecto a lo que podía haberle sucedido a Maggie. ¿Dónde estaba?

Oscurecía. Eran las últimas horas de la tarde, pero los días se habían acortado. En el mar la tormenta agitaba las crecientes olas; hacia el este se divisaban nubes de color púrpura. Pisó el acelerador.

El faro parpadeaba, a unos trescientos metros de la posada. El rayo intermitente traspasaba los nimbos, como si proviniera de un hombre haciendo señales. El corazón de John se le había subido a la garganta. Teddy no había dicho mucho, pero tampoco podía haberlo hecho, agitado por la preocupación respecto a su hermana.

John sentía crecer el pánico en su interior.

Volvió a acelerar. Tenía razones para desconfiar de Barkley Jenkins, e incluso para detestarlo por haberse interpuesto entre él y Theresa y haber destruido su matrimonio. ¿Era posible que su resentimiento estuviera creciendo mientras se dirigía hacia la posada del Viento del Este en busca de su hija?

No tenía ningún motivo para sospechar que la familia Jenkins fuese violenta, que tuviera alguna relación con el imitador de Greg Merrill, pero no podía negar que sus hombros y su espalda estaban más tensos que nunca. Pensó en quien había sido cliente suyo, Caleb. Sin duda había cometido un acto criminal.

También se acordó de Hunter Jenkins, el tío de Caleb, hermano de Barkley, un hombre al que John siempre había apreciado por el modo de comportarse como entrenador de los muchachos. El asunto del gimnasio, tal como se había planteado la semana anterior (ir a practicar pesas en un gimnasio particular en lugar de hacerlo en la escuela), le había resultado un tanto sospechoso, pero había acabado descartándolo de un plumazo.

Mientras conducía hacia la posada, sintió una vaga pero poderosa sensación de que el miedo se acrecentaba. No tenía ninguna razón especial para pensar que la familia Jenkins pudiera haber causado algún daño a Maggie ni a ningún otro ser humano. Sin embargo, John conducía su automóvil como si fuera en busca de tres hombres convictos y confesos.

Se dijo que estaba emprendiendo una absurda caza de brujas. Sin duda subyacía el odio largo tiempo reprimido hacia Barkley por el adulterio de Theresa. No había motivos para pensar que Maggie corriera alguna clase de peligro. Trató de convencerse de que se había contagiado del pánico de su hijo.

Demasiada gente, en medio del clima de terror creado por los asesinos en serie como Greg Merrill, era capaz de reaccionar ante cualquier cosa. Una mirada, una palabra desafortunada, un roce... A menudo John había defendido clientes erróneamente acusados, sospechosos de un crimen en el que no habían participado.

Claro que el asunto era diferente cuando los implicados eran sus propios hijos. Seguiría buscando hasta devolver a su hija a casa sana y salva. La familia Jenkins y la posada del Viento del Este nada tenían que ver con el caso.

Sonó el teléfono móvil. Rogando que fuese Maggie o alguien que la hubiera visto a salvo, contestó mientras conducía.

—¿Hola?

—¿El señor O'Rourke? —preguntó una voz vagamente familiar.

—Sí.

—Soy la ayudante del doctor Beckwith...

—¡Oh, sí! —dijo mientras tomaba una curva.

—El doctor acaba de llamar para recordarle que tenía una cita con él en la prisión. Me ha mandado que le pregunte si tiene usted algún problema.

John había olvidado por completo la cita y aquel encuentro estratégico en la cárcel de Winterham.

—¡Oh, mil disculpas! —dijo John, dirigiéndose hacia la posada—. Le ruego que le comunique que hoy no podrá ser. Me han surgido algunos asuntos de mucha importancia. Adiós.

El Volvo se internó en el bacheado sendero de arena. El ramaje de los pinos lo cubría como un toldo. John miró hacia los lados, entre los troncos.

Sólo oyó el sonido del viento entre los árboles y el de las olas rompiendo en la playa. Pero de pronto percibió unos sonidos graves y metálicos. Hacia la izquierda estaba la posada; hacia la derecha, el huerto, el arroyo y el faro.

Detuvo el coche en el pinar, bajó y prestó atención. No cabía duda: el sonido provenía de la derecha. Eran golpes de martillo que llegaban desde el faro, pero no desde muy lejos, apenas un poco antes del camino a la posada. Quizá Barkley estaba reparando el viejo cobertizo, más o menos en el lugar en el que, cuando eran jóvenes, acudían a beber cerveza juntos. Era un recuerdo feliz y a la vez feroz: Theresa también había estado allí.

En la luz mortecina del atardecer, mientras el viento comenzaba a aullar, John se encaminó al granero.

Kate y Teddy se habían quedado en la habitación de Maggie. Teddy no parecía tener el propósito de salir, aunque le hubiera gustado estar en su casa. Los perros, olfateando la inquietud de sus amos, habían subido hasta la planta superior y se hallaban tumbados a sus pies, como peludos ángeles de la guarda.

—¡No puedo creerlo! —exclamó Teddy—. ¡Le has dado otro baño a *Listo*! Gracias, muchas gracias.

—*Bonnie* también necesitaba el suyo —agregó Kate—. Se había ensuciado de un polvo extraño.

A través de la ventana, Teddy escudriñaba la oscuridad.

—Volverá a casa —dijo Kate sentándose en el borde de la cama de Maggie, llena de temor debido a que aquella situación le resultaba familiar. No podía dejar de pensar en la primera noche que comprendió que Willa no estaba donde ella suponía que debía de estar—. Tu padre la encontrará.

—Es testaruda. —Teddy apoyó la frente en el cristal—. Hace lo que le da la gana, pero siempre encuentra una excusa. Seguro que nos traerá alguna.

—¿Por ejemplo?

—Oh, que en la escuela le pusieron deberes de última hora y, como el abuelo no tenía los libros que necesitaba, decidió ir a la biblioteca.

—¿Crees que ha ido allí?

—De ser así, ya tendría que estar en casa —respondió Teddy, negando con la cabeza—. El personal de la biblioteca tiene órdenes de que los niños no salgan cuando anochece, a menos que los acompañe un adulto. Por otra parte, ella y yo teníamos planes para esta tarde.

—¿Cuáles eran?

—Hacer postales. —Teddy se encogió de hombros.

—¿Te gustaba la idea? —Kate sonrió, ya que conocía la respuesta por adelantado.

—No —dijo Teddy, esforzándose por sonreír un poco y frunciendo el entrecejo—. Lo hacía por ella.

—Eres un buen hermano.

—Eso intento. Echa mucho de menos a nuestra madre. Papá trata de reconfortarla, pero tiene demasiado trabajo. Maggie me necesita.

—Lo sé. Willa también me necesitaba.

—¿Te refieres a tu hermana?

—Sí. Intenté comportarme como una madre con ella. No era fácil, ¿sabes? Yo era joven y tenía muchas cosas que arreglar en mi propia vida. A veces, mis amigos estaban en la playa mientras yo llevaba a Willa al dentista.

—Nunca he llevado a Maggie al dentista, pero lo haría. Y lo haré cuando me den permiso.

—Espero que lo tengas.

—He cambiado mi agenda por ella. No me arrepiento de nada, pero tenía entreno de fútbol y luego iba a comer una pizza con el entrenador. Sin embargo, volví a casa porque sabía que Maggie me necesitaba.

—¿Te necesitaba?

—Se acerca el día de Acción de Gracias.

—Las fiestas son lo más duro —dijo Kate con un gesto de asentimiento—. Es cuando más echo a faltar a mi madre.

—Maggie viene a verme a los partidos y yo asisto a los juegos y los conciertos de su escuela.

—Yo también solía hacerlo. Una vez fui a ver a Willa a un campeonato de natación. Apenas puso el dedo gordo en el agua gritó tan fuerte que no pudo mantenerse a flote. Fue la última entre las últimas, pero yo no dejé de animarla durante toda la carrera.

Ambos sonrieron y siguieron contando historias de hermanos mayores que soportan a hermanos menores. De repente, los ojos de Teddy parpadearon vacilantes y, cuando volvió a mirar a Kate, se vio a sí mismo como un hermano menor.

—Te oí mientras me animabas —le dijo tras aclararse la garganta.

—¿Ah, sí?

—Sí, durante el partido de fútbol, la otra vez que estuviste aquí.

—Fue un partido maravilloso —dijo Kate, recordando aquel intenso día. La sonrisa que había esbozado Teddy era inolvidable para ella.

—Realmente, me sentí muy feliz de que fueras.

—Yo también.

—Fue muy importante para mí. Aún no comprendo muy bien por qué.

—Todos necesitamos que nos quieran —susurró Kate.

Estaban sentados en el borde de la cama, sonriendo con naturalidad, en un sitio confortable, acompañados por dos perros, charlando sobre la vida.

—Sólo quiero que Maggie vuelva a casa. —La preocupación había vuelto al rostro de Teddy y dirigió otra vez la mirada a la oscuridad detrás de los cristales.

—Lo sé —le consoló Kate, abrazándolo—. Yo también lo quiero.

A pesar de que ya había oscurecido por completo, el rayo del distante faro destellaba en el cielo y lo ayudaba a proseguir su búsqueda.

Por fin, unos cincuenta metros más adelante, vio luz entre los árboles. Filtrada por el ramaje y la bruma que empezaba a subir desde el mar, John reconoció la ventana de un cobertizo. Cerca de allí oyó los golpes del martillo. También se oía música, como si hubiese una radio encendida. A medida que caminaba, las ramas le rozaban la cara pero no se detuvo.

De color rojo oscuro, entre la maleza, los robles y los pinos blancos, el cobertizo había servido como refugio del ganado que pacía antiguamente en aquellas tierras. Había sido un terreno comunitario y numerosos constructores de barcos y balleneros llevaban allí a sus animales. Cuando John y Theresa compraron la casa, acondicionaron una parte de aquellos terrenos para construir su jardín. Entonces se encontraron una herradura, que colgaron sobre la puerta de la cocina para que les trajese buena suerte.

Ahora, pensando en la suerte que les había traído, sintió que la cólera se apoderaba de él. Recordó cuando solía ir allí con Theresa. Eran compañeros de la facultad. Sus mejores amigos también les acompañaban. Pero ella se había ido y él no podía encontrar a su hija. John llamó a la puerta con insistencia, esperando encontrar a Maggie. Terminó abriéndola de un empujón.

Los Jenkins estaban dentro.

Pero no Maggie.

Barkley estaba inclinado sobre unas reproducciones fotográficas; Caleb, en lo alto de una escalera; Hunt acarreando un tablón. John permaneció de pie, mirando alrededor. Estaban desmantelando el interior del cobertizo, como si se propusieran habilitar nuevos espacios.

—¡Hola, John! —dijo el mayor de los Jenkins—. ¿Qué te trae por aquí?

—¿Qué hace usted aquí, señor O'Rourke? —preguntó Caleb, sonriendo desde lo alto de la escalera—. Estamos construyendo nuevas habitaciones para huéspedes. Este verano queremos elevar el nivel de Silver Bay.

—¿Dónde está Maggie? —preguntó John.

—¿Tu hija? —preguntó Barkley con ceño—. No la hemos visto. ¿Qué habría de hacer por aquí? ¿Qué sucede?

John se le acercó. Sus ojos le ardían al mirar a su viejo camarada.

Habían sido compañeros de estudios, habían jugado en el mismo equipo de fútbol... Eran viejos amigos. Sin embargo, Barkley le había arrebatado a su mujer, la esperaba la noche que ella encontró la muerte. Entonces él había vuelto a su casa para seguir con su vida normal. Y ahora allí estaba, con su hijo y su hermano.

Hubo un tiempo en que John necesitaba romperle la cara. Pero ya había pasado. Kate Harris había cambiado muchas cosas, disipando los antiguos celos. John sólo quería encontrar a Maggie, llevársela a casa.

—¿No parece un bonito lugar? —preguntó Caleb a medida que John se acercaba. Se le veía un poco preocupado. John había sido su abogado. Quizá temiera que había problemas con sus viejas declaraciones—. Estamos poniendo la instalación de agua para los baños. Será...

—¿Has visto a mi hija? —John se encontraba al pie de la escalera. Al mirar hacia arriba notó la expresión dolida de Caleb. Otra vez sintió que la cólera lo embargaba. Había librado a ese muchacho de cargos importantes y ahora no quería decirle dónde estaba Maggie. Sentía la necesidad de subir por la escalera y apartar al chico de allí.

—No, señor O'Rourke —dijo Caleb Jenkins con voz asustada—. No está conmigo.

—Baja de ahí y habla claro —le ordenó John—. Algo te preocupa.

—No, juro que no.

—Estás hablando como si fueras culpable. Quiero saber por qué.

John agitó la escalera con tal fuerza que Caleb estuvo a punto de caer. Si no bajaba, John estaba dispuesto a subir.

Ya tenía el pie en el segundo escalón.

24

Kate y Teddy estaban sentados en el suelo de la habitación de Maggie, cepillando a los perros. ¿Qué otra cosa podían hacer mientras esperaban que alguien llegase a casa? Teddy logró extraer grandes cantidades de pelos sueltos de *Listo*, mientras que Kate había colocado a *Bonnie* boca arriba y le acariciaba el vientre.

En ese momento se oyó el portazo proveniente de la entrada principal.

—¡Aquí estoooy! —exclamó Maggie.

—¡Maggie! —vociferó Teddy.

—¡Allá voy!

Los perros dieron un brinco, sobresaltados por el jaleo. Maggie subía por la escalera a toda prisa. Teddy y Kate corrieron rápidamente hacia la puerta del dormitorio.

—¿Dónde estabas, jovencita? —Se oyó la voz del juez desde su estudio—. ¡Estábamos a punto de llamar a la policía!

Maggie entró en la habitación como una exhalación, las mejillas rojas, la bufanda ondeando y sosteniendo en una mano un ramo de flores secas y hierbas del mar. En cuanto vio a Kate, dejó caer su carga y se arrojó en sus brazos.

—¡Oh, de verdad estás aquí! —gritó mientras la abrazaba—. No en Silver Bay, sino aquí, en nuestra casa.

—Estoy encantada de verte —le respondió Kate, estrechándola también entre sus brazos.

—Leí tu nota y quise hacer un ramo para Acción de Gracias. Por eso cogí la bici y me fui al faro. ¡Oh, no paraba de pensar: «Kate está aquí, Kate está aquí»! ¿Cenarás con nosotros la noche de Acción de Gracias?

—Bueno, aún no tengo nada comprometido —respondió Kate sonriendo.

—¿Sabes lo preocupados que estábamos? —preguntó Teddy—. Se suponía que teníamos una cita después de la escuela.

—Lo sé, Teddy, pero cuando llegué no había nadie. Vi la nota de Kate y... me decidí a salir.

—¡Papá te está buscando fuera!

—¿De verdad? No es habitual que a estas horas ya haya llegado a casa —dijo, mostrándose un poco conmovida y atemorizada.

—Pues hoy sí llegó.

—Lo siento —se disculpó la niña, mirando de reojo a su hermano—. Será mejor que le telefoneemos para decirle que he vuelto.

—Sí —dijo Teddy, sonriendo con cariñosa exasperación.

—Precisamente estaba pensando en ella —dijo Caleb al ver que John se disponía a subir la escalera—. Con este último crimen de la muchacha del rompeolas, no me extraña que esté preocupado. Apártese, señor O'-Rourke, que bajo. ¿De acuerdo?

—Déjalo bajar —dijo Barkley, reteniendo a John por los hombros.

—Actúa como si algo lo inquietase —dijo John entre dientes—. Y yo no encuentro a Maggie...

—Eso no es culpa mía —dijo Caleb mientras bajaba. John se zafó de las manos que lo retenían y comprobó que los ojos de Caleb brillaban, como si temiera que el abogado perdiese el control. Era un joven de poco más de veinte años, cuyo aspecto no era especialmente jovial. Tenía arrugas alrededor de los ojos y la frente iniciaba una incipiente calvicie. Su cuerpo, sin embargo, era fuerte como una roca. John, en efecto, observó la forma de los poderosos músculos debajo de la camiseta.

—¿Conocías a esa chica de Point Heron, Caleb?

El joven no esperaba esa pregunta. Se sonrojó y dirigió la mirada hacia el techo, lejos de John.

—Respóndele, Caleb —le instó Barkley—. Tranquilízalo.

—Sólo a través de los periódicos —dijo por fin Caleb—. Parecía realmente bonita. Lamento lo que le sucedió.

—Bien, ahora nos dirás qué diablos tiene que ver con nosotros —dijo Barkley—. ¿Qué tiene todo eso que ver con el hecho de que tu hija no haya llegado todavía a casa? Si es necesario, dejaremos el trabajo y te ayudaremos a buscarla.

El teléfono móvil de John vibró en el interior de un bolsillo de sus pantalones. Hunt lo advirtió y bajó la mirada. Evitando mirar a Caleb y Barkley, John abrió de un manotazo la cubierta del aparato.

—¿Hola?

—¡Papá, ha vuelto a casa! —anunció Teddy.

—¿Está ahí? —preguntó John, mirando a los ojos de Caleb. Vio en ellos alivio y necesidad de reivindicación, como sabiéndose para siempre libre de peligro; como lo había mostrado antes por la forma en que encogió los hombros bajo la mano de John.

—Pues sí. Lo creas o no, ha estado recogiendo flores.

—De acuerdo, por supuesto que lo creo —dijo John tragando con dificultad ante la mirada de los tres Jenkins.

—Hasta luego, papá.

—De acuerdo, Teddy.

Cuando John colgó, miró de inmediato a Barkley. Respiró hondo. Sólo dos años atrás, Barkley Jenkins había sido uno de sus mejores amigos.

—¿Se encuentra bien tu hija?

—Sí. Está segura, en casa.

—Buena noticia. Me alegro.

—Todos nos alegramos —intervino Barkley—. La verdad es que nos alegramos enormemente. Mira, John, sé que para ti ha sido muy duro.

—No hables de ello, Bark —dijo John con voz temblorosa.

—En realidad nunca te dije cuánto lo sentí.

John encajó aquellas palabras como un puñetazo en el estómago. Nada de lo que Barkley dijese podría explicar la traición de su mujer, su capacidad de engaño, el haber puesto a toda la familia en peligro.

Quizá si hubiera hablado más a fondo con Theresa no la hubiera perdido. Pensó en Kate y deseó que siguiera en la casa a pesar de que Maggie ya había vuelto. Recordó su cálido abrazo, el roce de su respiración en su cuello, lo ocurrido junto al arroyo que corría hacia el oeste. Y sobre todo deseó que no se marchara antes de que él llegase.

—Me alegro de que esté en casa, señor O'Rourke. —Caleb sonrió con alivio—. La verdad es que usted ya venía a por mí.

—Parecías culpable de algo —le respondió John, mirándolo.

—No, de nada. Nada que tenga que ver con su hija. —Caleb parecía nuevamente inquieto—. Pero le diré la verdad, estaba hablando de su casa. Eso es lo que tenía en la cabeza.

—¿Mi casa?

—Ya sabe usted... el ladrillo —dijo Caleb, evitando la mirada de John.

John miró alrededor. Se hallaba en un edificio en reformas. ¿No era lógico pensar que hubiera ladrillos por allí? Su corazón se aceleró al recordar los gritos de miedo de sus hijos.

—¿Insinúas que tú fuiste quien arrojó aquel ladrillo? —preguntó John, alzando la voz.

—Sujétalo —se oyó la voz de Barkley. John sintió una mano sobre su hombro y se volvió.

Maggie estaba sentada en el borde de su cama, incapaz de dejar de sonreír a Kate.

Sus ojos azules brillaban, no podía creer que ella estuviera realmente allí. Lo mismo sentía Kate al verla. Deseaba que John regresase para que pudiese ver a su hija con sus propios ojos.

—Tu hermano y tu padre estaban muy preocupados por ti —la reprendió.

—Lo siento —respondió Maggie con una sonrisa vacilante.

—Tu padre no quiere que desaparezcas ni un momento hasta que atrapen al imitador de Greg Merrill. Será mejor que lo tengas en cuenta.

—¡Había llevado mi cuchillo de *scout*! —exclamó la muchacha sacando el cuchillo del bolsillo para enseñárselo a Kate, como si ésta tuviera que felicitarla por su precaución.

—No deberías haber salido —repitió Teddy.

—Necesito libertad. Además, no podré resistir mucho tiempo más en casa del abuelo. ¡Quiero volver a casa! ¡Los dos lo queremos, Kate!

—¿Ah, sí? —preguntó Kate, y cogió el cuchillo de manos de Maggie. Luego le sonrió, como anticipándose a lo que la niña iba a decir.

—¡Quédate con nosotros! ¡No importa por qué estás aquí, no importan los motivos por los que has regresado, pero queremos que seas nuestra niñera, por favor, Kate!

—Tiene razón —se sumó Teddy, asintiendo con la cabeza y acercándose a ellas—. Es una gran buena idea.

—No creo que pueda ser una buena niñera —repuso Kate.

—¿Por qué no? Ya lo fuiste, y muy buena. Fuiste la niñera de tu hermana —añadió Teddy—. Prácticamente la criaste, la acompañabas a sus campeonatos de natación...

—Era diferente —dijo Kate con amargura en el corazón. ¡Si todo fuera tan sencillo, si realmente pudiera hacerlo! Aun así, deseaba que toda aquella familia que estaba aprendiendo a querer se cobijase bajo su ala y que todos sus miembros fueran felices.

—¿Acaso porque era de tu familia? —interrogó Maggie.

—En parte sí.

—¿Por qué otro motivo puedes negarte? —insistió Teddy.

—Bueno, yo me dedico a la biología marina. Tengo un puesto de trabajo en Washington.

—Eso suena bien —admitió Teddy—. Supe que...

—Lo sé. Recibí tu carta.

—Quiero estudiar leyes en Washington, como papá.

—Yo quiero ser piloto cuando sea mayor —dijo Maggie. Al decirlo, rozó con los dedos la bufanda blanca, dispuesta a demostrar a Kate que no se separaba de ella.

Kate sonrió mientras tocaba los flecos de seda.

—Amelia. —Maggie se echó a reír.

—Estaría orgullosa de ti...

—Me diste la bufanda, yo quiero darte el cuchillo. Quédate con él aunque sólo sea por un tiempo, aunque sea a cambio de la bufanda.

Para no herir los sentimientos de Maggie, Kate introdujo el cuchillo en un bolsillo de su pantalón.

—Seré aviadora cuando crezca. ¡Volaré yo solita alrededor del mundo!

—Es un objetivo noble. —Kate se acordó del retrato que Willa había realizado de ella a los mandos del avión.

—De hecho, he encontrado una señal —dijo Maggie con un hilo de voz, como si contara un secreto—. Creo que es algo que perdiste cuando estuviste por allí paseando con *Bonnie*. ¿Quieres verlo?

—Claro que sí.

Maggie buscó en su bolsillo. El corazón de Kate estaba rebosante de paz: Maggie se hallaba a salvo, en su casa, Teddy se había tranquilizado, John estaba a punto de llegar.

—Míralo, aquí está —dijo Maggie con la cara resplandeciente mientras sacaba algo del bolsillo y lo mantenía oculto en un puño.

Kate rió ante el pequeño puño.

Los dedos de Maggie se abrieron y apareció ante Kate el pequeño avión de oro cuyas hélices giraban al tocarlas.

—¡Ah! —gritó Kate, arrebatándoselo de las manos. Aún tenía restos de aquel polvo blanco—. ¿Dónde has encontrado esto?

—En el acantilado —respondió, Kate advirtiendo la excitación de Kate—. Cerca del faro, en el camino de moluscos pulverizados. ¿He hecho algo malo?

—¡Era de Willa! —exclamó Kate, los ojos llenos de lágrimas—. Yo se lo regalé.

25

Kate no disponía de coche, pues había dejado el suyo en la posada del Viento del Este. Podía esperar a John o recurrir a la bicicleta de Maggie. Sin embargo, el pequeño objeto de oro con forma de avión le quemaba entre los dedos, instándola a salir de inmediato.

Mientras bajaba por las escaleras seguida por los chicos, iba llamando al juez O'Rourke.

El juez, levantando los ojos del libro que en ese momento le estaba leyendo a Maeve, le preguntó de qué se trataba. El viejo magistrado estaba sentado en su pequeño estudio, mientras la leña crepitaba en el hogar y el viento ululaba por la chimenea. Maeve por su parte, estaba tendida en un sofá, cubierta con una manta escocesa. Sentado a su lado, el hombre leía un libro colocado sobre las rodillas: *Dos bajo el sol de la India*. Ambos sonrieron al ver a Kate.

—Señor O'Rourke —dijo Kate, sintiéndose desbordada por el llanto. Era muy independiente y detestaba pedir favores. No obstante, el amuleto de Willa estaba en su mano, cubierto con aquel polvo blanco que le resultaba familiar, y debía salir de la casa sin tardanza.

—¿Qué sucede, querida? —preguntó el juez con ceño.

—Tiene que cumplir una misión —dijo Maggie, bajando la voz y mirando a Kate.

—Más o menos —dijo Kate, vacilante—. Lamento... Bueno, no sé cómo decírselo... ¿Puedo... puedo usar su coche?

El juez dudó al oír el bramido de la tormenta en el exterior.

De pronto Maeve lo cogió por las muñecas y lo miró a los ojos.

—Kate y su hermana son como Brigid y yo —dijo con dulzura, mirando a Kate. Ésta reconoció en Maeve a alguien que comprendía perfectamente su situación—. Déjele el coche, señor juez.

—Pero es que se está desatando un verdadero infierno. No comprendo...

—¡Yo sí que lo comprendo! —exclamó Maeve, señalando a Kate con la cabeza—. ¿Sabe lo mucho que significa una hermana? Compartir los mismos padres, la misma casa, la misma vida...

El juez suspiró. Kate pensó que se estremecía de amor y emoción. El juez miró a Maeve y advirtió que estaba a punto de echarse a llorar, los labios le temblaban. Kate esperaba su decisión.

Kate cerró los puños. Maggie le había dado la única prueba física de que Willa había pasado por Silver Bay.

—Muy bien —sentenció el juez tras mirar los ojos húmedos de Maeve—. Es el viejo Lincoln que hay en el garaje de atrás. Necesitará darle muchas veces al estárter para que se encienda.

—¿Dejarás que coja tu coche, abuelo? —preguntó Teddy.

—Se trata de su niña —intervino Maggie.

—También Maeve me lo ha pedido —dijo el juez con tono solemne.

—Gracias, gracias por todo —dijo Kate.

—¡Te acompañaré! —saltó Teddy.

—¡Y yo! —subrayó Maggie.

—Y entonces vuestro padre acabará pidiendo mi cabeza —aclaró el juez—. No iréis y no se hable más.

—Por favor —rogó Kate, intentando sonreír a los chicos—, si os quedáis aquí, haréis por mí más de lo que podéis imaginar. Quiero ir al lugar donde encontraste el amuleto y buscar a mi hermana. ¿Sabes desde cuándo espero este momento? He estado buscando y Maggie acaba de indicarme un lugar, quizás un último lugar.

También pensó que podía tratarse del lugar donde despedirse para siempre de ella. Sin embargo, presentía que Willa estaba allí.

—Puedo indicártelo con precisión —susurró Maggie—. De todos modos, es un sitio que da miedo.

—No puedes ir sola —dijo Teddy con tono sombrío y mirada temerosa—. *Listo* y nosotros te acompañaremos.

Kate siguió negándose. El avión de metal ejercía un poder mágico sobre ella, y algo le decía que debía hacerlo sola. Desde que había conocido a la familia O'Rourke, intuyó lo que habría de sentir por John, pero no podía seguir adelante hasta que quedara en paz con su pasado. Debido a la traición, había tenido la horrible experiencia de odiar a la persona que más quería en el mundo, a su hermana, a su niña. ¿Y si Willa había dejado otras huellas? Debía salir a buscarla.

La tormenta se había desatado. Incluso antes de que estudiase biología, Kate sabía que los vientos fuertes y el oleaje podían cambiar la química de los seres humanos mediante las modificaciones de la atmósfera. Fases lunares, manchas solares, huracanes, ventiscas e incluso los vientos del nordeste podían agitar los iones de la atmósfera y hacer del mundo un lugar enteramente distinto.

Kate y Willa eran hijas de la tormenta. Nacidas y criadas en una barrera de islas, apenas unos dedos de arena las separaban del Atlántico, por lo que siempre habían admirado las tormentas. Trepaban a las dunas, de día o de noche, para ver cómo las olas rompían atronadoramente en la playa.

Aquélla era la noche. Una especie de garra le apretaba el pecho. Sea lo que fuere lo que había pasado con Willa —por qué había desaparecido, adónde había ido—, aquélla era la noche en que podía descubrirlo todo.

Por otra parte, Kate sabía que a Willa le habría atraído el faro. Quizás había caminado hasta allí, tal como ella lo había hecho ese mismo día. Tal vez *Bonnie* la acompañaba, quizá se había detenido al dar con el arroyo que corría hacia el oeste. Un sollozo le oprimió el pecho. El amuleto de oro significaba mucho más que la postal o que el nombre de Willa en el registro de la posada. Representaba algo de un valor inapreciable, el amor que unía a las dos hermanas y que Willa siempre llevaba pegado a su piel.

Se despidió del juez y Maeve, de Teddy y Maggie, asegurándoles que no tardaría en volver. Luego se puso su abrigo verde y la gorra. Expuesta ya al intenso viento, su corazón concibió, no sin cierto dolor, esperanzas para el futuro. Después se encaminó hacia el garaje en busca del viejo Lincoln.

John y Barkley estaban frente a frente. Allí, en el gran cobertizo que serviría de anexo a la posada, John sentía la tensión que reinaba entre ellos. Maggie estaba a salvo, pero había otros asuntos por aclarar.

Barkley rompió el silencio

—Son tiempos duros. Sé muy bien que estás agotado.

—No es tu problema. Me interesa, en cambio, lo que acaba de decirse aquí. ¿Fue Caleb quien arrojó el ladrillo a mi ventana?

—Relájate. Todos sabemos lo que implica llevar la defensa de Greg Merrill. Tengo algunos obreros trabajando en mi equipo de construcción. No paran de echarte mierda encima porque te haces cargo de alguien que está en el corredor de la muerte. Nos enteramos de lo de tu ventana porque el vidriero que fue a repararla nos lo comentó. Eso es todo.

—Caleb sabe algo más —insistió John.

—No es cierto —replicó Barkley, soltando los hombros de John—. No hagas acusaciones que pueden volverse en tu contra. Te lo digo por tu bien: cada vez eres menos popular entre las gentes del pueblo.

—Fue un acto criminal —dijo John con voz airada—. Quienquiera que lo hizo pudo haber herido a mis hijos.

—Díselo, papá —sugirió Caleb.

—¡Cállate! —exclamó Barkley, tajante.

—De acuerdo —dijo entonces Caleb comenzando a bajar las escaleras—. ¡Fui yo! Merece saberlo, papá. ¡Él me defendió cuando lo necesité!

—¡No abras la boca para hablar de lo que no sabes!

—¡Sí que lo sé! —Caleb se detuvo cerca de John, con una mirada inquieta pero amistosa. No era más que un joven que se había liado con una pandilla y había cometido un acto estúpido que le trajo problemas con la ley. La amistad de John con su padre se había transformado a causa del adulterio, pero John reconoció en su fuero interno que no era justo cargar al muchacho con las culpas del padre.

—Cuéntamelo, Caleb.

—Sí, señor O'Rourke. Fue Timmy Bean.

—Caleb, Timmy es uno de mis mejores obreros, y el hecho de que se fuera de la lengua no significa que...

—Él cogió el ladrillo, papá. Yo mismo se lo oí decir.

—Los chicos son jactanciosos —dijo Barkley, ceñudo—. No saben nada de estos asuntos.

—Gracias por decírmelo, Caleb. Has hecho lo que debías —dijo John.

Caleb asintió con la cabeza, al tiempo que lanzaba una mirada intranquila a su padre. Le costaba tragar saliva. Estaba nervioso, temiendo la reacción de su padre cuando John los abandonara.

—Merrill tiene derecho a un abogado, como cualquier otra persona —agregó John.

—Y usted es un abogado —dijo Caleb, sonriendo ligeramente.

—Y de los mejores —añadió Barkley de mala gana.

—Todos sentimos lo mismo en cuanto a Merrill —intervino Hunt—. Aparte de nuestras opiniones personales, todos queremos a los niños. Teddy, por ejemplo, es uno de mis mejores jugadores. Me alegro de que no les pasara nada en aquella ocasión... Maggie está a salvo y todo está en orden. ¿No es así, John?

—Eso parece.

—¿En paz?

—Iré a hablar con Bean, y llevaré a Bill Manning conmigo.

—Haz lo que debas hacer —dijo Barkley, encogiéndose de hombros.

Los tres hombres lo miraron con aire solemne, como si de haber demostrado miedo, John hubiera comenzado a tirotearlos o a golpearlos uno por uno. En cambio, él sólo pensaba en Maggie, Teddy y Kate, a salvo en casa. ¿Por cuánto tiempo? Otro asesino rondaba por Silver Bay.

—Lo haré —respondió John.

Después se volvió, anduvo hasta la puerta, salió del cobertizo y se dirigió a toda prisa a ver a su familia.

26

Kate condujo hacia la posada del Viento del Este y aparcó el coche del juez junto a la cadena que cerraba el camino. El viento era tan intenso que por un momento creyó que la levantaría en volandas y la arrojaría al acantilado, estrellándola contra las rocas. Las señales del faro brillaban sobre su cabeza, indicándole que había llegado al lugar que buscaba, al final del camino.

Tenía un nudo en la garganta. No era de extrañar, llevaba conteniendo el llanto desde meses atrás. Buscó a John por los alrededores, pensando que todavía estaría por allí tras su búsqueda de Maggie. Cuando decidió que no lo encontraría, se dirigió a la torre.

—Willa —dijo en voz alta—. ¡Aquí estoy!

El mero hecho de pronunciar el nombre de su hermana la llenó de ternura y de una sensación de libertad. Estuviera donde estuviese, se hallaban juntas en esa noche de tormenta. Kate creía estar segura de ello. Apretó el amuleto en un puño y le pareció que del metal manaban fuerza y amor.

Todos esos años, cuando Willa era una niña y ella una adolescente que intentaba proteger a su hermana menor, le habían otorgado las herramientas y los objetivos necesarios para enfrentarse al mundo. ¿Cuántos padres lo hacían verdaderamente? ¿Cuántos concedían a sus hijos la sabiduría y la bondad desde el momento en que nacían? No lo sabía o, en todo caso, lo había olvidado.

Se había visto obligada a arreglárselas sola. Lo había hecho lo mejor posible con la ayuda de su hermano. Matt le encargaba la mayor parte del trabajo, pero nunca había dejado de estar presente en los momentos en que más lo necesitaba. Fueron dos padres accidentales de una hija adorada.

Ahora, de pie ante la cadena que impedía el paso al camino, Kate cogió el candado. Según le había dicho Maggie, había encontrado el avión allí, en el sendero de valvas pulverizadas que conducía al faro. Seguramente, Willa había estado allí mientras ella se hallaba en la posada del Viento del Este. Era un lugar adecuado para despertar el interés de Willa (y el de Kate) debido a su apariencia salvaje y su majestuosa belleza. Era noche cerrada, sólo el faro prestaba al paisaje su luz intermitente. Las nubes tormentosas corrían por el cielo y, a rachas, dejaban al descubierto una luna de gran tamaño. Pero Kate no tuvo problemas en encontrar el camino.

Su corazón latía pletórico. Había llegado el momento. Como a través de la electricidad de la noche, Kate sintió la presencia de su hermana con la misma seguridad que si estuviera estrechándole las manos.

La noche había comenzado con el beso de John, con la entrega del amuleto de manos de Maggie, con el sentimiento de que al fin había encontrado un lugar dentro de una familia a la que amar. Sollozó. Nunca perdería a su hermana; Willa estaría con ella para siempre.

Rodeó el faro. La torre blanca sólo podía distinguirse en el vago resplandor de la luna. Pisó cristales, miró hacia arriba para ver si alguna ventana estaba rota. Allá abajo, en la playa, las olas provenientes del Atlántico estallaban embravecidas y parecían enviar su espuma hasta el cielo. Mirando hacia la costa, Maggie vio los rompeolas que habían servido de sepulcro rocoso para tantas chicas.

—¡Te quiero, Willa! —le gritó al mar, los ojos llenos de lágrimas.

¿La oyó el viento? Su rugido se hizo por momentos tan violento que al silbar en los oídos de Kate los llenó a su vez de música y susurros, como si contuviera la voz de su hermana.

Kate aferraba el amuleto con fuerza. Allí estaba el avión de Willa. Se propuso esperar una ola perfecta, la más alta, hasta que su cresta, delgada como el filo de una navaja, estuviera a punto de quebrarse (iluminada por un rayo de luz del faro), para entonces respirar hondo y sentir la conexión con Willa. No le cabía duda de que obtendría alguna respuesta acerca de cómo seguir buscando.

Observó crecer la ola. Los ojos le escocían por el viento y las lágrimas, pero centró la mirada y la totalidad de sus emociones: amor, pena, la necesidad de encontrar al ser querido, de saber por fin dónde estaba.

¡Ahora! Fue la tercera ola, iluminada por el parpadeo del faro.

—¿Dónde está mi hermana? —exclamó.

El viento era tan fuerte que pareció responderle con voz aguda y distante. Kate se estremeció, alerta.

Por un momento, el vendaval se apaciguó, mientras la tercera ola estallaba contra las rocas. Kate recordó una ocasión, doce años atrás, en que ella estaba en casa mientras Willa trepaba a un árbol cerca de la playa. *King*, el más agresivo de los ponis salvajes, la había embestido y arrojado a la pinaza. Era como si su hermana se hubiera quedado allí, llamando aún a Kate. Exactamente como un mensaje del viento.

—¡Katy!

Kate se volvió lentamente, dando la espalda al mar, a poco más de un paso del acantilado. Caminó hacia el faro. A cada paso que daba volvía a escuchar los sollozos amortiguados por el bramido de las olas. ¿Acaso era un espectro lo que estaba escuchando? ¿O es que se hallaba atrapada en sus recuerdos, en su amor por Willa? ¿De dónde surgía aquella conexión con ella que había advertido por obra de las olas?

Corrió hacia la puerta del faro.

Ante su mirada se erguía la blanca torre. Pensó en los príncipes prisioneros en la Torre de Londres, en los cuentos de hadas, en el mago que escondía a la heroína, en el brujo tendiendo una trampa a la princesa y manteniéndola cautiva hasta que todas las rosas se marchitaran y murieran.

—¿Willa, eres tú? —preguntó sin aliento. Los muros del faro estaban construidos con gruesos bloques de hormigón armado: ningún sonido podía atravesarlos. Pero quizá desde arriba, por las ventanas en lo alto...

Kate había pisado cristales. Quizás hubiera una ventana rota. Los que acarreaban materiales los hubieran visto si hacía tiempo que estaban allí. Tal vez la tempestad había roto una ventana. El viento furibundo habría penetrado y arrojado de un soplo los trozos a los escombros.

Una vez más oyó la voz lejana. Podía ser real, pero también podía ser el viento jugando con la imaginación de Kate. Sin embargo, el amuleto le aseguró que sí, que su hermana estaba allí. Kate golpeó la puerta. Como nadie abrió, ella insistió con más fuerza.

Sintió que el dolor y la cólera de los últimos seis meses crecían en su interior. Sacudió la puerta, la golpeó repetidas veces con el hombro, aporreó el pestillo. Era sólido y había un grueso candado provisto de placas industriales de acero macizo. Inexpugnable. Dio unos pasos atrás y echó a correr hacia la puerta. Cuando sintió el impacto en sus huesos, cayó de rodillas.

—¡Te oigo, Willa! —gritó—. ¡Voy a buscarte!

Rodeó varias veces la base de la torre. No dejaba de mirar hacia arriba, hasta que encontró una hilera vertical de ventanas en la parte este, la que daba al mar. La ventana más baja estaba a poco más de metro y medio del suelo. ¡Y estaba rota! El cristal presentaba una mella de contornos estrellados. Kate necesitaba una escalera.

Una escalera... De inmediato dirigió la mirada hacia donde los Jenkins dejaban sus herramientas de trabajo: tablones, mesas de serrería, escaleras... Nada. Dando tumbos en la oscuridad, pensó en abandonar la empresa. De hecho, podía correr a la posada del Viento del Este y pedir auxilio. O llamar a John para que avisase a la policía...

Pero ¿qué pasaría si quien había encerrado a Willa en la torre la sorprendía mientras esperaba? ¿O todo era fruto de su imaginación y en realidad Willa no estaba en el faro? Kate dejó escapar un suspiro de desaliento mientras rodeaba una vez más el faro en medio de la oscuridad. El haz de luz iluminaba el terreno, seguía su giro y la oscuridad volvía, como si la tierra desapareciera bajo sus pies.

Se sintió caer, caer en las tinieblas, caer en el centro del mundo. La voz de Willa seguía susurrando allá arriba, en el aire.

Cuando se dirigía hacia la casa de su padre, en el centro del pueblo, John vio un Mercedes plateado que paraba ante el semáforo. Le pareció reconocer al conductor. Frenó. La luz ámbar iluminó la cara del hombre.

¿Qué diablos hacía Phil Beckwith en Silver Bay? John, sintiéndose culpable por no haber asistido a la cita en la prisión, pensó que venía de Winterham y se dirigía a Providence.

Puede que Merrill le hubiese dicho algo que ayudara a la policía a atrapar al nuevo asesino. John no podría resistirlo si seguían apareciendo cadáveres de jovencitas. La preocupación que había sentido por Maggie estaba a punto de acabar con él. Todo el pueblo vivía sometido a una gran tensión. Aquello debía terminar.

Vio por el retrovisor las luces de freno de Beckwith en la señal de stop. Después el coche del médico giró por una curva que conducía a la carretera de la costa. Ésta estaba a poco menos de medio kilómetro, por lo que podría dar alcance al psiquiatra.

Giró a la altura del aparcamiento y pisó a fondo el acelerador. Lo alcanzó. John advirtió que Beckwith lo miraba por el espejo retrovisor y luego se apartaba y se detenía en el arcén.

—Hola, John —dijo el psiquiatra bajando el cristal de la ventanilla. Tenía una expresión preocupada—. ¿Todo va bien?

—Lamento haber faltado a la cita. Un imprevisto...

—Oh, no hay problema. Sucede a menudo.

—¿Se dirige usted a su casa?

—Sí. —El médico parecía cansado—. Fue una entrevista trabajosa, pero muy productiva. Me espera un largo trabajo, necesito mucho tiempo para reflexionar en todo lo que ha dicho y decidirme a proceder.

—¿A proceder?

—Sí, en lo relacionado con su caso.

—¿Tiene usted un minuto? Quiero saber qué ha pasado, qué le ha dicho Merrill acerca del nuevo asesino que está actuando. ¿Mencionó algo al respecto? Él confía mucho en usted. Yo soy padre, tengo hijos que andan por las calles de este pueblo. Debemos cogerlo cuanto antes, doctor.

—Está muy preocupado, John, ¿no es verdad? —inquirió el médico, mirándolo con un gesto de amable y fatigada comprensión.

—Lo estoy —admitió John.

—No le faltan razones —prosiguió Beckwith con voz grave. Luego miró el reloj e hizo un gesto con la cabeza para indicar una curva que se hallaba en el trayecto—. Le espero allí. En la entrada del aparcamiento.

John le dio las gracias y siguió a Beckwith hacia la zona de aparcamiento, a esas horas desierto. Una vez allí, éste salió del Mercedes y se introdujo en el Volvo de John.

—Perdone el desorden —dijo el abogado señalando el asiento trasero, donde había una pelota de fútbol de Teddy, la cesta de viaje de *Listo* y un montó de periódicos viejos.

—Todo en orden —bromeó Beckwith—. Bueno, le haré un resumen de lo que Merrill y yo hemos hablado esta noche en la prisión.

En ese momento volvió a sonar el móvil del abogado. Pensó en desconectar el teléfono para no posponer demasiado la vuelta de Beckwith a Providence. Sin embargo, cuando vio el número en la pantalla se decidió a contestar, ya que era el de la casa de su padre.

—¿Hola?

—Papá...—dijo Teddy.

—Oye, Teddy, ¿puedes llamarme un poco más tarde? Estoy reunido...

—¿Kate está contigo?

—¿Kate? —preguntó John, confuso—. Pensaba que estaba ahí, contigo y Maggie.

—Lo estaba, papá, pero Maggie le enseñó un amuleto con forma de avión que al parecer había pertenecido a su hermana. Al verlo, corrió rápidamente al faro. Dijo que tenía una pista, o algo por el estilo. Pensé que te interesaría saberlo, para ayudarla...

—¿El faro? —repitió John, dando un respingo—. ¿Cuánto hace que os ha dejado?

—Una media hora.

—Gracias, gracias por llamarme, Teddy.

Miró a Beckwith. El hombre permanecía tranquilamente sentado a su lado. Contemplaba el gesto de preocupación de John.

—Era mi hijo. Me llamaba porque alguien necesita ayuda. —John intentaba sonreír—. Una persona cuya hermana ha desaparecido.

—He oído que mencionaba usted el faro —dijo el doctor con evidente inquietud—. ¿Es posible que ella esté por allí?

—Sí...

John se estremeció al contemplar la expresión de Beckwith.

—¿Sucede algo?

El doctor se mesó los cabellos blancos, mientras sus ojos escudriñaban alrededor. Era presa de pánico.

—Merrill me habló del faro esta noche —se limitó a decir.

—¿Qué está insinuando, doctor?

—Sinceramente, John, si Greg no ha mentido, la persona que ha desaparecido puede estar en peligro.

—¿Kate... en peligro?

—En efecto. ¿Me permite que le acompañe? Me sentiré mejor. Quizá pueda hablar a ese tipo, tratar de detenerle antes de que sea demasiado tarde.

—¿Al nuevo asesino? —preguntó John, tras arrancar el coche e internarse en la carretera. Pensó que no había presionado al doctor; al contrario, era él quien había comenzado a hablar.

—En el pueblo hay un hombre que está fascinado por la manera de actuar de Merrill. Le escribe a la cárcel y Merrill le responde. Ambos han desarrollado algo así como una relación de maestro y discípulo.

—¿Qué clase de persona es el discípulo?

El doctor Beckwith se mantuvo un momento en silencio mientras se miraba la palma de las manos.

—¿Está hablando del nuevo asesino? —preguntó John, mirando atentamente el camino.

—Posiblemente.

—¿Sabe algo más acerca de él? —John estaba impresionado.

—De momento no —respondió Beckwith con un gesto de ignorancia—. De hecho, no estoy seguro de creerle o no. Me ha dicho que su discípulo está muy intrigado y que ha decidido esperar para actuar, para tratar de hacerlo por sí mismo.

—¿Se trata de Amanda Martin?

—Sí, Merrill insiste en que su discípulo es el culpable.

—Basándose en detalles precisados por el propio Greg, ¿no es así? —inquirió John, incrédulo, mientras recordaba las palabras de Merrill acerca de la torpeza de su imitador.

—Así es —confirmó el doctor, imperturbable en el asiento—. Merrill dijo vaguedades acerca de eso. Está enfurecido porque el otro invade su territorio.

—Pero ¿se trata de alguien real? ¿Greg lo conoce?

—¿Me pregunta si es un engaño? No me cabían dudas. Pero hoy, al revisar su caso, llegué a pensar que puede haber algo de verdad.

—¿Por qué?

—Ya sabe, el orgullo de Merrill es su talón de Aquiles. Presume de su categoría, de su fama. Cada vez que explica que se comunica con ese hombre mediante un código, resulta complicadísimo, verdaderamente bizantino.

John seguía conduciendo. No podía olvidar el estúpido código de los Mensa del que le había hablado Greg, y que sólo él podía comprender.

—¿Qué le hace pensar que puede ser real?

—El hecho de que Greg no quiere compartir su fama con él —contestó Beckwith—, y la historia que me contó esta noche acerca del otro.

—¿Qué le dijo, doctor?

—Hace tiempo, Greg espió a una chica —respondió Beckwith—. Fue en Fairhaven, Massachusetts. Me dijo que era muy joven y provocativa, que estuvo a punto de trepar hasta la ventana de su dormitorio para secuestrarla...

—Pero eso ya lo sé —interrumpió John con impaciencia.

—Sí, sé que se lo contó —afirmó el médico—. Sin embargo, es probable que no le dijera que comunicó la dirección de la chica a su imitador mediante el código en cuestión. Una noche, seis meses atrás, el discípulo acudió al aparcamiento de Fairhaven para intentar lo que Greg no había hecho. A veces sucede. Las luces del dormitorio de la chica estaban apagadas, la familia no estaba en casa...

—Pero había alguien más allí. —John no daba crédito a lo que oía.

—Sí —prosiguió Beckwith—. Una mujer que estaba de vacaciones en Nueva Inglaterra. Había estado en New Bedford, en el Museo de las Ballenas. Su perro viajaba con ella en el coche. Lo más notorio es que el discípulo vio al perro y rápidamente reconoció a la mujer. Ambos habían estado en su pueblo, Silver Bay. En la posada...

—Willa Harris —dijo John, tratando de ordenar las ideas.

—No lo sé, Greg no me dijo su nombre.

—¿Y acabó matándola?

—No. Según Greg, la secuestró. La esposó y abandonó al perro en algún lugar de Rhode Island. Después se dirigió al faro...

—Siga, doctor, por favor.

—Desde allí, perdemos el rastro. Excepto que... —La voz se le quebró y su mirada se volvió atormentada.

—¡Por favor, hable, Beckwith!

—Se trata de un paciente mío —añadió el doctor con evidente preocupación.

27

Kate cayó en el hoyo y recibió un fuerte golpe. Boqueando de dolor, tragó agua. Se puso de puntillas para ver mejor dónde estaba. Al parecer, se hallaba en el fondo de un pozo.

Sus tobillos se hundían en unos diez centímetros de agua. En la oscuridad, con los brazos extendidos hacia delante, palpó las paredes de piedra que correspondían a la cara norte del faro. No pudo ver la cima. Le dolían los brazos y las piernas a causa de la caída, pero no parecía haber sufrido fractura alguna. Logró encaramarse a lo alto de un saliente de piedra y, desde allí, observar el espacio que la rodeaba para ver si había alguna forma de salir.

Volvió la cabeza y miró al suelo. Intentó trepar por el muro de piedra. De pronto, a unos veinte centímetros, sus dedos tocaron madera. Un entablado, viejo y casi reducido a astillas, se deshizo en sus manos. Tanteando, llegó a la conclusión de que se trataba de una puerta. ¿Qué función podía tener una puerta en lo más hondo de un pozo? Sólo descomponerse por los efectos del agua.

Si al menos hubiera tenido algo sobre lo que ponerse de pie... Sería más fácil abrir la puerta. Retrocedió y volvió a la roca. Al cabo de unos segundos, advirtió que había muchos objetos redondos a sus pies. Eran objetos metálicos.

Alzó uno de ellos. Intentó ponerlo sobre sus hombros, pero no pudo evitar que se le cayese. Al golpear el agua hizo un fuerte ruido.

Eran balas de cañón.

Seguramente se trataba de un escondrijo que servía de depósito de municiones. Había cientos de ellos a lo largo de las costas del Atlántico, particularmente en las trece primeras colonias. Durante la guerra de la Independencia, las escolleras y los acantilados en los que se elevaban faros constituyeron excelentes depósitos de armas. Hace tiempo, con Matt y Willa habían descubierto uno similar en Chincoteague, donde la altura de las dunas era tal que podía dominarse ampliamente el mar. Quizás el faro había sido construido en la misma época, ideado para combinar protección y defensa, y los colonos lo habían tenido siempre a su disposición para lo que necesitaran.

Desesperada, Kate intentó romper la puerta.

Fue inútil. Los dedos le sangraban, llenos de astillas. Ya no oía el susurro fantasmal que ella identificaba con la voz de Willa. Eso le confirmó su hipótesis de que era real, pues de lo contrario seguiría oyéndola en aquel lugar. Pero ¿qué sucedería si no conseguía llegar a lo alto del faro?

Entonces se acordó del cuchillo de Maggie.

Hurgó en los bolsillos y lo sacó. Las manos, temblorosas debido al frío y la tensión, no pudieron sostenerlo. El cuchillo cayó al agua. Emitió un ruido metálico y resbaló. Kate comenzó a palpar con sus dedos congelados hasta que dio con él.

—¡Oh, Dios mío! —exclamó mientras lo introducía entre el muro de piedra y la puerta—. ¡No pares, no pares!

Por fin el cerrojo cedió.

Presionando con todas sus fuerzas, Kate raspó la puerta centímetro a centímetro. Fue labrando su camino a través del muro de piedra e introduciéndose presionando su propio cuerpo. Los bordes astillosos le arañaban la espalda. Dio un paso atrás y se detuvo para recobrar el aliento y dejar que sus ojos se acostumbraran a la oscuridad.

No había luz por ninguna parte. A gatas, escrutó en todas direcciones. Era un espacio estrecho. Avanzando despacio y tanteando los lados, dedujo que estaba en el interior de un túnel.

Debía de tener un metro ochenta de ancho aproximadamente. El olor a moho aumentaba a medida que Kate avanzaba.

Su corazón latía con fuerza. Sabía que estaba en el interior del faro y rogó que también Willa lo estuviera. Debía encontrar a su hermana, pero no tenía la menor idea de dónde estaba. De hecho, se sentía desorientada y avanzaba siguiendo la sospecha de haber oído, aquí o allá, la voz de Willa.

La rodeaban las tinieblas. Avanzando a ciegas, chocó contra el muro de piedra y cayó. Había llegado al final del túnel. Ahora, siempre intuyendo el camino, se encontró con una precaria escalera de hierro labrado que se dirigía hacia la derecha. Apoyándose en el pasamanos, se levantó y sus pies toparon con el primer escalón. Tenía los vaqueros desgarrados y una herida en la espinilla, pero ni siquiera reparó en ello. Comenzó a subir por la escalera cogiéndose con fuerza. Era una vieja construcción y, al parecer, no se usaba desde hacía mucho tiempo. En todo caso, la filigrana de hierro forjado estaba tan oxidada que se había vuelto frágil como el papel. Sabía que los lados de la escalera —donde más podía aferrarse, ya que el metal era más grueso— constituían su mejor punto de apoyo. Comenzó a avanzar a gatas, intentando conservar el equilibrio balanceándose adelante y atrás.

Veinte escalones más arriba había otra puerta. Al igual que la primera, estaba cerrada, y Kate volvió a utilizar el cuchillo de Maggie con la oxidada bisagra. Tampoco le costó romperla. Una vez traspasado el umbral, se halló en una pequeña antecámara. La luz de las señales del faro llegaba hasta allí. Pudo mirar su reloj. Las ocho y veinte, apenas quince minutos desde que había oído la voz de Willa flotar en el viento.

Cuando abrió la puerta que tenía ante sí, se encontró de lleno en el interior del faro. La columna de ventanas se levantaba a su izquierda, una escalera metálica de caracol se alzaba en el centro de aquel espacio cilíndrico. En el suelo había más cristales procedentes de la ventana rota. Miró hacia arriba y vio el espejo de Fresnel, de donde provenía la señal.

No había rastros de Willa.

Kate miró alrededor, inquieta. Estaba casi segura de haber oído la voz de Willa, igual que aquel día en Chincoteague, cuando el viento la trajo hasta ella por encima de las dunas, los árboles y el agua. Kate fue la única en oírla en toda la isla. También ahora creía haberla oído en mitad de la noche, a través de la ventana rota por la tormenta.

Una vez dentro del faro, reafirmó su certeza de que Willa estaba allí. ¿Era posible que sólo fuesen imaginaciones suyas? ¿Podía añorar tanto a su hermana que acabase escuchando su voz en su ausencia?

Pero Willa había estado por los alrededores. El avión de oro que había encontrado Maggie lo demostraba.

Quizás el fuerte viento había terminado por trastornarla y la voz de Willa no provenía más que de sí misma. Puede que incluso hubiese otra persona en el faro, en el cobertizo o el granero frente a los que Kate había pasado. Aun así, corrió hacia la puerta y comenzó a golpearla.

—¡Willa, Willa! Willa, ¿estás ahí?

De pronto, desde lo alto se oyó una voz llena de alegría e incredulidad.

—¿Kate?

—¡Oh, Willa, Willa querida! —gritó Kate mientras un gran sollozo brotaba de su pecho.

—¡Has venido, Kate, has venido! —Era la voz de Willa, todavía amortiguada, pero más clara que la primera vez. Sin duda provenía de arriba—. ¡Estoy aquí!

—¿Dónde, Willa, dónde?

—¡Arriba! —exclamó Willa, fuera de sí—. ¡Date prisa, Kate! ¡Antes de que él llegue!

Kate volvió a inclinar la cabeza hacia atrás para observar la parte más alta del lugar en que estaba. Sólo había un sitio posible: la linterna. Subió de dos en dos los estrechos escalones. La pierna herida continuaba sangrando, pero no era consciente de ello. Los peldaños de metal resonaban bajo sus pies. Su corazón latía enloquecido. El aire estaba helado y olía a salitre y herrumbre.

Cuando había sorteado seis niveles, miró los dos restantes y pudo ver la base que circundaba la enorme linterna. Pero no a Willa. Frunció el entrecejo, convencida de que sería capaz de encontrar a su hermana. La luz de la señal brillaba tanto allá arriba que la cegaba, de modo que tuvo que hacer visera con la mano.

—¿Dónde estás, Willa? —volvió a preguntar.

—Aquí, aquí mismo, Kate. —Efectivamente, la voz de su hermana provenía de un lugar muy cercano.

Kate intentó serenarse. Exhausta, las piernas le dolían a consecuencia del esfuerzo. De pronto percibió un intenso olor a madera nueva. Miró al suelo y vio rastros de serrín. Cuando volvió a dirigir la mirada hacia arriba... la vio. Camuflada en la parte más estrecha y sombría de la torre, justo junto a la linterna, había una caja de madera.

Parecía clavada contra la impenetrable pared de piedra. Entre la escalera de caracol y el emplazamiento de la caja, había una pequeña estructura del tamaño de un cobertizo de jardín. Estaba pintado de blanco, para que pasara inadvertida. Desde la escalera no había forma posible de entrar allí.

—Willa —dijo Kate, tocando la caja—. ¿Dónde está la entrada?

—¿Estás ahí, Kate, estás ahí? —La voz de Willa llegaba mezclada con sus sollozos y con los golpes que ella misma daba desde el interior del recinto—. ¡Kate, sácame de aquí! ¡Deprisa, está a punto de llegar! ¡No hay tiempo!

—¿Cómo puedo sacarte? —Kate aporreaba la caja, intentando encontrar el camino—. ¿Dónde está la puerta?

—En la parte de arriba —dijo Willa—. Al lado de la linterna.

Kate no esperó ni un segundo. Echó a correr hacia el pasillo circular que circundaba el artefacto. Era un magnífico espejo de Fresnel, brillante y centelleante cada vez que reflejaba la luz emitida por la señal, descomponiéndola en un verdadero arco iris y lanzándolo a la lejanía del mar. Kate aguzaba la mirada. Corriendo alrededor del mecanismo, distinguió de pronto una grieta en el pasadizo circular.

Al mirar dentro de ella, descubrió la presencia de una trampilla.

Tallada en el extremo superior de la caja, estaba provista de dos bisagras de metal y una falleba con candado. Kate comprendió que en esta ocasión el cuchillo de Maggie no le serviría. Aquélla era una instalación nueva, no tenía nada que ver con las que había forzado antes: viejas, probablemente centenarias, oxidadas. Éstas eran recientes, sólidas y de acero.

Sin embargo, se puso a hurgar con el cuchillo en la madera. Si aquella ventana no se hubiera roto, nadie hubiera oído la voz de Willa. De cerca, Kate vio el ladrillo y el armazón de hierro de los muros del faro.

—¡Aguanta, Willa! —exclamó—. ¡En un minuto estaré contigo!

—¡Date prisa, Kate!

El candado resistía. Es más, el cuchillo resbaló y se clavó en una mano de Kate, pero ésta lo arrancó de su carne. La respiración de Willa era espasmódica. Kate podía oírla a través del muro. Seguramente los ruidos que producían los esfuerzos de Kate aumentaban su pánico.

«Esto no funciona», se dijo Kate, abandonando el cuchillo. Deseó haber traído consigo el teléfono móvil, para pedirle auxilio a John. Pero era imposible. Mirando alrededor intentaba encontrar algo más útil que el cuchillo.

—¡No me abandones! —chilló Willa al sentir que los pasos de Kate se dirigían al espejo.

—¡No, nunca lo haré! —prometió Kate.

El dispositivo óptico estaba parcialmente encerrado en una especie de jaula de metal. La mitad superior estaba abierta, pero la inferior estaba construida con barras del mismo viejo hierro de la escalera del pasadizo secreto. La luz la cegaba cada vez que iluminaba su rostro. Una de las barras estaba ligeramente corroída. Entretejida como una canasta, mostraba una mella de óxido en el medio, pero se hallaba bien sujeta por los extremos.

Tras romperla, tiró arriba y abajo con todas sus fuerzas, hasta que se quedó en las manos con una barra de hierro de unos cuarenta centímetros. Alzándola, corrió hacia la caja. Localizó una estrecha rendija bajo el cerrojo.

Se había hecho con una perfecta palanca. Mientras la accionaba, sentía que una fuerza sobrehumana se había apoderado de ella y seguía creciendo en su interior. ¡Su hermana estaba prisionera y ella iba a liberarla! Resoplando, jadeante por el esfuerzo, se entregaba por entero a la tarea, hasta que la puerta de madera estalló de golpe.

Willa estaba llorando mientras intentaba ayudar a su hermana desde dentro. Kate abrió el candado, lo quitó de la puerta, junto con las bisagras, y apartó todo a un lado.

Unos ojos azules en un espacio oscuro, un búho en su madriguera, una zorra en su guarida. Tiritando, Willa vestía harapos. ¡Estaba prisionera en una celda!

Al ver a su hermana, el pecho de Kate palpitó y temió que le estallara. Se echó a llorar al mirar al suelo y ver a Willa.

Llegaron las preguntas, pero Kate las ignoró. Tanteó en la oscuridad mientras sentía que Willa se aferraba a sus brazos, demasiado débil para levantarse. Kate lo hizo todo. Sin dejar de llorar, poseía una fuerza que jamás creyó haber tenido. Estrechó a su hermana entre sus brazos y logró incorporarla un poco.

—Ya estás conmigo —dijo Kate—. No te sueltes.

—¡No me dejes! —suplicó Willa.

—No temas —susurró Kate, emocionada por tener al fin entre sus brazos a la hermana que tanto había buscado.

En aquel momento Kate comprendió que no había nada más hermoso en la vida que su hermana Willa, e hizo lo que prometió: la alzó en brazos y emprendió el camino de salida. Fuera, el viento silbaba, aunque con menor intensidad, y se oía el romper de las olas en la playa. Los sonidos de la naturaleza eran lo bastante intensos como para ahogar los sollozos de ambas hermanas mientras Kate transportaba a Willa hacia el pasillo circular.

—¿Puedes bajar? —le preguntó, sintiendo cómo Willa le rodeaba el cuello con uno de sus delgados brazos. Su cuerpo temblaba al respirar, como si el mero hecho le causase un dolor desgarrador.

—¡Mis piernas! —gimió—. Hace mucho tiempo que no las muevo...

Kate miró las piernas de Willa. Debido a su reclusión en la caja, estaban delgadas y débiles como las de un potro recién nacido. Desolada, Kate se quitó el abrigo, todavía húmedo por el agua del pozo, y se lo puso sobre los hombros. Se arrodilló y empezó a masajear las caderas y las piernas de su hermana, que gritaba y se encogía a cada sacudida.

—No podré bajar —musitó Willa.

—¡Claro que sí! —le contestó Kate friccionando con fuerza, intentando concentrarse. Sin embargo, todavía recordaba las palabras de su hermana alusivas a alguien que estaba a punto de llegar. No sabía quién, cuándo, ni cómo, pero había captado el terror en la voz de Willa. Era un terror real.

—¡Quiero, pero no puedo! —dijo Willa, derrotada.

—¡Yo te llevaré! ¡Lo hice cuando eras pequeña y seguiré haciéndolo!

Ambas miraron hacia abajo. Eran ocho niveles por una estrecha escalera. Willa meneó la cabeza, dejando escapar un sollozo.

—¡No podrás! —exclamó.

Kate se limitó a arrebujar a su hermana con el abrigo. El aire del interior de la caja era maloliente, pero Kate había cambiando los pañales de Willa cuando pequeña. Todo estaba en orden.

Con cuidado, guardó el cuchillo de Maggie en el bolsillo delantero de sus vaqueros. Luego, empujando la barra metálica hacia la parte trasera de los pantalones, como si se tratara de una espada, se puso en cuclillas junto a su hermana.

—¡Súbete y agárrate a mi cuello! —dijo Kate mientras ayudaba a Willa a incorporarse contra su pecho.

Su hermana lo intentó, pero tenía los brazos demasiado débiles y temblorosos. Kate no estaba dispuesta a renunciar. Bajó el primer escalón, el segundo... Sus piernas eran fuertes; los brazos, enérgicos. Sentía la fuerza del amor, que pasaba de su corazón al de Willa, formando un circuito que las estrechaba más y más a cada escalón. Kate pensó en Amelia, en John, en Teddy y Maggie, y de todos ellos cobraba fuerzas.

Un nivel, dos niveles. Bajaba deprisa, con paso seguro, convencida de que iba a lograr su propósito. Su mente ya planificaba el paso siguiente. Confiaba en la barra metálica. Si la puerta del faro se abría fácilmente por dentro, Kate sacaría a Willa al exterior, la llevaría al coche del juez y la conduciría al hospital.

De lo contrario, volvería al pasadizo secreto, hacia el pozo. Confiaba en que encontraría una manera de hacerlo, aunque tuviese que escalar los muros.

—¿Qué hora es? —preguntó Willa con un hilo de voz.

—No puedo ver el reloj —respondió Kate—, pero serán casi las nueve. Tú no te preocupes, ya llegamos abajo.

—Él viene a las nueve. —Willa estaba aterrorizada—. Lo llama «su tiempo», es su hora secreta...

—¿Su qué? —preguntó Kate, jadeando a causa del esfuerzo.

—Cuando nadie lo echa de menos, cuando nadie lo ve, viene a verme...

Kate aceleró la marcha. Willa se retorcía en sus brazos y gritaba de dolor. En varias ocasiones estuvieron a punto de perder el equilibrio y caer al suelo. Agarrándose de la barandilla, Kate contempló la caja.

No pudo verla desde allí. La celda estaba oculta entre las sombras, el rayo de luz intermitente que provenía del espejo la camuflaba aún más. El corazón de Kate dio un vuelco al pensar que aquella prisión existía realmente. Asimismo, se estremeció al comprender que, la viera o no, de ella provenía el peligro.

—Él la construyó —añadió Willa siguiendo la mirada de Kate, como si le leyera el pensamiento—. La construyó para encerrarme.

—Pero, qué... —Se dijo que no era el momento de hablar. Más tarde tendrían ocasión. Ahora debía sacar a Willa de aquel lugar.

Oyó el oleaje cada vez más cerca. El ruido era ensordecedor, como si la tormenta subiera por el acantilado y estuviese inundándolo. Pensó en Merrill, lo que le produjo una sacudida de terror que casi la paralizó.

—Ya casi hemos llegado —dijo Kate. Los brazos le temblaban, como si su cuerpo supiera que había llegado el momento de soltar a Willa. Sentía los músculos agarrotados debido al peso y tenía los labios entumecidos, ya que la sangre se había concentrado en brazos y piernas.

—¡Nunca creí que sería rescatada! —susurró Willa—. Creí que me moriría allí dentro.

—¡Eso jamás! ¡Me encargaré de llevarte lejos!

Habían llegado al final del trayecto. Kate se inclinó y depositó a Willa en el suelo. Debía probar la puerta. Sin embargo, Kate se sobresaltó al sentir con qué fuerza las manos de Willa se aferraban a ella.

—¡No me abandones! —suplicó.

—Serán sólo unos segundos. Estoy buscando el camino para salir...

Willa yacía desplomada en la escalera, incapaz de cualquier clase de respuesta. Kate corrió hacia la puerta. Había tres candados, incluidos dos cerrojos circulares de seguridad. No había bisagras. Se necesitaban llaves distintas para abrir cada uno de los candados y, además, la puerta era robusta y de madera nueva.

Extrajo la barra de metal del cinturón y la esgrimió como un florete mientras dedicaba a Willa una amplia sonrisa.

—Pareces toda una pirata —masculló Willa, devolviéndole la sonrisa.

—Saldremos de aquí —dijo Kate, tratando de introducir el extremo chato de la barra entre la puerta y la jamba.

Súbitamente, como por arte de magia, giró la cerradura de uno de los candados. Le siguió el segundo. El chasquido metálico rechinó en los oídos de Kate. Estaban abriendo desde el exterior. Cuando comprendió que eran las nueve y que el secuestrador llegaba puntualmente, Kate corrió hacia su hermana.

Willa era un espectro.

Estaba pálida y de sus ojos parecía haberse borrado cualquier atisbo de vida. Se acurrucó, cogida de la barandilla, la mirada fija en la puerta. Kate intentó cogerla para esconderla en el pozo, pero era tarde. El tercer candado también se abrió.

Kate se llevó un dedo a los labios para indicar a su hermana que guardara silencio, pero pensó que en realidad aquel gesto era innecesario. Willa permanecía inmóvil, esperando que él llegara, horrorizada por lo que pudiera hacer al encontrarla junto a Kate.

La puerta se abrió con un crujido, dejando entrar una ola de aire frío y tonificante. Kate respiró hondo. Se había escondido rápidamente detrás de la puerta. Sintió que pensaba con inusitada claridad. No dejaba de mirar a Willa, que había cerrado los ojos en señal de derrota.

Alguien cruzó la puerta. Era un hombre alto, delgado y atlético, de cabellos castaños. Se detuvo a unos sesenta centímetros de Kate. Al ver a Willa, puso la mano en el picaporte y lo sacudió frenéticamente.

—¿Cómo es que estás aquí? —vociferó. Kate supuso que sin duda estaba pensando que, debido a todas sus precauciones, era imposible que Willa hubiera llegado hasta allí por su propio pie. Los hombros del recién llegado temblaban, como si se hincharan de cólera, y cuando dirigió la mirada hacia la puerta, Kate, gritando y blandiendo la barra de hierro, le golpeó con todas sus fuerzas.

Le dio entre las cejas. El golpe había llegado al hueso. El hombre sangraba abundantemente. Lanzó un bramido y se tambaleó hacia atrás, cubriéndose los ojos con las manos y haciendo imposible reconocerle. Perdió el equilibrio y cayó junto a Willa. Kate aprovechó la ocasión para asestarle otro golpe.

—¡Le has hecho daño a mi hermana! —exclamó sin dejar de blandir la barra—. ¡La raptaste y la maltrataste! ¡Voy a matarte por eso!

Kate se disponía a cumplir su promesa cuando el hombretón se desmoronó a los pies de Willa, como un dragón vencido. Willa gateó hacia él, como un cangrejo. Kate dio un paso hacia delante.

Su corazón latía con fuerza. ¿Lo había matado? No lo sabía, pero lo cierto era que tampoco le importaba. Sólo sabía una cosa: no volvería a levantarse para hacer daño a Willa. Movió el cuerpo, primero con la barra y luego con la punta del pie. Al ver que permanecía inmóvil, se acercó para verle la cara.

Era Caleb Jenkins.

Kate comprobó que respiraba, aunque sangraba por la nariz y la boca. Nunca lo había visto de cerca, pero lo reconoció. Se parecía a su padre. Era muy joven, tendría poco más de veinte años. Ni la culpa o el arrepentimiento le detuvieron. Ayudó a su hermana a ponerse de pie y pasó uno de sus delgados brazos por su cuello.

—Ya hemos llegado —dijo Kate, sintiéndose reconfortada por el aire fresco que provenía de fuera—. Cógete fuerte, te llevaré al coche.

—Andaré. Al menos puedo intentarlo —dijo Willa.

—Más tarde —le respondió Kate sin apartar la mirada del muchacho que estaba tendido en el suelo—. Debemos largarnos de aquí antes de que vuelva en sí.

Alzando nuevamente a su hermana, los brazos temblorosos y agarrotados por el esfuerzo, la condujo por el sendero de arena hasta el coche del juez.

El vehículo, brillando en la oscuridad, pues durante el tiempo transcurrido en el faro las nubes se habían abierto dando paso a una espléndida luna, seguía aparcado al comienzo del sendero. Lentamente y con sumo cuidado, avanzando entre las rocas, Kate transportaba a su hermana.

Cuando alcanzaron el coche del juez, Kate miró hacia atrás: ni rastro de Caleb Jenkins. Apoyada en el capó del automóvil, Willa había logrado mantenerse de pie y dar sus primeros pasos, quizá desde hacía meses. Kate abrió la portezuela delantera y ayudó a que su hermana se introdujera. Después rodeó el coche y también subió.

Vio la furgoneta de Caleb aparcada fuera del camino. Calculó. ¿Qué pasaría si él aparecía en ese momento para perseguirla antes de que ella hubiera pasado la posada del Viento del Este y se hubiera internado en la carretera principal? Respiró hondo y, saliendo del coche, corrió hacia la furgoneta Chevy en cuyas portezuelas laterales se leía «Construcciones Jenkins».

—¡Katy! —oyó que la llamaba Willa—. ¡Date prisa! ¡No me dejes sola! ¡Tenemos que irnos!

—¡Lo sé! —le respondió Kate, introduciéndose en el interior de la furgoneta.

Las llaves de contacto estaban puestas. Kate las cogió y, al volverse hacia atrás dispuesta a salir del vehículo, reparó en dos cosas que había en el asiento delantero. La primera era un collar dorado con las iniciales «AM» grabadas: Amanda Martin.

La segunda era un documento encuadernado en cuero, como ella misma lo hacía con sus informes científicos. Sí, científico, completo, exhaustivo. Se inclinó para leer el texto de la primera página:

EVALUACIÓN DE LOS DEPREDADORES VIOLENTOS
un estudio sobre George Merrill
Por el Dr. Philip A. Beckwith

Preguntándose cómo podía haber llegado un estudio psiquiátrico al interior de la camioneta de Caleb, lo cogió y se alejó de la furgoneta, llevándose la llave del contacto. Subió al coche del juez, encendió el motor y, esbozando a su hermana una amplia sonrisa, se dispuso a abandonar el sendero de arena.

—¡Lo hemos logrado, Kate! ¡Te he encontrado!

—¡Rápido, Kate! —gritó Willa entre sollozos, ocultando la cara entre las manos, como si la libertad fuera un privilegio del que no estaba acostumbrada a gozar—. ¡El otro llegará enseguida!

Kate miró por el retrovisor para asegurarse de que Caleb no las seguía.

—¿Quién es el otro? —preguntó a su hermana, intrigada.

—El que acabamos de dejar atrás me trae alimentos, me dice la hora —contestó—. Pero ese otro... ¡Oh, Kate, acelera! ¡Siempre llega a las nueve en punto!

28

John conducía hacia el faro a toda velocidad. El doctor Beckwith permanecía sentado a su lado, sin duda sorprendido por el desarrollo de los acontecimientos. John parecía no salir de su asombro desde que había oído el nombre del paciente.

—¿Caleb Jenkins? —preguntaba una y otra vez.

—Sí. Se lo explicaré, John. Verá, Caleb presentaba algunos signos de ese trastorno —comenzó Beckwith, visiblemente relajado—. En la primera entrevista no le di importancia.

—Pero en aquel momento no encontró nada referente a un trastorno sexual —aclaró John, que recordaba muy bien los argumentos que Beckwith le había proporcionado para la defensa de Caleb.

—No era nada manifiesto, sólo indicios. Una adicción a Internet preocupó más tarde a sus padres y me consultaron por ella. Acepté tratarlo y fui descubriendo todo lo que subyacía en él.

—¿Estuvo en su laboratorio de Providence?

—En efecto, todo el tiempo que trabajamos juntos. Había otros elementos en su adicción: algo enfermizo vinculado a la frecuencia con que entraba en chats y páginas pornográficas.

—Entonces él empezó a escribirle a Merrill...

—Eso dijo Greg —respondió el doctor, mirando el reloj—. Por favor, acelere, John.

John intentó controlar la respiración y entender todo lo necesario para salvar a Kate. Le pareció que Beckwith lo instaba a llegar al faro antes que Caleb Jenkins.

—Los padres me lo enviaron a Providence y allí traté de ayudarle.

—Estaban en contacto con usted —dijo John, pisando el acelerador. La conversación acrecentaba su imperiosa necesidad de socorrer a Kate.

—Sí. La familia tenía problemas bastante serios en la época que Caleb comenzó a actuar. La señora Jenkins sufría una depresión, su esposo le había sido infiel...

John sintió que se le encogía el estómago de vergüenza y furia. No quería escuchar lo que el médico sabía sobre el asunto.

—Lo siento, John —dijo Beckwith—. Lo sé todo acerca de su mujer y Barkley Jenkins.

—¿Se lo dijo Felicity?

—Sí, y más tarde Caleb.

John se hundió en el silencio, concentrándose en la conducción. No estaban lejos del lugar donde Theresa había embestido al ciervo mientras acudía a su cita con Barkley. Eso significaba que también estaban cerca del faro, cerca de Kate.

—No hay ninguna razón para que se sienta avergonzado —añadió el médico—. Usted no tiene la culpa y, por otra parte, la infidelidad conyugal es cada vez más frecuente en Estados Unidos. Claro que la conducta de su padre afectó profundamente a Caleb. Si quiere decirlo así, fue algo parecido a una descarga de rencor largo tiempo reprimido. Con el tiempo, ese sentimiento se volvió contra su padre, que se defendía de las burlas de su hijo. Barkley Jenkins es un hombre verdaderamente iracundo.

—De tal palo, tal astilla.

—Así es. Felicity quería que Barkley me visitara para una especie de asesoramiento terapéutico familiar. Yo accedí, pero Barkley se negó. Sufre, como su hijo, de cierto complejo de Dios. Cree que es omnipotente y actúa en consecuencia. ¿Qué hora es, John?

—Más de las nueve. —John giró hacia Redcoat Road, ya que por allí se accedía al pozo donde los colonos habían escondido sus armas para luchar contra los británicos. El sendero se unía más allá con el del faro.

—Hemos llegado a tiempo —dijo Beckwith.

Cuando John se volvió para mirarlo, el doctor Beckwith le apuntaba con una pistola.

—Pero ¿qué hace? —preguntó John, estupefacto.

—Debería haberlo imaginado en su momento —dijo el médico mientras John seguía avanzando, ahora por el camino de arena—. Me contó todo lo que había averiguado acerca de Fairhaven. A partir de entonces, sólo era cuestión de tiempo que descubriera la conexión entre Caleb y yo... y Merrill. Por supuesto, ellos se comunicaban por mi intermedio. Lo oculté todo para que usted no lo advirtiera, hasta que esta noche su amiga decidió hacer una visita al faro. Posiblemente está con Willa en este momento.

John no respondió, pero comprendió que aquellas palabras sugerían que la hermana de Kate aún estaba viva. El haz luminoso del faro volaba sobre las copas deshojadas de los árboles. Los dos hombres se aproximaban al acantilado.

—¿Cómo ocurrió? —inquirió John—. ¿Se sintió tentado por el hombre a quien trataba o fue usted el que empezó?

—¡Cállese! —exclamó el doctor, golpeándole en la cara con la culata. John se tambaleó y, mareado, desvió el coche hacia un lado del camino—. Usted se comportó como un imbécil. Debería haberse limitado a defender a su cliente, pero en cambio se dejó arrastrar por esa chica. Es usted igual que todos, siempre siguiendo el rastro de una mujer... Ella lo alejó de su deber, hizo que traicionase a su cliente y se entrometiese donde nadie lo llamaba.

¿Era eso lo que el doctor consideraba debilidad? ¿Ayudar a Kate era una debilidad? John jamás se había sentido tan real y vivo como hasta entonces, consciente de estar enamorado de alguien a quien debía intentar salvarle la vida.

Al comprender que no estaba dispuesto a conducir a aquel maníaco al lugar donde debía de estar Kate, pisó a fondo el acelerador y estrelló el coche contra un árbol.

En cuanto Kate oyó el ruido del coche al estrellarse y el sonido del claxon, se desvió del camino, se ocultó entre los manzanos y apagó las luces. Willa lloraba. Le suplicaba que se alejaran de allí cuanto antes, pero Kate le pidió que se tranquilizara. Bajó la ventanilla y aguzó el oído.

El claxon seguía sonando debido al impacto. De repente, cesó. Kate oyó el sonido de las portezuelas al abrirse y una voz imperiosa que ordenaba a alguien que saliese del coche. Atisbando en la oscuridad, distinguió a dos hombres junto a un vehículo destrozado.

—¡Es John! —exclamó al verlo salir del Lincoln. En el momento en que el haz del faro la iluminaba, Kate sintió que Willa la agarraba de la muñeca y trataba de arrastrarla hacia el asiento.

—Es él —musitó su hermana, jadeando de terror—. El hombre de cabellos blancos.

Llevaba una pistola. Kate se deslizó hacia abajo, de modo que sólo sus ojos resultaban visibles desde el coche accidentado. La luz del faro le permitió entrever la sangre en el rostro de John, el brillo de la pistola apuntándolo, el hombre de pelo canoso que sostenía el arma.

Ambas mujeres se agacharon sin dejar de mirar a los dos hombres. Kate abrió sigilosamente la portezuela y puso un pie en el suelo.

—¿Qué haces? —Willa estaba aterrorizada ante la reacción de su hermana.

—Es John —dijo Kate—. De no haber sido por él, no hubiera venido a Silver Bay y jamás te hubiera encontrado, Willa.

—Podrás llamar a la policía cuando estemos en un lugar seguro —imploró Willa—. ¡El otro hombre es el socio de Caleb!

—¿El que te ha maltratado? —preguntó Kate, sintiendo crecer la furia en su interior.

—Sí, siempre viene a las nueve —musitó entre lágrimas—. ¿Qué hora es?

—Las nueve y diez —dijo Kate tras mirar el reloj del salpicadero—. Es tarde, y tiene a John en su poder.

—¡No te alejes de aquí! —rogó Willa, las lágrimas rodándole por las mejillas heridas y manchadas de sangre—. ¡No me dejes sola!

Kate se sentía desgarrada por un dilema. Por un lado, su hermana necesitaba un hospital y ella no podía abandonarla ni siquiera durante unos minutos; por otro, allí estaba John, en peligro de muerte, y tampoco podía dejarlo solo. Kate nunca había sido una mujer valiente o intrépida, pero su corazón había cambiado desde su llegada a Silver Bay y tras conocer todo cuanto rodeaba a John O'Rourke.

Sentía un inmenso cariño por sus hijos, por su padre y por el ama de llaves de éste, e incluso por el perdiguero dorado que les servía de mascota. Pero sobre todo, se había enamorado de John. Volvió a sentir aquel estremecedor temblor en el vientre, en el pecho, en el corazón, lo mismo que había sentido el día que John surgió de detrás de su furgoneta para ir en su busca por el huerto de manzanos. Supo con absoluta certeza que ahora también él había venido a buscarla.

—No puedo abandonarlo —dijo a Willa. Sacó el cuchillo de Maggie y asió la barra de hierro. Luego le dio un beso a su hermana, tranquilizándola—. Volveré, pero tengo que ayudar a John. Me necesita ahora mismo...

Mirando hacia el faro, John vio la furgoneta de Caleb. Estaba aparcada junto al camino. No había rastros de otros coches, ni de Kate. Respiró un poco más tranquilo al pensar que ella ya no estaba allí.

En su mente giraban los recuerdos de las veces que había estado en aquel lugar. Excursiones con Teddy y Maggie, sacando a pasear a *Listo*. ¿Era verdad que durante esos seis meses Willa había estado encerrada allí, ante sus propias narices? Kate había acertado: su hermana estaba cerca.

El cañón de la automática se le clavó en el costado. Comprendió que el doctor iba a matarlo. Beckwith echó un vistazo al faro y luego a la posada del Viento del Este, probablemente para cerciorarse de que nadie oyese el disparo. John sabía que si daba un solo paso, era hombre muerto. Había sido una partida de uno contra dos. Caleb y el doctor. El haz del faro parecía burlarse de él al pasar sobre su cabeza, alejando a los marinos de los escollos rocosos. Era el lugar más visible de toda la costa, pero John y la policía habían sido burlados desde el principio.

Kate...

Rogó en silencio que estuviera a salvo. Ella se sintió colmada de esperanza y ternura porque él no la había abandonado y nunca había dejado de creer en su hermana. Esos sentimientos la fortalecieron y se dispuso a enfrentarse a Beckwith.

—Muy bien —dijo el psiquiatra, mirando a John y haciéndole una seña con el cañón de la pistola—. Camine hacia el acantilado.

John no quería hacer un solo gesto que facilitara a Beckwith la posibilidad de matarlo arrojándolo al mar. Necesitaba ganar tiempo. El camino de arena estaba lleno de baches y matojos. Sin duda Beckwith se había herido en la pierna a consecuencia del choque, ya que cojeaba con gesto de dolor.

De repente, mientras John caminaba despacio hacia el faro y el borde del acantilado, se le erizaron los pelos de la nuca. Un escalofrío recorrió su cuerpo, como si lo hubiera atravesado una ráfaga de aire frío o un fantasma.

Era extraño, pero sintió lo mismo que en Fairhaven, cuando acababa de aparcar y vio a Kate Harris. Si eso no hubiera pasado, la posibilidad de haberla encontrado de nuevo hubiera sido más que remota.

¿Lugares tan alejados y otra vez las mismas personas en contacto? Sí, en contacto con sus corazones y sus almas. John nunca había sentido nada parecido con Theresa, ni siquiera con sus hijos, pero sí con Kate Harris. De pronto supo, sin ningún género de dudas, que ella estaba allí en ese momento.

Las nubes surcaban la luna, la luz del faro no se detenía. Oscuridad, luz, oscuridad, luz... El terreno era iluminado fugazmente para luego sumirse de nuevo en la oscuridad total. En el camino solitario John divisó una sombra. Era una persona. Caminando lentamente, las valvas crujiendo bajo sus pies, la sombra cobró un rostro.

Y una voz.

—¡Hola, John! —exclamó Kate, fingiendo no haber visto el arma.

Beckwith bajó el brazo y trató de esconder la pistola.

John intentó advertir a Kate. Quiso darle a entender por señas que escapase, pero si lo hacía y ella huía, Beckwith podía dispararle.

—¡Qué noche más hermosa! —dijo Kate con su acento de Virginia, dulce y melódico—. Echaba tanto de menos las dunas y las olas de mi tierra, que he subido a los alrededores del faro en busca de un poni. Pero ¿qué hacéis aquí en medio de esta noche tormentosa?

—Lo mismo —respondió Beckwith con suma educación—, pero nosotros buscábamos una yegua... John, por favor, no seas huraño, preséntame a tu amiga. Quizá pueda invitarlos y...

—¡Kate, vete de aquí! —John no pudo contenerse más.

De inmediato, Kate se interpuso entre él y el médico, con una temblorosa sonrisa en los labios, diciendo algo acerca de la falta de educación de los yanquis, de su torpeza en materia de cortesía... John vio asomar la culata en la cintura de Beckwith.

—Encantada. Me llamo Kate Harris —dijo ella tendiendo una mano al hombre armado.

—Conozco a su hermana —respondió Beckwith mientras sacaba la pistola y le apuntaba al pecho.

John se balanceó instintivamente. Kate aprovechó el movimiento para golpear con la barra de hierro la mano que sostenía la pistola. John oyó el disparo y el chasquido de un hueso al partirse. La bala dio en el faro y rebotó, incrustándose en el muslo del propio John.

Gritó de dolor. La bala había atravesado la carne y el hueso. Beckwith apuntaba, dispuesto a disparar otra vez. Entonces John lo embistió mientras Kate lo agarraba por detrás de los cabellos e intentaba derribarlo al suelo. John sólo tenía un propósito en aquel momento: abatir al secuestardor de la hermana de Kate. Le asestó dos puñetazos mientras sentía correr su propia sangre por la pierna.

Los hombres se enzarzaron en una lucha a muerte. Kate se acercó al borde del camino, donde había caído la pistola. John y el médico rodaban hacia el precipicio, sintiendo cómo el viento húmedo y salobre se deslizaba sobre las rocas.

—¡Cuidado, John, el precipicio! —le advirtió Kate.

John intentó apoyarse con su pierna sana y logró detener la caída a pocos metros del vacío. Sin dejar de golpear el rostro de Beckwith, oyó que Kate seguía gritando.

—¡Hizo daño a mi hermana! ¡La tuvo con él todo el tiempo!

—¿Lo has oído? —jadeó John, atormentado por el dolor de la pierna—. ¡Ella sabe lo que has hecho! ¡Convertiste su vida en un infierno!

—¡Oblígale a decir todo lo que le ha hecho! —vociferó Kate, furiosa.

—Soy médico —dijo Beckwith, que tenía un pómulo sangrando—. ¡De no haber sido por mí, estaría muerta! Caleb la trajo para eso. Hace tiempo que la hubiera matado. Los jóvenes son impacientes.

—¡A ver si esto te tranquiliza! —bramó John, propinándole otro puñetazo.

—¿Qué hizo usted? —insistió Kate, acercándose al borde del acantilado—. Podría haberla ayudado y en cambio...

El médico intentó recuperar el aliento, enjugándose la cara con la hierba. Ignoraba por completo a Kate, como si no hubiese estado allí desde el principio, como si no hubiera abierto la boca. Por el contrario, miraba fijamente la pierna de John.

—Es sangre arterial —dijo con voz serena.

John no respondió. Apretando los dientes, sentía el pulso débil mientras sangraba abundantemente.

—Sangrará hasta morir si no lo ayudo ahora mismo, John —diagnosticó Beckwith.

El mundo parecía girar alrededor de John. Creyó ver que Kate también comprendía que el doctor tenía razón.

—Soy médico —repitió Beckwith— y puedo ayudarlo. Necesito un torniquete. Déme su camisa.

¿Se dirigía a Kate o a John? Éste no estaba seguro, pero sabía que debía hacer algo, pues de lo contrario dejaría a Kate en manos de aquel monstruo. Con sumo cuidado, sin apartar la mirada de Beckwith, comenzó a rasgarse la camisa. No quería poner en peligro a Kate, pero se descuidó al tratar de romper la tela. Beckwith aprovechó el momento para propinarle un gancho en la mandíbula.

Sofocado y tosiendo sangre sobre un trozo de su camisa, maldiciéndose por haber sido tan estúpido como para dejarse engañar, comprendió que no debía morir sin antes arrojar a Beckwith al precipicio. La luna y las estrellas brillaban sobre la superficie del mar. Intentó recuperar el equilibrio.

Pero era tarde. Kate, tras hurgar en el bolsillo, había sacado su cuchillo rojo (y en ese momento le recordó a Maggie) y, con un sollozo de rabia, degolló a Beckwith.

El psiquiatra se llevó las manos a la garganta, miró a los ojos de John durante un segundo y cayó hacia atrás, al borde del abismo. Ayudado por Kate, John lo empujó al vacío. Ambos permanecieron allí, sosteniéndose mutuamente, contemplando el cuerpo inerte de Beckwith sobre las rocas. La luz del faro iluminó una vez más la cresta de las olas. Era la marea alta.

—Kate —susurró John.

—¡Oh, John! —Lo abrazó acariciándole la cara—. ¡No te mueras, no te vayas! ¡Saldrás de ésta! ¡Por el amor de Dios!

John la miró a los ojos. Era tan hermosa. Sus ojos le recordaron desde el principio a las piedras pulidas por la corriente de un río, año tras año... Como los cantos rodados del arroyo que corría hacia el oeste, a través del huerto de los manzanos, donde John se hubiera quedado eternamente con ella.

—Te quiero, Kate —le susurró. Oyó retumbar el mar en sus oídos, el rugido del salado océano que quería llevárselo consigo. También oyó fuertes gritos y una sirena.

—Yo también te quiero —dijo Kate llorando, meciéndolo, abrazándolo como alguien que no quiere perder lo que acaba de encontrar. Él sentía lo mismo y justo antes de que la oscuridad le asaltase y lo llevara lejos admitió que las lágrimas le oprimían la garganta y después por fin afloraban al igual que su sangre, derramándose en el frío suelo.

Epílogo

Era al día siguiente de Acción de Gracias. También era la mañana del primer funeral.

Los Jenkins habían acudido a la capilla de Silver Bay, vestidos de negro y cubriéndose la cara con las manos para eludir las cámaras de televisión y los fotógrafos de los periódicos. Sus amigos se apiñaban alrededor, ayudándolos a subir a sus coches una vez que la ceremonía hubo concluido.

Sólo Hunt Jenkins habló con la prensa, asegurando con acritud que su sobrino no había matado a Amanda Martin y nada tenía que ver con el secuestro de Willa... Era una víctima del doctor Beckwith... Éste le había pagado por construir el escondrijo, pero Caleb jamás supo cuál era su función...

El segundo funeral, el del doctor Philip Beckwith, fue aplazado y consistió en una ceremonia privada a la que asistió su madre, que era la única pariente cercana y vivía en Boston, Massachusetts.

—¿Cómo puede explicarse que un médico cause tanto daño? —preguntó el juez mientras trinchaba el pavo.

—No estoy seguro de que haya una explicación, papá —contestó John mirando a Kate, sentada a la mesa con los demás. La mujer había pasado un brazo alrededor de la cintura de Maggie y contemplaba a John como si no estuviera dispuesta a dejar de hacerlo jamás.

—Nunca habíamos hecho la cena de Acción de Gracias con la tele puesta —dijo Maggie.

—Tampoco la habíamos hecho un viernes, ni nunca en la cocina —aseguró Maeve mientras traía la salsa del horno.

—Los milagros a veces suceden —dijo el juez con tono solemne—. Debemos aprovecharlo. El viernes era nuestra última fecha disponible.

—Papá estuvo a punto de morir —les recordó Teddy.

—Y también la hermana de Kate —añadió Maggie mirando a Kate, cuya expresión parecía dar a entender que no había nadie mejor junto a quien sentarse—. No podíamos celebrar Acción de Gracias hasta que supiéramos que estabas bien.

—¿Tu hermana está mejor? —preguntó Teddy.

—Sí —contestó Kate sin dejar de mirar a John—, sí que lo está. Tendrá que pasar un tiempo en el hospital...

—Yo también ayudé a solucionarlo todo, ¿no? —continuó Maggie—. Al fin y al cabo, encontré el avión y te entregué el cuchillo.

—No sé dónde estaría si no fuese por ti —dijo Kate, evitando la cuestión del cuchillo. Parpadeaba y a veces su mirada se perdía, como si le resultara imposible asumir que había matado a dos hombres. John estaba sentado en un sofá que habían instalado en la espaciosa cocina, con la pierna extendida, sin apenas poder moverse pero intentando estar lo más cerca posible de ella.

—Siéntate a mi lado —terminó pidiéndole.

Ella obedeció encantada, pero Maggie la siguió. Cuando Kate se sentó, Maggie se dejó caer junto a ella.

—¿Quién quiere pechuga, quién quiere muslo? —reclamó la atención de todos el abuelo.

—¿Quién quiere salsa? —preguntó Maeve—. Salsa de arándanos, nabos... ¿Habéis visto cómo brilla la cristalería? Mi hermana y yo la lavamos, copa por copa.

—Ya lo sé, pequeña —dijo el juez, besándola—. Tú y Brigid formáis un equipo perfecto.

—Es verdad —respondió Maeve vertiendo en silencio la salsa en el plato que Teddy le tendía.

La reunión continuaba. John ceñía con sus brazos a Kate. Sentía su respiración en la mejilla. Kate había aceptado quedarse en su casa —Maggie le había rogado que celebraran Acción de Gracias allí y no en casa del abuelo— durante el tiempo que tardara Willa en recobrarse y estar en condiciones de volver a Washington.

Ahora, mirando a través de los amplios ventanales el mar iluminado por los últimos rayos de sol y el faro, que parecía tan lejano, John fue incapaz de ver nada terrorífico, nada que le recordara que en aquel lugar habían estado a punto de perder la vida. Abrazó con fuerza a Kate, como para protegerla de los recuerdos.

—Oye, papá —dijo Maggie.

—¿Qué pasa?

—¿Es verdad que ahora eres el abogado de Kate?

—No exactamente —repuso John.

—Pero sí es cierto que me aconsejaste. —Kate lo miró fijamente a los ojos.

—Sólo porque no sabía qué opinaba la policía. Cuando llegó Billy con su equipo...

—Teddy los llamó —aclaró el juez—. Tuvo un mal presentimiento al ver que no volvíais y pensó que Kate había ido hacia el faro en medio de una noche de perros.

—Creí que ambos necesitabais ayuda —dijo Teddy sin que la vergüenza pudiera ocultar el orgullo.

—Gracias, Teddy —dijo Kate, asiendo la mano de John—. Salvaste la vida de tu padre.

No prosiguió. No era su intención atormentar a los muchachos con la idea de que su padre había estado a punto de desangrarse hasta la muerte.

—¿Y el hombre malo?—preguntó Maggie, y alzó la vista.

—Tranquila, Mags —dijo Teddy mientras llevaba los platos servidos hacia el sofá—. Kate es muy valiente y se ocupó de todo.

—Defendí a la gente que quiero —añadió la mujer.

—Quieres a tu hermana. —Maggie sonrió—. ¿Y a quién más?

John permanecía inmóvil en el sofá. La escayola estaba limpia, blanquísima, extendida ante sus ojos. Contemplaba la sonrisa de su hija y le parecía hermosa, ya no sentía ninguna aprensión al mirar a Kate a los ojos. ¿Estaba preocupada, quería evitar la pregunta de Maggie o darle una respuesta tranquilizadora? ¿Quería acabar cuanto antes la comida de Acción de Gracias y correr al hospital para ver a Willa?

Pero Kate sonrió. Ése era el meollo del asunto: John amaba su sonrisa. Incluso ahora que Billy Manning debería interrogarla una vez más, con Willa hospitalizada y víctima de más lesiones de las que habían supuesto, aun así, con dos niños que la miraban con ojos atentos y enorme afecto —como si fuera Wendy y ellos los niños perdidos que le pedían que fuera su madre—, Kate no dejaba de sonreír.

—¿He sido grosera? —preguntó Maggie—. ¿No debería haberte preguntado a quién más...?

—A quién más... ¿qué? —Kate acariciaba la mano de John—. Es que he olvidado la pregunta.

—¿A quién más defendías? —volvió apreguntar Maggie—. ¿A quién más quieres?

Y mientras Maeve comenzaba sus plegarias, dando gracias a Dios por su hermana y por sus cuatro hijos (Mathew, Mark, Luke y John), John sintió un escalofrío que le recorrió el cuerpo. Kate no dejaba de acariciarlo y sonreír. De repente se volvió hacia él con tanta ternura que John creyó que iba a volverse loco si no volvía a oír su voz.

Sin embargo, no lo hizo.

Ella se limitó a mirarlo con insistencia, transmitiéndole la sensación de que estaban solos y que, aunque toda la familia se reunía alrededor, ellos, de alguna forma, estaban a la vez solos.

Sólo ellos: hombre y mujer. Dos amigos, dos extraños a quienes había unido un encuentro en un oscuro aparcamiento de Fairhaven, Massachusetts, y más tarde otro, en el faro de Silver Bay, Connecticut.

Dos personas, John y Kate, dispuestas a emprender juntas el camino de la vida.

Por supuesto, Kate recordaba la pregunta de Maggie.

Pensaba en ella... hasta que acabó despertando algo. Desde hacía días, la cabeza de Kate estaba llena de ruidos.

Golpes, sonidos, en su mayoría metálicos, como el del cuchillo de Maggie en la bisagra de la puerta. O como las balas de cañón chocando contra las piedras, sus zapatos subiendo por la escalera de hierro, el eco de la voz de Willa implorando que la rescatase de aquella pesadilla, el sonido de la barra metálica sobre el cráneo de Caleb, el chirrido de los neumáticos en el camino de valvas machacadas, el ruido provocado por la bala de Beckwith al dar en el muro del faro y luego impactar en el muslo de John, el cuchillo de Maggie seccionando la garganta del monstruo.

Kate cerró los ojos, tranquilizándose.

Oyó que John, sin dejar de acariciarle la mano, le proponía a Maggie que los dejara solos.

—No puedo imaginar nada peor —contestó la niña.

—Déjala, John, no hay problema —dijo Kate abriendo bruscamente los ojos, resistiéndose a abandonar por el momento la proximidad de ninguno de los que la rodeaban.

—No hemos tenido un solo momento para nosotros solos —le susurró John—. ¡Tengo tantas cosas que decirte!

—Yo también —dijo ella con el mismo tono.

Sus caras estaban a punto de tocarse. Ella notó su aliento en la nuca mientras sus labios le rozaban la piel.

Kate sintió un escalofrío. Todavía no podía creer cómo se habían resuelto las cosas.

Willa estaba a salvo; herida y horriblemente traumatizada, pero viva. Su hermano Matt, trayendo consigo todas sus cosas, se dirigía hacia el norte para reencontrarse con sus hermanas. Llegaría tarde por la noche, con su embarcación repleta de ostras, justo antes de que comenzase a subir la marea.

La vieja familia de Kate iba a reunirse por primera vez en seis meses. La última noche se había quedado en el hospital, junto a su hermana, más tiempo del permitido por el horario de visita. Willa le había contado lo sucedido, entre sollozos pero tranquila.

—Yo había alquilado una habitación en la posada del Viento del Este —había dicho—. ¡El lugar era tan bonito! Te juro que sólo pensaba en que tú aparecieses... y rogarte que me perdonaras...

—No hubieras tenido que hacerlo —había asegurado Kate en un suspiro, aunque en el fondo no estaba segura de sus palabras. No obstante, en seis meses, había pasado mucha agua bajo el puente; el dolor y la rabia se habían desvanecido y, en su lugar, sólo habían dejado amor y perdón para su hermana.

—Hubiéramos recorrido todos los caminos —había añadido Willa con osbtinación—. Te hubiera llevado a comer en Hawthorne, a ver a los impresionistas americanos del Balck Hall... Hubiéramos paseado juntas por los alrededores del faro.

—No hables de ello —le había susurrado Kate, mesándole los cabellos.

—Quiero hacerlo —había insistido Willa—. Te envié una postal y me sentí muy liberada. No tuve el valor suficiente para hablarte a la cara con toda franqueza..., pero tenía esperanzas. Pensaba: «Volverá, volverá.» Quería verte cuanto antes. Entonces decidí salir de dudas, pensando en que había estado en Newport pocos días antes. *Bonnie* y yo queríamos darte la bienvenida a estas tierras.

315

Se había dirigido hacia el este, había alquilado una habitación en la posada de las Siete Chimeneas y luego había ido al Museo de las Ballenas.

—Me acordé de aquel día, en la barca de Matt. Cuando vimos a la gibosa y su prole.

—Yo también —había dicho Kate, comprobando que había estado en lo cierto. Había traído a *Bonnie* al hospital. La perra, loca de alegría al ver a su ama, se había echado junto a Willa ante la mirada condescendiente de las enfermeras.

—El museo era muy grande... Puedes pasarte horas allí. Después me fui a comer al otro lado del puente.

—En Fairhaven.

—Sí. Necesitaba gasolina para llegar hasta allí. Entonces...

—Te dirigiste a la estación de Texaco.

—Y a la tienda de oportunidades. Vi una furgoneta que venía hacia mí desde el edificio. Creí reconocerla, de Connecticut... Era la del hijo de la familia que regentaba la posada.

—Caleb.

—Sí. No conocía su nombre, a pesar de que más de una vez nos habíamos saludado con gestos. —Había interrumpido un instante su relato, como asaltada por la vergüenza que su memoria guardaba—. En una ocasión me pareció que me espiaba mientras me duchaba. Cuando salí del baño, fingió que pretendía cambiar una bombilla. Debería habérselo dicho a su madre. O amonestarlo...

—De nada te hubiera servido, pues ibas a encontrártelo otra vez —había dicho Kate con voz serena—. Porque tengo entendido que volvisteis a encontraros.

—Sí. —Willa temblaba—. En Fairhaven.

—Fairhaven. —Kate repitió el nombre en voz alta, sorprendida de que una palabra tan hermosa pudiera evocar el recuerdo de cosas terribles.

Caleb se había dirigido a Willa para decirle que tenía un problema con la furgoneta. Le pidió que lo acompañara hasta la autopista. Sin embargo, la condujo hacia el lado contrario, cerca de una señal de stop. Hasta llegar a la camioneta ella no se sintió molestada, ni él hizo nada que pudiera herirla. Pero entonces él abrió la portezuela del coche de Willa y dejó escapar a *Bonnie*, que se perdió en el bosque.

Willa había comenzado a gritar y a correr detrás de su perra, pero él la obligó con fuerza a entrar en la furgoneta.

—Iba armado con un cuchillo. Me esposó. —Entre sollozos, Willa se inclinó y hundió el rostro en el pelaje de su fiel mascota—. Me di cuenta de que quería matarme, pero sólo pensaba en *Bonnie*, en cómo la había abandonado. Sólo quería verla volver. Durante esos instantes horribles... —Se le había quebrado la voz, incapaz de contar lo que había sucedido luego—. Pensé... pensé que nunca volvería a verla.

—Yo, en cambio, vine a buscarte y encontré a *Bonnie*.

—Gracias, creí que tampoco volvería a verte.

—¡Oh, Willa! —había susurrado Kate—. No hubiera sido capaz de abandonarte.

—Creí que yo había desaparecido para siempre. Y pensé que tú también me abandonarías.

—Por lo tuyo con Andrew —había añadido Kate, asintiendo con la cabeza—. Por un tiempo, así fue. Sentía muchísimo rencor contra ti, Willa, por haber caído en sus brazos. Nunca debió haber hecho lo que hizo. Eres mi hermana. Se interpuso entre nosotras.

—¡Yo lo seduje! ¡No fue sólo culpa suya!

—Es verdad. Estaba muy enfadada contigo. Pero eso se ha acabado. Andrew pertenece al pasado. Ahora estoy enamorada de otra persona.

—Lo sé —había susurrado Willa—. Sé quién es.

Sentada junto a John, Kate recordó las palabras de Willa y se estremeció. Kate había colocado el amuleto en forma de avión en una cadena y la había puesto alrededor de su cuello como recuerdo de todos aquellos a quien amaba y que había estado a punto de perder.

Listo y *Bonnie* estaban tumbados a los pies del juez, atentos a las sobras que les arrojaban desde la bandeja. Comenzó a ponerse el sol. Estaba lo bastante oscuro como para que la señal del faro se activara. Kate tragó saliva. Le temblaban las manos y los huesos parecían estremecerse. Recordó haber esgrimido dos armas y arrebatado la vida a dos hombres.

Tenía frecuentes pesadillas. Se despertaba dando alaridos, pidiendo socorro. La noche anterior, John, que estaba durmiendo en el vestíbulo, tuvo que correr a la habitación de los huéspedes, cojeando, y sentarse al lado de Kate, abrazándola y estrechándola contra sí hasta que se acallaran los gritos y las caras de Caleb y el doctor Beckwith se borraran.

Le había acariciado con dulzura las mejillas, enjugándole las lágrimas.

—Él la llamaba su «hora secreta» —había dicho Kate, recuperada—. Willa me lo dijo.

—No, Kate —le había respondido John—. Sólo eran las nueve de la noche. La hora secreta es nuestra... en el arroyo. ¿Lo recuerdas? El hermoso arroyo del huerto de manzanos.

—El arroyo que corre hacia el oeste —había musitado Kate, ya con voz serena—. Donde nos detuvimos con los perros.

—¿Sabes hasta qué punto me alegro de que estés con nosotros? —había susurrado John—. ¿Hasta qué punto no quiero que me dejes nunca?

Ella asintió con la cabeza. Cuando él la besó en los labios sintió un intenso deseo de hacer el amor, de que sus cuerpos se uniesen. En voz muy baja, le había dicho que quería quedarse para siempre.

—¿Lo quieres? ¿A pesar de ser el abogado de Merrill y el que consultó su caso con Beckwith?

—¿No lo entiendes? —había preguntado Kate, negando con la cabeza como si ya nada importara—. Eras tú, tú el que estabas cumpliendo con tu misión, estabas defendiendo los principios en los que crees. Pero queremos estar juntos, John. Es un hecho. Por más que siempre hayamos tenido relaciones complicadas.

—Desde aquel momento, en Fairhaven, hasta que me salvaste la vida al borde del acantilado.

—Los dos nos comportamos como arroyos que corren hacia el oeste —había dicho ella, cogiéndole de las manos—. Ahora debemos ir en la dirección que marca la naturaleza, correr hacia el mar.

—Estar juntos —concluyó él, cogiéndola entre sus brazos y besándola.

—¿Cada uno tiene lo que necesita? —preguntó entonces el juez, mirando alrededor y sacando a Kate de su marasmo provocado por los recuerdos de la noche anterior.

—Podríamos estar todos sentados a la misma mesa —intervino Maeve, lanzando una mirada de desaprobación hacia el sofá. Ella, el juez y Teddy estaban en la mesa de la cocina, mientras que John, Kate y Maggie se hallaban sentados en el sofá.

—Papá tiene que mantener la pierna extendida —explicó Teddy con amabilidad.

—Celebraremos la Navidad todos juntos alrededor de la gran mesa del comedor —prometió el juez—. Willa también.

—Gracias —dijo Kate con una sonrisa.

—¡Bien venida! —exclamó alborozado el juez alzando la copa—. ¡Por la joven que salvó la vida de mi hijo!

—¡Por Kate! ¡Por Kate! —exclamaron Maeve y toda la familia O'Rourke, entrechocando las copas de sidra y de vino.

—¡Por todos vosotros! —dijo a su vez Kate. Todos asintieron y vaciaron sus copas.

—Espera —dijo de pronto Maggie, retirando la copa y mirando fijamente a Kate a los ojos.

—¿Qué pasa, Maggie? —preguntó Kate.

—Aún no has contestado a mi pregunta —le reprochó.

—Creo que sí lo ha hecho —intervino John suavemente.

—¿Cuál era la pregunta? —dijo Kate para provocarla.

—¿Quién es la otra persona a quien quieres tanto como para defenderla? —dijo Maggie—. ¿Estaba en el faro?

Kate se limitó a sonreír. Maggie tendría que esperar un poco más para escuchar las palabras en voz alta. Fuera, el haz de luz del faro barría la oscuridad de la noche, guiando a los marineros hacia sus casas. Matt pronto llegaría, guiándose por el faro hasta reunirse con sus dos hermanas.

La pregunta de Maggie quedó suspendida en el aire. Kate acarició la mano de John y sus miradas se encontraron. Ella sabía lo que ambos habían pensado y ambos habían perdido; sabía mucho acerca de corazones y juramentos que ya no volverían a vivir, acerca de un tiempo que sólo fue de ellos.

Era el apogeo. Había llegado la marea alta y el corazón de Kate irradiaba felicidad.

Ése era el instante de la hora secreta.